『달궁』으로 읽는 서정인의 소설세계

『달궁』으로 읽는 서정인의 소설세계

김 미 자

역락

책 머 리 에

서정인은 종래의 소설 형식에서 벗어난 파격적인 서사문법을 통해 현실에 대한 새로운 인식을 보여줌으로써 동시대의 다른 작가들과는 구별되는 작가라는 평을 들어왔다. 서정인은 새로운 내용의 온전한 전달은 새로운 형식을 통해서 가능하다는 생각을 유지한 작가이다. 그의 소설에서의 언어는 일반 작가들과는 확연히 다르게 사용됨으로써 새로운 인식의 장을 여는 매혹과 힘을 보여준다.

근대 소설이 등장하기 전에는 이야기꾼이 서사와 청자를 매개하는 데 중요한 역할을 했다. 인쇄술의 발달로 소설 판본이 어렵지 않게 되면서 이야기꾼은 텍스트에 자리를 내주고 역사 속으로 사라져 간 것이 사실이다.

그런데 요즘 '이야기'로 기업을 소개하고, 상품을 판매하는 마케팅 전략이 대세다. 이른바 '스토리텔링' 기법이다. 음식을 스토리로 만들고, 문화를 스토리로 풀어낸다. 소통의 중심을 이야기가 차지하고 있는 것이다.

1980년대부터 서정인은 이야기체 소설 쓰기를 지향해 왔다. 여기서 이야기체란 과거 '강독사', '강담사', '강창사'와 같은 이야기꾼이 이야기마당을 꽃피운 공통 방식이 '리듬'에 있었던 만큼, 구어체를 중심으로 운율을 살려낸 글쓰기를 말한다.

구술로 집단 전승되어온 전통 이야기와 달리 근현대소설은 작가 혼자서 골방에서 쓴다. 그리고 독자는 혼자서 소설을 묵독하는 데 익숙하다. 서정인은 소설에 리듬을 살려냄으로써 과거 전통서사의 '청각예술'로서의 면모를 재현하는 새로운 글쓰기를 지향하고 있다.

『달궁』은 4음보 운율을 살려낸 소설이다. 텍스트의 등장인물을 내세워 걸쭉한 전라도 사투리로 사설시조를 패러디하거나 판소리 사설을 자유자재로 구현해낸다. 그가 우리말의 맛깔스러움을 살려내는 소설쓰기를 『달궁』 연작소설로 완성한 것은 근대소설의 등장에 자취를 감춘 이야기꾼의 되살림 과정이라 할 만하다.

'이야기'로 세상과 소통하려는 작가 서정인의 몸부림을 오롯이 담은 『달궁』을 만난 것은 내게 있어서 행운이다. 한동안 서정인 소설의 형식 실험을 총망라한 『달궁』의 언어 형식 분석을 통해서 그 의미가 생성되는 과정을 논하는 연구에 주목하였다. 서사(story, 이야기)의 특징을 추출해내고, 텍스트의 특이성과 개별성에 주목하여 서술(discourse, 담론)을 분석하였다.

여기에 실린 글은 미진했던 학위 논문을 조금 손 본 것이다. 서정인 소설 텍스트에 대한 서사문법적 접근은 서사학(narratology)과 서술론(theory of narration)을 알아가는 시간이었다. 때로는 즐겁게, 때로는 어리석고도 힘겹게 공부해왔다. 미흡하고 치밀하지 못한 연구 결과를 한 권의 책으로 엮어내려니 적잖이 부끄럽다. 늦깎이 연구자로서 경험한 시련이 곧 소설비평의 매혹을 깨닫는 과정이었던 만큼, 이제 다시 초심으로 돌아가겠다는 새로운 다짐으로 스스로를 다잡아 본다.

　여든을 바라보는 연세에도 희랍신화를 번역하는 일에 열정을 쏟는 서정인 선생님의 집념에 경의를 표한다. 서정인 문학세계와의 진지한 만남을 주선해주신 이미란 교수님, 부족한 제자의 지난한 연구 과정을 지켜봐주신 임환모 교수님께 깊은 감사의 마음을 전한다.

2014년 11월

김 미 자

차례 CONTENTS

■ 책머리에

제1장

서정인 소설의 서사 문법적 접근

1. 서정인 소설 연구사

서정인(1936~)은 단편 「후송(後送)」(『思想界』, 1962년 12월 증간호)이 신인 상에 당선됨으로써 등단한 이후 현재에 이르기까지 130여 편의 소설을 발표하는 등 꾸준하게 작품 활동을 지속하고 있는 현역 작가이다. 단편 소설을 주로 창작해 오던 그는 1980년대에 들어서면서 독특한 형식의 '연작소설'을 발표한다. 『철쭉제』(1983~1985), 『달궁』(1985~1990) 등이 그 대표적인 작품이다. 이들 중 특히, 『달궁』은 1960대부터 1970년대 의 단편소설에서 추구한 작가의 문제의식을 더욱 확대·심화하고 있다 는 점에서 주목할 만하다. 또한 소설 형식에 대한 작가의 실험 정신이 강하게 드러나는 작품이라는 점에서 그가 성취한 소설 미학적 특성을 잘 보여주고 있는 작품이라고 할 수 있다.

5년여에 걸쳐 각종 문예지 여기저기에 발표한 『달궁』 연작은 1987 년에 단행본(『달궁』, 민음사)으로 묶어 출판된 이래 1988년에 『달궁 둘』, 1990년에 『달궁 셋』으로 갈무리 되었다. 각 권마다 대략 90여 개의 작은 이야기들로 구성된 이 작품은 우선, 서사형식의 새로운 경지를 열어 보였다는 데에 많은 논자들의 주목을 받았다. 논자들의 공통된 견해는 이 작품이 통상적인 서사문법을 해체, 또는 깨뜨림으로써 한국 현대소설의 새로운 형식을 창조했다는 점, 이를 통해 한국 리얼리즘 소설의 새로운 가능성을 열어보였다는 점이었다.

『달궁』 연작은 서정인 문학의 전개과정에서도 매우 중요한 자리를 차지한다. 이전의 작품들에서 간혹 보이던 작가의 서사적 특성들이 『달궁』 연작에 이르러 분명히 드러나고 있을 뿐만 아니라 이 작품 이후의 작품들에서도 이러한 특성들이 지속적으로 관철되고 있기 때문이다. 다시 말하면 『달궁』 연작은 서정인 특유의 서사문법이 총망라되어 있는 실험의 장이면서 서정인 문학의 특성을 총체적으로 보여주고 있는 작품이라 할 것이다. 따라서 종래의 관습적인 서사문법으로는 복잡한 현실의 모습을 포착할 수 없다는 작가의 인식이 반영되어 있는 이 작품을 올바로 구명하는 일은 서정인 문학 전체를 이해하는 관건이 된다.

이러한 문제의식을 가지고 본 연구는 『달궁』 연작을 대상으로 하여 작품의 서사전략적 특성을 구명함으로써 작가 서정인 문학이 이룩한 소설 미학적 의의와 성과, 그리고 주제적 의미를 밝혀 보고자 한다.

서정인은 형식을 단순히 '내용을 실어 나르는 도구'라고 보지 않았다. 그는 새로운 내용의 온전한 전달은 새로운 형식을 통해서 가능하다는 생각을 유지한 작가이다. 따라서 서정인의 작품 세계를 제대로 이해하기 위해서는 작품에 구현된 다양한 '서사 기법'의 실체를 밝혀야 한다. 『달궁』 연작은 '줄거리의 요약이 완전 불가능하다. 줄거리가 없어서 그렇다기보다는 줄거리가 너무 많아서 그러하다. 이 작품의 내용분석은 형식 분석을 통해서만이 가능하다.'[1]는 언급처럼, 작가가 다양하게 구사하고 있는 서사문법의 문제를 풀지 않고서는 이 작품이 전달하고자 하는 의미를 파악하기가 쉽지 않다. 이 작품이 말하고자 하는 주제는 작가의 서사전략에 따라 '담론(discourse)'에 교묘히 숨겨져 있기 때문이다.

그렇다면 '너무 많은' 줄거리는 규칙이 없이 아무렇게나 나열된 것인가, 아니면 어떤 규칙과 구조를 지니는 것인가 하는 문제를 해결해야 할 필요가 생긴다. 이를 위해 이야기 차원의 서사전략을 사건, 인물, 공간의 측면에서 살펴봄으로써 해답을 마련하기로 한다. 다음으로는 담론 차원의 서사전략을 '서술상황', '서술형식', 그리고 '소설 언어의 성격' 측면에서 살펴봄으로써 이에 교묘하게 숨겨져 있는 작가의 주제의식을 밝히기로 한다.

이상의 두 차원의 서사전략이 종합적으로 규명될 때, 『달궁』의 진정한 의미는 물론 더 나아가 서정인 문학의 개성적인 소설미학이 보다 분명히 밝혀질 것이라 생각된다.

서정인 문학 혹은 소설세계에 대한 기존의 연구는 크게 두 가지 경향으로 분류할 수 있다. 하나는 작품의 주제 및 작가 의식을 구명하고 있는 연구와 다른 하나는 문체 등 형식적 특징을 구명하고 있는 연구이다. 그런데 기존의 연구가 보이는 특징은 전자의 연구라 하더라도 작품의 형식에 대한 분석이 반드시 전제된다는 점이다. 또한 연구의 유형별로 보면 서정인의 개별 작품에 대한 평론이 다수를 차지하고, 90년

---

1) 이남호, 「80년대 현실과 리얼리즘-작품 해설」, 서정인, 『달궁 하나』, 민음사, 1987, 266쪽.

대 후반에 이르러서야 본격적인 학위논문이 발표된다.

서정인 소설의 주제 및 내용 연구를 주제별로 분류해보면, 작가의 현실인식 변모 양상,[2] 사회·역사적 현실과 작품의 관계,[3] 작가의 원체험과 작품세계[4] 등으로 구분할 수 있다. 그런데 주제 및 내용 연구

---

2) 서정인 소설의 현실인식의 특징을 논한 평론은 다음과 같다.
　오생근, 「타락한 세계에서의 진실」, 『문학과 지성』, 일조각, 1975.여름, 320-333쪽.
　이태동, 「무의식 속의 의미—서정인론」, 『현대문학』, 1980. 1, 현대문학사, 379-390쪽.
　이남호, 「6, 70년대 張三李四들의 삶」, 『작가세계』, 세계사, 1984.여름.
　＿＿＿＿, 「1980년대 현실과 리얼리즘」, 앞의 책.
　서정기, 「리얼리스트의 변신」, 『작가세계』, 세계사, 1994.여름, 49-50쪽.
　김병익, 「비극과 연민」, 『문학사상』, 문학사상사, 1973. 3, 334-343쪽.
　＿＿＿＿, 「동화와 동의」, 『문학과 지성』, 일조각, 1976.여름, 532-539쪽.
　서정인 소설의 현실인식의 변모 양상을 조망하고 있는 논문은 다음과 같다.
　조은하, 「서정인 소설 연구」, 고려대, 석사학위논문, 1996.
　윤혜경, 「서정인 소설 연구」, 연세대 석사학위논문, 1998.
　차성연, 「서정인 소설 연구」, 경희대 석사학위논문, 2001.
　이경혜, 「서정인 소설의 현실인식 연구」, 고려대 석사학위논문, 2005.
3) 작품에 드러난 사회·세계와의 관계에 대해서 논한 평론은 다음과 같다.
　천이두, 「被害者의 美學과 異邦人의 美學」, 『전북대논문집』 제5집, 1963, 101-128쪽.
　김종철, 「순진성으로서의 인간」, 『문학과 지성』, 일조각, 1976.겨울, 978-994쪽.
　장석주, 「서정인의 <토요일과 금요일 사이>」, 『한국문학』 89, 한국문학사, 1981.3, 344-349쪽.
　이태동, 앞의 글, 379-380쪽.
　김현, 「세계인식의 변모와 의미」, 서정인, 『강』, 문학과지성사, 1996 재판, 305-322쪽.
　작품에 드러난 작가의 세계인식을 연구한 논문은 다음과 같다.
　김주언, 「한국비극소설연구」, 단국대 박사학위논문, 2001.
　김주연, 「보편성의 위기와 소설」, 서정인, 『벌판』, 나남, 1984, 425-439쪽.
4) 작가의 원체험이 소설에 미치는 영향을 논하고 있는 평론은 다음과 같다.
　김경수, 「언어의 이데올로기와 소설의 연행」, 『현대소설의 유형』, 솔, 1997, 109-130쪽.
　작가의 원체험이 소설세계에서 재현되고, 전체소설에 미치는 영향을 연구한 논문은 다음과 같다.
　김미자, 「서정인의 원체험과 문학적 표현 양상」, 『현대소설연구』, 한국현대소설학회, 2010.8, 8-26쪽.
　＿＿＿＿, 「트라우마 극복으로서의 소설쓰기」, 『한국문학이론과 비평』 제49집, 한국문학이론과비평학회, 2010.12, 165-183쪽.

는 조은하[5]가 서정인의 작품세계를 살피면서 작가의 현실인식을 우리가 처한 세계와의 관계 속에서 밝힌 경우를 제외하고는 '내용'을 '어떤 형식'을 통해서 '어떻게' 드러내는가에 치중하고 있다.

오생근[6]은 작가의 세계인식의 변모를 '요설적 대화'로 포착한다. 김병익[7]은 서정인이 지식인의 비극적인 현실인식을 '반어적인 어법'을 통해서 드러낸다고 한다. 그의 또 다른 글[8]에서는 '어조'를 통해서 드러낸다고 지적한다. 이남호[9]는 시기에 따라 달라지는 현실인식을 작가가 '소설의 구성'부터 달리한 것으로 보았다. 다른 글[10]에서는 80년대 소설에서 보여주는 특징을 두고, 기계론적 인과론을 거부하는 인식모델이며 이것은 '내용이 형식으로 변형된' 것이라고 말한다.

학위논문은 서정인 소설 전반을 대상으로 현실인식의 변모양상을 연구하고 있다는 점이 공통점이다. 이경혜[11]는 서정인 소설의 현실인식의 변모양상이 '관념적-구체적-해체적'인 구성 방식으로 구체화된다고 조망하였다. 차성연[12]은 작품 세계의 변모를 추적하면서 초기 소설의 절제된 '언어'가 의사소통행위로서 '대화와 논쟁'의 형식으로 드러나는 변화로 분석한다. 윤혜경[13]은 서정인 소설이 '소설의 공백'과 '열린 결

김미희, 「서정인 소설의 연대별 특성 연구」, 계명대 교육대학원 석사학위논문, 2006.
5) 조은하는 서정인 소설의 형식과 언어의 특징이 문제적인 것을 인정하면서도 '형식상의 실험과 언어에 대한 문제는 다루지 않겠다.'는 것을 연구의 전제로 한다. (조은하, 앞의 논문, 9쪽 참조)
6) 오생근, 앞의 글, 앞의 책, 324-327쪽.
7) 김병익, 「비극과 연민」, 앞의 책, 334-343쪽 참조.
8) 김병익, 「동화와 동의」, 앞의 책, 532-535쪽 참조.
9) 이남호, 「60, 70년대 張三李四들의 삶」, 앞의 책, 60-77쪽 참조.
10) 이남호, 「80년대 현실과 리얼리즘」, 앞의 책, 261-274쪽 참조.
11) 이경혜, 앞의 논문.
12) 차성연, 앞의 논문.

말'을 통해서 '대화적 관계'를 지향한다고 파악했다. 이는 차성연의 지적과 같은 맥락에 놓인 것으로 '언어'와 '대화'를 서정인 소설에서 중요한 문제로 파악한 것이다. 이와 같이 내용의 특징을 연구하는 경우 역시 대부분 '구조', '언어', '서술' 등 소설 기법에 주목함으로써 서정인 소설에 대한 주제 및 내용적 특징을 밝히고 있다.

서정인의 소설에 대한 연구는 형식적 특징을 밝히는 연구가 중심을 이루고 있다. 전체 소설에 대한 평자들의 지속적인 관심사는 '소설 언어'14) '미학적 거리'15) '서사 구조'16) 등 '형식 미학'에 있다. 그러나 서정인 소설의 형식적 특징을 언급한 평론에서는 이를 전반적으로 밝

---

13) 윤혜경, 앞의 논문.
14) '소설 언어'의 특징에 대해서 논한 평론은 다음과 같다.
　　김현, 앞의 글, 앞의 책, 305-322쪽.
　　남진우, 「삶의 무거움과 아이러니 정신」, 서정인, 『해바라기』, 청아출판사, 1992, 383-404쪽.
　　강상희, 「말과 삶의 현상학」, 『한국 소설문학대계 – 철쭉제 외』 46, 동아출판사, 1995, 513-530쪽.
　　손정수, 「체험, 미적 환영에서 새로운 역사성으로」, 『미와 이데올로기』, 문학동네, 2002, 249-261쪽.
　　_____, 「분열 속의 현실, 어둠 속의 욕망」, 위의 책, 341-348쪽.
　　황도경, 「서술의 공백과 열려진 독서 체험」, 『문학사상』, 1991.5, 220-237쪽.
15) 서정인 소설의 '미학적 거리' 문제를 중점으로 살핀 평론은 다음과 같다.
　　김종철, 「순진성으로서의 인간」, 『문학과 지성』, 1976. 겨울, 문학과지성사, 978-994쪽.
　　김명렬, 「소설의 미학」, 『문학과 지성』, 1978. 여름, 문학과지성사, 638-647쪽.
　　송기숙, 「견고한 의식과 뜨거운 애정」, 『창작과 비평』, 창작과비평사, 1978.여름, 357-361쪽.
16) 서정인 소설의 '서사 구조'의 문제를 중점으로 살핀 평론은 다음과 같다.
　　김만수, 「근대소설의 관습들에 대한 부정과 반성」, 서정인, 『물치』, 솔, 1996, 285-300쪽.
　　최혜실, 「서정인론 – 일상의 반복과 원점회구의 형식을 중심으로」, 『비평문학』 제9호, 한국비평문학회, 1995, 382-390쪽.
　　김미현, 「<벽소령> 해설」, 『현장비평가가 뽑은 올해의 좋은 소설』, 현대문학, 2003, 68-70쪽.

히지는 못하였다. 이에 대한 본격적 연구는 학위논문에서 본격화된다.

서정인 소설의 형식적 특징에 대해 연구한 본격적인 학위논문을 주제별로 분류해보면 문체 연구, 서술 구조 연구, 시공간 구조 연구, 서술자 연구, 다성성 연구, 담론 연구 등 여섯 가지로 나눌 수 있다.

문체 연구는 안신, 민수미, 백지은의 경우를 살펴볼 수 있다. 안신[17]은 문장과 시점, 서술과 묘사 등의 변화를 시기에 따른 특징으로 분석한다. 민수미[18]는 화법과 서술법, 등장인물의 언어가 단계별로 달라진다는 것을 밝힌다. 백지은[19]은 서정인의 1960년대 소설의 서술적 특징을 사실의 의식화와 수행적 언표로 구분한 뒤, 전자는 반사실주의 기법과 요설의 양식화로 분석하고, 후자는 자유 간접 화법, 입체적 중층구조, 다성적 언술로 분석한다.

서술구조를 연구한 정혜경[20]은 1960년대 소설을 대상으로 서술자가 자신의 서술들을 '타자화'하고, 자신의 영역을 '공유'하는 문제를 두고, '주체/객체·본질/현상·본래적 자아/현실적 자아' 등의 이항 대립의 위계질서를 회의(懷疑)하는 구조로 분석하였다. 정혜경은 서정인 소설의 근간을 이루고 있는 세계인식을 서술구조의 특성으로 분석했다는 의의가 있다.

시공간 구조를 연구한 설혜경[21]은 「후송」부터 『달궁』에 이르는 작품을 대상으로 연구한 결과, 이야기와 담론 시간의 연장이 서정인만의 독특한 시간 형식이라고 하였다. 특히 담론 시간의 연장은 서술자 서술

---

17) 안신, 「서정인 소설 연구」, 성신여대 석사학위논문, 1998.
18) 민수미, 「서정인 소설 연구」, 성균관대 석사학위논문, 2004.
19) 백지은, 「한국 현대소설의 문체 연구」, 고려대 박사학위논문, 2006.
20) 정혜경, 「1960년대 소설의 서술 구조 연구」, 고려대 박사학위논문, 2001.
21) 설혜경, 「서정인 소설의 시공간 구조 연구」, 한양대 석사학위논문, 2005.

의 삽입과 인물의 순차적 제시, 다층적 인식을 통해 해석을 지연시키거
나 에피소드의 삽입과 우연적 사건으로 독자의 기대에서 벗어나는 양
상을 특징으로 보았다. 설혜경이 지적한 이와 같은 특징은 서정인 소설
문법의 중요한 핵심을 이루는 것으로써 서정인 소설의 서사전략에서
중요한 맥락을 짚어낸 셈이다.

서술 및 서술자를 연구한 박지언·윤효진·곽경헌 등은 등단작인 「후
송」부터 1990년대 이후 작품까지를 연구 대상 범위를 확장하고 있다.
서술과 서술자의 특징을 논하면서, 박지언[22]은 초기 소설에서 보여주
는 '모호성'과 '과소 진술'을 서정인 소설의 특징으로 분석하고, 결말의
'비종결성'을 절대적 시선을 배제하고 안목의 상대성을 높여주는 소설
가적 전략으로 본다. 윤효진[23]은 서술자의 다양한 양상을 작가의 세계
인식의 변모로 해석하는데 이것은 오해의 소지가 있다. 서술자는 서술
상황에 따라 달라질 수 있는 가능성이 있기 때문이다. 곽경헌[24]은 서
술자와 서술법이 시기에 따라 달라진다고 보고 이를 구분하고 있다.

다성성을 연구한 백지은과 김영란은 서정인 소설에서는 다성성이 삶
의 실체를 보여주고, 진정으로 그것과 관계를 맺으려는 작가 의식과 밀
접하다고 본다. 백지은[25]은 다성적 담론이 소통의 관점에서 서사담론
에 작용하는 다성성의 특징을 '대위법적'-'중층적'-'확장적'으로 설
명한다. 김영란[26]은 『달궁』에서 보여주는 형식적 특징을 바흐찐의 '다

---

22) 박지언, 「서정인 초기 단편 소설 연구」, 서강대 석사학위논문, 2006, 76쪽.
23) 윤효진, 「서정인 소설의 서술자 양상 연구」, 중앙대 석사학위논문, 2002, 44-45쪽.
24) 곽경헌, 「서정인 소설 연구」, 한림대 박사학위논문, 2005.
25) 백지은, 「서정인 소설의 다성성 연구」, 고려대 석사학위논문, 2000.
26) 김영란, 「서정인의 『달궁』에 나타난 다성성 연구」, 한국교원대 교육학석사학위논문,
2003.

성성'으로 설명한다.

　서정인 소설의 형식적 특징을 밝히려는 학위논문은 서술구조와 시공간 구조 연구, 내용과 표현의 매개자인 서술자, 표현의 형식인 언어와 문체 등을 중심으로 연구되었다. 그런데 서정인 소설의 문체 및 형식 연구사에서 가장 큰 문제는 전체 소설을 시기별로 분절하여 연구하려는 연구자의 의도가 서정인 소설의 형식적 특징을 제대로 규명하는 데 방해가 되고 있다는 사실이다. 예를 들자면, 정혜경이 1960년대 소설을 대상으로 서술구조의 특징으로 분석한 '이항 대립적 사고에 대한 회의'는 『달궁』(1985~1990)이나 『봄꽃 가을열매』(1989~1991)·『용병대장』(1998~2000)·『모구실』(2000~2004)에서도 지속적으로 나타나는 특징이다. 그리고 백지은이 1960년대 소설의 문체적 특징으로 지적한 반사실주의 기법과 요설의 양식화, 자유 간접 화법, 입체적 중층구조, 다성적 언술은 본고의 연구대상인 『달궁』에서도 두드러진 서술기법으로 드러난다.

　서정인 소설의 문체적 특징이 시기별로 달라진다고 파악한 것은 곽경헌의 연구이다. 곽경헌은 서술자와 서술법이 시기에 따라 달라진다고 보고 이를 구분한다. 특히 『달궁』에서 돋보이는 초점 대상의 중첩을 초기 소설에 한정하고, 이미 「철쭉제」에서 보여주고 『달궁』에서 전면화된 대화체 서술이 1990년대 이후 소설에서 본격적으로 실현된다고 말한다. 이는 작가의 서술적 특징을 전체 작품과의 관계 속에서 조망하지 않고, 어느 한 시기에 한정된 특징으로 보고 있다는 점에서 한계를 안고 있다.

　서정인의 형식과 문체에 대한 관심은 초기 소설부터 계속된 것이지만, 장르전환을 한 연작소설「철쭉제」부터 본격적으로 '형식 실험'을 모색한다. 유종호[27]는「철쭉제」가 단정하면서도 과부족이 없는 치밀한 압축에의 지향을 보여준 이전의 작품 세계에서 멀리 벗어나 있다는 사실을 언급한 다음, 인물들의 대화가 상황과 실감에 밀착되어 있지 않고 결국은 방만성으로 기울어지고 있다고 지적한 바 있다.「철쭉제」에서 보여주는 일련의 형식적 특징이『달궁』에 이르러 체계적으로 실현됨에 따라, 이후 '『철쭉제』가『달궁』에 이르는 과도기 작품'[28]이라는 평가로 이어진다.

『달궁』의 반규범적 특성에 대해서 평자들이 갖는 관심은 지대하다.『달궁』의 새로운 형식적 특징에 주목한 장경렬[29]은『달궁』이 인간의 삶에 대한 묘사에 보다 신선한 현장감을 부여함으로써 새로운 차원의 사실주의를 확립하려는 시도라고 보았다. 김종욱[30]은『달궁』의 서술자의 교체와 에피소드 형식에 대해 주목하고, 판소리 사설과 민중적 언어의 차용이라는 언어적인 실험을 높이 평가한다.

우찬제, 이득재, 김미현, 최인자 등은 특히 '대화적 상상력'을『달궁』의 특징으로 지적한다. 우찬제[31]는 서정인의『달궁』이 세상 독법과 소설 작법이라는 양면 모두가 독특하고 낯선 소설로서 기저 구조에 '대화적 상상력'이 자리 잡고 있으며, 이것을 바탕으로 유동적이고 부조리

---

27) 유종호,「삭막한 삶과 압축의 미학」, 서정인,『철쭉제』, 민음사, 1987, 237쪽.
28) 김경수,「<달궁>의 언어에 이르는 길」,『작가세계』, 세계사, 1994.여름, 31쪽.
29) 장경렬,「소설상의 실험과 실험적 소설의 가능성 – 서정인의『달궁』론」,『문학과 사회』, 문학과지성사, 1989.여름, 619쪽.
30) 김종욱,「이야기의 에피소드화, 에피소드의 소설화」,『문예중앙』, 중앙일보사, 1992. 봄, 227쪽.
31) 우찬제,「대화적 상상력과 광기의 풍속화」,『세계의 문학』, 민음사, 1988.겨울, 20쪽.

한 삶을 소설화하고 있다고 말한다. 이득재[32]는 『달궁』을 1980년대의 한국사회의 변화, 그 의사소통 체계의 변화 및 이에 따르는 재현 방식과 언어 기능의 변화를 반영하고 있으며, 작가나 각각의 작중 인물이 객관화되고 제3의 입장을 취하여 여러 사람들의 대화를 가능케 하는 공간 형식이라고 평가한다. 김미현[33]은 『달궁』에 나타난 목소리가 다성적인 것이며, 이는 '구조의 열림'과 '사고의 나눔'에 기여한다고 말한다. 이와 같은 맥락에서 최인자[34]는 '대화적 상호작용'의 언어적 본질을 서사담론에 적극 반영하고, 이로써 소통 방식의 변화를 탐색하였다면서 실험성을 높이 평가한다. 정호웅[35]은 앞서 언급한 논자들의 여러 견해를 종합하여 제시한다.

서정인은 『달궁』 『봄꽃 가을열매』에서 우리 소설사에서 찾아볼 수 없는 새로운 형식을 창출하였다. 단락의 구분 없음, 대화와 지문의 구분 없음, 화자의 모호성, 직접화법과 간접화법이 한 문장 안에 용해되어 있음, 대화와 독백으로 이어지는 문체, 마침표와 콤마, 물음표를 제외한 모든 문장부호를 거의 사용하지 않음, 주인공의 여로를 따라 이야기가 전개되지만 그 여로 마디마디에 결절되어 있는 무수한 토막 이야기들의 독자성이 거의 완벽하게 유지되고 있음, 한토막의 이야기가 새롭게 떠올린 말 하나가 열쇠 역할을 하여 다음 토막의 이야기를 열 개

---

32) 이득재, 「삶의 구조, 말의 논리」, 『문학과 사회』, 문학과지성사, 1990.봄, 322쪽.
33) 김미현, 「<벽소령>해설」, 『현장비평가가 뽑은 올해의 좋은 소설』, 현대문학, 2003, 376-393쪽 참조.
34) 최인자, 「<달궁>에 나타난 서사담론 생산방법으로서의 '대화화'」, 『국어교육』, 한국어교육연구회, 1998, 373쪽.
35) 정호웅, 「타락한 세계의 비평적 진단」, 『작가세계』, 세계사, 1994.여름, 세계사, 78-91쪽.

됨, 어떤 대상(말이나 사건 또는 행위)의 이모저모를 말장난으로 보일 정도의 말뒤집기를 통해 진단하고 있음, 역사와 사회 그 속을 사는 인간들의 삶에 대한 비평적 진단을 실어나르는 에세이투 문체, 때로는 판소리의 율격을 그대로 옮겨놓은 듯한 느낌을 주는 4·4조의 율격이 막힘없이 흐르는 율문체 등이 이 새로운 형식의 내용항목들이다.36)

위의 글은 『달궁』에서 분석되는 형식적 특징 전반을 종합하여 제시한 것으로, 여러 논자들이 지적하고 있는 문체와 형식적 특징들을 단적으로 제시하고 있다. 그러나 정호웅 역시 구체적인 작품 분석을 통해 이러한 문체 및 형식적 특징들을 밝혀내지 못했을 뿐만 아니라, 이러한 형식적 특징이 근본적으로 어떤 역할을 하고 있는지를 밝히는 데까지 이르지는 못하고 있다.

한편, 김윤식37)은 『달궁』이 1980년대 소설에서 보여주는 대화성 추구를 소설의 영역에서 벗어난 것으로 보고, 서정인의 소설을 자기증식형 연작소설의 휘황함으로 정의 내린다. 또 다른 글38)에서는 작가가 속해 있는 세대론적 한계와 1980년대라는 시대의 개괄불능의 성격이 『달궁』을 판소리화하고 말았다고 지적하면서, 『달궁』을 근대적 의미의 소설로 보기 어렵다고 말한다. 이것은 서정인이 '형식을 내용의 또 다른 표현'으로 보는 문학의식을 간과하고 있는 평가로 보인다. 서정인의 문학세계는 작가의 형식 실험 의도를 이해할 때, 형식의 새로움은 작품의

---

36) 정호웅, 위의 글, 위의 책, 78쪽.
37) 김윤식, 「자기증식형 연작소설의 휘황함」, 서정인, 『모구실』, 현대문학, 2004, 396-397쪽.
38) 김윤식, 「<달궁>에서 <봄꽃 가을 열매까지>」, 『한국 현대소설과의 대화』, 현대소설사, 1992, 33쪽.

의미 파악 도구로 기능할 것이며, 그 형식 미학을 제대로 이해할 수 있을 것이다.

『달궁』을 대상으로 연구한 본격적인 학위논문은 다성성을 연구한 김영란과 담론을 연구한 최경환의 경우가 유일하다. 김영란[39]은 『달궁』의 담론적 특징인 '다성성'을 텍스트의 내용과 형식을 전반적으로 아우르는 방법으로 고찰했다는 의의가 있다. 최경환[40]은 『달궁』을 대상으로 담론을 연구한다. 그는 '인실의 일생'을 사건 단위로 구분하고, 구성 · 담론 · 서술의 특징을 분석한다. '담론 연구'를 통해서 『달궁』의 서술 미학적 특징을 전반적으로 밝히려는 시도라는 점에서 의의가 있다. 『달궁』은 인실의 삶을 중심으로 서사가 추동되고 있지만, 횡적으로 확장된 다양한 이야기에 핵심이 있다. 그런데도 불구하고, 최경환은 '인실이의 일생'을 그려낸 서사라는 점에 한정하여 담론을 분석함에 따라 『달궁』의 담론을 전체적으로 조망하지는 못했다는 한계가 있다.

지금까지 서정인 소설의 문체 및 형식 연구는 서정인 소설 전반에서 보여주는 특징과 『달궁』에 대한 형식 미학을 단편적으로 살펴 본 것이 대부분이다. 그리고 서정인 소설의 형식 실험을 총망라하고 있다고 볼 수 있는 『달궁』에 대한 형식적 특징에 대해서 많은 평자들이 지적해왔지만, 단편적인 언급이 대부분을 차지한다. 『달궁』은 평자의 말과 같이 '분명히 한국현대소설의 시학에 한 획을 긋는 작품'[41]이다. 그것은 전통 소설 문법을 파괴하고, '새로운 소설 문법 실험의 장'을 모색한 작품이라는 데서 무엇보다 중요한 이유를 찾을 수 있다. 서정인은 형식을

---

39) 김영란, 앞의 논문, 44-45쪽 참조.
40) 최경환, 「서정인의 『달궁』 연구」, 경희대 석사학위논문, 2003.
41) 김경수, 앞의 글, 앞의 책, 45쪽.

'내용의 또 다른 표현'으로 보는 만큼, 이를 밝히는 작업은 서정인 소설의 의미를 분명하게 이해하는 첩경일 것이다.

'기존의 관습적 서사구성 형식이 현실의 진정성을 담아내지 못한다면, 형식을 파괴해서라도 그 실체를 붙잡아야 한다'[42]는 작가의 의지를 구체적으로 실천한 작품이 『달궁』이다. 『달궁』에서 보여주는 독특한 소설 문법은 '무엇'을 어떤 '형식'으로 '어떻게' 표현했는가를 해명하는 과정 속에서 밝혀낼 수 있을 것이다.

『달궁』의 형식적 특징에 대한 평론이 주로 『달궁』의 문체적 특징을 단편적으로 지적한 것이라면, 학위논문에서는 문체적 특징을 부분적으로 심화하여 연구한 것으로 볼 수 있다. 서정인 소설 형식의 독특함과 새로움에 대해서는 많은 논자들이 관심을 가져왔고, 이를 산발적으로 언급해왔다. 나아가 학위논문에서 이를 부분적으로 심화하여 연구해 왔으나, 앞에서 밝힌 바와 같이 시기별로 형식적 특징이 분절되고 단절된다고 보는 경우가 대부분을 차지한다. 이것은 서정인 소설의 형식과 문체적 특징을 "내용의 또 다른 표현"으로 이해하기 보다는 소설 기법 차원에서 보고자 했다는 문제일 수 있다. 『달궁』을 대상으로 서사전략을 연구하고자 한 발단은 지금까지 서정인 소설의 문체 및 형식적인 특징으로 논자들이 언급해온 대부분이 『달궁』에서 분석된다는 데 있다.

『달궁』은 서정인 소설의 특징을 총망라하고 있는 문제적인 작품인데도 불구하고, 그 연구 결과는 매우 한정적이며, 텍스트의 전반적인 특징을 구명하는 데까지는 나아가지 못한 문제를 안고 있다. 이러한 한계

---

42) 서정인, 「작가 후기」, 『달궁 둘』, 민음사, 1988, 273쪽 참조; 이남호, 「80년대 현실과 리얼리즘」, 앞의 책, 267-268쪽 참조.

가 기존의 『달궁』 연구가 남긴 과제라 할 수 있다. 이에 따라 서정인 소설의 형식 미학이 종합적으로 드러난 『달궁』을 대상으로, 『달궁』의 담론 특징 전반을 서사전략을 통해서 밝혀보고자 한다. 『달궁』의 서사 전략을 연구함으로써 서정인 소설의 문체 및 형식적 특징을 구체적으로 구명하고, 내용을 드러내는 역할은 물론이고 '내용의 또 다른 표현'까지도 살펴볼 수 있다고 본다. 『달궁』의 서사전략을 전체적으로 구명하는 작업은 단순히 그 형식적 특징을 살펴보는 데에서 나아가, 서정인의 소설 문법이 갖는 미학적 의미를 밝히는 일이며, 이를 통해서 작가가 드러내고자 한 삶의 진실을 이해하는 일이다.

2. 소설 미학 연구 이론

텍스트를 통해서 '무엇'을 어떤 '형식'으로, 어떻게 '표현'하는가의 전반에 걸친 서사전략은 '내용'과 '표현'의 문제에서 출발하여, 언어 사용을 둘러싼 서술상황을 조명하는 방법론이다.

기호적 관점에서 보면 소설은 언어적 의사소통을 위한 기호과정(semiosis)이므로 언어의 기표(signifiant)와 기의(signifie)에 대응하는 표현 층위와 내용 층위로 구성되어 있다.[43] 언어학자인 옐름슬레우가 소쉬르의 입장을 따라서 자율적인 기표의 영역을 마찬가지로 자율적인 기의

---

43) '표현 층위'와 '내용 층위'라는 용어는 언어학자 옐름슬레우(L. Hjelmslev)가 기호학이 지닌 핵심 사상 중의 하나인 각 층위의 자율성을 전제로 하여, 언어의 의사소통에 있어서 표현 층위는 내용 층위와 끊임없이 상호 관련을 맺는다는 점에서 사용한 용어이다. (페터 V. 지마, 허창운 역, 『문예미학』, 을유문화사, 1993, 23-24쪽)

영역에 연결시킬 때, 그가 지칭하는 내용 층위는 기의들에 상응한다. 이 두 층위가 연결됨으로써 기호과정(semiosis)이 가능해지는 것이다.44) 옐름슬레우의 기호학 중의 하나는 각 층위마다의 자율성인데, 내용 층위와 표현 층위의 협동작용은 언어적 의사소통을 위해서 필요 불가결하기는 하지만 이들 층위에서 일어나는 사건들은 특별한 법칙성을 따르고 있기 때문에 기의와 기표는 자율적인 영역이라는 점을 입증해주고 있다.45)

소설의 시학에서는 대체로 내용 층위를 스토리(story), 표현 층위를 담론(discourse)이라고 부른다. 이 층위들에 각각 '형식'과 '실질'이라는 개념이 작용하면 보다 세부적인 뉘앙스를 얻게 된다. 이런 연관을 소설에 적용시키면 다음과 같은 서사의 기호론적 구조를 산출할 수 있다.46)

차원 층위	실질(substance)	형식(form)
표현 (expression)	소리/언어와 소통체계	① 기표/서사담론
내용 (content)	② 지시 대상/story	③ 기의/plot

위의 표에서 내용의 실질(②)은 서사의 질료적인 재료이고, ③은 ②

---

44) 페터 V. 지마, 위의 책, 23쪽 참조.
45) 페터 V. 지마, 위의 책, 25쪽 참조.
46) 이 도표는 언어학자 옐름슬레우의 핵심사상인 층위의 자율성을 전제로 하여 채트먼이 '내용 층위'와 '표현 층위'로 제시하였으며, 이를 임환모가 소설에 적용하여 표로 제시한 것을 참조하였다. (임환모, 「소설 교육의 소통 행위 구조」, 『국어와 국어교육』, 박이정, 1995, 425쪽 참조)

를 재구성한 것으로, 텍스트에 '실제로 말해진 이야기(récit)'이며, '플롯(plot)'과 '슈제(sjuzhet)'에 해당한다. 그리고 그 텍스트가 말하는 언술적 방법으로 '담론(discourse)에 해당하는 것이 표현의 형식(①)이다. 내용과 표현 층위의 형식 차원이 서사 기호이고 소설의 텍스트이다. 소설론에서는 소설을 포함한 모든 서사물은 이처럼 서사물 자체인 서사형식과 서사물의 의미인 내용으로 짜여져 있다고 생각하는 이분법이 일반화되었고, 이것이 지금까지 영향을 미치고 있다.

이러한 이분법은 초기 러시아 형식주의자들이 파블라(fabula)와 슈제(sjuzhet)에 대해 거론한 이후, E.M 포스터 등 영미 소설이론에서는 스토리(story)와 플롯(plot), 프랑스(방브니스트, 바르트)적인 용어인 이스투아르(histoire)와 디스쿠르(discours), 채트먼이 스토리(story)와 담론(discourse) 등으로 구분하고 있다. 물론 그 개념이 약간씩 다르다고 하더라도 전자를 이야기(story, 스토리)차원이라 하고 후자를 담론(discourse, 이야기하기)차원이라고 한다면, 이야기 차원은 이야기를 "자연적인 시간 순서에 따라" 재구성한 이야기를 의미하고, 담론 차원은 "기본적인 스토리를 제시하는 다양한 방식 속에서 각자가 제시하는 모든 기법"[47]을 말한다. 이에 따라 스토리는 예술화되기 이전의 장르와 관습에 묶여 있는 서사물의 기본적인 사건, 작중인물 유형에 초점을 두지만, 담론은 개성적인 문체에 해당된다.

그러나 이러한 서사의 기호적 구조는 스토리와 담론이라는 이분법으로는 명쾌하게 조직화되지 않는다. 이 때문에 즈네뜨·리몬-케넌·툴란·미케 발은 텍스트를 삼분했다. 삼분체계 역시 서사물을 이야기의

---

47) 마이클 J. 툴란, 김병욱·오연희 공역, 『서사론』, 형설출판사, 1993, 29-30쪽.

내용(story, fabula)과 그 전달 방식(discourse, sjuzet)이라는 두 층위로 이해하는 전통적인 견해와 크게 다르지는 않다.[48] 삼분체계는 일반적으로 서사(narrative)를 '제재(fabula)―구성(story)―담론 · 텍스트(discourse, text)' 차원을 따로 조명하여 부각시킴으로써 서사화 행위의 역동적 과정에 관심을 기울이게 한다.[49] 텍스트 분석 층위를 삼분하는 경우는 스토리와 담론으로 이분해 온 기존 개념에서 보면, 결국 담론을 세분하고 있는 것이다.[50] 본고는 서사전략을 'story'(스토리, 이야기, 서사)는 '이야기'로, 'discourse(서술, 이야기하기, 담론)'는 '담론'으로 구분하여 살펴보고자 한다. 이와 같이 서사전략을 구분하는 것은 내용의 '형식' 층위를 '이야기' 차원에서 살펴보고, 형식의 '표현' 층위를 '담론' 차원으로 구분하여 서사전략을 살펴보는 것이 내용 해석을 용이하게 할 수 있다고 보는 미케 발의 주장에 동의하기 때문이다.

텍스트의 다양한 층위 구분의 출발은 '무엇'을, 어떤 '구성 방식'으로 말하고 있는가의 문제이며, 그 구체적인 '표현 방법'이 무엇인가를 구하는 문제이다. 서사 기법을 연구한 많은 연구자들의 '누가 어떻게

---

48) 서사이론가에 따라 이분 혹은 삼분하고 있는 서사 구조 층위는 어느 하나로 통합하려는 의도 보다는 구분하는 준거점이 무엇인가에 따른 차이이다. 용어들과 용어분류 체계는 페드릭 오닐에 의해서 체계적으로 정리한 표를 참조할 수 있다. (패드릭 오닐, 이호 역, 『담화의 허구』, 예림기획, 2004, 37쪽 참조)

49) 우리가 텍스트라 부르는 것과 서술이라 부르는 것 사이의 구별은 원칙적으로 발(Bal)로부터 유래한 것이다. 그것은 서사물의 행위자(agent)가 그 텍스트를 말하는 층위를 텍스트의 또 다른 측면들과 분리시키려는 시도를 의미한다. 따라서 텍스트는 특정한 방식으로 스토리를 재현한다. 그리고 서술에서 행위자는 그러한 재현을 말해준다. (마이클 J. 툴란, 앞의 책, 31-32쪽 참조)

50) 서사의 이원적인 도식은 최근의 논의들에서 둘이 아닌 세 개의 수준을 설정해야한다는 주장에 의해 복잡해져 왔다. 이러한 재조정은 설정했던 범주들 모두에 적용되는 것이 아니라 채트먼의 이분한 영어식 용어 원화(story)와 작화(discourse) 중 두 번째 범주인 작화(discourse)를 세분하는 것이다.

말하는가'라는 '형식' 문제에 치중한 나머지 정작 소설에서 가장 중요한 '내용' 문제는 소홀히 하는 경향도 없지 않다. 우리가 문학을 연구하는 궁극적인 목적이 '무엇을 말하고 있는가'라는 내용 해석과 밀접한 바와 같이 서사전략 연구 역시 내용 해석과 주제를 이해하는 가장 중요한 문제로 출발해야 한다.

서사이론가에 따라 '텍스트' 층위가 점하는 위치가 다른가하면, 그 준거점과 범주를 달리한다. 이론가들이 제시한 각 층위의 범위를 살펴봄으로써 텍스트 분석 층위와 그 준거를 분명히 하고, 그들이 구분하는 층위와 '동음이의어'의 지칭에서 오는 혼란을 해결할 수 있다. 즈네뜨는 텍스트를 '스토리(histoire)', '서사(récit)', '서술하기(narrating)'로 구분하였고,[51] 즈네뜨의 견해를 정리·보완한 리몬-케넌은 '스토리(story) − 텍스트(text) − 서술(narration)'로 구분한다.[52] 즈네뜨와 리몬케넌은 초점화와 서술자를 '텍스트(서술, 담론)'에서 다루면서 '허구적 서사(narrative)'의 세 가지 국면 가운데 독자가 직접 접할 수 있는 것은 "텍스트"[53]라고 하였다. 반면 미케 발은 초점화를 스토리(이야기, 서사)에서 언급하는 한편, 서술자와 화법의 문제는 '텍스트(서술, 담론)'에서 다루면서 "연구에 필요한 유일한 재료는 우리 앞에 놓인 '텍스트'이며, 언어 기호 체계를 통해 구체화하는 '텍스트'의 단계는 직접적으로 접근이 가능하다"[54]고 보았다. 이들의 견해를 정리해보면, 즈네뜨·리몬-케넌과 미케 발은 초점화를 포함시키는 층위나 범주는 유사하지만, 그 지칭 용어가 다르

51) 제라르 즈네뜨, 권택영 역, 『서사담론』, 교보문고, 1992, 16-17쪽 참조.
52) 리몬-케넌, 최상규 역, 『소설의 현대 시학』, 예림기획, 1999, 12쪽 참조.
53) 리몬-케넌, 위의 책, 13쪽.
54) 미케 발, 앞의 책, 18쪽.

다. 즉, 독자가 직접 접할 수 있는 것을 즈네뜨와 리몬-케넌, 미케 발은 '텍스트'라고 했지만, 이때의 텍스트는 서로 다른 국면을 가리키고 있는 것이다.

본고는 '누가 보는가'와 같은 초점화 문제는 '스토리' 층위의 것이며, 독자가 직접 접할 수 있는 것은 서술자의 서술 행위로 조직된 '텍스트'라고 보기 때문에 범주 구분은 미케 발의 견해에 동의하지만, 결국 초점화와 서술자는 분리될 수 없는 문제이므로 담론 층위에서 살펴볼 것이다. 미케 발은 서사론의 층위를 재구성함으로써 초점화 등의 요소가 서술 방식에 대한 분석을 통해 밝혀진다는 점을 강조하였으며,55) 서사론 층위를 텍스트의 이해를 목적으로 계층적으로 재구성했다는 점에서 '서사전략' 연구의 궁극적인 목적을 텍스트의 내용과 주제를 이해하는 데 두고 있는 본고의 목적과 부합한다. 미케 발은 스토리 층위에서 '누가 보는가'의 문제를 밝히고, 텍스트 층위에서 '누가 서술하는가'를 계층적으로 살핌으로써 독자의 이데올로기에 초점자가 미치는 영향이 얼마나 중요한 문제인지를 구체적으로 밝히고 있다. 서사전략에서 무엇보다 정교한 기법인 시점 문제를 층위를 달리하여 '보는 자'와 '말하는 자'를 계층화하고 있다는 것은 발이 지적한 바와 같이 둘을 엄격히 분리할 수 없는 문제지만, 텍스트의 내용해석 차원에서 매우 유용한 분석

---

55) 미케 발의 서사이론은 '어떤 제재'를 이용해서 '무엇을 어떤 방식으로 이야기' 했으며, 그것이 구체적으로 '어떻게 표현되었는가'를 '단계적'으로 밝히는 것을 문제 삼고 있다. 발이 구분하고 있는 '파블라-스토리-텍스트'라는 세 층위는 '서사화 과정'의 '순차적인 단계들'인데, 서사화 행위의 역동적 과정을 가시적으로 드러낸다는 면에서 주목할 만하다. 그러나 발이 지적한 바와 같이 층위를 세분하는 일은 텍스트의 복잡한 의미와 기능을 살피기 위한 목적을 위해서만 의미가 있을 뿐이다. (미케 발, 위의 책, 13-25쪽, 218쪽 참조)

방법으로 역할을 할 것이다.

미케 발이 '스토리(story)'로 재구성한 층위 범주는 '순차(ordering)'와 '관점' 즉, '초점화(focalization)' 등에 의해서 조작된 것으로56) 내용의 형식 층위에 해당한다. 발이 '텍스트(text, 단어들words)'로 층위를 재구성한 범주는 언어 기호를 통해 구체화된 스토리로서, 같은 스토리의 다른 판본들과 구별해주는 단어와 문장들의 층위와 관련된다. 그리고 언어 기호로 구성된 한정적이고 구조화된 전체이며 서사텍스트는 행위 주체가 있는 서사물과 관련된 것이다. 텍스트는 스토리가 '어떻게 서술되는가' 하는 문제이며, '서술자' 문제가 핵심에 있다.57) 이와 같은 문제를 본고에서는 '담론 차원'에서 살펴 볼 것이다.

본고는 『달궁』58)을 대상으로 서정인 소설의 서사전략적 특성을 살

---

56) 미케 발, 앞의 책, 94-95쪽 참조.
그리고 미케 발은 '스토리'에서의 파블라 배열의 원칙을 다음과 같이 제시하고 있다. ①사건은 연대기적 시퀀스와 구별할 수 있는 한 시퀀스 내에서 배열된다. ②스토리 속에서의 파블라의 다양한 성분에 관해 할당한 시간의 양은 파블라에서 차지하는 시간의 양에 따라 결정된다. ③ 파블라의 '행위자'는 '성격' 등 특성을 부여받고, '행위자'에서 '인물'로 바뀐다. ④ 사건이 일어나는 '장소'는 명백한 특성을 부여해서 '특별한 장소'로 바뀐다. 이러한 일련의 과정을 통해서 행위자, 사건, 장소, 시간, 그리고 파블라의 단계에서 이미 기술된 모든 것들 사이에 맺어지는 필수적인 관계 외에도 다른 관계들(상징적, 비유적 등), 다양한 성분들 사이에서 맺어질 수 있다. (미케 발, 앞의 책, 93-214쪽 참조.)

57) 미케 발의 이런 관점은 서사화 과정에 관여하는 이념적이고, 미적인 조작의 단계들을 설명하기에 적합하며, 서사화 행위의 연속적인 단계들에 주의를 환기함으로써 서사물을 정태적인 구조로 파악하는 대신에 그것을 생성하는 과정의 역동성을 강조한다. 특히 서사학적 방법으로 텍스트의 미학적이고 기법적인 측면뿐 아니라 의미를 분석하고자 하는 것은 미케 발의 서사이론이 지닌 두드러진 특징이다. (미케 발, 앞의 책, 233쪽 참조)

58) 『달궁』은 3권의 연작소설이다. 여러 문예 계간지에 발표한 것을 묶어서 1권은 「'달궁」(1985.9)-「달궁」 14(1987.5)' 『달궁 하나』(민음사, 1987)로 펴냈고, 2권은 「'달궁」 15(1987.5)-「달궁」 25(1988.8)'를 『달궁 둘』(민음사, 1988)로, 3권은 「'달궁」 26(1988.

펴보고자 한다. 여기서 서사전략이란 '스토리(story)'를 '어떻게 담론화 (discourse) 하는가'의 문제를 이야기(내용의 형식)차원 및 내용을 전달하는 방식인 담론(표현의 형식)차원을 통해서 밝히려는 것이다.

서정인 소설의 서사전략을 구명하는 일은 먼저 '이야기' 차원에서 스토리가 서술 형식들을 통해서 어떻게 재현되며, 그것은 결국 '무엇을 말하는가'라는 문제를 탐구해 갈 것이다. 2장에서는 구체적으로 서사의 연대기적인 '시간'이 '변조'되는 문제를 사건 구성 측면에서 살펴볼 것이다. 나아가 '행위자'가 성격을 부여받고 '인물'로 역할 하는 특징과 '공간적 배경'을 살펴볼 것이다.

3장에서는 서술상황을 통해서 서술자와 초점자가 구체적으로 어떤 형상이며, 어떤 위치를 차지하고 있는지를 살필 것이다. 그리고 서정인 소설의 형식 실험을 가장 분명하게 드러내고 있는 화법, 언어 등을 살 필 것이다. 이것은 서술자가 '어떤 서술상황에서 어떤 화법과 언어 등 을 통해서 말하는가'라는 문제를 밝히는 일이다.

---

11)-「달궁」 33(1990. 여름)'을 『달궁』 셋(민음사, 1990)으로 묶어서 펴냈다. 1권은 1987년 초판본이 '『달궁』'으로, 1988년 중판본이 '『달궁 하나』'로 확인됨에 따라 재판을 한 사실이 확인된다. 본고에서는 『달궁』(1987 초판), 『달궁 둘』(1988 초판), 『달궁 셋』(1990 초판)을 분석대상으로 하였다. 이후 본문에서 작품을 언급할 경우에는 『달궁』은 '(달1 : 쪽수)'로, 『달궁 둘』은 '(달2 : 쪽수)'로, 『달궁 셋』은 '(달3 : 쪽수)' 로 표기하기로 한다.

제2장

『달궁』의 이야기 탐색

1. 사건의 중층결정

『달궁』 전체 텍스트는 '『달궁』', '『달궁 둘』', '『달궁 셋』'으로 구성되었으며 이는 각각 86, 94, 93개의 소단락을 거느리고 있다. 이를 이야기 시간으로 재구성해보면 『달궁』은 8, 『달궁 둘』은 3, 『달궁 셋』은 6개의 의미단락으로 구분되는데, 17개의 의미단락은 독립적으로 존재하는 속삽화와 단시적(斷時的)59) 사건의 연쇄로 형성된다. 86개의 독립된 속삽화와 단시적 사건들은 그 하위에 48개의 두겹 속삽화와 단시적 사건들을 거느리고, 다시 그 하위 이야기가 세겹 속삽화와 단시적 사건들로 확장되어 가는 방식이다. 이에 따라 텍스트의 사건 구성은 중심서사의 주인물과 일정한 관계를 맺고 있는 의미단락이 독립적으로 구조된 것은 물론이고, 중심서사와는 무관해 보이는 주변적인 사건이 중심으로 부각되기를 거듭함으로써 이야기가 중심서사에서 끝없이 확장된

---

59) 여기서 말하는 '단시적(斷時的) 사건'은 '플롯 구조'를 갖고 있지 않은, 구체적인 서사로 발전하기 이전의 단순한 사건을 의미한다.

형국이다.

『달궁』의 서사 구조 방식은 사건의 유기성을 느슨하게 함으로써 '줄거리를 요약할 수 없는 소설'이라는 평가로 이어진 실정이다.[60] 그러나 『달궁』의 서사 구조를 구체적으로 살펴보면, 사건과 사건이 독립적인 시퀀스(sequence)를 이루고, 그 시퀀스 하나하나가 더 큰 의미단락을 형성하고 있다. 이와 같은 서사 구조의 이중성은 우리 사회의 다양한 현실을 중층결정 서사화를 통해서 드러내려는 의도적인 서사전략으로서 서사 구조를 점묘화한 데 이유가 있다.

1) 액자 구성과 사건의 파편화

『달궁』이 인실의 '일기'를 재현했다는 사실은 바깥 이야기를 재구성함으로써 구체화된다. 바깥 이야기의 주인공 장검사는 인실의 일기를 서사화한 인물이다. 그런데 텍스트에서 장검사의 목소리는 등장인물과 인실의 목소리에 가려 있으며, 좀처럼 드러나지 않는다. 그리고 바깥 이야기는 장검사가 인실의 '일기'를 재현했다는 사실을 밝힘으로써, 정보의 과감한 '생략'을 전제하고 있다. 따라서 독자들이 '생략된 부분들'을 채워가며 읽어야할 부담은 처음부터 주어진 것이다.

서정인은 등단작인 「후송」(1962)에서부터 1970년대에 발표 작품에 이

---

60) 『달궁』은 "자칫 주의를 기울이지 않고 흘려 읽으면 소설적 효과를 얻기 위한 복잡한 여러 장치들 때문에 소설의 전통적 기법들이 모두 허물어진 아노미 소설로 보이기도 한다."(신정현, 「서정인의 『달궁』 삼중주」, 이종민 엮음, 『달궁 가는 길』, 서해문집, 2003, 190쪽)고 지적하는 바를 비롯해서, "과연 꼼꼼한 문명비판 보고서 같은 이 글을 '소설'이라고 불러야 할지 우리는 당황"(서정기, 「리얼리스트의 변신」, 『작가세계』, 1994, 58쪽)한다는 평가는 『달궁』의 서사전략이 기존의 재현 중심에서 과감히 벗어난 혁신적인 실험으로 나아간 데 있다.

르는 동안 단편소설의 미학을 잘 구현한 작가인 만큼,[61] 이러한 시도는 어설픈 실험이 아니라 철저한 자기반성에서 시작된 것으로 보인다. 서정인은 '우리들의 삶은 계기적이지 않은데, 소설을 통해서 완결된 구조로 무엇을 보여주고 내놓는다'는 자체에 대한 회의를 이미 「뒷개」에서 한 바 있다.[62] 이렇게 본다면, 『달궁』에서 보여주는 삽화 하나하나가 계기성이 떨어진다는 것을 갑작스러운 형식 실험이라고 볼 수는 없다. 작가는 분명 서사를 느슨하게 구조화함으로써 얻고자 하는 것이 있을 것인데, 본 절에서는 서사 구조를 통해서 이를 살펴보고자 한다.

『달궁』은 연작소설이면서, 전체 구조가 액자소설 구성 방식을 취하고 있다. 텍스트의 바깥 이야기는 장검사가 '교통사고를 당해서 죽은 여자'를 알게 되는 사건이다. 이어서 죽은 여자에 대한 몇 토막의 정보는 그 여자에 대한 궁금증을 증폭시키며 서사가 추동된다. 그리고 장검사가 죽은 여자의 남편을 만나서도 독자들에게 자세한 정보를 제공하기보다는 백열을 전면에 내세워 "조사(弔詞)"에 대한 일반론을 펴는 등 엉뚱한 이야기를 늘어놓고 딴청을 피운다. 여기에 장검사의 여행에 합

---

61) "서정인의 소설, 특히 초기의 단편소설들을 이해하는 데 있어서 「강」이란 작품은 그 출발점으로 적절하다. 「강」은 그의 세련된 단편소설들 중에서도 각별히 인상적이다. 「강」은 우리 단편소설사에서 기억에 남을만한 수작이며, 서정인의 소설세계를 함축하고 있는 작품이다." (이남호, 「6,70년대 張三李四들의 삶」, 앞의 책, 60쪽)라는 평가에서도 알 수 있는 바와 같이 60년대 등단 작가를 살펴볼 때, 서정인의 단편소설의 형식 미학에 대한 찬사는 두드러진다.

62) 「뒷개」는 사내와 사내의 주변에서 일어나는 사건에 대한 원인 등의 정보를 철저히 배제함에 따라 의문이 풀리지 않기 때문에 작품을 읽고 난 후에도 재구성을 통해서 서사가 완성되지 않는다. 이와 같이 완결성 없는 구조적 특징은 "현실의 터무니없음을 그대로 소설 형식의 터무니없음으로 연결"(이남호, 「80년대 현실과 리얼리즘」, 앞의 책, 268쪽)시킨 결과로 볼 수 있다. 「뒷개」에서 보여주는 이러한 열린 사건구조 방식은 서정인 소설에서 낯설음의 시작인데, '「철쭉제」-『달궁』-『봄꽃 가을열매』'로 나아가면서 서정인의 서사 구조 방식으로 일반화된다.

류한 두 처녀가 들려주는 이야기는 사는 곳도 이름도 정확하지 않지만, "아마도 술집을, 하고 이름은 박딸막이고, 나이는 갓 마흔쯤"(달1 : 29)인 '고모와 이모'에 대한 이야기가 자연스럽게 끼어들어 있다. 바깥 이야기는 궁금증만 증폭시켜놓은 상태로 멈추고, 여기서 안 이야기로 넘어간다.

백열이 보내 온 '편지'와 '소포'는 바깥 이야기와 안 이야기를 매개하는 사건이다. 그것은 바깥 이야기에서 알게 된 여자가 기록했다는 "일기 보따리"와 그 여자에 대한 이야기를 담고 있기 때문이다. 백열이 편지를 통해서 죽은 여자의 "네 번째 남편"이라거나, 그 여자는 '인실'이라고 불리는 여자이며, "제대로 빠진 미인"이어서 "나 같은 알건달 날강도의 짝이 아니었다."고 고백하는가 하면, 그 여자는 "백치"였으며, "미쳤다"고 하는 등, 일관성이 없는 말들로 가득하다. 이와 같은 백열의 편지는 '일기'가 담고 있을 내용에 대한 궁금증을 더하는 형상이다. 이어서 '일기'가 공개되는 부분이 본격적인 안 이야기이다.

안 이야기는 인실이라는 여인의 일대기가 중심서사이지만, '인실의 일대기'에 사건이 한정된 것이 아니라, 인실의 삶에서 매듭 역할을 하는 열여섯 개의 의미단락이 중심이 되어 그 각각이 거느리는 삽화가 제 각기 독립적인 의미를 형성하는 서사들을 거느리는 방식이다. 단락과 단락이 이어져가는 방식은 인실이가 만나고 헤어지는 사람들의 이야기가 횡적으로 확장을 거듭하다가 끝맺음도 없이 다시 인실의 삶으로 돌아오는 형국이다. 첫 번째 의미단락은 바깥 이야기에서 제공한 정보와 인실의 일기를 토대로 유추한 서사이며, 장검사가 인실의 죽음을 목격한 이야기로서 바깥 이야기에 해당하는 것이 이야기의 현재시간이며 마지막 의미단락이다. 그리고 그 안에 있는 열다섯 개의 의미단락은 순전히 인실의 일기로 구성되어 있다. 따라서 장검사 이야기에 해당하는 단락을 제외한 열여섯 개의 의미단락이 안 이야기인 인실의 일대기를 형성하고 있는 것이다.

액자소설[63]의 가장 기본적인 형태는, 이야기 속에 또 하나의, 혹은 여러 개의 비교적 짧은 안 이야기를 내포하는 소설의 구성 형식을 일컫는 말이다. 즉, 이야기의 외측에 또 하나의 서술자의 시점을 인정함으로써 이중의 서술 시점을 채택한 것이다. 바깥 이야기에 해당하는 것이 액자이며, 이 액자는 안 이야기를 위한 기록의 제시, 인증성의 확보, 관점의 거리화 등의 기능을 한다. 그리고 그 속에 포함되는 이야기를 안 이야기라 한다. 액자소설에 대한 특징을 간추려보면 첫째, 짜임새는 바깥 이야기와 안 이야기로 되어 있으며, 바깥 이야기보다 안 이야기가 시간적으로 앞선다. 둘째, 최초의 서술자 외에 또 하나의 서술자를 인정하는 이중 서술 시점이 채택되었다는 점이다. 『달궁』은 이야기 현재에 속하는 '장검사'가 인실의 일생을 기록한 일기를 보고, 그 일기에 기록된 내용을 소개하는 구조를 갖고 있다는 점에서[64] 액자소설의 범주에 속한다고 할 수 있다.

『달궁』은 중심서사로 볼 수 있는 인실의 삶과 삽화의 중심인물들이

---

63) '액자소설'은 한국의 고전소설에서 현대소설에 이르는 작품들의 서술유형 변화를 고찰한 이재선이 지칭한 용어이다. (이재선, 『한국단편소설연구』, 일조각, 1975, 95쪽) '액자소설' 형식은 이야기 밖에 또 다른 서술자의 시점을 배치함으로써, 전지적 소설 방식에서 탈피하여 다각적으로 서사를 전개해 갈 수 있는 이점을 안고 있다. (한용환, 『소설학 사전』, 문예출판사, 1999, 309쪽)

64) 한국문학에 있어서 일기의 제약성을 의식하고 이루어진 일기 소설은 1920년대에 등장한다. 그것의 가장 큰 특징은 일부(日附)로 이야기가 액자 속에 포함되어 있어서 단순한 일기체(日記體)라기보다 일기와 액자가 융합된 것이다. (이재선, 위의 책, 172쪽)

관계를 맺으면서, 안 이야기가 그 속에 독립적인 이야기들을 거느리는 구성 방식을 취하고 있다. 이와 같이 확장적인 구조 특성을 보여주는 안 이야기는 중심서사의 배경이면서, 우리 사회의 부조리한 면모를 보여준다는 점에서 볼 때, 서사 양식의 새로움인 것이다.

『달궁』의 서사 구조를 분석하기 위해서는 전체 서사를 재구성하는 문제가 선행되어야 한다. 이는 스토리와 담론의 골격이 되는 문제인 것이고, 이를 토대로 작가의 서사전략을 살펴볼 수 있기 때문이다. 인실의 삶을 중심축으로 하여 다양한 삽화가 중층적으로 구조된 서사 구조를 분석하면 <표 1>과 같다.[65]

〈표 1〉『달궁』의 서사 구조

바깥 이야기	권	쪽	안 이야기		
			의 미 단 락	삽화와 사건	
			속삽화	겹 속삽화와 단시적(斷時的) 사건	
장검사의 여행 ∥ 임인실의 교통 사고와	1	27 ~ 57	1.친 부모와의 첫 번째 이별 · 전북 남원군 산내면 덕동 리 달궁 부락	1)여순 사건	(1)민중의 고통	①반란군이 식량을 강탈하다 ②군인은 부역혐의를 추궁하다
					(2)큰오빠가 의용군으로 끌려가다

65) '<표 1>『달궁』의 서사 구조'는 인실이의 일대기를 중심축으로 하여 중심서사의 이야기 시간으로 분석하였다. 그리고 안 이야기는 인실과 관계를 맺는 인물이 등장하는 서사 시간을 중심으로 사건구조를 분석하였다. 그런데 안 이야기에 구조된 다양한 삽화는 그 독립성을 분명히 하고 있다고 보기 때문에 연구의 편의에 따라, 중심서사와 관계 맺음이 완결성을 갖지 않고 담론 시간이 지속되는 경우에도 각 삽화에서 전체적으로 이야기 시간에 따라 사건을 분석하였다. 따라서 <표 1>에서 보여주는 중심서사에서 확장되는 삽입서사가 완결된 구조로 보이는 것은 삽입서사를 이야기 시간으로 재구성했기 때문이다. 바깥 이야기와 안 이야기의 담론 시간은 권과 쪽수를 참조할 수 있다.

바깥 이야기	권	쪽	안 이야기			
			의 미 단 락	삽화와 사건		
			속삽화	겹 속삽화와 단시적(斷時的) 사건		
죽음	1	58	· 1944년생 박딸막 (임인실) 출생 · 6남매 중 막내	2)육이오 전쟁	(1)소개 명령	①군인이 집에 불을 지르다. ②집과 함께 할아버지가 불에 타서 죽다 ③가족들 '달궁'을 떠나다
					(2)아버지(1911년생)가 군 입대를 하다	
					(3)인실을 잃어버린 사건	①언니가 울면서 인실을 찾아다니다 ②어머니는 담담하게 받아들이다
	2	107			③인실의 기억	ㄱ.어두운 거리에서 울다
						ㄴ.군용 짐차에서 주먹밥을 먹다
	단락 1의 종결 시간		1950.겨울, 7세	· 인실이 언니의 일터 부근에서 길을 잃음		
	1	60 ~ 66	2.양부모와의 만남과 이별 · '달궁' 백리 근방에서 13년 · 스무 살에 집을 나옴	1)양부모의 위선	(1)전쟁경기를 타고 돈을 모아 부자가 되다. (2)군인 식량을 빼낸 부대 쌀을 사서 장사를 하다	
				2)양딸의 현실	(1)박딸막→임인실로 양부의 호적에 오르다 (2)인실은 은혜를 갚기 위해 집안일을 열심히 하다 (3)인실(8살)과 병덕(9살)이 학교에 입학을 하다 (4)인실이가 병덕이보다 공부를 더 잘하다 (5)인실은 군내, 병덕은 전주에 있는 고교로 진학하다	
	1	62 ~ 69		3)삼촌의 성폭행 사건	(1)삼촌의 위선과 타락	①독실한 기독교 신자인 삼촌은 군인으로서 사명감을 보여주며 인실에게 친절하다 ③삼촌은 예편을 해서 군납

바깥 이야기	권	쪽	안 이야기			
			의 미 단 락	삽화와 사건		
				속삽화	겹 속삽화와 단시적(斷時的) 사건	
						으로 돈을 벌려고 하다 ④삼촌이 인실(고1)을 성폭행을 하다
					(2)임신과 유산	①임신한 인실이 학교를 그만 두다 ②인실이 독한 한약을 먹고 유산을 하다 ③양부모는 인실의 "화냥끼"를 문제 삼다
						④자백 ㄱ.양부모가 머슴을 의심하다 ㄴ.머슴이 거짓 자백을 하다
	1	68 ~ 69		4)청혼	(1)스무 살 때 양오빠 임병덕이 청혼을 하다 (2)인실은 집을 나오기 위해 병덕을 따르기로 결정 하다	
	1	89 ~ 92			(3)병덕의 도둑질	①병덕이 아버지의 돈을 훔치다 ②양부모는 인실이가 돈을 훔쳤다고 의심을 하다
	단락 2의 종결 시간		1963년, 20세	·인실이 양부모의 집을 나옴		
	1	71 ~ 84	3.조력자 황영감 (1907년생)과의 만남과 이별 남원기차역→여인숙→남원 경찰서→전주 다리 밑→서울 청량리 역전 파출소→피혁 공장→형태와 인실	1)거지 영감	(1)남원역에서 거지 행색의 황영감을 만나다 (2)황영감이 인실에게 고향의 친부모를 찾는 지혜와 다시 부모를 떠나야 하는 이유를 가르쳐 주다	
	1	84 ~ 87		2)황영감의 과거	(1)황영감은 1948년 당시 역사 선생을 하다 (2)여순사건 때 반란군 편에서 만세를 부르다 (4)만세 부른 사건으로 칠 년 감옥살이를 하다	

바깥 이야기	권	쪽	안 이야기		
			의 미 단 락	삽화와 사건	
			속삽화	겹 속삽화와 단시적(斷時的) 사건	
			이 결혼식장→ 윤점례의 술집	(5)고향	①황영감은 칠 년 만에 고향을 찾다 ②3개월만에 집을 나오다
				(6)연좌제	①황영감의 전과 때문에 친·인척들이 고통을 받다 ②황영감은 이유도 없이 수시로 검문을 받고 의심을 받다
	1	84 ~ 86		(1)고향과 부모 찾기	황영감은 면사무소에 요청하여 고향과 부모를 찾는 방법을 인실에게 가르쳐 주다
	1	72 ~ 87		(2)포주로부터 구출	①포주가 인실에게 수면제를 먹이다. ②포주는 황영감에게 매춘을 알선하다 ③황영감이 포주로부터 인실을 구하다
	1	98	3)인실의 조력자 역할	(3)유치장 동료로서 위로	①양부모가 인실을 도둑으로 고소를 하다 ②학원에서 나오는 길에 붙잡혀 가다 ③하룻밤 만에 무혐의로 풀려나다 ④황영감이 인실의 억울함을 위로하다
	1	198 ~ 214		(4)'악'을 비춰보는 거울	인실이 황영감을 자주 만나자 김철복의 추악함이 더 크고 분명하게 보이다
	2	28 ~ 109 189 ~		(5)황영감 의 위안	①인실은 힘든 공장생활을 하지만 황영감을 의지하며 살아가다 ②인실의 결혼식장에서 부

바깥 이야기	권	쪽	안 이야기		
			의 미 단 락	삽화와 사건	
			속삽화	겹 속삽화와 단시적(斷時的) 사건	
		191			모 역할을 하다
		251			③형태가 잡혀간 후 만나서 위안을 얻다
	단락 3의 종결 시간	1976년 33세		·황영감의 죽음	
	1	29~ 69, 87, 93	4.친부모와의 두 번째 이별	고향 '달궁'과 부모	(1)인실이 13년 만에 가족과 고향을 찾다 (2)친부모와 일주일을 함께 보내고 다시 집을 나오다
	단락4의 종결 시간	1963년 20세		·인실이 고향 친부모의 집에서 스스로 나옴	
	1	57, 93 ~ 106	5.임병덕과 동거 생활 ·전주에서 ·약 2년	1)병덕의 불안한 행동	(1)병덕이 부모 몰래 사글세방을 얻어 인실과 동거하다 (3)병덕이 인실에게 변덕을 자주 부리다
				2)인실의 꿈	(1)인실은 미용사가 되어 남편을 뒷바라지할 목표를 세우고 미용학원을 다니다 (2)인실은 미용 실습을 잘해서 장학금을 받다 (3)병덕의 반대로 인실이 미용학원을 그만 두다
				3)양부모의 고소	(1)양부모는 인실을 도둑으로 고소를 하다 (2)인실은 절도 혐의가 없어 하루 만에 풀려나다
				4)기도원 유폐	(1)병덕이 부모와 인실이 사이에서 갈등을 하다 (2)병덕은 정신질환을 앓다 (3)병덕과 양부모는 인실을 기도원에 정신질환자로 강제 입원을 시키다 (4)한 달이 지나자 보호자와 연락이 두절되다

바깥 이야기	권	쪽	안 이야기		
			의 미 단 락	삽화와 사건	
			속삽화	겹 속삽화와 단시적(斷時的) 사건	
단락 5의 종결 시간			1965년 22세	·인실이 기도원에 갇히게 되고, 병덕과 이별	
	1	57~66, 99~144	6.기도원 생활과퇴원 ·전북 진안 부근 ·약 6개월	1)인실의 기도원 생활	(1)인실은 입원 한달만에 원장의 요청으로 기도원에서 식모살이를 하다 (2)기도원 울타리를 철조망으로 치는 것을 본 인실이 기도원을 몰래 빠져 나오다
	1	123~134		2)기도원 이사장 황장로	(1)황장로는 거짓 설교와 거짓 기도를 하다 (2)입원비를 못내는 환자는 일을 시키라고 지시를 하다 (3)황장로는 입원비를 받기 위해서 병덕을 찾아다니다 (4)황장로는 뱀(사)탕을 자주 먹다
	1	126~137		3)주천 산장에서 식모살이	(1)인실이 기도원을 나와서 주천산장을 찾아가다 (2)주인 언니가 인실을 따뜻하게 맞아주다 (3)인실은 주인 언니를 의지하며 지내다 (4)뱀탕을 끓여 팔다
				(5)이사장과의 재회	①이사장이 산장에 뱀탕을 먹으러 오다 ②이사장을 따라 주천산장을 나오다 ③인실은 병덕이 정신병원에서 입원 치료 후 군에 입대한 사실을 알다
단락 6의 종결 시간			1966년 23세	·인실이 황장로 이사장을 따라 주천 산장을 나옴	
	1	145~214	7.김철복 (=황장로)의 집 가정교사 겸 식모살이	1)졸부 김철복 (=황장로)	(1)건축 청부업자로 '하청'을 주면서 운영하다 (2)'실로암 기도원' 이사장이며 황장로와 동일인이다 (3)연좌제로 고통을 주는 외삼촌을 싫어

바깥 이야기	권	쪽	안 이야기		
			의 미 단 락	삽화와 사건	
			속삽화	겹 속삽화와 단시적(斷時的) 사건	
			· 전주 · 약 3년	하다 (4)아내의 계가 깨지자 '부부별산'을 내세우다 (5)봉숙 남매가 유괴로 가장하여 '남의 빚을 갚으라'고 김철복을 협박하다 (6)김철복은 윤창수가 깡패를 내세우자 빚을 갚다 (7)김철복은 인실이의 3년 월급을 주지 않다	
	1	155 ~ 157, 173		2)감옥을 선택한 강은숙	(1)강은숙은 장로의 딸로 김철복과 결혼 하다 (2)강은숙은 계를 운영하여 돈을 많이 모으다 (3)인실에게 월급 대신 계 끝 번호를 주다 (4)빚을 갚지 않기로 남편과 합의하고 숨어 지내다 (5)강은숙은 사기·배임·횡령 혐의로 수배를 받다 (6)구속된 후에도 빚을 갚는 대신 교도 소를 선택하다
	1	168 ~ 173		3)강은숙의 보증 사기담	(1)강은숙이 윤창수로부터 1차 보증을 받은 후 다시 백지 서류에 도장을 받 아 2차 보증 사기를 치다 (3)강은숙은 대출을 받은 6개월 후 잠적 하다
	1	148 ~ 151		4)김철복의 과거담	(1)가난하고 불행한 가족사를 안고 성장 기를 보내다 (2)큰집에서 더부살이하며 맺힌 한이 많 다 (3)집을 나온 이후 30년이 넘도록 고향 을 찾지 않다 (4)강은숙과 결혼하여 리어카 행상과 곗 돈으로 기반을 잡다
	1	151 ~		5)김철복의 사촌형님	(1)김철복의 사촌형님은 김철복에게 아 들의 출세에 힘이 돼 달라고 부탁하다

바깥 이야기	권	쪽	안 이야기		
			의 미 단 락	삽화와 사건	
			속삽화	겹 속삽화와 단시적(斷時的) 사건	
		155		(2)형님 과거	①큰집은 일제치하에서 부자로 살다 ②사촌형님은 평생을 농군으로 살면서 경제적인 어려움을 겪다
	1	60, 119, 158		(3)김철복의 조카	①조카는 서울대에서 학생회장을 하다 ②문화부에서 근무하는 김철복의 조카는 윗사람에게 아첨 잘하고, 아랫사람 앞에서는 군림하기를 잘하다 ③조카는 인실에게 서울에서 좋은 자리에 취직시켜 주겠다고 은밀하게 말하다
	1	198 ~ 200	6)김철복의 외삼촌 (=황영감)	(1)인실이 만복교 아래에서 뱀탕을 끓이고 있는 황영감과 재회를 하다	
				(2)외삼촌의 과거	외삼촌은 머리가 좋고 똑똑했으며 군내에서 인물 났다고 소문이 나다
	1	157 ~ 168, 195 ~ 202	7)인실의 무보수 가정교사 생활 3년	(1)강은숙은 인실에게 월급 대신 계 끝번호를 주었으나 계가 깨지다 (2)김철복은 인실이에게 첩살이를 수락하면 밀린 월급을 주겠다고 제의하다 (3)인실은 강은숙에게 사기 당한 피해자 윤창수를 만나 밀린 월급을 포기하고 김철복의 집을 나오다	
	단락 7의 종결 시간	1969년 26세	· 인실은 3년 월급을 포기하고 김철복의 집을 나옴		
	1	208 ~ 212	8.윤창수와 동거생활 · 전주	1)고지식한 윤창수	(1)윤창수는 교수로서 학교생활에 적응하기를 어려워하다 (2)학보기사 검열 문제로 구치소에 감금되다

바깥 이야기	권	쪽	안 이야기		
			의 미 단 락	삽화와 사건	
			속삽화	겹 속삽화와 단시적(斷時的) 사건	
			·약 1년	(3)친구의 경험	휴일에 딸의 담임선생이 예고없이 찾아와서 아내가 주는 돈 봉투를 자연스럽게 받아가다
	1	181 ~ 195	2)깡패의 의리	깡패가 윤창수에게 맡긴 가방을 우여곡절 끝에 건네주자, 깡패는 보답으로 억울한 일을 해결해 주겠다고 제의하다	
	1	176 ~ 203	3)윤창수의 보증담	(1)윤창수는 김철복의 아내에게 보증사기를 당하다 (2)김철복은 돈을 두고도 아내의 빚을 갚지 않다 (3)윤창수는 깡패를 동원하여 김철복으로부터 돈을 받아 내다	
	1	230 ~ 234	4)윤창수의 과거담	(1)신용금고 수금사원으로 취직→적응하지 못하고 그만두다 (2)시 습작→위장병만 얻다 (3)중학교 교사 취직→ 사직 하다	
	1	216 ~ 259	5)인실과 윤창수의 동거	(1)윤창수는 결혼을 전제로 인실과 동거하다 (2)인실은 고우내와 헌뫼를 잘 돌보다 (3)남매는 인실을 '이모'라고 부르다 (4)헌뫼는 학교에 가서 새엄마 자랑을 하다 (5)헌뫼가 담임선생에게 인실을 엄마라고 소개하다 (6)윤창수의 누나가 찾아와 아들 낳는 약을 팔고 가다	
	2	11 ~ 22			
	1	215, 251 ~ 259	6)출분한 아내의 위자료 청구 사건	(1)윤창수는 아내가 출분한 3개월 후 다른 남자와 살림을 차리고 사는 아내를 찾아내다 (2)윤창수의 아내는 인실과 동거를 빌미로 윤창수에게 돈을 요구하다 (3)윤창수는 아내가 다른 남자와 동침하고 있는 현장을 목격하고 동네 사람들을 증인으로 확보하다	

바깥 이야기	권	쪽	안 이야기		
			의 미 단 락	삽화와 사건	
				속삽화	겹 속삽화와 단시적(斷時的) 사건
	2	11 ~ 27		7)녹용과 윤점례	(1)교인이 밀수한 녹용을 진짜로 속여 팔다 (2)집 나가는 인실에게 자신의 서울 주소를 건네주다
단락 8의 종결 시간		1970년 27세			· 황영감의 손녀 주소를 들고 서울로 올라감
	2	28 ~ 73	9.피혁 공장 취업과 퇴사 · 서울 문래동 · 약 3개월	1)인실이 피혁공장 취업	(1)인실은 황영감의 손녀 은숙의 도움으로 공장에 입사하여 한달만에 조장이 되다 (2)동료들이 인실의 성실한 태도를 '아침'으로 평가하다 (3)인실은 황영감이 청소부로 취직하는 데 도움을 주다
	2	74 ~ 93		2)하상무의 성폭행	(1)하상무에게 인실이 성폭행을 당해서 유산을 하다 (2)하상무는 여종업원들을 습관적으로 성폭행 하다 (3)인실은 하상무와 그의 아내로부터 받은 위자료를 기금으로 여직원 상조회를 조직하기 위해 준비를 하다
	2	94 ~ 110		3)깡패의 폭행	(1)인실이 상조회를 만드는 일을 저지하기 위해 회사측에서 깡패를 사주하여 인실을 폭행하다 (2)경찰이 인실을 공산당으로 몰며 퇴사를 종용하다
단락 9의 종결 시간		1971년 28세			· 상조회 문제로 피혁 공장 퇴사함
	2	110 ~ 162	10.니나노 술집살이 · 서울 아현동 · 약 5개월	1)취직의 어려움	(1)인실은 윤점례의 술집에서 주방 일을 시작하다 (2)문화부에서 만난 계숙의 여권 보증을 주선해 주다 (3)인실이 문화부 김감사관을 찾아가 취직을 부탁하자 그는 동업을 제의해 오다

바깥 이야기	권	쪽	안 이야기		
			의 미 단 락	삽화와 사건	
			속삽화	겹 속삽화와 단시적(斷時的) 사건	
	2	122 ~ 149		2)양공주의 희망	(1)인실은 계숙이와 미군이 동거하는 집을 방문하다 (2)계숙은 미국인이 되고 싶어서 김치까지 싫어하다 (3)인실이 양공주 유순의 자살 사건을 듣다
					(4)트로이의 목마
	2	162 ~ 177		3)춘애의 사랑	(1)춘애는 형태를 좋아하지만 형태가 '가진 자'를 싫어한다는 사실을 알고 형태 곁에서 떠나다. (2)춘애는 큰집에 얹혀있는 동생들 학비를 보내다 (3)춘애는 요정으로 가기 위해 윤점례의 술집을 떠나다
	2	169 ~ 172			(4)춘애의 과거
	2	165 ~ 169		4)형태의 과거	(1)형태 아버지의 '농방'은 과거 한때 번창하다 (2)아버지는 알콜 중독으로 모든 일에서 물러나다 (3)형태의 옛 애인은 형태가 가난하다는 이유로 떠나다 (4)형태는 일류 대학을 중퇴하고 목수

위 표의 (4)트로이의 목마 셀 내용:
①인실은 유순의 유품인 '트로이의 목마'를 전하기 위해서 가족을 찾다
②유순의 아버지는 전직 국회의원이었으며 형제들은 모두 사회적으로 출세한 집안이라는 사실을 알다
③유순은 일류여대를 중퇴하고 양공주 생활을 하다

(4)춘애의 과거 셀 내용:
①중3 때 어머니가 가출함에 따라 학교를 그만두다
②아버지는 술주정꾼으로 어머니를 수시로 폭행하다
③아버지를 죽게 해 달라고 기도를 하다

바깥 이야기	권	쪽	안 이야기		
			의 미 단 락	삽화와 사건	
				속삽화	겹 속삽화와 단시적(斷時的) 사건
					일을 하다
	2	177 ~ 182	5)형태의 청혼	(1)춘애가 떠나자 형태와 인실이 가깝게 지내다 (2)형태가 인실에게 청혼을 하다	
	단락 10의 종결 시간		1971년 28세	· 인실이 형태의 청혼을 받고 결혼하기 위해 술집 그만 둠	
	2	183 ~ 193	11. 홍형태와의 결혼 생활 · 아현동 · 약 4년	1)결혼식	(1)김윤도 교수의 주례로 홍형태와 결혼 식을 올리다 (2)황영감이 인실의 부모 역할을 하다 (3)친구들 앞에서 신혼부부는 '봉선화'를 부르다
	2	189 ~ 269		2)결혼 생활	(1)시아버지 모시고 목공소 안집에서 생 활하다 (2)지웅과 지선 남매를 낳아 기르다
	2	194 ~ 234		3)'마음대 로 말하기 모임' 회원	형태는 매주 구파발에서 열리는 '마음대 로 말하기 모임'에 참석하다.
					(1)김윤도 ①전직 사학과 교수이며 정년을 십년 남겨두고 사표를 내다 ②현재 대학에 시간강사를 나가다
					(2)학원 강사 ①월남 전쟁을 학생신문에 비판→대학 강사직을 잃다 ②현재 학원에서 강의를 하다
					(3)박판술 ①김판술은 학생운동을 하 다가 재적되다 ②학교를 나온 후 서적 외 판원을 하다

바깥 이야기	권	쪽	안 이야기		
			의 미 단 락	삽화와 사건	
			속삽화	겹 속삽화와 단시적(斷時的) 사건	
				(4)외과 조수	①외과 조수는 교사 임용 되었으나 재단에서 돈을 요구하자 사퇴를 하다 ②숙부의 병원 조수로 취직하여 병원 잡무를 보다
				(5)이성호	①이성호는 대학 진학을 포기하고 정비기술을 배우다 ②현재 짐차 운전을 하다
	2	238 ~ 249	4)시아버지의 죽음	(1)시아버지는 고향 '화천'을 자주 찾다 (2)고향 '파포리'에 묻어달라고 유언을 하다	
	2	249 ~ 263	5)형태의 감옥살이	(1)형태는 자본주의 사회에 대한 비판을 자주 하다 (2)형태는 간첩 혐의로 일 년간 감옥살이를 한 이후에도 간첩 사건으로 수배를 받다 (3)형태는 아이들을 돌보지 않고 떠돌이 생활을 하다	
	2	251		(4)병든 황영감	①황영감이 형태가 잡혀간 후 윤점례의 집으로 인실을 찾아오다 ②인실은 알아보지만 기억을 잘 못하다
	2	251 ~ 252		(5)윤점례의 유혹	①윤점례는 인실에게 '아이들은 고아원에 맡기고 돈을 벌라'고 권하다
	2	253		(6)형태 사촌의 조언	①사촌이 '형태는 죄가 없어도 2년 옥살이 각오해야 한다'고 말하다 ②인실에게 '늙기 전에 한 밑천 잡으라'고 충고를 하다

바깥 이야기	권	쪽	안 이야기		
			의 미 단 락	삽화와 사건	
			속삽화	겹 속삽화와 단시적(斷時的) 사건	
	2	254 ~ 266		(7)우종규의 성폭행	①형태 친구가 돌 반지를 들고 찾아 오다 ②인실을 성폭행→이후에 도 이어지다 ③형태가 출소해서 '인실이 우종규에게 당한 사건'을 알다
	2	269		6)이별	(1)형태는 인실과 우종규의 일로 괴로워 하다 (2)인실이 아이들을 두고 집을 나오다
	단락 11의 종결 시간		1975년 32세	·인실이 남매를 두고 집을 나옴	
	3	11 ~ 60	12.술집 '유순' 운영과 쫓겨남 .김국장과 동업으로 술집을 운영 하다 ·안양시 ·약 1년	1)문화부 김국장과 술집 동업	(1)김국장이 자본을 대고 인실이 술집을 운영하다 (2)인실은 손님들을 차별하지 않고 '늘 웃으며' 대하다 (3)노시인을 모시고 일구가 술집 '유순' 을 자주 찾아 오다
	3	17 ~ 53		2)조력자 노시인	(1)노시인은 인실을 '딸'로 대하다 (2)인실에게 위기에서 '물러서는 지혜'를 가르쳐 주다 (3)인실이가 재벌 2세들과 가는 여행에 동참하다
	3	22 ~ 48		3)양수리 별장 여행	(1)인실은 일구의 양수리 별장으로 여행 을 가다 (2)인실은 재벌 2세들이 즐기는 유흥을 보다
	3	48 ~ 60		4)김국장의 계약 파기 요구	(1)김국장은 권리금이 오르자 계약 파기 를 요구하다 (2)신옥이 깡패를 동원하여 김국장을 협 박하자 김국장은 도리어 자신을 협박 한 깡패를 매수하다 (3)인실은 술집 '유순'을 그만 두고 나오

바깥 이야기	권	쪽	안 이야기		
			의 미 단 락	삽화와 사건	
				속삽화	겹 속삽화와 단시적(斷時的) 사건
					다
	3	61 ~ 63		5)황영감의 부음	(1)인실은 황영감의 죽음을 삼우가 지나서 알고 손녀딸을 찾아가다 (2)손녀가 '할아버지의 삶은 오욕으로 점철된 삶'이라고 평가하다 (3)손녀가 할아버지의 전과로 집안 식구들은 죄도 없이 사회에서 주눅이 들어 살았다고 말하다
	단락 12의 종결 시간		1976년 33세	· 술집 '유순' 운영 그만 두고 나옴	
	3	66 ~ 158	13.김춘보의 첩살이와 이별	1)식모 살이	(1)인실은 김춘보의 집으로 파출부를 나가다 (2)김춘보는 인실이에게 세상사를 자주 말하다
	3	64 ~ 74, 95 ~ 106	· 서울 · 약 1년	2)깡패 장삼이와 영팔이	(1)두 사람은 군 제대 후 어울려 깡패 조직을 만들다 (2)두 사람은 안양에서 깡패 노릇을 하다 (3)장삼이는 영심이를 사랑하면서 깡패를 그만 두다 (4)장삼이 부부가 인실이 살고 있는 집으로 이사 오다
				(5)장삼의 과거	①장삼이는 형 집에서 자라다 ②중학교 때 패싸움을 자주 하다 ③고등학교 때 돈을 갖고 가출하다 ④많은 직업을 전전하다가 입대하다 ⑤장삼이는 꾀가 많다
				(6)영팔의 과거	①학교 다니며 장삼이와 어울려 다니다

바깥 이야기	권	쪽	안 이야기	
			의 미 단 락	삽화와 사건
			속삽화	겹 속삽화와 단시적(斷時的) 사건
				②영팔이는 주먹이 세다
			(7)장삼의 사랑	①장삼이는 영심과 살림을 차리다 ②출산 비용이 없어서 빌리러 다니다
			(8)출산	①영심은 진통이 시작되어 병원에 가지만 돈이 없어서 입원을 하지 못하다 ②영심은 인실이가 보증하여 유서경 산부인과에서 아들을 출산하다 ③인실이 영심이의 출산비 보증을 계기로 식모살이를 다시 시작하다
			(9)억울한 옥살이	①장삼은 깡패 전과 때문에 절도와 살인 용의자로 지목되어 누명을 쓰다 ②장삼은 옥살이 중 육 개월 후 진범이 잡히자 다리를 절며 출소를 하다
	3	86 ~ 92	3)우리말 오용 실태	(1)김춘보는 '공영방송과 신문이 우리 말을 오염시킨다'고 비판을 자주하다
			(2)치과에서 생긴 일	①김춘보는 학장에게 건물 내부 표지판 시정을 요구하다 ②학장이 김춘보를 정신질환자로 의심하다
	3	108 ~ 118	4)김춘보의 과거담	(1)평안남도 출신으로 고학으로 대학을 마치다 (2)대학 때 과외 선생을 하던 집에서 잠을 얻어 자다 (3)철학 전공 후 철학 선생, 독어 선생을 하다

바깥 이야기	권	쪽	안 이야기		
			의 미 단 락	삽화와 사건	
			속삽화	겹 속삽화와 단시적(斷時的) 사건	
				(4)과외 받은 학생 유달숙(서경)과 결혼을 하다	
				(5)유서경의 집안 내력	①고향은 함경도 북청이며 피난 도중 유서경의 아버지는 사망하다 ③모친은 장사를 해서 신흥 부자가 되다 ④큰딸은 미국에 유학을 가다 ⑤모친의 숨겨둔 남자를 김춘보가 보다 ⑥작은 딸 을숙은 의대를 다니다 ⑦을숙을 서경으로 개명하다
	3	119 ~ 125	5)유서경의 불륜	(1)유서경은 강태철과 불륜관계를 맺고 강태철에게 재산 관리를 맡기다 (2)남편에게 불륜 현장을 들키다	
	3	126 ~ 128	6)김춘보 부부의 결혼생활	(1)김춘보 부부는 서로에게 불만이 많다 (2)아내의 불륜 현장을 남편이 목격한 후 부부관계가 악화되다 (3)김춘보는 체면 때문에 결혼생활을 유지하다	
	3	93 ~ 135, 207	7) 아내가 구하는 남편의 첩	(1)유서경이 인실에게 남편의 첩 노릇을 요구하다 (2)강태철을 시켜서 남편의 첩살이를 부추기게 하다 (3)유서경은 남편을 성불능자로 알다 (4)자신의 불륜을 무마하려는 의도가 숨어 있다	
	3	136 ~ 139	8)지웅과 지선의 해외 입양	(1)지웅과 지선을 고모가 키우다가 고아원에 맡기다 (2)고아원에서 남매를 미국으로 입양 시키다 (3)인실은 지웅과 지선을 데려올 방법을	

바깥 이야기	권	쪽	안 이야기			
			의 미 단 락	삽화와 사건		
				속삽화	겹 속삽화와 단시적(斷時的) 사건	
					모색하다	
	3	123 ~ 158		9)김춘보의 첩살이	(1)김춘보는 인실에게 위안을 얻고 싶다고 말하다 (2)아이들을 데려오기 위해 김춘보의 첩이 되다 (3)서무과장이 명륜동에 첩살림 준비를 하다 (4)김춘보가 대장암 진단을 받다	
	3	123 ~ 144, 207 ~ 224		10)병원 사무장 강태철	(1)강태철은 대학 때 축구 선수로 활약하다 (2)유서경과 불륜관계 맺고 원장의 충복이 되다 (3)이사장이 죽자, 유서경으로부터 사퇴를 종용받다 (4)인실에게 함께 유서경을 협박하여 돈을 받아내자고 제의를 하다 (5)강태철은 유서경에게 고소를 당하다	
	3	159 ~ 164		11)서무과장의 추행	(1)서무과장이 인실을 함부로 대하지만 김춘보는 이를 묵인하다	
	3	153 ~ 158		12)미국 큰딸 편지	(1)미국 생활	①직장에서 먼 곳으로 이사를 하다 ②남편은 '흑인 미국 문학'을 전공하다
					(2)부부 싸움	①남편은 일을 그만 둘 것을 요구하다 ②출근길에 소리를 지르며 크게 싸우다 ③경찰이 자유의사 존중하라고 말하다
					(3)지웅과 지선 소식	①지웅과 지선은 미국의 소읍에서 살다 ②양부모는 순박한 농부이다

바깥 이야기	권	쪽	안 이야기		
			의 미 단 락	삽화와 사건	
			속삽화	겹 속삽화와 단시적(斷時的) 사건	
					③지웅과 지선은 미국 이름을 가지다
3		165 ~ 200	13)김춘보의 투병 생활	(1)연천영감	①김춘보의 병실에 입원한 환자이다 ②가난한 농부 출신이지만 자식들이 곁에서 아버지를 늘 지키다 ③이웃과 친지들이 자주 찾아오다
				(2)간병	①인실은 안집에서 김춘보를 돌보다 ②병문안 드나드는 손님 시중까지 들다
				(3)큰딸	①큰딸은 미국에서 심리학을 전공하다 ②유학 중 언어 때문에 어려움을 겪다 ③상업주의가 된 현실을 비판하다
				(4)작은딸	①작은 딸은 목포에서 의사로 근무하다 ②목포 생활을 힘들어 하다
				(5)아들	대학 졸업 후 유학을 떠났지만 중도 포기하고 귀국해서 사업을 하다
				(6)섬 선생	①섬 선생은 욕심과 야망을 멀리하고자 자진해서 섬 학교에 발령을 받다 ②형이 동생의 진급을 위해서 뇌물을 쓰다 ③부잣 ㄱ.아들은 부모에게 알리지 않고 처가 식구와 약혼식을 하다

바깥 이야기	권	쪽	의 미 단 락	속삽화	겹 속삽화와 단시적(斷時的) 사건
				집사위가 된 아들	ㄴ.신부감이 인사를 오지 않다 ㄷ.어느 집사위: ㄱ)며느리가 가계부에 시 어머니를 '춘년'이라고 기록을 해두다 ㄴ)어느 신혼부부가 일년 만에 이혼을 하다
				(7)악화된 병세	①김춘보를 서재에서 안방으로 옮기다 ②가족들은 거실과 서재에서 수근거리다
				(8)가족들 관심	①가족들은 김춘보의 죽음을 기다리다 ②가족들은 오직 유산에 관심을 갖다
				(9)김춘보의 유언과 죽음	①김춘보가 변호사를 통해서 인실에게 유산을 남기다 ②김춘보가 새벽에 혼자 죽음을 맞다
	3	201~206	14)김춘보의 죽음 이후의 사건들	(1)병원 청소부	①김춘보가 죽은 후 인실은 유서경의 병원에서 청소를 하다 ②인실은 '유서경을 협박해서 유산을 받아 내자'는 강태철의 제안을 거절하다 ③원장이 인실에게 떠날 것을 요구하다
		207~		(2)강태철의 공갈·협박	①강태철은 유서경이 퇴사를 요구하자 병원 기밀을

바깥 이야기	권	쪽	안 이야기				
			의 미 단 락	삽화와 사건			
			속삽화	겹 속삽화와 단시적(斷時的) 사건			
		248			빌미로 원장을 협박하다 ②강태철이 원장에게 퇴직금으로 십 년분을 요구하다		
					③ 고 소 장	ㄱ.유서경이 인실과 강태철을 '공갈 협박'으로 고소를 하다 ㄴ.강태철이 구속되다	
					④ 면 회	인실은 강태철을 면회하러 간 경찰서에서 자신도 고소를 당한 피의자라는 사실을 알다	
					⑤ 김 형 사	ㄱ.김형사는 지역 유지의 비밀을 듣고 수사 의욕을 갖다 ㄴ.계장은 '소득도 없는 깡패를 편든다'고 김형사를 질타하다	
						ㄷ. 김형사의 누나	ㄱ)계부가 누나를 성폭행하다 ㄴ)누나는 정신 질환을 앓다가 교통사고로 사망하다
	3	248 ~ 250		15)인실의 폐결핵 진단	(1)유서경은 은실에게 일 년치 월급을 주다 (2)유서경 병원에서 폐결핵 검사를 받도록 주선 하다 (3)인실은 폐결핵 중등증 진단을 받다		

바깥 이야기	권	쪽	안 이야기		
			의 미 단 락	삽화와 사건	
			속삽화	겹 속삽화와 단시적(斷時的) 사건	
	단락 13의 종결 시간	1977년 34세		·인실은 월급 일 년분을 받고 유서경의 집을 나옴	
	3	248 ~ 253	14.결핵 병원 입원과 퇴원 ·경남 마산 가포 ·약 1년	1)폐결핵 중증 환자 윤재	(1)인실은 결핵 병원 찾아가는 기차에서 윤재를 만나다 (2)인실은 윤재가 울고 있는 모습을 보다 (3)윤재가 인실에게 마산 결핵 병원을 소개하다.
				(4)폐결핵중증환자윤재	①윤재는 대학을 졸업하고 취직을 한 상태에서 결핵을 진단받다 ②권토중래를 다짐하며 치료를 결심하다
	3	254 ~ 274		2)결핵 병원 입원	(1)인실은 치료를 적극적으로 받다 (2)인실은 삼백동 중등증 병동에 입원을 하다
	3	256 ~ 262		3)처녀 환자	(1)국어 교사이며 '문학의 밤'을 열어 '시' 낭송을 하다 (2)백동에서 시작하여 일 년만에 회복동까지 오다
				(3)처녀의 과거	①약혼식 날 아침에 각혈을 하다 ②처녀는 결핵 병원에 입원하고, 남자는 딴 데 장가를 들다
				4)김선생	(1)처녀 환자를 결핵병원으로 안내하다 (2)아들과 며느리가 권해서 입원 치료를 하다
	3	262 ~ 264, 267		5)윤재의 병원 생활과 죽음	(1)윤재는 심한 중증 환자로 백동에 입원을 하다 (2)애인이 그리워서 고통스러워하다 (3)애인 미진이를 간절히 기다리다 (4)윤재는 일기를 남기고 자살하다

바깥 이야기	권	쪽	안 이야기		
			의 미 단 락	삽화와 사건	
				속삽화	겹 속삽화와 단시적(斷時的) 사건
	3	268 ~ 274			(5)윤재와 알고 지냈다는 이유로 인실을 조사하다
			6)윤재의 죽음	(6)병원에서 인실에게 부모와 미진을 만나볼 것을 부탁해 오다	
				(7)윤재의 부모	①인실이 윤재 부모를 찾아 가다 ②윤재의 아버지가 윤재가 있는 병원으로 떠난 후 인실이 도착하다 ③윤재 어머니는 딸의 식당 앞에서 넋을 놓고 있다
				(10)윤재의 애인 미진	①미진은 인실에게 윤재를 모른다고 말하다 ②인실이가 찾아가자 미진 은 '악'을 쓰다
	단락 14의 종결 시간		1978년 35세	· 홍성의 윤재 어머니와 서울의 미진을 찾아가서 윤 재 죽음 알림	
	1	52	15.조양식당 식모살이 · 충남 홍성 · 약 1년	결핵 병원에서 퇴원하여, 홍성에 있는 '조양 식당'에 서 일 년간 식모살이를 하다	
	단락 15의 종결 시간		1979년 36세	· 인실이 건달 백열을 따라 나섬	
	1	24 ~ 27 ,	16. 백열과의 동거 생활 · 인실의 죽음 · 안면도	1)백열과 인실의 생활	(1)인실은 백열과 안면도에 정착하여 횟 집을 운영하다 (2)백열은 손님에게 인실이 꼬리를 친다 고 보다 (3)백열은 인실에게 수시로 폭력을 행사

바깥 이야기	권	쪽	안 이야기			
			의 미 단 락	삽화와 사건		
			속삽화	겹 속삽화와 단시적(斷時的) 사건		
		48 ~ 54	· 약 5년		하다 (4)인실은 백열에게 반항을 하지 않다 (5)인실은 백열에게 면도까지 해주다	
				2)백열의 증오	돈과 권력을 가진 사람들을 싫어하다	
				3)인실의 일기	(1)인실이가 안면도를 떠날 때 떨어뜨리고 가다 (2)인실은 평소에 뭘 쓰다가 감추기를 자주하다 (3)백열은 장검사에게 일기를 보내다	
	단락 16의 종결 시간		1985년 봄, 42세로 죽음	· 백열은 인실이의 일기장을 장검사에게 보냄		
1		11 ~ 24	17.바깥 이야기와 안 이야기의 만남 · 장검사의 여행과 인실의 죽음	1)장검사가 본 인실	(1)횟집 주인 여자	①인실은 손님에게 생기 넘치고 총명한 모습을 보여주다 ②장검사는 횟집 주인 여자의 밝은 모습 뒤에 있는 어두운 그림자를 보다
					(2)술취한 여자	①새벽에 여자가 차를 세우다 ②술에 취한 여자를 차에 태우다
					(3)차에 탄 여자	①차에 탄 여자는 '안면만 벗어나서 어디든 내려달라'고 장검사에게 말하다 ②지나온 삶을 신세타령으로 늘어놓다
				2)여행지에서 만난 두 아가씨		(1)외사촌 자매이며, 여상을 졸업한 동창이다 (2)태숙은 이모, 혜자는 고모를 찾고 있다 (3)태숙은 어머니로부터 외갓집 내력을 듣다 (4)혜자와 태숙은 인실의 사고 현장을

바깥 이야기	권	쪽	안 이야기	
			의 미 단 락	삽화와 사건
			속삽화	겹 속삽화와 단시적(斷時的) 사건
				지나치다
	1	48 ~ 21 , 44 ~ 56		(5)혜자와 태숙의 삶	①백치 상자를 통해서 세상을 보다 ②모든 사물을 제대로 보지 못하다 ③백치 상자에 나오는 물건을 많이 사기위해서 저축을 열심히 하다
				(6)악 고치기에 대한 의견	①과음으로 위장 상한 사람→병 고치는 것은 술 마시기 위해서라고 말하다 ②악을 조금 고치는 일은 악을 오래 가게 하는 일이다
	1	21 ~ 24	3) 뺑소니 교통사고로 죽은 여자	(1)장검사는 자신의 차에서 내린 여자가 교통사고를 당해서 죽었다는 사실을 알다 (2)장검사가 백열에게 교통사고 소식을 알리기로 하다
	1	24 ~ 26 , 32 ~ 38 , 48 ~ 54		(3)의사의 소견	①의사는 죽은 여자가 구타를 당한 후 유기되었다고 진단하다 ②의사는 죽은 여자의 행색으로 보아 술집여자라고 단정을 하다
				(4)백열의 충격	백열은 인실의 사고 소식에 넋 놓고 앉아서 구역질을 하다
				(5)백열의 조사(弔辭)	①백열이 모든 조사(弔詞)는 거짓말이라고 비판을 하다 ②백열은 인실이 자신보다 위대하다고 말하다

바깥 이야기	권	쪽	안 이야기		
			의 미 단 락	삽화와 사건	
			속삽화	겹 속삽화와 단시적(斷時的) 사건	
	1	41 ~ 44		(6)장검사의 도움	장검사가 신분을 밝히지 않고 인실의 장례에 직·간접적인 도움을 주다
				(7)백열이 보는 장검사	①장검사는 관청사람들의 태도로 볼 때 권력자가 분명하다고 보다 ②장검사는 일반 권력자와 다르다고 판단을 하다
			4)장검사 부부	(1)장검사는 지방 부장검사로 여관에서 하숙을 하다 (2)장검사 아내는 장검사의 처세술에 불만이 많다 (3)아내가 재산관리를 잘해서 넓은 연립주택을 사다	
	1	41		5)장검사는 백열이 보내 준 인실의 일기장을 소포로 받다	
	단락 17의 종결 시간		1985년 봄 42세	· 장검사는 인실의 일기를 소설로 재현하다.	

즈네뜨는 '서술하는 시간(time of the narrating)'이 액자소설 형식으로부터 다양한 종류의 삽입 서사에 이르기까지, 하나의 서사물 안에 '서술하는 입장'이 서로 다른 이야기가 포함된 텍스트들에서 분명하게 드러난다고 말한다.66) 이러한 텍스트의 전형적인 예는 작가를 대리하여 독자를 향해 이야기하는 서술자가 나오고, 이어서 그의 담론 속에 등장하는 한 인물이 다시 서술자의 자리를 물려받아 이야기를 이끌어가는 형

---

66) 즈네뜨, 앞의 책, 204-217쪽 참조.

식의 이야기물이라 할 수 있다. 즈네뜨는 첫 번째 수준의 서술을 바깥 이야기(extradiegetique)라 하고, 인물에 의한 두 번째 수준의 서술을 이야기(diegetique) 혹은 안 이야기(intradiegetique)라고 부른다. 이때 속이야기 안의 인물이 세 번째 층위의 서술자가 되어 또 다른 이야기를 서술하게 되면, 그가 하는 이야기는 두겹 속이야기(metadiegetique)가 된다.[67]

『달궁』은 서두에서 술에 취해 비틀거리는 여자가 등장하고, 이어서 뺑소니 교통사고가 나는데, 죽은 여자가 조금 전 중년 남자가 차에서 내려준 여자라는 사건에서 시작된다. 그리고 이후 사건은 그 여자와 관계된 인물들이 직·간접으로 등장하여, 죽은 여자에 대해 한정된 정보를 제시해가는 방식으로 전개된다. 이어서 죽은 여자의 일기가 발견됨에 따라 일기를 바탕으로 인실이의 일생이 펼쳐지는 방식이다. 따라서 사건의 큰 줄기는 '4-1-2-3'의 순차로 전개되고 있다. 즉 이야기 초반에 인실이가 죽음을 맞는 이야기 현재 시간에서 등장인물들이 제공하는 정보는 인실이가 태어나서 일곱 살까지의 삶과 죽음 직전의 삶이다. 그리고 이어지는 사건은 일기를 바탕으로, 일곱 살 때 양부모와 만나는 사건에서 출발하여 잦은 역전을 거듭하면서 추보식으로 전개된다.

바깥 이야기의 등장인물 장검사가 인실의 일기를 안 이야기로 서사화함으로써 인실의 눈을 통해 세상을 바라보고자 하는 욕망을 안고 출발한 셈이다. 안 이야기는 단일하게 서술하지 않고, 다양한 인물 초점자의 요약과 일기의 직접적인 제시를 교직시키는 등 다양한 방법을 취한다. 즉, 안 이야기의 서술상황이 중층적이기 때문에 중심서사의 독자

---

67) 제라르 즈네뜨, 앞의 책, 217-224쪽 참조.
    본고는 바깥 이야기와 안 이야기를 구분하고, 각 의미단락이 거느리는 '속삽화→두겹 속삽화' 등을 안 이야기의 하부 삽화 용어로 사용하기로 한다.

적인 흐름이 차단되면서 독자가 '완결된 서사' 자체의 내용이나 '핍진
성'에 몰입하기보다는, 바깥 이야기와 안 이야기의 관계 및 서술 행위
자체에 주목하도록 하는 것이다.

<표 1>에서 보는 있는 바와 같이 '장검사의 여행' 및 '임인실의 교
통사고와 죽음'이라는 두 축의 바깥 이야기와 '인실의 일생'을 중심으
로 펼쳐진 다양한 삽화를 거느린 안 이야기가 구조된 방식이다. 『달궁』
의 서사 구조의 주요 특징을 살펴보면 다음과 같다. 첫째, 안 이야기
구조가 횡적으로 확장하기를 거듭한다. 둘째, 바깥 이야기와 일정한 관
계를 맺고 형성된 의미단락이 새로운 국면에 접어들면 또 다른 의미단
락을 추동해간다. 셋째, 바깥 이야기가 안 이야기를 끊임없이 간섭하면
서 이야기를 전개시켜 나간다는 점이다. 바깥 이야기와 안 이야기가 일
정한 관계 속에서 이야기를 전개하고 있다는 것은 삽화의 독립성을 보
호하면서도 전체 텍스트와의 유기성을 살려내려는 작가의 의도로 볼
수 있다. <표 1>에서 보는 바와 같이 『달궁』은 17개의 의미단락[68]이
중심축을 이루고, 다시 각각의 단락이 여러 속삽화와 단시적 사건들을
거느리는 방식으로 구조화되었다.[69] 텍스트의 안 이야기는 중심서사의
주인공인 인실의 다양한 직업이 새로운 사건의 배경으로 추동되고 있
으며, 여기에서 나아가 크고 작은 사건을 매개로하여 몇 겹의 속삽화로
확장하는 사건 구조화 방식이다.

---

68) '의미단락'은 이하 문맥에 따라 '단락'이라는 의미와 혼용하여 사용하기로 한다.
69) <표 1>을 기준으로 하여 의미단락이 거느리고 있는 삽화구성은 '속 삽화→두겹 속
　　삽화→세겹 속삽화→ …' 등으로 구조화된 『달궁』의 중층적 구조로 분석하였다. 이
　　후 삽화구조를 언급할 때는 이와 같은 분석 방식에 따라 설명은 생략하고 예를 들어
　　'15→21→4→2'와 같이 숫자로 표기하고자 한다.

『달궁』의 표면적인 주인공70) 인실은 일곱 살부터 식모와 다름없는 양딸살이를 하게 된다.71) 의미단락 1에서는 이념 충돌로 인해 일어난 전란이 어린아이를 미아로 내몬 비극적인 이야기가 중심을 이루고 있다. 인실이 미아가 된 사건은 육이오 전쟁을 배경으로 하고 있지만, 민중에게 고통을 안겨주는 전란은 '육이오 전쟁'에서 나아가 '여순사건'까지 소급 제시하면서 확장한다. 그리고 두겹 속삽화를 통해서 인실이의 가족이 겪어온 고통스러운 삶을 요약적으로 제시함으로써 전란이 민중들에게 안겨주는 폐해가 얼마나 큰 것이었는지를 한 가족의 불행한 역사를 통해서 구조화하고 있다.

의미단락 2는 양딸살이를 하면서 겪는 크고 작은 사건을 속삽화로 거느리고 있는데, 특히 삼촌의 성폭행 사건과 병덕이의 청혼 사건은 인실의 삶을 불행으로 추동하는 기능과 함께 단락 3·4·5로 매개하는 역할을 한다. '삼촌의 성폭행' 사건이 발생하지 않았다면, 인실이 양부모의 집을 나와서 친부모를 찾아 나설 가능성은 희박하다.72) 인실이

---

70) 『달궁』은 '인실의 일대기'가 중심서사이다. 이에 따라 보면, 인실이 주인공인 사실은 분명하다. 그런데 중심서사가 거느리고 있는 다양한 삽화 역시 각기 독립된 서사 형태를 갖추고, 주제의식을 분명히 하기 때문에 각각의 속삽화 역시 주인공이 있다. 따라서 본고는 중심서사의 주인공인 인실을 표면적인 주인공으로, 각 삽화의 주인공은 이면적인 주인공으로 호칭하기로 한다.

71) 전쟁으로 미아가 된 인실은 양부모의 "집에 들어간 첫날부터 밥값을 하고 커감에 따라서 차츰 유능하고, 부지런하고, 편리하고, 값싼 다목적 잡역부가 되었다."(달1 : 55) 우리 근현대사를 통해서 살펴볼 때 1950~1960년대는 '배 안 곯고' 살아가는 것만도 큰 축복이었다. 전란 중에 미아가 된 인실을 거둬서 돌봐 준 대신 육체적인 노력 봉사를 원하는 것은 양부모 입장에서는 당연한 일처럼 되어 있다. 따라서 인실의 경우 양딸 노릇은 직업에 다름이 아니다.

72) 이와 같이 보는 이유는 인실이 삼촌과의 관계에서 빚어진 일련의 사건을 겪고, "나는 고향을 찾기로 마음을 먹었다. 내가 열일곱 살 되던 해였고, 부모와 헤어진 지 십년이 되었을 때였다. 그전에 왜 그런 생각을 안했는지 알 수가 없다."(달1 : 69)고 고

"남의 집 더부살이를 하면서 공부를 잘하는 것은, 그 자체가 혁명"(달 1 : 57)일 만큼 문제적인 것이다. 인실의 이와 같은 능력은 '희망의 싹'을 잉태하고 있는 것과 다르지 않다. 그러나 인실에게 있어서 희망은 삼촌이 가한 성폭행으로 인해 학교를 그만두게 되고 집안에 유폐됨으로써 미아가 된 절망과 다르지 않은 좌절을 겪는다. 결국 '성폭행' 사건이 양부모의 집에서조차 살아갈 수 없도록 이끌게 된 것인데, 병덕을 선택함으로써 이어지는 인실의 삶은 의미단락 5의 속삽화를 통해서 보는 바와 같이 불행으로 치닫는 삶의 연속이다.

인실이 양부모와 병덕의 음모에 의해서 기도원에 갇힘으로써 시작되는 세계와의 만남은 이후 인실이가 겪는 직업으로 구체화된다. 단락 6 · 7에서는 인실이 기도원의 무보수 식모살이에 이어 이사장의 집에서 가정교사 겸 식모살이를 하지만, 결국 밀린 월급을 포기하고 이사장 집을 나오는 등 수난이 끊이지를 않는다. 인실이 3년간의 밀린 월급을 포기하게 된 것은 자신이 "이사장만큼 악독하거나, 장로만큼 사특하거나, 사장만큼 음흉하지 않으면"(달1 : 180) 밀린 월급을 받을 수 없는 현실에 처해 있다는 사실을 깨달았기 때문이다. 이처럼 인실이 부조리함을 극복하는 최선의 방법은 '포기'이거나, '회피'의 연속이다.

단락 8에서 인실이 겪는 부조리한 사건들은, 단락 9에서 인실이 피혁공장에 취직하여 다양한 사건을 겪도록 매개하고 있다. 부조리한 공장생활을 떠나서 인실이가 찾게 되는 단락 10의 서사 공간은 윤점례의

백하는 바와 같이 인실에게 부모를 찾을 명분을 만들어준 사건이기 때문이다. 인실은 고향과 친부모를 찾아 일주일을 보낸 후, 다시는 찾지 않는다. 텍스트에서 그 이유를 분명히 밝히고 있지는 않지만, 텍스트의 맥락을 통해서 보면, 이는 부모와 자신이 잃어버린 십삼 년의 공백을 무엇으로도 채울 수 없는 절망에서 비롯되었다고 유추된다.

술집으로, 단락 8에서 속삽화 8-7)이 이것을 매개한다. 그리고 단락 11의 중심서사인 홍형태와의 결혼생활이 '우종규의 성폭행' 사건으로 파국을 맡게 되자, 집을 나와서 '유순'이라는 술집을 운영하게 되는 이야기가 단락 12에 해당한다. 즉 단락 12를 매개하는 사건은 단락 7의 5)-(3) 두겹 속삽화에서 인실에게 "취직을 시켜주겠다"(달1 : 160)는 '말'이 매개한 것이며, 이후 10-1)의 속삽화에서 인실이 취직부탁을 하게 되면서 구체적인 제안을 받게 된 것이다. 텍스트를 형성하고 있는 많은 삽화와 단시적 사건들은 전체 서사에서 보면, 서로 무관해 보이는 사건과 사건의 결합이거나, 느슨한 관계를 맺고 있는 것으로 보이지만, 사실은 이와 같이 사건과 사건이 점묘적으로 조직되어 최소한의 유기성을 확보하고 있다.

단락 10과 12에서 인실은 술집에서 일하며 '돈'과 맺은 이해관계로 부조리한 사건들을 다양하게 겪는다. 특히 단락 13은 식모살이를 나섰다가 김춘보의 첩살이로 이어지면서 겪게 되는 사건이 매우 다양하게 얽혀 있는데, 단락 12에서 김국장의 '사악한' 양심을 피해서 '식모살이'로 나선 것이 결국은 '첩살이'를 매개한 결과를 낳는다. 가진 자들의 욕망의 노예로 전락한 인실은 식모이자 첩이며, 간병인이라는 일인삼역을 자신의 의무처럼 수행하다가 결국에는 '폐결핵'에 걸린다. 단락 14는 인실이가 서울을 떠나 '폐결핵' 치료를 하는 '마산 결핵 병원'에서의 경험이다.

단락 15에서 17까지는 '후일담' 역할을 하는 현재 이야기 속에서 밝혀지거나 유추되는 이야기이다. 인실이 백열과 동거를 하는 동안 계속되는 백열의 폭력은 인실이 다시 '길'을 떠나도록 추동한다. 인실에게 있어서 세계와의 부조화는 견딜 수 없는 지경에 이르러, 더 이상 나아갈 곳이 없는 '혼돈'만이 존재할 뿐이다. 인실이 다시 부조리를 피해서 '길'을 나섰지만, "팔을 축 늘어뜨린 채" 자신에게 처한 현실을 극복할 수 있는 능력이 오직 "넘어지지 않으려고 출렁거리는"(달1 : 11) 정도가 전부이다. 결국 인실은 부조리하고 복잡한 사회에 적응하기 위해서 안간힘을 쓰며 버티다가 뺑소니차에 치어 죽음을 맞는다.

교통사고를 조사하는 경찰은 인실을 죽음에 이르게 한 것은 "그 무렵 여길 지나갔던 차들 전부"(달1 : 22)라는 말로 요약한다. 이는 인실의 죽음의 원인을 놓고 상징성을 부여하려는 의도로 볼 수 있다. 인실을 거리로 내몰고 죽음에 이르게 한 것은 육이오 전쟁을 비롯해서 다섯 남자와 동거를 하는 동안 겪게 된 온갖 부조리한 일들과 무관하지 않다는 것이다. 다시 말하자면, 작품을 통해서 드러난 모든 부조리함이 인실의 죽음에 직·간접으로 영향을 미쳤다는 것을 의미한다.

살펴본 바와 같이 『달궁』은 '지금을 탈출하기 위해서 새로운 현실을 찾아 나선다.'는 구조 방식이다. 그런데 부조리한 '지금 여기'를 피해서 찾은 '새로운 현실' 역시 '지금 여기'와 다르지 않으며, 오히려 그 불행의 강도로 보면 가속도가 붙어있다. 이처럼 인실의 삶은 끝없이 불행을 향해서 치닫는 형국이라는 점이 문제적이다. 이 같은 사건 구조화 방식은 단락 14에 이르기까지 계속된다. 이는 우리 사회의 다양한 이야기를 속삽화와 단시적 사건으로 구조화함으로써 우리가 처한 '지금 여기'의 현실을 종합하고, 부조리한 현실이 배태된 원인을 우리 사회의 구조적 모순에서 비롯되었음을 들춰낸 것으로 볼 수 있다.

텍스트의 이야기 시간은 1948년 여순사건부터 1980년대 중반까지이다. 인실의 언니가 딸 태숙에게 가족사를 풀어놓은 이야기가 여순사건 이후, '달궁' 마을에서 겪는 사건에서 부터 시작되고 있기 때문에 이것이 이야기의 시작이다. 그리고 인실의 일대기를 중심으로 의미단락을 이루고 있는 서사를 따라가면서 정리해보면, 백열이 인실을 만난 것은 36세 즈음이고 이후 5년을 함께 살았다. 이를 토대로 유추해보면, 이야기 현재 시간은 1985년이며, 인실의 나이 42세로 정리된다.

이상에서 살펴본 바와 같이 텍스트의 바깥 이야기로 의미단락 17을 형성하고 있는 것은 장검사가 여행 중에 목격한 인실의 죽음이며, 안 이야기는 인실의 나이 다섯 살부터 출발하여 그녀의 일대기를 따라 가면서 독립적인 이야기들이 병치되는 방식이다. 담론 시간은 인실이의 삶이 추보식으로 진행되고 다양한 삽화를 병행하고 있지만, 종국에는 인실이의 죽음과 만남으로써 담론의 출발과 끝이 원형을 이루고 있다.

<표 1>『달궁』의 이야기 구조에서 의미단락으로 구분한 열일곱 개의 단락을 준거로 스토리와 담론의 시간구조를 정리하면 <표 2>와 같다.

〈표 2〉『달궁』 '중심서사'의 이야기 시간과 담론 시간

시간	1948년~1980년대 중반 현재까지																
이야기 시간	1	2	3	4	5	6	7	8	9	10	11	12	13	14	15	16	17
담론 시간	17	16	15	1	2	3	4	5	6	7	8	9	10	11	12	13	14 15
순서	역전	역전	역전	순행	순행	순행	순행	순행	순행	순행	순행	순행	순행	순행	순행	순행	순환

<표 1>을 토대로 <표 2>와 같이 이야기 시간과 담론 시간을 정리해본 결과 '⑰→⑯→⑮→①→②→③→④→⑤→⑥→⑦→⑧→⑨→⑩→⑪→⑫→⑬→⑭⑮'와 같이 배열된다. 여기서 먼저 확인할 수 있는 것은 담론 시간이 인실이의 죽음에서 출발하여 최초 탄생으로 회귀하는데, 그 회귀점부터는 순행적인 배열을 하고 있으며, 마지막 서술은 서술 사건시로 연결된다는 점이다. 밑줄 친 이야기 시간은 중심서사의 담론 출발 지점인데 세 개의 삽화가 역전으로 구조화된다. 이는 즈네뜨의 용어를 빌리자면 '소급 제시'[73) 해당한다. 즉 ①~⑭까지의 사건이 일어난 이후의 사건이 먼저 서술되고 있는 것이다. 다시 말하자면, ⑰은 장검사가 인실을 만나서 마지막 이야기를 듣고 교통사고가 난 일에 해당하고, 이어서 ⑯는 백열을 만나 듣게 되는 그와 인실에 대한 이야기를 통해서 ⑮를 알게 된다.

　　　인실이는 제 정신이 아니었다. 인실이는 미쳤다. 그녀는 홍성의 조양
　　문 옆에 있는 조양식당에서 일을 하고 있었다. 일년이 넘도록 주는 대
　　로 받으면서 군소리 없이 일만 해준 그녀가 집도 절도 없는 생면부지
　　백수건달을 쓰다 달다 말 한마디 없이 척 따라나서자, 식당주인 내외는
　　내심 서운하고 괘씸한 모양이었다. (달1 : 52)

　　위의 예문에서와 같이 백열은 텍스트의 담론 시간이 진행되는 위치에서 인실의 과거 행적에 대한 정보를 제공하기 때문에 ⑮와 같은 정

---

73) 서사 시간과 담론 시간의 불일치 즉, '시간 모순'의 주요 유형을 즈네뜨와 리몬-케넌
　　은 '소급 제시'와 '사전 제시'라고 하였다. '소급 제시'는 '회상(flashback)', '사전 제
　　시'는 '예견(anticipation)'에 해당하는 용어이다. (리몬-케넌, 앞의 책, 86-87쪽 참조)

보는 즈네뜨가 말하는 '동종 소급 제시'74)에 해당한다.

『달궁』의 이야기 시간과 담론 시간은 중심서사인 인실의 일대기를 중심으로 '만남과 이별' 구도로 볼 때, 한 번의 역전을 보일 뿐, 순행적 시간구조를 취하고 있다. 한편 다양한 삽입서사의 이야기 시간은 등장 인물이 과거 사건을 회상하여 요약적으로 제시하는 점이 두드러진다. 서술 시간구조는 역행적인 배열인데,75) '⑮ ⑯ ⑰'과 같이 소급 제시를 취함으로써 큰 단위로 볼 때 역행이지만, 의미단락 '①~⑭'는 순행적 인 배열에서 벗어나지 않는다. 그리고 각 삽화의 독립성이 분명하기 때 문에 인실이의 삶의 과정에 끼어든 삽화가 나열되었다는 점에서 보면 '병렬적'인 형태를 취하고 있다. 그리고 담론 시간은 '⑭ ⑮ ⑯'이 동시 에 서술되고 있기 때문에 한 번의 역행으로 구조화되었다고 볼 수 있 다. 따라서 순서에서 볼 때, 다선적(多線的)인 역행을 보이지는 않는다. 한 번의 역행은 중심서사 ①부터 ⑭까지를 추동하는 데 있어서 정보제 공을 하는 핵심이다.

순환론적(循環論的) 시간관76)을 모토로 원형을 이루고 있는 담론 시간

---

74) '동종 소급 제시'와 달리 텍스트 위치에서 다른 작중인물이나 사건이나 스토리-선에 대한 과거 정보를 제공하는 경우에는 '이종 소급 제시'라고 한다. (리몬 케넌, 앞의 책, 87쪽 참조)

75) 이야기가 시작되고 있는 시점을 서술시발점(discourse-onset)이라 할 때, 그 이야기가 어디서 시작되는가에 관계없이 서술자는 이야기를 시작할 수 있다. 이때 서술시발점 으로부터 서술진행이 움직이는 방향에 따라 배열기법은 순행적 배열, 역행적 배열, 병치적 배열, 점묘적 배열 등으로 구분할 수 있다. (김미자, 「이효석 소설의 시간구 조 연구」, 순천대학교 교육학석사학위논문, 2005, 21쪽 참조)

76) 『달궁』은 텍스트의 시간구조가 'C→A→B→C'의 형태로 구조화되어 있기 때문에 이 를 '순환구조'로 보는 것이다. (김미자, 위의 논문, 22-23쪽 참조 · 박찬두, 『김동리 소설의 시간의식 연구』, 동국대 박사학위논문, 1994, 194쪽 참조) 서정인의 시간관 은 '과거와 현재'가 동시적 질서 속에서 운행되고 있다고 본다. 이러한 작가의 세계 관은 특히, 『철쭉제』에서부터 인물의 언어를 통해서 드러내기 시작하는데, "역사는

구조는 순서에서 '역행적 배열'과 '소급 제시'가 분석된다. 이는 인실의 불행한 삶이 반복적으로 이어지는 사건과 무관하지 않고, 과거와 다르지 않은 불행한 삶을 드러내기 위해서 구조된 것이다. 이처럼 순환론적 시간관은 많은 삽화와 사건이 중층적으로 구조화된 텍스트 읽기에서 구심점 역할을 하고 있다.

'순환적 시간(cyclical time)'관을 중심축으로 하는 것은 인실이가 '만남과 떠남'을 통해서 보여주는 것이 계기적인 발전을 도모하는 것이 아니라 '부조리한 삶'을 반복적으로 겪기 위한 의도로 구조화되었다. 여기서 '순환적 시간'이란 인간적 경험이나 자연적 경험의 순환 관계를 포함하는 우주적 시간과 관계가 깊다.[77] 엄격한 의미에서 본다면 동일한 시간의 무한 반복이란 불가[78]하므로 본 연구에서는 '순환적 시간'을 인간의 '탄생과 죽음이 무한히 반복된다'는 개념으로 사용한 것이다.

되풀이이고, 문화는 답습이고, 배운다는 건 반복이야. 우린 삼천 년을 그렇게 살아왔어. 모든 전쟁은 같은 전쟁"(서정인, 「철쭉제」, 『철쭉제』, 민음사, 1986, 187- 189쪽)이라고 보는 철순의 말은 '현재는 과거의 되풀이'라는 순환론적 세계관을 담고 있다. 이후 발표된 『봄꽃 가을 열매』·『모구실』을 통해서 보다 구체적으로 드러내고 있는 작가의 시간관은 이와 같은 순환론적 세계관 아래 있다고 보았다. 『달궁』의 담론 시간의 '시작과 끝'은 원형을 이루고 있으며, 이는 인실의 불행한 삶 역시, '만남과 떠남'을 반복하는 구조이므로 '순환론적 시간관'으로 본 것이다. 이는 작가가 그의 소설을 통해서 우리들의 삶을 드러내는 중요한 시간구조라고 볼 수 있다.

77) 『달궁』의 시간구조는 우주적이고 순환론적 시간관을 중심으로, 순환과 역전을 통해서 순환적인 삶의 지속성을 보여주고 있으며, 시간의 정지를 통해서 서술 시간을 지연함으로써 주제의식을 구현한다. 그리고 삽화를 통한 이야기의 확장은 중심서사의 이야기 시간을 멈추고, '요약을 중심으로 다양한 삶의 양태를 집약적으로 서술하는 특징을 보인다. 이는 우리의 삶이 끝없이 이어지는 '만남'의 연속인가 하면, 한편으로는 '이별'의 연속이라는 점에서 본다면, 우리들의 삶을 그대로 재현한 리얼리즘적인 서사 구조화 방식으로써 그 기능을 하고 있다고 볼 수 있다.

78) 이승훈, 『문학과 시간』, 이우출판사, 1983, 66쪽 참조.

인실이가 부모와 헤어져 양부모를 만나고, 일정 시간까지 삶을 발전시킨 다음에 맞게 되는 절망과 이별로 이야기를 맺는 형태는 이후에도 반복된다. 이와 같은 '만남과 이별'의 반복으로 계속되는 순환적 시간은 계기성이 일정한 길이로 확장된 다음에 다른 방향에서 확장된 시간과 서로 만난다[79]는 인식과 맞물린다. 서정인의 시간의식은 '생성-발전-변화'로서의 생명력을 담고 있으며, 신화적 원형성을 모토로 한 순환론적 시간관이 작품 속에 관류하고 있다.[80] 이와 같은 순환론적 시간관은 『달궁』에서는 '만남과 이별의 반복구조', '역행을 통한 서술시간 구조' 등을 통해서 보여주는가 하면, '역행'과 '소급 제시'를 통해서 순환적인 삶의 지속성을 드러내고, '확장'과 '요약'을 통해서는 다양한 인생을 보여준다.

『달궁』은 두겹 속삽화까지는 인실이의 일대기를 완성하는 전체 서사와 직접적인 관계를 맺고 있지만, 세겹 속삽화부터는 중심서사에서 보면, 무관한 서사가 무질서하고, 산만하게 구성된다. 이런 서사 구조 방식은 '무질서하고 파편화된 구조'를 통해서 우리 사회의 혼란한 현실을

---

79) 이승훈, 위의 책, 188쪽 참조.

80) 논자는 서정인 소설의 시간구조를 지적하면서 "신화적 의미와 재생, 원형적 시간과는 거리가 먼, 미래에 대한 전망 부재와 현실세계에 대한 절망을 보여주고 있다"(설혜경, 「서정인 소설의 시공간 구조 연구」, 한양대 석사학위논문, 2005, 1쪽)고 지적하기도 한다. 그러나 서정인은 「철쭉제」, 『달궁』, 『봄꽃 가을열매』(1989~1991), 『모구실』(2000~2004)로 이어지는 일련의 연작에서 우리 인간은 자연의 일부로서 자연의 섭리대로 살아가야 하는데 인간의 욕심으로 그 순리를 막았기 때문에 문제가 발생했다는 입장을 분명히 한다. 특히, 이를 구체적으로 보여주고 있는 것이 『달궁』이며, 중층결정 서사화 과정을 통해서 우리들이 처한 '지금 여기'의 부조리하고 부끄러운 삶을 숨김없이 드러낸 것이다. 이에 대한 책임을 우리들 모두에게 묻는가 하면, "재생"에 대한 가능성을 도덕적인 기준으로 내세운 '인실'을 통해서 제시하고 있는 것이다.

보여주려는 작가의 의도로 이해할 수 있다.

『달궁』의 의미단락 중 아홉 개 단락은 '만남과 이별'을 전면에 내세우고 있으며, 나머지는 이야기의 두드러진 배경이 '만남과 이별'을 전제로 하고 있다. 전자는 친부모와의 이별Ⅰ·Ⅱ, 양부모와의 만남과 이별, 황영감과의 만남과 이별, 병덕과 동거·이별, 윤창수와의 동거·이별, 홍형태와 결혼·이별, 김춘보의 첩살이와 이별, 백열과 동거·이별 등이다. 후자는 기도원 생활과 퇴원, 봉숙의 가정교사 겸 식모살이, 피혁공장 취업과 퇴사, 니나노 술집살이, 술집 '유순' 운영과 쫓겨남, 결핵 병원 입원과 퇴원, 조양식당에서 식모살이 등으로 전면에 만남과 이별을 내세우고 있지는 않지만, 이를 전제로 하고 있다는 점에서 전자와 다르지 않다. 결국 17개의 의미단락이 '만남과 이별' 구도로 형상화된 것이다. 이같은 '만남과 이별' 구도가 『달궁』 전체 서사를 추동하고 있다는 사실 자체가 일반적인 통념에 낯설음을 주는 구조화 방식이다.

이상에서 살펴본 바와 같이 서정인이 『달궁』에서 '만남과 이별'의 반복 형태로 구성한 시간구조는 우리들의 삶이 끝없는 '현재'의 반복이라는 의미를 담고 있다. 이것은 우리들의 삶의 형태와 가치의 차이는 역사의 발전에 따라 달라질 수밖에 없지만, 인간의 욕심에서 비롯된 근본적인 비극과 부조리는 끝없이 반복된다는 것을 의미한다.

2) 중층결정의 서사화

『달궁』의 안 이야기는 인실을 중심축으로 내세워 그녀가 끝없이 불행으로 치닫도록 추동하고, 그 부조리한 형상을 인실이 어김없이 재현하고 있다. 그런데 그 불행의 원인은 어떤 개인이나 집단에 한정된 것이 아니라 주인공이 처한 부조리한 사회와 그 사회 구성원과의 관계 속에서 형성된 것이라는 사실에 그 핵심이 있다. 이것을 드러내기 위한 구성 방식이 '중층결정'[81] 서사화이다. 『달궁』의 경우, '중층결정'은 우리가 처한 혼돈한 사회 현실을 '사실을 사실 그대로' 보여주기 위해서 작가가 선택한 소설 구성 방식으로 볼 수 있다. 텍스트는 이와 같은 서사 구조를 통해서 "다의적으로 얽혀 있는 것이 또한 일의적이기도 하고 따라서 이해도 될 수 있다."[82]는 예술 체험을 유도하고 있는 것이다.

안 이야기는 인실을 중심축으로 하여 인실의 삶을 그 탐구 대상으로 하고 있지만, 횡적으로 확장된 별개의 독립된 삽화까지 수용하면서 다양한 이야기들을 구축하고 있다. 전체 서사를 통해서 보면, 육이오 전쟁으로 인해서 인실이 미아가 된 사건은 인실의 불행한 삶을 어느 정도 결정짓고 말았다.[83] 그러나 그녀가 부딪치는 인물들의 서사가 삽입

---

81) 중층결정(中層決定, Overdetermination)은 생각들의 겹침이나 중첩으로 정의 내린다. (박찬부, 『기호, 주체, 욕망』, 창비, 2007, 72쪽 참조) 이는 단 하나의 표상에 연상의 사슬이 갖고 있는 모든 의미작용이 합류하여 교차하는 작용이 있다고 본 프로이트의 작업에서 나온 말이다. 무의식의 형성물은 여러 가지 무의식적인 요소와 관련된 것이며, 이 요소는 의미 있는 서로 다른 시퀀스를 조직하고, 각각의 시퀀스는 특수한 해석의 차원에서 보면 그 자체로 일관성을 갖고 있다는 것이다(장 라플랑슈·장 베르트랑 퐁탈리스 공저, 임진수 역, 『정신분석사전』, 열린책들, 2005, 325쪽, 439쪽 참조). 즉 하나의 상징이 몇 개의 독립된 또는 관계된 원인들의 결과라면 그것은 중층결정된 것이라고 말한다. 그것에 대한 온전한 설명은 단순히 하나의 의미(meaning)와 관련된 것이 아니라 몇 개의 상호연관된 자료와 의미들을 고려해야하기 때문이다.

82) T. W. 아도르노, 홍승용 역, 『미학 이론』, 문학과지성사, 1997 재판, 201쪽.

83) 서사물의 처음은 그 끝을 어느 정도까지 결정한다고 말할 수 있다면, 끝이 처음을 조건 짓는다고도 말할 수 있다(제랄드 프랑스, 최상규 역, 『서사학이란 무엇인가』, 예림기획, 1999, 240쪽 참조). 인실의 경우 미아가 된 사건을 계기로 일곱 살에 '식모 같은 양딸살이'부터 시작된 삶의 고난이 죽음에 이르기까지 계속된다. 인실의 삶

되면, 이를 초점화하는 방식을 취하고 있기 때문에 사건 구조가 단순하지만은 않다. '<표 1>『달궁』의 서사 구조'를 통해서 살펴본 바와 같이 텍스트는 전통적인 소설구조 방식을 거부하고 무질서하게 사건을 나열하는 방식을 취하고 있으며, 중심서사와 무관하거나 주인공과 직·간접적으로 관계 맺지 않은 이야기가 삽입되는 일이 거듭되는 형국이다.

서사 구조가 독자의 기대를 충족시켜주는 설명이나 묘사로 진행하지 않는 것은 물론이고, 중심서사의 스토리 시간이 '멈춤'과 '확장'을 거듭함으로써 이야기의 긴밀한 조직력을 와해시키고 있는 것은, 중심서사와 삽입서사가 중층적으로 구조화되어 있기 때문이다. 그리고 앞서 살펴본 바와 같이 유기적인 단서들을 텍스트에 나름대로 질서 있게 조직한 것이지만, 그것을 점묘적으로 은밀하게 구조화함에 따라 숨은 그림을 찾아가듯이 읽지 않으면 그 단서들은 놓치기 쉽고 서사는 재구성하기 어렵다.[84)]

이 진행할수록 고난의 강도가 처음보다 더 크고, 강하다는 것은 불행이 면역력을 키워가며 몸부림치는 인실을 덮쳐오는 바와 다르지 않다. 인실의 죽음에서 유년 시절로 회귀해보면, 불행한 삶의 시작이 육이오 전쟁이었으며, 그것은 인실의 불행한 삶 전체를 결정지은 사건이 되고 말았다. 작가는 처음부터 전쟁이 인실의 삶을 지배할 것으로 본 것이며, 현재의 불행한 삶은 '지금 현재'에 원인이 있는 것이 아니라 그녀가 살아온 전 생애 모든 것에 원인이 있다는 것을 증명하고자 한 것이다.

84) 이와 같은 텍스트의 정보절제는 아도르노가 "모든 예술 작품은 일종의 알아맞히기 그림이며, 예술 작품과 예술 전체가 수수께끼이다."(T. W. 아도르노, 앞의 책, 194-196쪽)라고 언급한 경우와 상통한다. 아도르노는 "예술 작품이 무엇인가를 말하면서 동시에 그것을 감추는 것, 바로 이 점이 언어적인 측면에서 본 수수께끼적 성격"인 것이며, 수수께끼적 성격을 해결하는 방법으로 "사람들이 예술 작품 속에서 작품과 더불어 작품을 완성"(T. W. 아도르노, 앞의 책, 194쪽)해 나가는 것을 제시한다. 이는 서정인이 '독자와의 소통'을 지향하는 작가정신의 구체적인 실천으로 전통 소설 문법을 거부하고 실험적 소설 문법을 구현함으로써 텍스트의 이해를 지연

중심서사가 다양한 속삽화와 겹 속삽화, 단시적인 사건 등이 복잡하게 얽혀 있는 것처럼 보이지만, 이를 구체적으로 살펴보면 미세혈관의 분포처럼 무질서함 속에서 나름대로 질서를 유지하고 있다. 이것은 우리들의 삶은 단순하게 원인과 결과로 도식할 수 없고, 각자가 처한 세계 속에서 영향을 주고받으며 결정된다는 사실을 소설 구조를 통해서 드러내려는 데 그 목적이 있다는 점에서 문제적이지 않을 수 없다.

자본주의 사회에서 겪는 부조리가 등장인물의 불행한 삶의 중심 배경을 이루고 있는 만큼, 인실이 여성으로서 겪는 비극과 자본의 도구가 된 종교의 타락, 다면적인 현실세계 등이 어떻게 중층적으로 구조화되었는지를 살펴보고자 한다. 이를 통해서 중층결정 서사 구조가 텍스트에서 어떤 역할을 하는지를 구체적으로 살펴볼 수 있을 것이다.

(1) 물화된 여성

인실은 육남매 중 막내로 태어났다. 한 집안의 막내는 가난과 부유함 정도를 떠나서 가정의 귀한 존재로 온 가족의 사랑을 받으며 성장하는 것이 일반적이다. 더군다나 인실은 그의 언니 말을 빌리자면, "얼굴이 반반하다."(달1 : 47) 백열이 본 삼십대 후반의 인실은 "제대로 빠진 미인이었다."(달1 : 52) 아름다운 미모를 갖춘 한 집안의 막내라면 여성으로서 '축복' 받을 수 있는 조건을 선천적으로 부여받고 세상에 태어났다는 뜻으로 해석할 수 있다. 그런데 인실에게 이러한 조건은 '축복'이 아니라 그녀를 '불행'의 늪으로 끌고 가는 조건으로 작용한다는 사실이 비극이며 아이러니이다. 부조리한 세계에 내던져진 인실의 타

시키는 등 독자의 적극적인 해석적 참여를 유도하는 바와 다르지 않다.

고난 외모는 부조리한 인물들에게 노출되어 욕망의 대상으로 지목되기 쉽다는 사실을 내포하고 있기 때문이다.

> 이모는 일곱 살 때 실종되었다. 별나게도 추웠던 그 날, (…) 점심 때가 겨워서 이모를 챙겼을 때, 이모는 식당 한 구석 세워놓은 자리에 서 있지 않았다. (…) 겁이 난 언니는 점심 먹는 것도 잊고 눈물이야 콧물이야 훌쩍거리면서 온 시가지를 싸댔다. 해가 서산으로 뉘엿거리자, 딸은 어머니한테로 갔다. (…) 그때 외할머니가 한 말은 너무 뜻밖이었다. 놔 둬라. 어디 가면 더 고상헐라드냐. 그 날 외할머니에게는 그럴 만한 이유가 있었다. 큰 외삼촌이 의용군으로 끌려간 것이 지난 가을인데, 바로 그날, 외할아버지가 또 군인으로 잡혀 갔다. (달1 : 45)

육이오 전쟁으로 가족과 헤어져, 궂은일을 하며 눈칫밥을 먹으며 성장할 수밖에 없는 인실은, 귀염둥이 막내였기 때문에 그에게 닥친 고통의 무게는 더 클 수밖에 없다. 의미단락 1의 속삽화 1-1), 1-2)에서 아들과 아버지가 총부리를 겨누는 비극적인 상황은 단시적 사건으로 언급하는 정도지만, 한 가족이 겪는 고통으로 제시하기에는 그 강도가 지나치기까지 하다. 위의 예문은 의미단락 1의 두겹 속삽화 1-2)-(3) '인실을 잃어버린 사건이 중심을 이루는 이야기이다. 어머니를 비정스럽게 몰고 간 것은 전쟁이다. 어머니는 아들이 육이오 전쟁이 나기 한해 전에 의용군으로 끌려가는 사건과 사십이 넘은 남편이 군인으로 끌려가는 사건을 겪었다. 이어서 군인과 경찰이 '소개 명령'을 거부한다는 이유로 집에 불을 질러 시아버지가 집과 함께 불타 죽는 사건을 겪는다. 이 같은 상황을 겪는 것도 모자라 '막내딸'까지 잃어버린 상황에서

"놔 둬라. 어디 가면 더 고생헐라드냐."고 토해내는 어머니의 언술은 피란살이로 떠도는 어머니의 피폐해진 내면을 공개한 것이다. 어린 딸을 잃어버린 사건이 전쟁 통에 가장이 된 어머니에게는 '입하나 덜어내는' 아픔 아닌 아픔이며, 부모 노릇을 포기하는 '절망'으로 이어간 것이다. 이는 '전쟁'이 인간의 삶을 얼마나 황폐화시키고 있는가를 구체적으로 보여준 장면이다.

> ① 「아냐. 이모는 눈치밥을 먹은 적이 없어. 그 집에 들어간 첫날부터 밥값을 했어. 그리고 커감에 따라서 차츰 유능하고 부지런하고, 편리하고, 값싼 다목적 잡역부가 되었어. 이모는 또순이었어」 (달1 : 55)
> ② 「어른인 이모가 어린애가 되었던 것이, 그때 생각에도 이변스러웠던지, 지금껏 잊혀지질 않아. 어른이 되지 않고 어른 대접을 받은 최초의 경험이 돼서 그럴 거야. 이모는 스스로 어린애가 되어서 우리들을 어른으로 끌어올려 줬어. 어린애가 어른이 되는 것도 힘들지만, 어른이 어린애가 되는 것도 더 힘드는 거 같아. (…) 그때 거거서가 이모를 만나본 처음이고 마지막이야.」 (달1 : 29-30)

예문 ①은 속삽화 2-2)에 해당하는 내용으로 '고모와 이모'를 찾아나선 태숙이와 혜자가 나누는 대화 내용의 일부이다. 텍스트 전체에서 서두에 해당하는 위의 내용은 이야기 현재로써 대화가 따옴표로 처리되었으며, 인물의 말을 통해서 인실의 과거에 대한 정보를 제시하고 있다. 예문 ②는 4-1)의 속삽화에 해당하는 이야기인데, 태숙이가 '달궁'에 나타난 이모에 대해서 회상하는 내용이다. 인실은 양부모와 함께 살면서 어린 나이에 밥값을 해야 하는 짐을 지고, "그들을 위해서 열심히 일"(달1 : 59)을 해야 했다. 전쟁 중에 미아가 된 인실은 한 집안의 '막내'이며, '미모'까지 갖추고 있다는 사실이 오히려 비극성을 고조시키는 역할을 한다. 이와 같이 텍스트는 일반적인 통념에 이의를 제기하는 방식을 취하고 있다.

> 삼촌은 뻔뻔하고 능글맞게 나의 팔을 나꿔챘다. 나는 그를 내버려두었다. 모두가 오래 전부터 예정되어 있었던 일 같았다. (…) 나는 문득 고통스러운 회한을 느꼈다. 삼촌은 그 뒤로 넉달 동안, 전과는 달리 주말이 되어도 별로 집에 나타나지 않았다. 나는 그동안 두 번 더 그의 부탁을 들어 주었다. (…) 나의 배가 차츰 불러왔다. (…) 다니던 학교를 그만두었다. (…) 혐의가 엉뚱하게도 서른 살 난 노총각 머슴의 머리 위로 떨어졌다. (…) 그리고 머슴에게 미안한 생각이 들었다. (달1 : 66-67)

위의 예문은 2-3)-(2) 성폭행 사건으로 겪는 일련의 부조리한 상황을 요약한 내용의 일부이다. 삼촌의 성폭행은 단순한 사건으로 끝난 것이 아니라 인실의 삶을 불행으로 추동하는 결정적인 역할을 한다. 인실은 '임신'으로 학교를 그만 두게 됨으로써, 그녀의 꿈을 이루는 출구는 봉쇄당한다. 그리고 "화냥끼"있는 여자라는 새로운 낙인이 '화인'처럼 찍히게 된다. 죄를 지은 자는 분명히 따로 있는데, 피해자가 죄값을 치뤄야 하는 불합리한 상황은 2-3)-(2)-④ 거짓 자백 에피소드까지 만들어 내는 부조리로 이어진다. '머슴'이 "얼굴반반한" 인실과 "결혼하기 위해서" 거짓 자백을 할 만큼 '타고난 미모'로 겪는 수난은 잇따르게 된다. 병덕이 "구혼을 해"(달1 : 68)오는 사건 역시 인실의 '미모'와 무관하지 않다. 인실의 결혼생활은 타고난 '미모'가 욕망의 대상으로 부각됨에 따라 통과의례처럼 거듭되는 수난으로 이어진다.

의미단락 7에서 김철복은 '돈'이 아까워서 피해자들과의 합의를 피하면서 아내의 감옥살이를 지켜보는 인물이다. 그런데도 인실의 미모에 반하여, 자신의 첩이 되어 준다면, "생활비를 대주겠다" "미장원을 차려 주겠다" "밀린 월급을 주겠다"(달1 : 202)면서 유혹하기에 이른다. 결국 인실은 이를 피해서 3년 월급을 포기하고 김철복의 집을 나오지만, 단락 8에서 윤창수를 찾아가 자연스럽게 그와 동거를 시작하는 사건 역시 인실의 미모와 무관하지 않다.

> 그들(우리) 아는 이름 있는 집안에 태어나고 대학을 나왔다. (A)나(너)는 부모가 누군지도 모르고 집도 절도 없고 중학교도 못 나왔다. 그들(우리) 집 아는 점잖은 직장에 다니고 돈이 있고, 나(너)는 넘의 집살이로 떠돌았고 빈 주먹이다. 그런디 어치케 어울린다냐. 그들(우리) 아는 인물이 빠진 데는 없어도 잘났다고는 헐 수 없다. 나(너)는 인물이 보통을 넘는다. 그래서 어울렸을이거냐? (…) 내(네) 얼굴 빤듯헌 것은, 모르겠다, 늙어서가 아니라 젊어서도, 딴 것들이 하도 없으면, 덕목이 아니라 험이 된다. 얼굴이 고우면 그만큼 딴 것들도 있어야지, 얼굴만 이뻐 봐라, 요사스럽다. (…) (B)내(네) 형편으로는 얼굴 고운 것이 손해다. 그걸 지킬 딴 힘이 없으니, 내(네) 신상이 고달프겠어. (…) 얼굴도 좋고 심성도 좋으면 얼마나 좋겠냐만, 그 고생을 누가 다 감당헌단 말이냐. (달1 : 228-229, 밑줄과 ( )의 대명사는 인용자)

위의 예문은 윤창수의 모친 신씨가 인실을 향해서 던지는 일방적인 말이다. 이것을 서술자의 말로 요약하기도 하고, 신씨의 말을 그대로 옮겨 놓기도 한 것인데, 인실이 기록한 일기를 토대로 서술했다는 표지를 밑줄 그은 대명사를 통해서 하고 있다. 실제 대화라면, 괄호 안의 호칭으로 언술했을 것이지만, 텍스트는 이처럼 일반화된 소설 문법을 거부하고 있다. (A)와 같이 인실에 대해서 전해들은 바는 사실과는 거리가 있지만, 신씨가 인실이 타고난 '미모'로 겪을 수난을 (B)와 같이 예고한 바는 이후 인실의 일생에서 복선 역할을 하게 된다.

의미단락 8까지의 인실의 삶이 고향과 가까운 곳에서 뿌리를 내리려는 시도였다면, 윤창수의 집을 나와서 황영감의 손녀딸 주소를 들고 서울로 향하는 삶은 모험과 새로운 도전을 의미한다. 의미단락 9에서 공장살이를 하며 겪게 되는 일련의 시련은 앞으로 인실이 겪어야 할 고통을 안내하는 역할에 다름 아니다. 하상무는 자신의 회사 여종업원들에게 습관적으로 성폭행을 일삼았으며, 이를 문제 삼으면, 얼마간의 '돈'으로 무마하고는 자신이 저지른 일을 까마득하게 잊어버리는 인물이다. 인실 역시 하상무의 습관적인 행동 영역에서 벗어나지 못한다. 하상무의 비도덕적인 행동은 그의 아내의 말대로 "짐승으로 만족"(달2 : 85)하는 사건일 뿐이다. 이를 두고 서술자가 "잘난 얼굴들은 거의 예외없이 악마의 밥이었다."(달2 : 42)고 언술하는 바와 같이 인실의 미모는 성욕의 대상으로 노출됨에 따라 불행으로 치닫는 조건일 뿐만 아니라, 자본주의 사회에서 '돈'의 가치로 환산되는 문제이기도 하다.

　　옴서감서 술청에다 반쪽 얼굴 내밀어라. 감질나야 사내들은 여자값을 더 쳐준다. 여자값이 더 나가면 뉘 집 술이 팔리겠냐 (…) 눈구멍이 뒤집히면 아무것도 안 보인다. 돈벌이에 핏발 선 눈 안 뒤집힐 재간 있냐. (…) 양단 공단 모본단에 가는 허리 단장허고, 치마자락 거머쥐며 날아갈 듯 나타나면, 떠오르는 달덩이냐 피어나는 꽃송이냐, 눈이 부셔 어찌 볼꼬. 아까워서 어찌 줄꼬. 한 달 수입 십만원은 손이 작아 못 받겠다. (달2 : 110-111)

위의 예문은 단락 10-1)-(1)에 해당하는 내용의 일부이다. 인실이 양부모의 집을 나온 첫날 잠자리를 구하러 여인숙을 찾자, 주인여자가 "서울 가 봤자 몸만 버리고 갈보로 끝장날 게 뻔하니, 그녀 밑에서 시키는 대로 하면"(달 : 73) 원하는 것을 모두 얻을 수 있다고 유혹한 바 있다. 이와 마찬가지로 윤점례 역시 집을 나가는 인실에게 "편케 일하고 일한 것만큼 많이 벌자"(달2 : 27)면서 자신을 찾아오라고 주소를 내민 바 있다. 예문에서 보여주는 바와 같이 윤점례의 행동에는 인실의 '미모'를 이용해서 가세 매상을 올려보겠다는 의지가 담겨있다.

인실은 형태의 집을 나와 결국은 형태의 사촌과 윤점례가 '미모'를 이용해서 '돈'을 벌자는 일에 끼어들게 된다. 문화부 김국장이 두겹 속 삽화 10-1)-(2)에서 제의한 동업을 단락 12에서 구체적으로 실행하게 되는 일이 그것이다. 그런데 김국장에게 인실은 '얼굴 마담'일 뿐이었으며, 단골손님을 늘려서 가게 보증금을 올려주는 등 김국장에게 이용만 당하다가 쫓겨나는 상황에 처한다. '미모'로 인한 유혹은 식모살이를 하는 상황에서도 끊이지 않고 새로운 사건으로 추동한다. 김국장의 농간으로 쫓겨나 식모살이를 나선 인실이 자신의 의지와 상관없이 김춘보와 유서경의 불행한 결혼생활에 첩으로 끼어들어 겪는 수난으로 이어진다.

단락 11에서 형태가 간첩 혐의로 잡혀 들어가자, 인실의 '미모'로 인한 수난이 또 다시 증폭되어 최고조에 이른다. 두겹 속삽화 11-5)-(6), (7), (8)의 에피소드가 여기에 속한다. 11-5)-(6)은 윤점례를 찾아가자, 그녀의 입에서는 뜻밖에도 "돈 많은 것 내버리고 젊은 것을 따른 죄니, 주렁주렁 딸린 것들 고아원에 털어 뿔고, 지난 삼년 벌충 한번"(달2 : 252) 하라는 대안을 제시한다. 그런가 하면, 인실을 찾아온 형태의 사촌형은 11-5)-(7)에서 형태를 기다리지 말고 돈이나 벌어서 "늦기 전에 한 밑천 잡아라"(달2 : 253)는 말을 서슴지 않는다. 남편이 감옥에 가고 없으니 '미모'를 이용해서 이와 같이 '돈'을 벌어보라는 주변의 유혹은 여기서 그치지 않고 11-5)-(8) 우종규의 성폭행으로 이어진다. 이 사건은 인실이가 아이들을 두고 집을 나오게 되는 비극으로 치닫게 되는데, 인실의 전체 삶을 통해서 보면, 가장 안정되고 행복했던 시간은 두 아이를 낳고 시아버지를 모시면서 살았던 형태와의 결혼생활이다. 그런데 형태가 간첩 혐의로 감옥살이를 하는 시련을 겪는 과정에서 인실이 성폭행까지 당하게 되면서 간신히 움켜쥐고 있던 행복을 한꺼번에 놓치고 만다.

결국 인실이 겪는 세 번의 성폭행은 그때마다 삶의 새로운 국면으로 안내하는 역할을 한 것인데, 인실이가 간신히 얻은 행복과 안정을 빼앗고 다시 '길'로 내몰기를 반복한다. 텍스트에서 세 번의 성폭행을 비교해보면 인실에게 닥쳐오는 수난의 강도는 점점 커져가는 형상이다. 첫번째, 삼촌으로부터 당한 성폭행은 순결을 잃고 여성으로의 꿈을 좌절시키는 불행의 시작이다. 죄인은 "홀홀 털고" 떠났지만, 인실에게 남겨진 것은 임신과 유산으로 겪는 고통은 물론이고, "화냥끼"를 가진 온전치 못한 여자라는 낙인이다. 두 번째, 세 번째 성폭행은 더 큰 강압 속에서 이루어진 것인데, 하상무로부터 당한 성폭행은 아이와 직장을 잃어버리는 계기로 작용한다. 이어서 우종규로부터 당한 성폭행은 평범하게 사는 행복을 송두리째 무너뜨리는 원인으로 작용한다. 즉, 우종규로부터 성적 유린을 당한 사실이 밝혀지자, 인실이 '자신을 지키지 못한 죄'를 짊어지고 두 아이를 두고 집을 나오게 된 것은 인실의 불행한 삶이 부모와의 이산에서 시작된 바와 같이 자신의 아이들을 불행의 출발선에 세운 사건이다. 이후 인실의 두 아이는 고아원을 거쳐 미국으로 입양이 됨으로써 다시 만나지 못한다. 이처럼 불행의 대물림을 사건으로 구조화한 것이다.

백열과의 동거·이별은 『달궁』의 이야기 현재에 해당하는 단락 16의 이야기이다. 백열은 인실이가 겪은 불행을 종합적으로 요약하듯이 인실의 성격과 자신과의 불행한 삶의 이야기를 들려주고 있다. 즉, 16-1) 백열과 인실의 생활, 16-2) 습관적 폭행, 16-3) 백열이 본 인실, 16-4) 백열의 증오, 16-5) 인실의 일기라는 속삽화를 통해서 인실이의 현재 모습을 요약하고 있는 것인데, 백열과 함께 살았던 인실을 더 이상 불행할 수 없는 모습으로 그려내고 있다. 백열에게 인실이가 선택되고 수난을 겪은 것은 무엇보다 그녀가 "눈 코 입이 백힐 데에 백힌 제대로 빠진 미인"(달1 : 52)이었기 때문이다. "도저히 자기 같은 알건달 날강도의 짝이 아니라고"(달1 : 52) 생각하면서도 백열은 인실에게 자신의 면도까지 시켜가며 군림하면서 산다. 그런데도 백열이 스스로 고백하는 바와 같이 인실을 향해서 언제나 "근거 없는 행패"를 부렸으며, 인실은 그 고통을 습관처럼 견디며 살았다.

인실이 이 사회에서 담당한 역할이란 잡역부와 같은 양딸살이, 무보수 가정교사, 공장살이, 술집살이, 무보수 얼굴마담, 첩살이와 간병인을 겸한 식모살이 등이다. 텍스트에서 보여주는 인실의 불행은 한 개인이 겪은 비극으로 보기에는 비현실적이기까지 하다. 작가가 작품을 허구적으로 재현하는 궁극적인 목적이 주제의식의 전달에 있다고 본다면, 사실성과 진실성을 개연성 있게 구현해 나가는 최종 목적 또한 여기에 있을 것이다. 따라서 『달궁』에서 인실의 불행한 삶을 중층적으로 서사화한 것은 인실이가 끝없이 불행한 삶으로 나아가도록 추동한 우리 사회의 구조적 모순과 여기에서 배태된 부조리한 삶의 양상을 드러내려는 작가의 주제의식과 절대적인 관계를 맺고 있기 때문이다. 그러므로 인실이의 불행을 좇는 삶의 중층결정 서사화 전략은 작가의 주제의식 구현이라는 맥락으로 보아야 할 것이다.

(2) 종교의 타락

『달궁』에서 인실의 불행을 추동하는 종교인 중에는 종교를 자본의 도구로 이용하는 타락한 종교인이 등장한다. 텍스트에서 이들에게 종교는 신임을 사는 도구이다. 따라서 경제 활동에서도 중요한 몫으로 활용한다는 공통적인 양상을 띠고 있다. 여기에 해당하는 인물은 단락 2의 중심인물인 양부모와 삼촌, 단락 6·7·10의 중심인물인 김철복과 강은숙, 윤점례가 그들이다. 각 의미단락이 거느리고 있는 삽화를 통해서 이와 같은 부조리를 중층적으로 구조화한 예를 살펴볼 수 있다.

알고 보면, 돈벌기에는 군대만큼 좋은 데도 없어요. (…) 돈을 벌 수 있다면야. 아버지의 소리가 말했다. 그러믄요. 돈만 벌 수 있다면야. 삼촌의 소리가 맞장구를 쳤다. (…) 아버지는 처음부터 장사꾼이었다. (…) 아버지는 창피한 줄을 모르는 사람이었다. 창피한 줄을 알았더라면 중대장의 연락병이 푸대자루에 담아 내오는 납떼기 쌀을 사 들이지 않았을 것이다. 그것은 부대 안에 있는 가마솥에 들어가서 군인들의 배를 채우기로 되어 있는 쌀이었다. 혹시 누가 뭐라고 하면 아버지는 항상, 나는 장사꾼이여, 라고 대답했다. (달1 : 65-66)

인실의 양부와 양부의 군인동생은 "독실한 배내 기독교신자들이었다."(달1 : 83) 그런데 그들은 기독교에서 내세우는 윤리를 지키기는커녕, 오히려 사회의 부조리한 사건의 중심에서 이를 주도해 나간다. 위의 예문은 속삽화 2-1)과 2-3)에 해당하는 내용의 일부이다. 삼촌과 아버지의 대화의 초점은 '돈을 버는 문제'이다. 육이오 전쟁 중에도 부대에서 몰래 빼내오는 쌀장사로 부자가 된 형님에 이어서 군납으로 '돈'을 벌어보겠다는 삼촌은 자신이 지휘자로 있었던 부대에 압력을 행사해서 납품을 하겠다는 의지를 보이고 있다. 두 사람은 돈을 벌기 위해서는 그것이 무슨 일이든 상관없다는 태도를 갖고 있다. 양부모는 기독교인을 내세우면서 부도덕한 방법으로 돈을 모으는가 하면, 병덕이에 비해 인실이 공부를 잘했음에도 불구하고 병덕이는 도시로 유학을 보내지만, 인실은 읍내 학교로 진학시켜 집안 일을 하도록 한다. 양부모의 처세를 통해서 인실을 양딸로 삼은 가장 큰 이유가 '집안 일'을 아무 제약 없이 시킬 수 있다는 점과 무관하지 않음을 알 수 있다. 그리고 인실이가 임신을 해서 학교를 그만두자, 피의자를 탓하기보다 딸이 "화냥끼"가 있어서라고 합리화하는 비인간적인 태도를 드러낸다.

돈이라니, 무슨 돈 말이요? 그년이 가지고 간 돈 말이다. 장리벼가 스무 섬이다. 보았오? 보았으면 가져가라고 놔 뒀겠냐? (…) 도망간 년 붙잡는 건 어째 뿌렀오? 돈만 온전험사 도망간 년이 문제냐? 인실이는 없어진 것이 잘된 일인디, 붙잡아서 뭣 헐 것이냐? 그의 외삼촌헌테도 기별을 해야 쓰겄다. 어무니 삼촌이 암만해도 그를 잡아가야 헐랑 개비요. 그를 잡아가서 뭣 헌다냐? 도둑맞은 돈은 안 찾을라요? 그 돈은 볼쎄 찾았는갑다. 찾았다니요? 그헌테 있으면 찾은 것 아니야? 아예 도둑맞지 않았다고 허는 것이 낫겠오. 왜 도둑을 안 맞았어야? 그 돈은 인실이가 가져갔다. (…) 그가 돈을 가져갔냐? 그헌테 돈이 있고, 그가 그 돈을 가져갔다고 믿어라 그 말이냐? 그가 그 묵고 살라고 그 돈 가져갔냐? (…) 인실이 때문에 가져간 돈은 인실이가 가져간 돈이다. 인실이가 아니면 그가 그 돈 어따 쓸 것이냐? (달1 : 91-92)

위의 예문은 두겹 속삽화 2-4)-(3)의 일부 내용이다. 인실이와 출분하기로 약속한 병덕은 동거 비용으로 아버지의 금고에서 돈을 훔쳐 마련한다. 그런데 그의 부모는 위의 예문에서와 같이 인실이가 돈을 훔쳐서 달아난 것으로 오해를 하고 있으며, 이를 어머니와 아들의 대화를 통해서 묘사하고 있다. 어머니는 위의 예문에서 보는 바와 같이 아들의 말을 통해서 인실이가 돈을 훔친 것이 아니라 병덕이의 행동이라는 것을 알게 되었음에도 불구하고, 이후 병덕이가 인실과 동거를 시작하자 이를 악용한다. 즉 단락 5의 속삽화 3)의 에피소드로 등장하는 도둑 누명 사건이 그것인데, 양부모는 인실이가 양부모의 쌀값을 훔쳤다고 남원 경찰서에 고소를 한 것이다. 이 사건으로 인실은 유치장에서 하룻밤을 보내고 무혐의로 풀려난다. 양부모는 병덕과 인실을 떼어놓기 위해서 '모함'도 서슴지 않으며, 그 모함이 통하지 않자, 종국에는 인실을 정신이상자로 몰아 기도원에 유폐시킴으로써 병덕과 인실을 분리시키는 일에 성공을 거둔다.

한편, 전체 텍스트를 통해서 볼 때 종교인으로서 그 위선적인 정도가 가장 두드러지는 인물은 김철복과 그의 아내 강은숙을 들 수 있다. 이들 역시 믿음이 강한 기독교인을 가장하고 있다.

> 오라! 형제들이여! 실로암 기도원으로! 난치병, 불치병, 말기병
> 으로 신음중인 형제들은 여기 와서 단식과 기도로 성령의 힘을 빌어
> 건강을 구하라! 그러면 건강은 반드시 그대의 것! 의사들도 열었다가
> 그냥 닫은 말기암을 생수와 믿음으로 성령의 불길을 내려 스스로 퇴치
> 하신 황장로님의 증거하심. (…) 그의 인생에 거짓이란 없다. 그는 거짓
> 을 미워하고 참을 좋아한다. 참된 것을 찾아서 평생을 살아왔다. 자,
> _기도하자. (…) 당신의 어린양 임인실이는 일찌기 육이오 때 북한 공
> 산 계례군의 만행으로 부모를 잃고 미아가 되어 전국의 고아원을 돌아
> 다니며 무진 고생속에서 건강하고 아름다운 소녀로 자라나 양부모가
> 정해준대로 남편과 백 년가약을 맺었습니다만, (달1 : 133-134, 밑줄
> 인용자, 밑줄 부분은 작가의 의도적인 띄어쓰기임)

위의 예문은 6-2)에 해당하는 예문으로 실로암 기도원 이사장 황장로의 설교와 기도문으로 이어지는 일부 내용이다. 기도문 말미에서 인실이를 위한 기도문 내용을 보면 일치하는 사실이 한 군데도 없다. 이것은 기도원 운영을 환자의 아픔을 치료하는 '재생의 공간'으로 만들고 있는 것이 아니라 오로지 이들로부터 요양비용을 받는데 궁극적인 목적이 있기 때문에 환자들를 형식적으로 대하고 있다는 증거이다. 그가

주장한대로 "참된 것을 찾아서 평생을 살아왔다."면 그의 삶에 가식이란 있을 수 없다. 그런데 카멜레온과 같이 기도원에서는 어머니의 성을 따서 '황장로'로 변신하고, 시내로 돌아가서는 청부업자 '김철복'으로 변신한다. 김철복에게 있어서 종교는 타자들로부터 신임을 얻는 도구에 불과한 것이다.

황장로의 설교와 기도문을 통해서 구체적으로 드러난 바와 같이 김철복에게 있어서 '장로'라는 가면은 오직 돈을 벌기 위해서 필요한 것이다. 아내의 '계'로 기반을 잡았음에도 불구하고 '계'가 깨지자, "부부별산"을 내세워 아내를 유치장에 보내고, 피해자들과 합의를 하지 않는 파렴치함은 진리와 사랑을 최고의 덕목으로 내세우는 기독교인의 참된 모습과는 거리가 멀다. 이러한 김철복의 위선적인 행위는 인실에게 첩살이 요청을 하는 장면에서 구체적으로 드러내고 있다.

> 여편네가 집에 없을 때만 외입허는 놈이 세상에 어디 있겠느냐. (…)
> 독수리 병아리 채듯 먼저 채는 놈이 임자여. (…) 그는 내가 원하는 것이면 무엇이든지 해줄 판이었다. (…) 살림방 딸린 미장원 같은 것이 김사장 눈에는 좋게 보였다. (…) 이것도 저것도 다 싫으면, 아예 서울로 가서 내놓고 살림을 차릴 수도 있었다. (…) 물론 생활비는 그가 댄다. (…) 월급? 물론 주겠다. 서울만 가 준다면, 월급이 문제냐? (달1 : 202)

위의 예문은 단락 7의 두겹 속삽화 7)-(2)의 일부 내용으로 김철복이 인실에게 첩살이를 제의하는 조건이다. 인실은 김철복의 집에서 2년이 넘도록 가정교사를 하고도 월급을 받지 못해서 떠나지도 못하고 머물러 있는 상황이다. 김철복은 이러한 상황을 악용해서 자신의 첩이 되어

준다면, 밀린 월급을 모두 주겠다고 인실에게 제의를 한다. 김철복이 곗돈 피해자들과 합의를 한다면, 아내가 교도소에서 나올 수 있는 데도 불구하고 '돈'이 아까워서 합의를 보지 않는 반면에, 인실에게 첩살림을 요구하며 무엇이든 다 해주겠노라고 장담하는 태도는 '욕망'의 노예로서 다양한 면모를 묘사한 것이다. 김철복에 뒤질세라 속삽화 7-3)에서 김철복의 부인 강은숙이 윤창수를 상대로 벌인 사기담은 일반인이 흉내낼 수 없는 지능적인 수법이다. 이와 같이 독실한 기독교 신자임을 내세워서 일반인들의 신임을 얻고 김철복 부부가 저지르는 부조리한 행위는 노골적이면서 비도덕적인 정도가 매우 높다.

교회 장로이며 "지역사회 개발위원, 청소년 선도위원, 국민사상 선양대회 전국협의회 의장"(달1 : 133)이기도 한 김철복은 오로지 '물질적인 욕망'을 채우기 위해서 자신의 성(姓)까지 '황'과 '김'을 번갈아 사용할 만큼 다채로운 변신을 거듭한다. '이름'의 이중성을 통해서 이름의 주인공으로 보여주고 있는 모든 것이 허위라는 사실, 즉 '비진정성'을 적나라하게 드러낸 경우에 해당한다.

이밖에 윤점례 역시 서울에서 싸구려 술집을 하면서 '돈'을 좇는 정도가 "장사만 되면 부처님이라도 팔아먹고"(달1 : 26) 싶은 욕망으로 가득 찬 인물로 그려내고 있다. 윤점례가 교회 "권사"(달2 : 16)라는 점에서 보면, 내포 작가가 기독교인들이 '종교'의 신심을 위장하여 저지르는 타락성에 대해서 매우 민감하다는 것을 알 수 있다. 가장 신성해야 할 종교까지 '물질적인 욕망'을 채우기 위한 수단이 되고 있음을 다양한 에피소드를 통해서 적나라하게 펼쳐낸 것이다.

(3) 다면적인 현실 세계

『달궁』의 전체 텍스트에서 특히, 이야기 시간에 비해서 담론 시간이 무한히 확장되고 있는 의미단락 '7·8·11·13'은 작가의 세계관을 드러내기 위해서 다양한 삽화를 중층적으로 구조화한 경우에 해당한다. 이 중에서도 단락 13은 담론 시간이 무한히 확장되어 있고, 이에 따라 사건과 인물·공간적 배경 역시 횡적으로 과대하게 확장된 특징이 두드러진다. 따라서 중층결정 구조를 대표하는 단락이라고 할 수 있으며, 이는 작가의 세계관을 적극적으로 펼쳐내기 위해서 전략적으로 서사화한 단락으로 볼 수 있다. 전체 텍스트가 작가의 세계관을 펼쳐내는 장으로 기능한 것은 당연하지만, 특히 단락 13은 다면화된 세계를 중층결정 구조를 통해서 드러내고 있다. 즉, 다면화된 세계의 입체적이고 혼돈된 삶을 중층결정 서사 구조를 통해서 보여주고, 우리 앞에 펼쳐진 부조리한 현실에 대한 원인을 독자들이 다양한 각도에서 바라보도록 유도하고 있다.

루카치의 말대로 소설은 작가의 윤리가 작품의 미학적 문제로 이어지게 되는 유일한 문학장르이며, 타락한 세계에서 진정한 가치를 추구하는 이야기가 소설이기 때문에 작가의 세계관은 무엇보다 중요하다. 소설가의 세계관에 따라 소재의 선택과 배열이 달라지는 선택의 원리가 작용하기 때문이다.[85] 내포 작가는 이 선택의 원리에 따라 서사를 구성함으로써 진정한 가치를 만들어내려고 한다. 그런데 그 가치는 특

---

85) 이러한 선택의 원리를 루카치는 원근법(perspective)으로 설명한다. 이 원근법은 사건의 진행방향과 내용을 결정하고, 이야기의 실마리들을 정리해 주며, 작가로 하여금 중요한 것과 피상적인 것, 핵심적인 것과 주변적인 것 중에서 선택할 수 있도록 해준다. (게오르그 루카치, 황천석 역, 『현대리얼리즘론』, 열음사, 1986, 34-53쪽 참조)

정한 시공간에 나타난 구체적 사회갈등에서 유래하기 때문에 소설가는 자신이 몸담고 있는 사회 역사적 현실에 대한 천착과 통찰 및 미래에 대한 비전을 지니고 있어야 한다.[86]

의미단락 13은 인실이가 김국장과 술집 동업을 그만 두고 김춘보의 집에서 가정부 일을 시작하면서 다양한 사건을 직·간접적으로 겪게 되는 이야기가 중심을 이룬다. 단락 13에 해당하는 전체 이야기 시간은 1976년 무렵 부터 1977년 까지 약 1년간이다. 그런데 단락 13이 거느리고 있는 독립된 삽화의 수는 단락 3에서 14년간의 관계를 유지한 황영감 이야기를 비롯해서 단락 2에서 양부모 밑에서 보낸 13년간의 이야기로 구조화된 삽화의 수에 비한다면 의미단락이 거느리고 있는 삽화가 양적으로 대단히 많다. 즉 속삽화가 병치적으로 배열된 수가 많은 것은 물론이고, 두겹, 세겹 속삽화가 횡적으로 확장되는 현상이 다른 단락에 비해서 문제적이다. 의미단락 13에서 작가의 다면적 세계관을 중층적으로 구조화된 이야기를 중심서사의 주인공과 삽화의 관계 맺음의 정도를 토대로 살펴본다면, 사건 확장을 중심으로 작가의 세계관이 어떻게 구조화 되었는가를 구체적으로 구명할 수 있을 것이다.

단락 13이 거느리고 있는 15편의 속삽화 중에서 중심서사 주인공 인실이가 중심인물로 등장하는 경우는 1), 7), 8), 9), 11), 14), 15)의 경우로 7편이며, 나머지는 단시적인 사건이 관계를 맺고 있거나, 여러 편의 겹 속삽화 중 한, 두편과 미약한 관계를 맺고 있다. 예를 들어 속삽화 13)은 9편의 두겹 속삽화를 거느리고 있지만, 인실이와 관계를 분명히

---

86) 임환모, 「송기숙 소설의 서사전략」, 『한국 현대소설의 서사성과 근대성』, 태학사, 2008, 140쪽 참조.

하고 있는 경우는 13)-(2)가 유일하다.

삽화가 중심서사에서 무한히 확장된 경우는 작가의 세계관을 드러내기 위한 전략적 구조로서 특징을 분명히 한다. 단락 13은 인실을 초점자로 내세워 다양한 인물의 삶을 직·간접적으로 듣거나, 보고 느낀 것을 서술하였다는 점은 단락 2에서 단락 13에 이르는 단락들과 다르지 않다. 다만 그 중층결정 서사 구조가 횡적으로 무한히 확장되어 있다는 점에서 그 차이가 있는 것이다.

13-1) '식모살이'는 인실이가 술집에서 쫓겨나 식모살이를 하게 되면서 김춘보와 관계를 맺게 되는 계기적 사건인데, 직업을 찾아 나선 인실의 고단한 현실이 중심이 되는 이야기로 구성되어 있다. 13-2) '깡패 장삼이와 영팔이'는 단락 12의 두겹 속삽화 12-4)-(2)에서 '유순'의 종업원 신옥과 관계를 맺은 인물이다. 이들은 13-2)-(4)와 같이 인실이가 살고 있는 집으로 장삼이가 이사를 오게 되면서 인실의 주변인물이 된다. 작가는 다양한 삽화와 단시적 사건들을 통해서 한때의 잘못으로 전과자가 된 인생에 대한 연민을 드러낸다. 특히 두겹 속삽화 13-2)-(10) '억울한 옥살이'를 통해서 주제의식을 집약하고 있다. 즉 장삼이가 깡패를 그만두고 성실하게 살아가려는 자세를 갖고 있음에도 불구하고 전과자라는 이유로 억울한 누명을 쓰고 감옥살이를 하는 사건을 통해서 우리 사회의 구조적 모순으로 겪는 부조리함을 드러낸다.

두겹 속삽화 13-2)-(9)는 인실이가 김춘보 부부의 '첩살이' 요구를 피해서 식모살이를 그만두게 된다. 그러나 자신의 의지와 상관없이 '영심이의 출산' 문제에 끼어들게 된 사건이 중심 내용이다. 그리고 여기에 지웅과 지선이 해외로 입양되는 비극까지 겹치면서 김춘보의 도움을 받기위해 결국은 첩살이로 나서게 된다. 우연한 상황에 인실이가 끼어들어 새로운 사건으로 이어가는 등 텍스트의 플롯이 유기적이지 못한 면모는 작가의 계획된 의도에서 비롯되었다. 무질서한 서사 구조를 통해서 궁극적으로 형상화하려는 것은 우리들의 삶이 '미필적'이므로 무계획적으로 흘러간다는 사실을 형식을 통해서 재현하려는 데 있기 때문이다.

13-3)은 김춘보가 보는 우리말 오용 실태를 단시적 사건과 두겹 속삽화 13)-3)-(2)를 통해서 구체적 밝히는가 하면, 이에 대한 작가의 현실 인식을 드러낸다.[87] 이는 작가의 세계 인식을 중심서사에서 확장된 속삽화를 통해서 적극적으로 구조화한 경우에 해당하는데, 김춘보를 '대리 자아'로 내세워 작가의 언어의식을 적극적으로 드러내고 있는 경우이다.[88]

속삽화 13-4), 5), 6), 7)은 김춘보 부부의 부조리한 삶의 이면을 통해서 우리 사회의 우울한 단면을 보여주려는 작가의 현실 인식이 중심서사에서 확장된 형태로 구조화하고 있는 경우이다. 그리고 속삽화 13-8), 9)는 인실이가 김춘보의 첩이 될 수밖에 없는 사건이 맞물리게

---

[87] 서정인의 우리말 바로 쓰기 인식은 의미단락 13에서 중심인물 김춘보의 인식과 다르지 않다. 『달궁』은 전체적으로 작가의 현실 인식을 다양한 삽화를 통해서 구조화하고 있는 경우가 발견되는데, 김춘보의 우리말 바로쓰기 인식이 그 중 하나의 예가 된다. (서정인, 「나랏말쓈 바로 쓰기」, 『에세이』, 월간 에세이, 2006.12, 107-109쪽 참조; 서정인, 「남의 나라말 함부로 쓰기」, 『한국인』, 사회발전연구소, 1992.5, 17-21쪽 참조; 서정인, 「한국말은 한국인의 운명」, 『문화예술』, 2003.10, 37-41쪽 참조.

[88] 작중인물을 통해서 작가의 가치관을 적극적으로 대리 진술하도록 하는 면모는 전통적으로 작중인물은 흔히 작가의 자기표현이나 자기 구현을 위한 매개체로 사용되었고, 혹은 작가로 하여금 그의 강박 관념이나 심리적 억압으로부터 해방될 수 있도록 도와주는 일종의 산파와 같은 역할을 감당하였다는 점과 무관하지 않다. (김욱동, 『대화적 상상력』, 문학과지성사, 1988, 166-167쪽 참조)

되면서, 이로 인하여 겪는 부조리한 사건이 중층결정으로 구조된 양상이다.

속삽화 13-10)은 병원 사무장 강태철이 원장 유서경과 불륜 관계를 맺고, 유서경의 의지대로 이용당한 후 종국에는 버림을 받은 사건이다. 강태철은 원장에게 지지않고, 두겹 속삽화 10)-(4)에서 인실에게 '유서경을 협박해서 돈을 받아내자'고 범행을 제안한다. 치정을 이용해서 '돈'을 지키려는 유서경과 이에 못지않은 강태철의 이야기를 통해서 우리 사회의 도덕적인 타락성을 숨김없이 드러내고 있다.

속삽화 13-12)은 미국에서 큰딸이 보내온 편지로 구성되었으며, 3편의 두겹 속삽화를 거느리고 있다. 이를 통해서 보여주려는 것은 이국생활의 어려움이다. 특히 해외로 입양된 인실의 아들과 딸 소식을 담고 있는 두겹 속삽화 13-12)-(3)은 남매가 겪는 현실을 통해서 해외로 입양되는 한국인 고아들의 미래를 "조국이 없으니"(달3 : 158) 외국에서 성장하게 된 공백을 메울 방법조차 막연하다는 사실을 밝히고 있다. 이는 육이오 전쟁 이후 '해외로 입양'된 한국 어린이들에 대한 작가의 남다른 연민이 배태된 삽화라고 볼 수 있다.

속삽화 13-13) 김춘보의 투병생활은 9편의 두겹 속삽화를 거느리고 있는 이야기이다. 9편의 삽화 중 13-13)-(2) 간병인 겸 식모살이를 하는 인실의 이야기를 제외하고는 8편이 인실이와 직·간접적인 관계가 없다. 특히, 죽음을 앞둔 김춘보의 삶과 병문안을 온 아들과 두 딸, 동생 등 다양한 삶을 통해서 자본주의 사회에서 '돈'과 '권력'이 갖는 역기능을 서사화하고 있다. 특히, 미국 중심주의를 두겹 속삽화 13)-(3) '큰딸'을 통해서 냉소적으로 드러내는가 하면, 13)-(4) '작은 딸'을 통해서 서울 중심주의를 비판적으로 드러낸다. 13)-(6)은 김춘보의 동생의 가치관과 그의 삶이 중심을 이루는 이야기이다. 섬 선생은 자본주의 사회에서 노예가 되기를 거부하고 '섬'에 스스로를 가뒀지만, 결국 자식을 통해서 자본주의의 폐해를 고스란히 겪고 있는 현실을 네겹 속삽화 '13-13)-(6)-③-ㄷ'으로까지 확장한다. 이처럼 중심서사와 무관한 삽화를 횡적으로 확장한 것은 사회 구성원들의 다양한 삶을 사실 그대로 보여주려는 작가의 치밀한 구도에서 비롯된 것으로 볼 수 있다.

13-14)는 김춘보가 죽은 이후 다양한 사건을 거느리고 있는 속삽화이다. 특히 유서경이 학원 재단을 실속 있게 운영하기 위해서 서무과장과 손을 잡는 것이 유리하다고 판단함에 따라 그동안 내연관계를 맺고 병원 살림을 맡겨온 강태철에게 퇴사를 종용하는 사건이 문제의 발단이다. 두겹 속삽화 14)-(2)는 세겹 속삽화로 강태철이 유서경을 협박하는 사건, 유서경이 강태철과 인실을 상대로 고소장을 제출하는 사건으로 확대된다. 그리고 유치장에 갇힌 강태철을 면회하러 찾아간 인실이 경찰서에서 만난 김형사가 들려준 누나 이야기가 네겹 속삽화 '13-14)-(2)-⑤-ㄹ'로 삽입된다. 김형사의 누이는 의붓아비로부터 '성폭행'을 당했으며, 이후 '정신질환'을 앓다가 교통사고로 죽었다는 사실과 인실의 삶은 상당부분에서 일치한다. 김형사의 누이 이야기는 인실이의 미래를 복선으로 제시한 것으로 볼 수 있다. 그리고 이어지는 속삽화 13-15)는 인실에게 내려진 '폐결핵 진단' 사건 내용이다. 인실의 폐결핵 진단은 단락 13에서 김춘보의 첩살이를 하면서 겪은 고통에 한정된 사건이 아니라, 인실이 1970년 27세 나이에 서울에 올라와서 34세에 이르기까지 약 7년 동안의 고생스러운 생활 전부를 상징한다고 볼

수 있다. 인실이 서울에 올라와서 경험한 직업은 공장살이, 식모살이, 술집살이, 식당살이 등이 전부인데 하나같이 열악한 환경에서 겪은 일들이 대부분이다. 소외되고 열악한 환경이지만 나름대로 삶의 주체로서 자신의 삶을 선택하면서 적극적으로 살아온 인실에게 주어진 것은 생명을 위협하는 '폐결핵 중등증' 진단이다.

단락 13의 다양한 삽화를 구성하고 있는 부조리한 사건의 구심점은 '돈'이다. 아내가 불륜을 저지른 중심에도 '돈'을 지키기 위한 계략이 숨어 있으며, 인실이 김춘보의 첩이 된 이유 역시 미국으로 입양된 아이들을 데려오기 위해서도 '돈'이 필요하다. 고아원에서 아이들을 해외에 입양시킨 이유 역시 '돈'을 받을 수 있기 때문이었다.

의미단락 13의 중심인물 김춘보는 단락 8의 중심인물 윤창수와 함께 서정인의 다면적 세계관을 적극적으로 펼쳐내는 역할을 한다. 소설을 쓰는 자아의 본성은 주로 그의 경험의 재현과 해석과 미학적 정형 구성으로부터 추측될 수 있다.[89] 따라서 작품을 통해서 재현하는 작가의 경험은 미학적 원리의 근간으로 볼 수 있다. 윤창수는 서정인의 교사 생활을 체험한 '대리 자아'로서 우리 사회의 교직사회의 부조리함을 숨김없이 보여주는가 하면, 가난한 고학생 김춘보를 대리자아로 내세워 언어의식과 함께, 앞서 살펴본 우리 사회의 다면적인 면모를 상대주의적 세계관을 통해서 드러낸다. 중심서사와의 관계는 뒤로 하고 다양한 삽화를 통해서 여전히 '돈'을 좇고 있는 인물들의 타락한 도덕성을 적나라하게 펼쳐냄으로써, '물질에 대한 집착'이 얼마나 부질없는가를 보

---

89) 버나드 J. 패리스, 「작중인물과 함축된 작자」, 최상규 역, 김병욱 편, 『현대 소설의 이론』, 예림기획, 2007, 439쪽 참조.

여준다.

이와 같이 서사의 확장이 극대화된 구성적 특징을 보이고 있는 것은 우리들이 살아가는 '지금 여기'의 현실이 개인의 문제에 국한된 것이 아니라 사회 전반에 뿌리내린 부조리한 상황이라는 것을 예리한 시선으로 포착하여 '거칠게 지적하기→구체적인 예로 자세히 지적하기'와 같은 방식으로 사건 구조를 심화한 것이다. 인실의 불행한 삶의 원인은 전쟁이라는 국가 지배 이데올로기의 갈등에서 비롯된 것이지만, 여기에 지리산 자락에 위치한 '달궁'이라는 공간과 그녀의 '성'을 강탈해간 폭력이 가세함으로써 삶이 더욱 황폐화되어 가는 등 인실의 불행한 삶으로의 추동은 앞으로 나아갈수록 가속도가 붙는 형상이다.

전체 텍스트는 한 사람이 겪은 불행의 정도로 보기에는 그 비극적인 반복이 너무 잦기 때문에, 현실적이지 못한 면모가 없지 않다. 그러나 작가가 궁극적으로 그려보고자 한 것은 한 여인의 불행한 삶에 한정한 것이 아니라, 인실이가 겪어왔고 현재 처해있는 부조리한 상황을 통해서, 우리 사회의 구조적 모순을 지적하려는 데 있다. 인실을 둘러싼 부조리한 세계는 모든 것이 자본화된 현대사회에서 인실이의 노동력을 착취하려드는 타락한 인간들의 군상에서도 자유롭지 못하다. 결국 그녀의 인생은 연속된 빼앗김으로 이어가게 되며, 불행으로 점철된 삶으로 마감하게 된다. 인실을 불행으로 몰고 간 원인을 그녀를 둘러싸고 있는 부조리한 현실 모두로 지적하고 있는 것이다.

2. 인물의 유형과 성격화

텍스트의 인물 유형을 살펴보는 문제는 우리들이 살고 있는 '지금 여기'의 현실을 '누구의 시각을 통해서 보여주는가'를 탐색하는 과정 속에 있다. 소설 텍스트는 담론의 주체들이 개입하여 역동적으로 활성화된 의사소통의 체계이다. 작중인물은 사건을 한정하고 사건은 작중인물에 대한 최종적 설명이 되는 만큼, 소설은 작중인물들이 감당할 수 있는 사건이나 감당할 수 없는 사건들을, 급격히 몰아가는 모양을 보여주면서 진전되어 나간다.[90] 그만큼 소설에서 인물에게 맡겨진 책무는 막중하다.

소설에서 '인물'과 그 '유형'의 창조는 소설의 주제를 구현하는 서사구조와 밀접한 관계를 맺고 있다. 담론의 주체인 등장인물 유형을 통해서, 텍스트의 의미 구현과 맺고 있는 관계를 살펴보고자 한다. 그리고 전체 텍스트에서 대립적인 두 인물의 성격화 전략을 통해서 서정인 소설의 인물 성격화 전략적 특징을 구명해 보고자 한다.

1) 다양한 직업 유형

『달궁』은 사건 중심으로 이야기를 펼쳐나간다는 점이 무엇보다 특징적이다. 17개의 단락이 거느리고 있는 크고 작은 삽화와 단시적 사건은 무질서하게 보이지만, 이를 구체적으로 살펴보면 사건의 인과적 관계를 서사구성의 중요한 원리로 삼고 있는 것도 사실이다. 어떤 경우에

---

90) 로비 맥콜리·조지 래닝, 「인물 구성」, 최상규 역, 김병욱 편, 『현대 소설의 이론』, 예림기획, 2007, 372쪽 참조.

있어서나 재료의 배열과 작중인물이나 그들의 세계에 대한 작자의 태도가 그 소설의 형태와 격조, 의미를 부여하기 때문에[91] 각각의 사건을 개연성있게 서사화하기 위해서는 인물의 역할이 무엇보다 중요한 것이고, 이에 따라 인물에 대한 창조 능력은 작가에게 있어서 이야기를 이야기답게 드러내는 중요한 문제이다.

『달궁』은 특히 다양한 삽화와 사건을 중층결정으로 구조화하여 '거대 서사'를 형성함으로써 주제를 구현하는 방식을 취하고 있다. 삽화가 다양하게 구조된 만큼 전체 3권에 등장하는 인물들은 삽화의 배경 역할을 하는 군중들을 제외하더라도 160여 명에 달한다. 이들 중 구체적인 실체를 갖고 서사에 등장하는 인물을 직업 형태로 유형화하면, '<표 3>『달궁』의 작중 인물과 유형'으로 정리된다.

〈표 3〉『달궁』의 작중인물과 유형

유형 단락	실체 인원(명)	그 외 인원	직업 유형
1	9	군인, 반란군	산골 농민, 군인, 인민군
2	5	·	상인, 군인
3	6	동네 사람들	가난한 농민, 여인숙 포주, 면사무소 직원, 경찰
4	·	·	친부모와 형제
5	4	간호사, 미용실 손님들과 직원	미용실 직원과 손님, 경찰, 정신병원 간호사
6	6	기도원 사람들, 산장 손님	기도원 환자와 직원, 산장 주인과 손님
7	14	·	운전기사, 경비, 더부살이 부모, 부자 큰댁 가족

---

91) 버나드 J. 패리스, 앞의 글, 앞의 책, 441쪽 참조.

8	11	학교 선생들	전문학교 교수, 깡패, 박물관장 가족, 교사
9	15	공장 종업원들	사장 가족, 공장 종업원, 깡패, 파출소 직원
10	5	손님들, 미군들	술집 주인과 종업원, 양공주, 미군
11	14	친지들, 경찰들	형태 가족과 친척, 전직 교수, 전직 대학 강사, 군인
12	11	술집 손님들	고위 공무원, 시인, 재벌 이세, 술집 종업원, 깡패
13	35	병원 환자들과 학교 직원들	학원 이사장·병원 원장 가족과 일가친척, 병원직원, 학교 직원, 병원 입원 환자들, 김형사 가족
14	13	의사·간호사· 환자들	병원 환자와 의사, 간호사, 윤재의 애인과 가족
15	·	·	식당 주인과 손님
16	1	식당 손님들	남편과 식당 손님
17	7	간호사들	병원 의사와 간호사, 경찰, 인실 조카들, 검사 부부
소계	156	·	다양한 사회 구성원 모두

<표 3>에서와 같이 직업으로 살펴본 『달궁』의 작중 인물 유형은 다양하다. 1960년대부터 1980년대까지를 사회적 배경으로 하는 만큼, 그 수와 유형을 볼 때 당시 사회 구성원의 대표성을 지닌 다양한 인물들을 동원하고 있다. 이는 우리 사회의 부조리한 현실을 드러내기 위해서 인실의 일대기를 중심으로 의미단락을 다양하게 구조화한 바와 상응하는 문제이다. 즉 열일곱 개의 의미단락과 그 의미단락이 거느리고 있는 다양한 삽화의 독립적인 구성을 위해서 인물 유형의 다양화는 필수적이다. 그 구성원들을 살펴보면 깡패, 술집 여종업원, 양공주 등 소외된 인물에서 공장, 학교와 병원의 행정직원, 서적 외판원, 산골 농민 등과

의사, 교수, 학원 이사장, 미국 유학생, 재벌 이세, 기업주 등에 이르기까지 우리 사회를 구성하고 있는 각계 계층의 대표적인 인물들이다.

작중 인물의 유형을 기능에 따라 미학적·설명적·모방적 인물로 분류해 보면,[92] 『달궁』은 사건 중심으로 서사화 되었기 때문에 설명적 인물이나 모방적 인물이 수적으로 우위를 차지한다. 설명적 인물은 황영감과 같은 도덕적 인물이며, 모방적 인물은 '꾸밈없고' '솔직하며' '예측불허'의 성격 소유자인 인실이라고 볼 수 있다. 미학적 인물은 김철복이나 강은숙, 윤점례, 여인숙 '포주' 등과 같은 세속적이고 위선적인 인물 유형에서 찾아볼 수 있다.

『달궁』은 설명적 인물인 황영감이나 인실과 같은 모방적 인물에 성격 창조의 묘미가 있는 것이 아니라, 미학적 인물의 행동이나 말을 통해서 의미 생성의 장을 확장하고 독자들에게 읽는 재미를 부여한다. 가장 지적으로 능숙하고 윤리적으로 민감한 작가의 재능은, 그 작중 인물들의 경험을 해석하는 데에 있는 것이 아니라 그것을 재현하는 데 있다.[93] 미학적 인물은 여인숙에서 만난 '포주'를 성격화한 장면을 통해서 살펴볼 수 있다.

    ① 그 여자는 내 허락도 없이, 내 방에 척 들어와서, 나에게, 기차를

---

92) 작중 인물의 유형은 기능에 따라 설명적·모방적 인물·미학적 인물로 분류할 수 있다. 설명적 인물은 경험을 해석하고 이에 주제적 가치를 부여하고 윤리적이며 형이상학적인 진리를 제시하려는 인물이다. 모방적 인물은 경험을 재현하는 데 있어서 사회현실을 반영하고 모방적 가치를 부여하는 인물이며, 미학적 인물은 미적 정형화를 추구하는 인물로서 형식적 가치를 부여하는 인물이다. (버나드 J. 패리스, 위의 글, 423-447쪽 참조 ; 로버트 숄즈·로버트 켈로그·제임스 펠란 공저, 임병권 역, 『서사문학의 본질』, 예림기획, 2007 증보판, 249-317쪽 참조)
93) 버나드 J. 패리스, 앞의 글, 앞의 책, 437쪽 참조.

놓친 모양인데, 서울 가 봤자 몸만 저리고 갈보로 끝장날게 뻔하니, 그녀 밑에서 그녀 시키는 대로 하면, 돈 많은 사장을 서방으로 얻어줄 수도 있고, 월급 많고 팁 많은 영업집에 취직시켜 줄 수도 있고, 그것도 저것도 싫으면, 그녀와 함께 동업으로 장사를 할 수도 있다, 고 말했다. (달1 : 73)

② 그녀는 쌀쌀해졌고, 온몸으로 독기를 뿜어내고 있는 것처럼 보였다. 그녀가 빙긋이 웃었다. 마셔라. 너는 세상을 모른다. 마셔. 나는 잔을 들어 사이다를 한숨에 들이켰다. 잘한다. 잘해. 그 여자는 나 같은 아이를 놓칠 수가 없었다. 돈을 먹었단 말이다. 나는 무슨 말인지 알아들을 수 없었다. (달1 : 74)

③ 내가 여인숙에 들어가자, 일이 우습게 되니라고, 주인 여편네가 호들갑을 떰서 나를 내실이라고 허는 데로 끌고 가더니, 주인 여편네 풍신한본 좋더라, 나를 묘헌 말로 꼬셨겄다. (…) 저 주인 여편네 거동 보소. 남의 소맷자락이라도 잡을 듯이 무릎걸음질로 다가와서 무릎들을 마주대고, 행여 누가 들을쎄라 주위 사방을 살피는 척, 소근소근 귀엣말로 돈벌었다 싶었는지 남의 말을 듣도 않고 신이나서 떠들더니, 객이 허는 첫마디에 눈웃음이 사라지고, 이야기가 길어짐서 얼굴빛이 달라지고, 좌불안석 두 무릎을 뒤로 빼고 물러앉아, 객의 행색 남루헌 거 우아래로 뜯어 봄서, 눈치 못 챈 제 미련에 화가 나서 씨근씨근, 이야기가 끝이나자 틀린 데가 없는 말에, 트집조차 못 잡겄다 분헌 마음 탱천하야, 활짝 폈던 치맛자락 한손으로 거머쥐니, 치마허며 얼굴허며 찬 바람이 이는구나. (달1 : 77-78)

미학적 인물은 대개가 악한(惡漢), 광대, 어수룩한 인물 등으로 주로 형식적인 패턴이나 극적인 충격을 창조하는 역할을 한다. 따라서 개별화된 모방적 인물이나 도덕적 관점의 지배를 받는 설명적 인물과 달리

이들에게는 내적인 깊이나 도덕적 의의는 거의 없다.[94] 위의 예문은
의미단락 3의 두겹 속삽화 3)-(2)에서 여인숙 포주로부터 인실을 구하
는 내용의 일부이다. ①은 포주가 인실을 유혹하는 장면이며, ②는 포
주가 자신의 뜻대로 인실이가 순응하지 않자, 사이다에 수면제를 타서
먹이는 사악한 장면이다. 특히 예문 ③은 판소리 사설체로 포주의 위
선적인 면모를 황영감을 초점자로 하여 낱낱이 공개하고 있다. 마치 공
연 마당을 펼쳐놓고 판소리 창을 연행하는 바와 다르지 않게 장면을
극대화한 경우이다. 서술자는 판소리 사설을 통해서 포주의 행동을 희
화화하고 이를 풍자함으로써 골계미를 획득한다. 이것은 판소리 사설
을 통해서 텍스트를 읽는 재미를 주려는 작가의 실험정신이 적극적으
로 구현된 예이다. 이와 같이 『달궁』의 미학적 인물은 특히 행동묘사
를 4음보 사설로 펼쳐냄으로써 골계미와 해학미를 구현한다는 공통점
을 보여준다.

　텍스트의 전체 서사는 우리 사회의 구조적 모순으로 인해서 부조리
함을 겪는 이야기가 중심을 이루고 있다. 따라서 우리 사회 구성원의
다양한 삶을 드러내기 위해서 사회 적응도에 따라 다양한 인물을 구조
화했다고 볼 수 있다. 실체를 가지고 서사에 참여하는 인물을 중심으로
작중 인물은 '사회 적응 정도'와[95] 지식의 정도에 따라[96] 분류하면,

---

94) 버나드 J. 패리스, 앞의 글, 앞의 책, 436쪽 참조.
95) 본고에서는 등장인물의 사회 적응하는 정도에 따라 '적극 적응형 인물'과 '적응형
　인물'로 구분하였다. 사회 적응하는 정도가 적극적인 경우에는 '적극 적응형 인물'
　로 명명하였고, 자신이 처한 사회 현실이 못마땅하지만, 그것을 거부하지 않고 조화
　를 꾀하려는 인물로서 사회에 적응하는 정도가 소극적인 경우에 한정하여 '적응형
　인물'로 명명하였다. 그리고 사회에 적응하지 못하는 인물 유형을 '부(不=능력)적응
　형 인물'과 '비(非=의지)적응형 인물'로 구분하였다. '부(不)적응형 인물'은 주체가
　적응하고 싶은 의지를 갖고 있지만, 환경을 극복할 능력이 없어서 부유하는 인물로

<표 4>와 같다.

〈표 4〉 『달궁』의 사회적응도에 따른 등장인물 유형

사회 적응도 / 지식 정도	적극 적응	순응	부(不)적응	비(非)적응
지식인 — 도덕적		늙은 시인, 장검사,	황영감	김윤도, 섬 선생, 학원 강사
지식인 — 세속적	김국장, 유서경, 김형사의 계부	김형사, 유서경의 두 딸		윤창수, 김춘보, 윤재, 외과 조수
비(非)지식인 — 도덕적		헌뫼와 고우네, 봉숙 남매, 지웅과 지선 신씨, 형태 부친, 윤재 모친	임인실, 김형사의 누나	형태, 박판술, 이성호
비(非)지식인 — 세속적	삼촌, 우종규, 하상무, 강태철, 김철복, 강은숙, 윤점례와 포주	김철복의 사촌형님, 경찰, 춘애와 계숙 하상무의 처, 장검사의 처, 일구와 그 친구	임병덕, 장삼	윤창수 처, 이유순, 백열

위의 <표 4>를 토대로 알 수 있는 것은 ①부(不)적응형 인물은 지식/비지식인이며, 도덕적 인물로 중심서사의 주인공과 주인공 조력자가

한정하여 명명하였으며, '비(非)적응형 인물'은 주체가 자신이 처한 현실과 사회에 적응할 수 있는 능력이 있지만, 자신의 의지에 따라 적응을 거부하는 인물로 한정하여 명명하였다.

96) 본고에서는 등장인물의 지식 정도에 따라 지식인(대학 졸업 이상의 학력 소유)과 비지식인으로 구분하고, 지식인은 양심을 지키면서 행동하는 도덕적(양심적) 지식인과 세속적 지식인으로 세분하였다. 비지식인 역시 도덕적(양심적) 비지식인과 세속적 비지식인으로 세분하였다. 지식/비지식을 분류기준으로 세운 것은 <표 4> 사회적응 정도를 분석하기 위한 대립적 준거로써 적절하다고 보고, 연구의 편의에 따라 선택한 것이다.

속한다. ②적극 적응형 인물은 지식/비지식인에 상관없이 세속적 인물이다. ③비(非)적응형 인물과 순응적 인물은 지식/비지식인, 도덕적/세속적 여부에 상관없이 골고루 분포되었다. 모든 유형이 분석되는 ③은 예외로 하고, ①과 ②를 중심으로 보면, ①은 『달궁』 전체 텍스트의 주동인물이 해당된다. 그리고 ②는 주동인물을 위험으로 추동하거나 이를 도모하는 인물이므로 반동인물에 해당한다.[97]

주인공 이외에 도덕적인 인물들의 사회적응도를 살펴보면, 힘없는 노인이나 아이들은 주어진 현실에 순응할 수밖에 없는 인물들이며, 사회에 적응하고 싶어도 그 부조리하고 비극적인 정도가 거대해서 적응하지 못하는 부(不)적응형이거나 스스로 부조리한 현실을 거부하는 비(非)적응형 인물이다. 이와 같이 도덕적 인물들이 행복하게 살아갈 수 없는 부조리한 현실은 사회구조적 모순에서 비롯되었다는 사실을 전체 텍스트는 보여주려는 것이다.

전체 텍스트에서 내포 작가는 '인실'의 성격이 특별히 '도덕적'이라고 강조하지 않는다. 그런데도 인실이 '도덕적'으로 보이는 것은 세상이 '더럽혀지고' '타락'했기 때문이다. 이것은 있는 그대로의 '인간'에 불과한 인실을 '도덕적'인 준거로 내세운 이유이기도 하다. 도덕적/세속적으로 구분한 유형은 지식/비지식 정도에 어떤 영향도 받지 않는다. 그리고 지식인이면서 세속적인 인물 유형에 속하는 인물들이 더 부도

---

97) 주동인물(主動人物, protagonist)과 반동인물(反動人物, antagonist)의 구분은 이야기를 이루는 행위의 기본항을 바탕으로 설정한 유형이다. 작품의 지배적 이념 혹은 주제의 맥락에서 긍정되는가, 부정되는가에 따른 분류이다. 그리고 사건 전개를 이끄는가, 그에 거스르는가에 초점을 둔 기능적 분류라고 볼 수도 있다. (최시한, 『소설 어떻게 읽을 것인가』, 문학과지성사, 2011, 206쪽 참조)

덕하고 부정적 인물로 역할하고 있다. 이는 인물의 성격 창조를 통해서 우리 사회 구성원의 부조리한 면모를 재현하려는 의도로 보기에 충분하다. 인실을 비롯해서 황노인과 같이 힘없는 노인, 어린 아이 등, 도덕적 인물이 행복하게 살아갈 수 있기를 희망하고 있다는 것은 이들이 전체 서사에서 주동인물이라는 의미가 된다. 그리고 도덕적 인물을 불행으로 추동하는 세속적 적응형 인물은 중심서사와의 관계에서 본다면 반동인물에 해당한다.

2) 대립적 인물의 다면적 성격화

『달궁』은 크게 주동인물과 이들을 부조리한 상황으로 몰고 가는 반동인물로 구분된다. 작가의 입장에서 보면 주제를 독자에게 효과적으로 전달하고 공감할 수 있게 하기 위해서는 적절한 인물을 설정하여 이를 작품의 전체 구조에 어울리게 성격화하는 것이 필요하다. 여기에서 성격화는 두 가지의 의미를 지닌다. 하나는 인물 창조(character-creating)이고, 다른 하나는 구체적인 인물의 형상화 방법으로서의 묘사 기교(character-description)이다. 리얼리즘에서는 전자를 선호하고 모더니즘에서는 후자를 선호하는 경향을 보여 왔으나, 실제적으로는 이 양자는 서로 분리할 수 없는 상관관계를 맺고 있다.[98]

인물 묘사는 두 가지 방법으로 이뤄진다. 즉 인간 품성은 그 인물과 행동 방식을 관찰함으로써 알아내거나 그 인물에 대해서 다른 사람이 한 말이나 기술 내용에서 알아낼 수 있는 것이다. 전자의 방법은 '장면

---

98) 임환모, 「황순원 단편소설의 인물 성격화의 방법」, 『현대소설연구』, 한국현대소설학회, 1994, 173쪽 참조.

을 제시하는' '간접 성격 묘사'[99]로 보여주기(showing)이며, 미메시스(mimesis)이다. 후자는 서술자나 인물이 직접 '설명하는' '직접 성격 묘사'로 말하기(telling)이며, 디에게시스(diegesis)에 해당한다.[100] 전체 텍스트의 주동인물이자 주인공인 인실과 다양한 반동인물 중 김철복은 『달궁』의 등장인물을 대표한다고 볼 수 있으므로 이들의 성격을 살펴봄으로써 『달궁』의 등장인물 성격화 전략의 특징을 살펴볼 수 있다.

(1) 주동인물(protagonist)의 다면성

『달궁』의 전체 서사는 17개의 의미단락의 가장 큰 역할은 도덕적인 인실이의 삶을 불행으로 추동시켜 나가는 배경 역할로 기능하면서, 인실이의 고단한 삶이 중심축을 이룬다. 물론 각각의 속삽화는 많은 단시적 사건과 삽화들을 거느리고 있지만, 그 각각의 에피소드 역시 부조리한 삶을 보여주려는 장치이며, 주인공 인실을 불행으로 추동하는 간접적인 배경 역할을 하고 있기 때문이다.

인실은 『달궁』에서 '살아있는 인물'로서 모방적 인물의 특징을 잘

---

99) 간접제시란 사건이 진행되고 성격이 형성되는 과정을 서술자가 설명하지 않고 직접 행동으로 보여주는 방법이다. 이런 소설일수록 작중인물들의 행동이 돋보인다(송하춘, 『발견으로서의 소설기법』, 현대문학, 119쪽). 간접적인 표현법은 행동(action)이나 대화(dialogue)를 통하여 극적으로 인물의 성격을 묘사한다. 극적방법은 인물을 생생하게 묘사할 수 있으므로 독자는 작가의 설명을 들을 필요 없이 바로 등장인물과 접하게 된다.(정한숙, 『소설 기술론』, 고려대 출판부, 1973, 100쪽)

100) 소크라테스는 '디에게시스(diegesis)'와 '미메시스(mimesis)'라는 두 가지 대화 제시 방식을 구별하였다. 디에게시스의 특질은 "시인 자신이 발언자이고 그 이외의 다른 사람이 이야기하고 있는 듯한 기미도 보이지 않으려한다"는 것이다. 그와 반면에 미메시스에서는 시인은 이야기를 하고 있는 것이 자신이 아니라는 환상(illusion)을 만들어내려고 한다. 그러므로 대화(dialogue)나 독백(monologue) 등 직접화법(direct speech)은 일반적으로 미메시스가 되고, 설명 등 간접화법은 디에게시스가 된다. (리몬 케넌, 최상규 역, 『소설의 현대 시학』, 예림기획, 1999, 187쪽 참조)

구현하고 있는 인물이다. 인실이 세상에 길들여지지 않은 채, 꾸밈없이 현실을 살아가는 태도는 그의 행동과 심리를 통해서 구체적으로 드러 난다. 그리고 등장인물의 평가와 인실 자신의 평가를 통해서 인실의 성 격을 종합하고 있다. 그리고 인실의 성격화 전략에는 조력자를 동반하 여 의식 성장을 도모하는 치밀함까지 확인된다. 먼저 조력자와의 관계 를 살펴보고, 인실이 상황에 따라 대응하는 태도를 통해서 보여주는 성 격을 살펴보고자 한다.

> 선생이 눈을 둥그렇게 뜨고 학생을 쳐다보았다. (…) 그 전쟁과 질병 과 무지와 폭력이 어디서 나왔느냐? 사람의 마음씨에 있는 사악함에서 나왔다. 그것이 탐욕이었다. 힘을 가진 나라들의 더 많은 힘에 대한 탐 욕 때문에 전쟁이 일어났고, 싸움들이 그치지 않았다. 더 많은 권력, 더 많은 돈, 더 많은 명예에 대한 끊임없는 탐욕이 개인을 병들게 했다. (…) 폭력은 탐욕의 수단이었고, 기아와 무지와 질병은 탐욕의 결과였 다. 평화와 건강과 미덕과 자유는 어디서 나왔느냐? 사랑에서 나왔다. 사랑은 나라와 나라 사이에 평화를 가져오고, 개인에게 건강과 자유를 주었다. 사랑이 없으면, 미덕은 위선이 아니면 독선이었고 사랑이 아니 면, 자신은 고집이나 만용이었다. (달1 : 81-82)

위의 예문은 황영감의 '세상 바라보기'이다. 황영감의 지적인 태도는 인실의 조력자[101]로서 갖는 특징이며, 고1중퇴 학력이 전부인 인실을

---

101) 인실의 일대기에서 황영감과 노시인이 조력자로 등장한다. 늙은 시인은 황영감을 대신해서 그 역할을 수행한 보조적 인물이라고 볼 수 있다. 이에 따라 엄밀히 말한 다면 인실이의 조력자는 황영감이다. 황영감의 "인자함은 인생의 실패라는 비싼 값을 치렀다"(달1 : 213)는 언술을 통해서 우리 사회의 모든 것이 거꾸로 돌아가는 것 같은 '혼돈'을 냉소적으로 제시하기도 한다. 이는 "인자함"을 지닌 사람이 성공

성숙한 가치관을 가진 인물로 이끌어가는 필수 조건인 것이다. 황영감과의 만남은 인실이 스무 살 때 양부모의 집을 나온 첫날부터 황영감이 죽음을 맞이하는 1976년에 이르기까지 인실의 전체 삶을 통해서 가장 오랫동안 만남을 지속한 것인데, 그 이야기 시간이 약 14년에 이른다.

인실은 고1 중퇴 학력을 소유하고 있지만, 의식수준이 상당하고 도덕적 가치관이 분명한 인물이다. 이것은 인실이 많은 책을 읽었다는 사실과도 무관하지 않다.[102] 그러나 무엇보다 이데올로기의 피해자이자 도덕적 지식인인 황영감을 조력자로 내세워 도덕적 비지식인인 인실의 지적 능력을 향상시키는 데 있어서 주도적인 역할을 했다는 데 그 근본적인 이유가 있다. 인실은 황영감을 만난 첫날 그가 "스승일 뿐만 아니라 선배일지도 모른다"(달1 : 86)고 생각하는가 하면, 자신이 황영감을 "되풀이하고 있는 것 같은 생각이 들었다."(달1 : 86)고 고백한다. 이러한 예감은 적중해서 황영감이 일생을 정착지가 없이 평생을 '길'에서 '길'로 떠돌다가 죽음을 맞는 바와 다르지 않게 인실 역시 이데올로기의 폭력에서 시작된 '떠돌이 삶'은 한 곳에 정착하는 삶이 아니라 '길'에

을 해야 하고, "사악함"을 지닌 사람이 실패해야 하는데도 우리 사회는 '인자하고 도덕적인' 인물들의 삶은 반드시 실패하게 되어 있다는 아이러니를 드러내고 있다. 인실이 "황영감을 만날수록 김사장은 더 추잡스러운 사람이 되었다."(달1 : 213)고 고백하는 바와 같이 황영감은 우리 사회의 '악'을 비춰주는 '거울'이기도 하다.

102) 인실은 고1을 다니다가 그만둔 것이 최종학력이다. 그러나 "다니던 학교를 그만두고, (…) 문학전집을 꺼내 놓고 견뎠다."(달1 : 70) 이후 병덕이 모자에 의해서 기도원에 유폐되자, 그곳에서 입원 환자 노릇을 하던 한 달 동안에도 "공부 시간은 물론, 명상 시간, 안정시간, 자유 시간을 모두 책 읽는 데에 썼다."(달1 : 117) 인실이 학교를 그만두고 집에 있었던 3년간 문학 책을 읽었으며, 기도원에서 한 달 동안 다양한 책을 읽음으로써 일반 상식을 넓히는 데 있어서 상당한 영향을 받았을 것이다. 그러나 인실의 지적 능력과 의식수준이 작가의 세계관을 펼쳐내는 능력을 갖추기까지는 한계가 있기 때문에, 여기에 도덕적 지식인을 조력자로 창조하여 그 역할을 맡긴 것이다.

서 '길'로 떠도는 삶이었다는 점에서도 일치한다. 조력자인 황영감은 단순히 인실을 '악'에서 빠져나오는 지혜를 주는 데 그치지 않고, 고1 중퇴가 학력의 전부인 인실의 지적 성장, 도덕적 가치관과 인격적 성장까지 도모한다. 인실의 성격화 전략에서 황영감의 조력자 역할은 중요한 의미를 지닌다. 황영감이 조력자로서 불가능한 상황에서는 또 다른 보조적 인물로 늙은 시인을 등장시킴으로써 성격화 전략의 치밀함을 보여주고 있다.

> 나는 너를 오늘부터 내 딸로 삼았다. 너는 내 딸이다. (…) 더러운 놈의 세상에서는 잘먹고 잘사는 것이 더러운 것 아니냐? (…) 못사는 네가 옳고 잘사는 사람들이 틀렸다고 생각해라. (…) 너는 진주다. 다만 사람들이 흙만 보고 그 밑을 못 볼 뿐이다. 그것은 네 잘못이 아니라 사람들 잘못이고, 사람들 잘못이 아니라 보물을 흙 속에 던져 버린 세상 잘못이다. (달3 : 17-19)

위의 예문은 속삽화 12-2) 조력자 노시인의 발화이며, 그가 인실의 인간됨을 칭송하는 내용이다. 황영감의 '노환' 정도가 심각성을 보임에 따라 단락 12에 이르면 내포작가는 '노시인'을 황영감의 보조인물로 창조한다. 그리고 '유순'의 단골손님 일구가 옛 은사인 노시인과 동행함에 따라 인실과 남다른 관계를 형성하도록 추동한다. 노시인은 12-3)의 속삽화에서 인실이가 재벌 이세들의 여행길에 동참하자, 따라 나서서 인실이의 지킴이 역할을 수행한다. 그리고 인실이 김국장의 계약파기 요구로 난관에 부딪치자, 다른 사람의 힘을 빌려 가게를 빼앗기지 않으려는 인실에게 시인은 "선도사업이라고 생각"(달3 : 51)하고, 물러설 것을 조언한다. 이에 따라 인실은 '악'을 피해서 물러서는 지혜를 얻는다. 노시인의 경우 조력자의 역할은 황영감과 같이 지속적이지는 않지만, 노환을 앓고 있는 시기에 황영감을 대신해서 조력자 역할을 보조적으로 수행하도록 치밀한 인물 구성을 했다는 데 그 특성이 있다.

인실은 타고난 선함과 도덕적 성품을 가진 조력자들의 영향으로 '양심'과 '도덕'을 지켜가는 인물이다. '살아있는 인물'로서의 다양한 면모는 인실의 행동과 심리, 등장인물의 설명 등을 통해서 구체적으로 드러낸다.

> 근래에 와서는, 내가 도망친 거라고 생각했다. 부모가 나를 버리거나 내가 길을 잃은 것이 아니고, 내가 집에서 탈출했다고 생각했다. 이 생각은 내 마음에 아주 들었다. 셋 중에서 가능성이 가장 희박했지만, 나는 이 생각을 가지고 싶었다. 그것은 나에게 거의 희열을 주었다. 버림받았다고 하면 누가 부모에 미치고, 길을 잃었다고 하면 누가 내 자신에게 오지만, 도망쳐 나왔다고 하면, 이야기는 전혀 달라졌다. 나는 이미 피난지의 헐벗고 굶주린 가련한 기아도 미아도 아니고, 운명을 만나기 위해서 스스로 집을 뛰쳐나온 전설 속의 어린 왕자였다. 어린 용사였다. 내가 이 생각을 고집하는 것은 내 생활이 그러하지 못했기 때문이었다. 나는 그때고 그 이후고, 전설적인 영웅이나 동화속의 미인처럼 살아 본 적이 없었다. (달1 : 58)

의미단락 1에서 인실은 일곱 살로 등장한다. 여기서 현실에 아무런 대처 능력이 없는 어린아이를 부모 형제와 분리시켜 놓은 사건은 인물이 개입한 것이 아니라 전쟁이다. 이 사건으로 인실은 부모, 형제와 이별하여 양부모 집에서 일 잘하는 '양딸살이'를 할 수밖에 없는 비극을 겪게 된다. 그러나 인실은 이러한 운명을 원망하기보다는 위의 예문에서와 같이 자신의 의지에 따라 "탈출"한 것이며, "언니의 손목을 놓고 부모로부터 달아났다"(달1 : 63)면서 '자신의 탓'으로 돌린다. 그리고 그것은 "아마도 가난과 무관심으로부터 도피였다"(달3 : 63)고 합리화하기에 이른다. 이는 인실의 '자기주도적인' 성격을 '독백'을 통해서 보여주는 경우이다. 인실은 철이 들면서부터 자신의 의지에 따라 인생을 살아간다.

① 집은 나가야겠고, 그는 따르기 싫고. 나는 집을 나가서 달리 갈데가 없었다. 집을 나가는 것은 곧 그를 따라가는 것이었다. 그런데 그를 따르고 싶은 생각이 없었다. 나는 떡을 먹고 싶었다. 그것은 욕심 사나운 일이었다. (달1 : 70)

② 집에 간 날이 바로 아버지의 생신날이었다. 처음부터 그랬는지 몰라도, 그녀의 아버지는 입을 떡떡 벌리고 코끝을 내려다보면서 껄껄 웃는 백치가 되어 있었다. 그녀는 일주일 후, 고향을 다시 떠났다. 이번에는 그녀 자신의 분명한 뜻으로. (달1 : 87)

③ 서방 하나 믿고 산 년 서방 마음 달라지면 누굴 보고 살 것이요, 뒤도 안 돌아보고 떠날라요. 밟을 사람 없어지면, 밟을 생각 없어지고, 폭력 쓸일 없어지고, 줏대 없이 왔다갔다 변덕 떨 일 없어지요. 없어질 것 없어지면 순리대로 왜 못 살며, 배운 대로 사리분별 못할 것이 무엇이요? (…) 내가 만일 눈치없이 에미 아들 새에 끼여 헤어나지 아나하면, 내 신세는 내 신세대로 고달프고, 그 집 사람들은 그 집 사람들대로 독한 사람들 되려니와, 내가 만일 때 맞추어 그 새에서 빠져나오면, 그 집 사람들은 타고난 선현 성품 다시 찾아서 좋고, 나는 나대로 설마

허니 그 집에 끼여 있을 때만 못 허겠오? (달1 : 101)

　예문은 인실이 삼촌에게 성폭행을 당한 이후 집을 나올 궁리를 하던 터에 병덕이 청혼을 해오자, 병덕을 따르는 심정을 ①에서 드러낸 것이다. ②는 집을 나온 첫날 황영감을 만나서 그의 조언으로 친부모를 찾았지만, 일주일 만에 자신의 의지대로 집을 떠나나오는 태도를 요약하고 있다. 십삼 년 만에 찾은 고향 집을 떠나 나오는 장면을 "그녀는 일주일 후, 고향을 다시 떠났다."와 같이 수식어가 없는 요약하여 묘사한다. 부모를 원망하거나 자신을 한탄하지 않고 현실을 받아들이는 모습으로 그려낸 것인데, 인실의 내면에는 '단호함'이 깃들어 있다.

　　① 그는 내가 원하는 것이면 무엇이든지 해줄 판이었다. 내가 고향의 봄이며 이 강산 낙화유수를 치는 것으로 보아 음악에 소질이 있는 것 같으니, 그 방면을 공부해도 좋고, 나이가 들어서 공부가 싫으면 어따가 아담헌 가게나 하나 꾸며서 돈을 벌어도 좋았다. 살림방 딸린 미장원 같은 것이 김사장 눈에는 좋게 보였다. 미장원이라고! 내가 속으로 부르짖었다. 그것은 나의 꿈이었다. (달1 : 202)
　　② 내가 그를 떠나려고 한 것이 그를 위해서가 아니라 나를 위해서였음이 분명해졌다. (…) 길가 처마 밑 잠을 자더라도 그의 집을 나가고 싶었기 때문에 행여 그렇게 될까 봐서 얼른 그의 권고를 받아들였다. (…) 나는 나갈 생각을 가질 수가 없었다. 다만, 개 돼지가 아닌 다음에야, 이리 붙고 저리 붙는 개판에 얽혀 들었으니, 참담한 생각을 면할 수가 없었다. (달2 : 13-15)

　인실은 위의 예문 ①에서 김철복 이사장이 "살림방 딸린 미장원"을 내주겠다고, 첩살림을 제의해온 것을 뿌리치고, 자신과 "허방에 빠진 것이 같은"(달1 : 235)기분으로 윤창수와 동거를 시작한다. '악'을 피해서 떠나 나왔으므로, 새로운 '만남'은 이전보다 나을 것이라는 기대와 달리, ②에서 보여주는 인실의 행동은 일반적인 상식적 논리가 통하지를 않는다. 김철복은 아내가 감옥에 있으며, 윤창수는 아내가 가출한 상태로, 둘 다 '지금' 집에 부인이 없을 뿐이지, 호적상 유부남이다. 인실이 불가피하게 첩살이를 할 수밖에 없다면, 김철복이 경제적인 능력을 갖추고 있기 때문에 유리한 조건을 갖추고 있다. 그런데도 인실은 김철복의 "탐욕"과 "추악함"을 피해서 자신의 삶이 "떼나게" 달라지지 않을 것을 알면서도 윤창수를 선택한 것이다. 이처럼 인실이 자신의 삶을 추동해나가는 방식은 자기주도적이다. 그런데 인실의 새로운 선택은 언제나 자신의 '평안'과 '행복'을 우선하는 것이 아니라 '양심'을 좇는데 일관성을 두고 있다.

> 그는 나를 해치울 생각이 별로 없었다. (…) 덕 보는 것으로 말하자면, 형태 덕도 볼 생각이 없었다. 나는 그를 떠나기로 마음먹었다. 자식 새끼들? 언제나 불쌍한 새끼들이 문제로구나. 새끼들 때문이 아니라 부모들 때문에 새끼들이 문제로구나. 애비없이 애비를 잡아간 사람들 주선으로 고아원에 간 것보다야 나을테지. (달2 : 268)

위의 예문은 형태가 출소하여 친구 우종규로부터 인실이 성적 유린을 당한 사실을 알게 되자, 인실이 집을 나오려고 결심하는 장면이다. 형태는 인실에게 어떤 행동이나 요구도 하지 않았지만 인실은 "입이 백 개 있어도 할 말이 없다"(달2 : 268)는 죄책감 때문에 형태를 쳐다볼 면목이 없다. 자신이 원해서 일어난 사건이 아님에도 불구하고 "도둑 때는 벗어도 화냥년 때는 못 벗는단다."(달2 : 269)면서, 인실이 겪은 사건을 인실의 죄 값으로 평가한다. 이에 인실은 "끊임없이 새끼들 핑계를 대고"(달2 : 268) 싶은 욕구를 물리치고 집을 나온다. 자신을 지키지 못한 "미련죄"(달2 : 267)를 스스로 단죄하기 위해서 두 아이와의 생이별까지도 감수한 것이다.

① 언니 같은 사람 집에 머물러 있으면 속이야 내 집에 있는 것만큼 이나 편할 테지만, 그리고 이사장 같은 사람 따라가 봐야 수입이 떼나게 많아질 것 같지도 않았지만, 나는 떠나기로 작정을 했다. 착한 사람들끼리 같이 있어 봤자 한숨 폭 내쉬면서 신세타령이나 했지 도대체 서로 부딪치지를 않으니 쨍그렁소리 하나 날리 없었다. 내가 착한 사람이라는 뜻은 아니었다. 나라는 사람은, 딴 사람들도 마찬가질 테지만, 착한 사람하고 같이 있으면 자꼬 나도 착해질려고 했다. 악당하고나 같이 가야 시원시원하기라도 할 판이었다. 나는 이사장이 악당이라는 것을, 기도원 사무실에서 그를 처음 보았을 때 알아차렸었다. (달1 : 135)

② 너는 여기 눌러있기로 작정을 했냐? 주인 이야기로는 여름 한철 지나면 손님이 없다더라. 물가에 여름철 말고는 사람들이 몰려올 리 없었다. (…) 찬 바람이 한번 건듯 일자, 손님들이 줄어드는가 했더니, 어느 새 십리 물길에 인적이 끊어졌다. (달1 : 127)

예문은 6-3)-(5) 삽화에서 주천 산장을 떠나는 인실의 심리를 내적 독백으로 드러낸 경우이다. 전체 텍스트에서 인실의 '만남과 떠남'을 추동하는 정신은 '악을 피해서 떠난다'는 의식이 중심축을 이루고 있다. 그런데 인실이가 주천산장을 떠나는 이유는 '선'을 피하고 '악'은 선택해서 떠난다. 표면적으로 인실이가 내세운 이유와 달리 이러한 선택을 하는 이면에는 "양심"이 가장 크게 작용한다. 산장을 떠나기로 결심한 것은 ②에서 보는 바와 같이 주천 산장에 '손님'이 줄어들고 있기 때문에 자신이 눌러 앉아, 주천 산장 주인에게 폐를 끼치지 않아야 한다는 생각 때문에 이사장을 쫓아 부조리한 세상으로 들어간 것으로 볼 수 있다. 예문 ①과 같이 인실이 표면적으로 내세운 이유는 눌러앉아 있고 싶은 자신의 마음을 '반어적'으로 드러낸 것이다. 이와 같이 인실이 자신의 이해관계를 떠나서 행동을 선택하는 것은 우리들이 입체적이고 혼돈스러운 현실에서 이해관계 중심으로 살아가는 태도와는 거리가 먼 순수한 모습이다.

인실의 마지막 남편인 백열은 인실과 함께 오년을 살았다. 백열은 편지를 통해서 인실의 성격을 요약하고 설명한다. 이것은 백열을 초점자로 내세워 그의 시각으로 인실을 보고 평가한 것이므로 백열의 이데올로기가 강하게 반영되어 있다.

① 인실이는 바보였다. 미친 것이 아니라 바보였다. 바보가 병이 아니라면, 그녀는 그냥 바보가 아니라 넋나간 바보였다. 그녀는 정신나간 여자였다. (…) 바보가 진짜라고 생각되면 가련하고 안심이 되었지만, 의뭉이 진짜라고 생각되면 괘씸하고 소름이 끼쳤다. 내가 길길이 날뛰어도, 인실이는 왼쪽 눈썹 하나 까딱하지 않았다. 내가 소두방 뚜껑 같은 무지막지한 손바닥으로 귀싸대기를 훔치면 인실이는 순전히 힘에 밀려 한편으로 픽 쓰러졌다. (…) 눈앞이 노랗게 분기탱천하여 두번째 주먹을 휘두르며 달려들면, 인실이는 소처럼 눈을 껌벅이며 눈알에다가 물기를 발랐다. 사람이 힘을 못 쓰면 독이라도 뿜어야지, 이건 원,

둘 다 없었다. (…) 그것은 독이 아니라 무관심이었다. 그런 경우 무관
심할 수 있는 것은 오직 백치에게만 가능했다. (달1 : 52-53)

위의 예문은 의미단락 16의 속삽화에 해당하는 내용의 일부이다. 백
열에게 폭행을 당하는 인실을 백열의 시각으로 묘사하고 있다. 예문에
서 백열은 '믿을 수 없는 화자'이므로 독자는 백열의 말을 따라 인실을
'바보' 혹은 '백치'로 인식하지 않는다. 오히려 바보처럼 당하고 사는
인실을 "길길이 날뛰어도, 인실이는 왼쪽 눈썹 하나 까딱하지 않았다"
는 언술이나 "소두방 뚜껑 같은 무지막지한 손바닥으로 귀싸대기를 훔
치면 인실이는 순전히 힘에 밀려 한편으로 픽 쓰러졌다."는 언술을 통
해서, 폭력을 당하는 피해자로 그려내고 있는 것이다. 그녀가 보여주는
행동은 "소처럼 눈을 껌벅이며 눈알에다가 물기를 발랐다"거나 "허수
아비처럼 미는 대로 무너졌다"는 반응이다. 이를 두고 백열은 "독"을
품지 않는 인실을 "백치"라고 평가한다. 백열은 인실에게 "연민과 혐
오"(달1 : 53)를 갖고 있었다는 말로 위의 예문에서 보여주는 폭행의 이
유로 연결하는가 하면, 자신의 폭력이 "근거없는 행패"(달1 : 53)였다고
고백함으로써 부조리한 현실을 살아온 인실의 고통을 요약하고 있다.

초점자의 이데올로기는 텍스트 해석은 물론이고, 독자에게 미치는
영향 관계에서 대단히 민감하다. 초점자가 대상을 얼마든지 위조하여
인식할 수 있고, 이것을 해석하는 것은 독자의 몫이기 때문이다. 인실
은 웃음을 좋아하는 여성이다. 윤점례의 싸구려 술집에서 식모살이를
하면서 "모든 손님들허고 내가 좋아서 즐겁게 시시덕거리며 어울렸"(달
2 : 136)으며, 술집 유순을 운영하면서 "웃음을 좋은 장사 밑천(달3 : 16)"

삼아 손님을 끌어들였다는 것은 각박한 세상에서 보여주는 '고귀함'을 상징한다. 그런데 이와 같은 자신의 모습이 세상 사람들에게는 "창녀"로 비춰지고 있다는 사실이 비극적이다.

나는 늙었어요. (…) 나는 아무 부끄럼, 아무 감춤 없이 얘기할 수 있어요. 내 평생 소원은 창녀! 그것은 아마 당신도 마찬가지. 다만, 당신은 운이 좋았고, 나는 재수가 없었을 뿐. 나는 왜 이렇게 재수가 없다요? (달1 : 16)

위의 예문은 바깥 이야기와 안 이야기의 만남에 해당하는 의미단락 17의 속삽화에 해당하는 일부 내용이다. 장검사의 차에 올라 탄 인실이 신세한탄을 넋두리로 풀어놓은 내용이다. 특히 예문에서 지나칠 수 없는 언술은 장검사를 향해 "내 평생소원은 창녀! 그것은 아마 당신도 마찬가지."라는 인실의 말이다. 우리가 살아가는 현실에서 "창녀"라는 이미지를 인실 역시 모르지 않을 것인데도 이와 같이 스스럼없이 평생 소원을 "창녀"라고 밝힌다는 것은 인실의 성격을 가장 잘 드러낸 문장으로 볼 수 있다. 인실은 남에게 손해를 입히면서 자신의 욕망을 실현해본 적도 없고, 자신의 욕심을 채우기 위해서 바둥거린 적도 없다. 늘 손해 보고, 당하고, 돌뿌리에 채이듯 세상에 채이며 살아온 주인공의 최종적인 인생 목표가 "창녀"라는 것은 의미심장한 일이다. 이것은 텍스트의 주제와도 무관하지 않기 때문이다.

텍스트 전체에서 유추되는 "창녀" 이미지는 '집착하지 않는 삶'의 태도를 상징한다고 볼 수 있다. 전체 텍스트를 통해서 볼 때 인실은

'욕심 없는 삶'을 살면서 남을 위해서 베푸는 삶을 살았다. 인실은 "언제나 웃고 싶어서 웃었지만"(달3 : 16) 그것을 보는 사람들의 평가는 "타고난 화냥끼"이며, "눈웃음 치는 년"(달1 : 16)이다. 결국 인실과 세상은 조화를 이룰 수 없는 거리가 존재하는 것인데, 백열이 인실에게 가하는 불합리한 폭력이 이를 대표한다고 볼 수 있다. 장검사 역시 "돈놀이와 투기에 대해서 불건전한 강박관념"(달1 : 43)을 갖고 있으며, "시골 여관에서 하숙"(달1 : 42)을 하는 인물이다. 백열은 장검사를 "고물차"를 타고 다니며, "넥타이도 없는 허름한 복장"(달1 : 49)으로 묘사함으로써 그의 '욕심 없는' 가치관을 드러내고 있는데, 결국 장검사와 인실은 일정 부분이 닮았다는 사실을 간접묘사를 통해서 보여준다.

인실이 보여준 성격의 다면성은 '꾸밈없고 거짓 없는' 성품을 상황에 따라 보여준 것이다. 자신의 이해관계를 따지지 않고 행동하는 인실의 성격은 일반적인 사람들로부터는 "바보"이거나 "백치" 혹은 "미친 여자"로 비춰진다. 누구에게도 피해를 끼친 바 없고, 자신의 욕망을 쫓아서 욕심을 부린 바 없는 인실은 자신이 처한 세상에서 상처받은 마음을 긍정의 힘으로 다스리면서 살아낸다. 그러나 이러한 노력들이 부조리한 사회에서는 어떤 힘도 발휘하지 못한다는 사실을 다양한 직업을 전전하고, 다섯 남자와의 동거로 이어가면서 깨닫는다. 그리고 이 깨달음의 정도를 "내 평생 소원은 창녀"라는 냉소적인 아이러니로 드러낸 것이다. 이것은 인실이 살아가고 있는 비극적인 현실에 대한 절망적인 탄식에 다름 아니다. 타락한 세상에서는 타락한 삶이 정상이고, 정상이 타락한 삶이기 때문에, 인실이 부조리한 세계를 살아가는 길은 "창녀"와 다를 바 없는 소외된 삶이 될 수밖에 없다고 자조하는 목소리이다.

이와 같이 주동인물 '인실'은 '모방적 인물'로서 상황에 따라 다양하게 반응하는 살아있는 인물로 형상화 되었다. 많은 사람들을 만나고 헤어지는 과정에서 보여주는 자기주도적인 성격은 자신의 이해관계를 초월한 것으로 일반적이지 않다. 이것이 인실의 '양심'이며, '도덕적'인 모습이다. 내포 작가가 인실을 『달궁』에서 도덕적 잣대로 내세운 것은 살펴본 바와 같이 자신의 '이해'보다는 '양심'과 '도덕'을 중요하게 생각하고 이것을 지켜가는 인물이기 때문이다.

(2) 반동인물의 위선적 성격의 다면성

<표 4>를 토대로 텍스트의 인물을 살펴보면, 지식 정도와 상관없이 세속적이면서 사회적응 정도가 적극적인 인물은 위선적인 인물이라는 공통점을 갖고 있다. 전체 텍스트에서 이와 같은 위선적인 인물이 중심서사와 맺고 있는 관계는 '반동인물'이라고 볼 수 있다.103)

전체 텍스트를 통해서 위선적 인물의 대표성을 지닌 인물로는 의미단락 6과 7에서 등장하는 김철복 부부를 들 수 있다. 이들은 중심서사의 주인공인 인실과의 관계보다는, 우리 사회의 다양한 문제들을 일으키는 주역으로서, 그들의 부조리하고 위선적인 성격과 그 기능을 각 삽화에서 적절하게 발휘한다. 예를 들자면, 속삽화 7-2)와 8-3)에서 강은숙이 윤창수에게 보여준 사기담, 속삽화 6-1)과 6-2)에서 김철복이 황

---

103) 텍스트 전체에서 위선적 인물을 '반동인물'로 보는 것은 이들이 인실이의 도덕적인 삶을 위기로 몰고 가거나, 부조리한 상황으로 추동시키는 역할을 하고 있기 때문이다. 물론 속삽화를 독립적으로 본다면, 전체 텍스트에서는 '반동인물'이지만, 독립적인 속삽화에서는 '주동인물'이 될 수도 있다는 전제하에서이다.

장로라는 가면을 쓰고 기도원에서 보여주는 행동, 속삽화 7-1)에서 주택 청부업자로서 상황에 따라 적절한 대처 능력을 발휘하는 행동을 사실적으로 묘사하고 있다.

특히 김철복의 다면적인 성격묘사는 독자들에게 개성적인 인물로서 각인되기에 충분하다. 김철복이 단락 6에서는 기도원 이사장 '황장로', 단락 7에서는 청부업자 '김철복'으로 등장하는 '카멜레온'과 같은 변신술은 인물의 진정성 없는 성격을 함의한다. 단락 7에서 김철복은 건축 청부업자지만 사무실도 없고, 직원도 없이 "막일은 일당으로 부리고, 목수, 토수, 미장이는 도급을 주면서"(달1 : 147) 회사를 운영한다. 즉 '주먹구구식'으로 집짓기를 해서 '돈'을 버는 허위성을 드러내고 있는데, 이는 김철복의 사촌형님과 조카가 나누는 대화를 통해서 직접묘사 된다. 김철복은 스스로 "근검절약 성실만 가지고는 어느 세상 어느 시절에도 부자가 될 수 없다."(달1 : 156)는 원칙을 세워놓고, 수단과 방법을 가리지 않고 부를 축적하는 인물이다.

① 집을 팔고 다 정리하면 해결이 될지도 모르요. 그러나 그것은 나도 원하지 않고 은숙이도 원하지 않소. 길거리에 나앉는 것이 감옥 속에 들어앉아 있는 것보다 나을 것이 뭣이 있겠오? 부부별산이요. 내 도장으로 계한 거 하나도 없오. 임양이 애들 가르치며 우리집에서 일한 지가 이 년이 넘었오. 그 급료를 적금든 셈치고 은숙이가 삼십계 끝번호를 타 주었오. 임양이 우리집을 떠날라고 해도 그것이 해결이 안 나서 떠나지 못하고 있소. 내가 왜 물어요? 나는 매달 꼬박꼬박 우리 새끼들 가르친 사례로 오천 원씩 한 가마 태워 줬오. 그걸 또 물어요?

(달1 : 157)

② 여편네가 집에 없을 때만 외입허는 놈이 세상에 어디 있겠냐. (…) 인제 뭘 감추고 자시고 헐 것 있겠냐? (…) 그는 내가 원하는 것이면 무엇이든지 해줄 판이었다. (…) 이것도 저것도 다 싫으면, 아예 서울로 가서 내놓고 살림을 차릴 수도 있었다. (…) 내가 서울로만 가 준다면, 그도 좋고 나도 좋고 두루 좋았다. 물론 생활비는 그가 댄다. 내가 앞으로 살아 갈 생활비 걱정은 안 해도 좋으니 밀린 월급이나 주었으면 좋겠다. 월급? 물론 주겠다. 서울만 가 준다면, 월급이 문제냐? (달1 : 201-202)

③ 이사장만큼 악독하거나 장로만큼 사특허거나, 사장만큼 음흉하지 않으면 그 사람이 가지고 있는 그 많은 돈 중에서 단 한 푼도 받아 낼 수 없다는 것은 분명허지요? (달1 : 180)

김철복 스스로 "은숙이가 아니었더라면, 나는 영영 가난의 멍에를 벗지 못했을지도 모를 것"(달1 : 156)이라고 말한 바 있다. 그러나 '남의 돈'을 돌려주고, "길거리에 나앉는 것이 감옥 속에 들어앉아 있는 것보다 나을 것이 뭣이 있겠오?"라고 되묻는 김철복의 '말'은 '돈'을 숭배하는 그의 태도를 적나라하게 보여주는 언술이다. 이를 통해서 그의 부조리한 성격을 간접적으로 드러낸 것인데, 인실은 이러한 상황에 맞물려 2년 넘게 가정교사를 해준 월급을 받지 못한다. 김철복이 "나는 매달 꼬박꼬박 우리 새끼들 가르친 사례로 오천 원씩"을 이미 아내에게 건네주었다면서 감옥에 있는 아내를 핑계 댄다. 그런데 ②의 예문에서 보는 바와 같이 김철복은 인실이와 서울에서 첩살림을 차리고 싶은 욕망을 드러내며 구체적인 조건을 제시하는가 하면, 밀린 월급을 주겠다는 현혹하기도 한다. 예문 ①과 ②는 김철복의 위선적인 면모를 인물의 '말'을 통해서 간접 묘사한 경우이다. 그리고 ③은 김철복의 다양한 면모를 등장인물이 직접 묘사한 언술이다. 김철복이 두려워하는 것은 '불법'을 자행하는 인물들이다. 윤창수가 "깡패"를 동원하여 "김사장한테서 받을 돈을 다 받았다."(달1 : 203)는 것은 김철복에게 가장 두려운 것이 '법'이 아니라 '주먹'이라는 사실을 상징한다. "깡패" 앞에 김철복이 돈을 내놓은 것은 그들이 자신보다 더 강한 "악"이었기 때문이다.

이밖에 김철복의 성격을 음식을 통해서 간접묘사한 경우를 살펴볼 수 있다. 김철복은 "뱀탕"을 즐겨 먹는 인물이다. 텍스트에서 "뱀탕"은 인실이와 김철복의 만남을 매개하고,[104] 인실이와 황영감의 재회를 매개하는 역할[105]을 한다. 그런데 또 하나의 역할은 김철복의 '사악함'을 상징하는 것이다. 김철복의 위선적인 성격은 '황장로/김철복'으로 변신을 거듭하는 장면을 통해서 구체적으로 보여주는 데서 나아가 "뱀탕"을 자주 찾는 인물로 그려냄으로써, 그의 다면적인 성격을 '사악함'으로 요약하고 있는 것이다.

그는 고등공민학교를 졸업한 학력밖에 없었지만, 여러 가지 자격검
정 시험들을 거쳐서 종당에는 미국의 명문대학에서 몇 년 전에 박사학
위를 받았다. 정규교육을 받지 않아서 종종 엉뚱한 쉬운 실수를 했지
만, 그가 한번 말을 꺼내면 딴 사람들은 좀처럼 입을 벌릴 틈을 잡을

---

104) 인실이가 기도원을 나와서 주천 산장에서 식모살이를 하고 있는 상황에서 김철복
을 다시 만나게 된 것은 김철복이 뱀탕을 먹기 위해서 주천산장을 왔기 때문에 가
능한 일이었다.
105) 인실이가 남원역에서 만난 황영감을 다시 만나게 된 것은 김철복이 인실에게 '만복
교 다리 밑'에 가서 '뱀탕'을 사오도록 심부름을 시켰기 때문에 '뱀탕'을 끓여 파는
황영감을 만나게 된다.

수 없었다. 그는 말기 간암과 싸워서 집념으로 이겼을 뿐만 아니라, 지금도 혈색이 좋거나 비대하지 않고 끼니도 못 찾아 먹은 사람처럼 작은 몸매가 수척하고 얼굴은 까무잡잡했지만, 아침마다 십 리를 달리는 강골이었다. 그의 깡마른 얼굴에는 병과 건강이 동시에 있었고, 늙음과 젊음이 같이 있었다. 그는 마흔 다섯 살이었지만, 얼른 보면 서른으로밖에 보이지 않았고 자세히 보면 쉰다섯으로도 보였다. 그가 원하는 대로 나이를 올리고 내릴 수 있었다. 그는 장로였다. (달1 : 133)

위의 예문은 6-2)의 삽화 내용의 일부이다. 서술자의 언술로 황장로의 과거를 요약하여 제시하고, 외모를 관찰하여 설명하는 직접 성격묘사이다. "깡마른 얼굴에는 병과 건강이 동시에 있었고, 늙음과 젊음이 같이 있었다."와 같이 김철복의 이중성은 외모에서도 풍기는 이미지라는 사실을 독자에게 전달하려는 의도인데, 이와 같은 성격묘사는 작가의 의도를 구체적으로 드러낼 수 있다는 장점이 있지만, 독자의 상상력을 제한하는 한계를 갖고 있다. 부조리한 김철복의 성격은 그가 사회에서 맡고 있는 역할과 행동을 통해서 다양한 방식으로 드러낸다. 김철복의 다양한 성격을 살펴보기 위해서는 먼저 단락 6에서 실로암 기도원을 운영하는 황장로의 부조리한 행동들을 살펴볼 필요가 있다.

의미단락 6에서 등장하는 황장로는 의미단락 7에서 등장하는 김철복과 동일인이다. 진안 부근에 있는 실로암 기도원에서는 외가 성(姓)을 따서 황장로 이사장님으로 변신하고, 주거지가 있는 도회지에서는 김철복 사장으로 복귀한다. 이는 김철복의 위선적인 성격을 동전의 양면처럼 구조화한 것인데, '황장로'라는 이름은 장로라는 '가면'을 쓰고 신심을 위장하여 '돈벌이'로 이용하는 김철복의 위선을 상징적으로 보여주려는 작가의 의도이다. 한 인물이 두 이름으로 살아가는 이와 같은 면모를 통해서 보여주는 것은 진정성 없는 인물의 부조리한 삶의 방식이다.

그런데 김철복이 위선적인 성격을 갖고 '돈'을 좇는 일을 최우선으로 여기는 가치관이 형성된 데에는 남다른 아픔이 배태되어 있다. 김철복의 위선적이고 비도덕적인 성격의 이면에 자리 잡고 있는 그의 과거를 통해서 이를 구체적으로 살펴볼 수 있다.

> 형님, 오래간만이요. (…) 고향을 등진 것은 삼십 년도 더 되는 모양이요. (…) 잘 살던 큰집은 쫄딱 망하고, 못 살던 작은집은 부자가 되었오. 큰일도 많이 쳤고요. 아버지야 내가 고향에 있을 적에 돌아가셨지만 큰집에서 종살이하던 어머니는 내가 열다섯 나이로 집을 뛰쳐나온 다음에 돌아가셨오. 아버지가 선산 놔두고 남의 밭머리에 묻혔으니, 어머니가 거적때기에 덮여서 지게에 실려 나갔어도 이상할 것이 없오. (…) 형님은 학교를 다니는데, 나는 집에서 잔솔가지나 치면서 땔감살이를 했오. (…) 나는 어린 속에 마음 한번 독하게 묵고, 큰 아버지 앞에 가서 넙죽 엎데었오. 나 공부하게 학교 좀 보내 주시오. (…) 학교라는 데를 아무나 다니는 줄 아느냐? 너는 네 처지도 생각하지 않느냐? (…) 나는 학교 같은 거 다닐 생각 다시는 하지 않고 열심히 나무를 하겠으며, 어머니가 원한다면 큰 아버지의 말대로 하평 도리영감 집에 곁머슴으로 들어가 내 입하나라도 줄이고 새경은 꼬박꼬박 장리를 놓아 장가밑천으로 삼겠다고 말했오. 어머니는 외면을 하고 나를 흘려보시더니, (…) 옷고름을 북 뜯어서 나에게 던졌오. 그 옷고름에는 왜돈 삼십 전이 짬매져 있었오. 나는 어머니가 시집올 때 입은 그 색 바랜 헌 저고리의 옷고름 채 그 돈을 가지고 사흘 후에 집을 나왔오. (달1 : 149-151)

위의 예문은 김철복이 언술하는 과거담이다. 김철복을 초점자로 내세워 그의 과거를 초점화함으로써 한 개인의 가난에 한 맺힌 과거사를 보여주고, 피도 눈물도 없는 현실과 다른 이면을 과거를 통해서 비추어준다. 이는 '악인'의 처절한 과거를 통해서 그의 인간적인 아픔을 보여주는 역할을 한다. 김철복의 과거담을 통해서 보면, 그의 큰집은 부자였다. 아버지가 일찍 돌아가시자 어머니는 큰 집에서 종살이를 하고 자신은 땔감살이를 하는 등 큰아버지로부터 받은 설움이 뼈에 사무칠 지경이다. 김철복은 큰집에서 더부살이를 하면서 '커가는 아이들 괄시해서는 안 된다.' '없는 사람 괄시해서는 안 된다.'는 것을 몸소 겪으면서 살아왔고, 가난에 맺힌 '한'이 뼈에 사무쳐 있는 인물이다. 이러한 과거사는 김철복을 '돈'과 '배움'에 대한 '한풀이'를 하도록 유도했다고 볼 수 있다. 고학으로 고등공민학교를 졸업하고, "여러 가지 자격검정 시험들을 거쳐서 미국 명문대학에서 박사학위를 받았다."(달1 : 133)는 것은 '배움'에 대한 그의 한풀이의 과정일 것이다. 그리고 가난으로 사무친 설움은 그를 '돈'에 최고의 가치를 두도록 몰고 갔다고 볼 수 있다.

　　김철복의 이면에 자리하고 있는 '한'은 그를 위선적인 인물로 성격화하는 데 중요한 요인이 된 것인데, 큰아버지를 증오하면서 자란 김철복이 현재 큰아버지를 닮아 있다는 것은 작가의 위선적인 인물의 성격화 전략으로 구체성을 띤다. 다시 말하자면, 아내를 유치장에 보내놓고 인실이와 첩살림을 차리고 싶은 김철복의 파렴치함은 큰아버지의 파렴치한 모습과 닮아 있으며, 인실의 밀린 월급을 주지 않고, 가난한 시장 사람들의 곗돈을 착복하는 모습은 큰아버지의 인정 없는 모습과 다르지 않다.

그런데 김철복을 통해서 또 하나의 '악당'을 만들어간다. 김철복에게 "딸을 성한 몸으로 다시 만나고 싶거든 사흘 안으로 남의 빚을 다 갚으시오. 사흘이 지나면 빚이 다 없어질 때까지 봉숙이의 몸이 조금씩 집으로 돌아갈 것이오. 맨 먼저 손가락부터"(달1 : 162)라는 협박편지를 보내는 딸 봉숙의 유괴극은 아버지가 돈이 있으면서도 남의 빚을 갚지 않아 어머니의 감옥생활이 길어진다는 것을 알고, 김철복의 자식들이 꾸민 사건이다. 이처럼 김철복의 부조리한 모습은 자식들을 또 하나의 '악당'으로 만드는 비극을 잉태하고 있다.

도덕적 인물인 인실이가 '악당'의 무리에서 탈출함으로써 자신의 타락을 막고 순수를 지켜나가는 태도와 달리, 김철복은 큰아버지에 맞서 큰아버지를 증오하면서 살아왔고, 한 맺힌 설움을 풀어보기 위해서 '돈'을 좇는 생활로 이어간다. 그 결과 김철복은 '물질'을 얻고 이를 지키기 위해서 종교는 물론 가족까지도 철저히 이용할 수밖에 없는 '악인'이 된 것이다. 위선적인 인물의 성격을 대표하는 김철복은 주동인물과의 관계에서 본다면, 반동인물이지만, 다양한 삽화를 거느리고 있는 만큼 각 삽화에서 역할을 달리하기도 한다. 즉 6-2), 7-1), 7-4)에서는 주동인물인데, 언급한 바와 같이 삽화를 통해서 드러내고자 하는 주제가 독립적이기 때문이다. 결국 작중인물을 통해서 우리가 살아가는 부조리한 사회 현실을 드러내고, 이를 통해서 사회 구성원 모두가 건강한 사회로 나아가는 '길'을 모색해야 한다는 책임의식을 강조하고 있다는 사실에 그 핵심이 있다.

3. 공간의 다면성

1) 만남과 떠남의 유목적 공간화

문학작품에서 공간은 '인물의 내적 세계를 반영하는 상징'이고 '행위의 기점'으로서 그 구조나 이동 자체가 서사진행의 원동력이자 의미 생산의 출발점이 된다.[106] 서사에서의 공간 기능 방식은 두 가지가 있다. 그 중 하나는 배경인데 지속적인 공간을 말한다. 그리고 주제화되건 그렇지 않건 간에 사건은 그 안에서 일어난다. 다른 하나는 행동이 실현되는 장소로서 역동적인 기능을 하는 공간이다. 여기에서의 공간은 인물의 움직임을 준비하는 하나의 성분이다. 따라서 공간은 고정된 배경으로 제시되는 것이 아니라 새로운 이야기로 추동하기 위한 준비 공간이기도 하며, 거기에는 상당한 변화가 있을 수 있다.[107] 『달궁』은 '만남과 떠남'의 구도를 근간으로 하고 있다. 이는 인물과의 관계이기도 하며, 공간에서 공간으로의 이동을 의미하기도 한다. 이별은 또 다른 만남을 예고하듯 새로운 만남으로 이어간다. 만남과 떠남의 구조는 인실의 삶을 따라 공간이 다면적으로 기능하는 것을 살펴볼 수 있다.

『달궁』에서 주제를 추동하는 전략은 다양하지만, 중심서사인 인실을 중심으로 보면 무엇보다 인물의 출생에서부터 우리 현대사의 비극적 현실의 정점을 기점으로 하여 출발하고 있다. 즉 인실은 해방 직전인 1944년에 태어나서 해방직후 혼란한 사회·정치적 현실에 '내던져진'

---

106) 유인순, 「소설의 시간과 공간」, 한국 현대 소설연구회, 『현대소설론』, 평민사, 1994, 185-186쪽 참조.
107) 미케 발, 앞의 책, 173-174쪽 참조.

존재로 불행을 겪기 시작한다는 비극적인 운명을 짊어지고 있다. 그리고 전쟁이 마무리된 1960년대 초부터는 자본의 폭력을 피해서 '떠남'을 거듭하는 형상을 보여주고 있기 때문에 이데올로기와 자본의 폭력에 대한 회피로서의 공간적 배경을 특징으로 보여준다.

『달궁』 전체 텍스트는 이상향과 전쟁이 공존하는 역사적 공간인 지리산 자락을 인실이의 고향으로 설정하여 개인의 삶을 역사·사회와 관련지어 핍진성 있게 그려내고 있다. 또한 1960부터 1970년대 산업화 사회의 치열한 공간이었던 도시를 중심으로 다양한 이야기를 서사화했다는 것은 앞서 <표 1> 『달궁』의 사건구조를 통해서 개략적으로 살펴볼 수 있었다. 이를 통해서 볼 때, 인실의 생애를 중심으로 공간적 배경을 살펴보면 폭력과 회피로서의 공간적 배경을 특징으로 하고 있다. 그리고 의미단락에 따라 다양한 삽화가 횡적으로 확장되어, 이동과 확장으로서의 공간적 배경을 특징으로 한다.

전쟁은 전쟁의 종결로 끝나는 것이 아니라 그 후유증으로 인한 아픔이 대를 이어 간다. 이러한 현실을 지리산이라는 공간을 배경으로 하여 우리가 안고 있는 비극성을 적나라하게 펼쳐내고 있는 것이다. 육이오 전쟁을 온몸으로 겪은 어른들의 고통 못지않게 아무런 대책 없이 전쟁터에 내던져진 어린아이가 겪어내는 비극적인 이야기가 텍스트의 중심축이다. 전쟁 중에 미아가 된 어린아이의 삶의 현장을 따라가는 텍스트의 여정은 예측할 수 없는 비극의 연속성을 지니고 있다. 인실이 펼쳐내는 삶의 이별 구도를 중심으로 텍스트의 공간적 배경을 살펴보면 다음과 같다.

〈표 5〉『달궁』 중심서사의 주동인물의 여로

의미단락	1	2	3	4	5	6	7	8	9	10	11	12	13	14	15	16	17
장소	달궁	남원	남원 ~ 서울	달궁	전주	진안	전주	전주	서울	서울	서울	안양	서울	마산	홍성	안면도	안면도
지속시간	7년	13년	14년	7일	2년	6개월	3년	1년	3개월	5개월	4년	1년	1년	1년	1년	5년	1일
인실의 나이	7세	13~20	20~33	20	20~22	23	23~26	26~27	28	28	28~32	32~33	33~34	34~35	35~36	36~42	42

『달궁』의 표면적 주인공 인실은 전라북도 남원군 산내면 덕동리 달궁 부락에서 태어나 일곱 살까지 자라지만, 전쟁으로 고향을 잃고 '떠돌이'로서의 삶을 살다가 충남 태안군 안면도에서 생을 마친다. 그리고 전체 텍스트에서 '만남과 이별' 구도는 의미단락 3에서 등장하는 황영감과의 '운명적인 만남과 이별'을 제외하고는 '만남과 이별'이 중심을 이룬다. 인실의 삶을 중심으로 이동 공간을 〈표 5〉를 토대로 살펴보면, 크게 1944년부터 1970년까지의 고향 부근에서의 삶과 1971년부터 1985년 봄까지는 고향을 떠나 서울, 경상도, 충청도 등에서 타향살이를 하는 삶으로 구분할 수 있다.

먼저 살펴보고자 하는 공간적 배경은 고향과 그 부근에서 지속된 삶의 공간으로 의미단락 1에서 8에 이르는 공간적 배경이다. 1944년부터 1970년에 이르기까지 고향 부근에서의 인실의 삶은 전쟁의 폭력과 부조리를 회피하는 공간에 존재한다. 인실의 고향은 지리산 자락 '달궁'이라는 외진 산골 마을이다. 농사꾼으로 "산꼴짝에서 흙파묵는"(달1 : 41) 재주밖에 없는 순박한 민중들이 살고 있는 공간에 불어 닥친 이념의 소용돌이를 인실의 가족은 온몸으로 겪어낸다.

의미단락 1의 이야기 시간은 1948년부터 1950년 겨울까지이며, 공간적 배경은 전북 남원군 산내면 덕동리 '달궁' 마을이다. 전쟁이라는 폭력적인 상황이 친부모와의 이별을 추동하고, 양부모와의 만남을 주선하게 된 사건이 중심을 이룬다. 인실이 전쟁 중에 아무런 준비도 없이 부모와 이별하는 공간적 배경은 지리산 자락인 '달궁'이다. 이곳은 여순사건 당시 반란군이 지리산으로 숨어들어 수시로 드나들면서 식량을 강탈해 가는 장소이며, 경찰이 이에 대한 부역 혐의를 추궁하는 장소로 이념 갈등의 정점지대 역할을 한다. 일반적인 통념과 달리 군인이 인실의 가족에게 저지른 폐해가 비극적으로 제시되었다는 것은 드러난 표면보다는 감추어진 이면을 들춰보는 작가 의식의 적극적인 반영으로 볼 수 있다. 인민군으로 인한 폐해 못지않게 군인으로 인한 폐해를 민중들이 겪었다는 사실을 그 내용으로 보면, 「무자년 가을 사흘」의 연장선108)에 있다.

의미단락 1은 전북 남원군 덕동리 '달궁' 마을에서 일어난 사건이 중심이다. 육이오 전쟁이 끝나고 아버지는 백치가 되어 전쟁터에서 돌아왔지만, 의용군으로 끌려간 큰아들과 잃어버린 막내딸은 '달궁'으로 돌아오지 않았다는 비극적인 이야기로서 전체 소설의 에필로그 역할을 한다. 이데올로기 갈등이 전쟁으로 치달아 그 비극이 극에 달하고 또 그것이 마무리되는 공간으로써 정점 역할을 하는 지리산 자락 '달궁'에

---

108) 「무자년의 가을 사흘」(『소년과 사상』, 1994. 가을 발표)은 여순사건을 배경으로 하고 있으며, 군인과 경찰 등 진압군들이 시민들을 살상하는 장면을 어린 소년을 초점화한 장면은 군인과 경찰이 소개명령에 저항하는 인실의 집에 불을 지르고, 할아버지를 불타죽게 한 행위와 닮아 있다. (김미자, 「서정인의 원체험과 문학적 표현 양상」, 『현대소설연구』 제44호, 한국현대소설학회, 2010.8, 7-44쪽 참조)

서 친부모와의 이별로부터 시작된 비극은 인실의 불행한 삶의 출발이며, 이후 인실의 불행한 삶 전체를 결정짓는 데 지대한 영향을 미치게 된다.

의미단락 2의 이야기 시간은 1950년부터 1963년에 이르는 시간이며, 공간적 배경은 남원의 '달궁 백리 근방'이다. 여기서는 인실이가 양부모의 딸로 지내는 13년간의 삶이 중심을 이룬다. 양부모의 집에서 인실은 거리를 떠도는 불행을 면하는 대신, "첫날부터 밥값을 했고, 차츰 유능하고 부지런하고 편리하고, 값싼 다목적 잡역부"(달1 : 55) 역할을 하면서, 인실이 "그들을 내 편으로 삼기 위해서"(달1 : 59) "열심히 일"(달1 : 59)해야 하는 장소이면서 나아가 양부의 동생인 삼촌으로부터 '성폭행'을 당하는 부조리한 공간이기도 하다. 삼촌의 성폭행은 인실이가 학교에서 공부할 수 있는 기회를 빼앗았으며 "은혜를 고마와할 줄 아는"(달1 : 59) 아이에서 "화냥끼"(달1 : 68) 있는 아이로 전락시킴으로써 인실이 '자존감'을 빼앗긴 사건이다. 단락 2에서 양부모와의 결별에 이어서 단락 3에서의 조력자 황영감과의 만남, 단락 4의 친부모와의 만남에 이어 단락 5에서 병덕과의 부부로서의 만남은 성폭행 사건 이후 "어떤 핑계로도 더 이상 집에 머물 수가 없었기 때문에"(달1 : 70) '탈출을 위한 만남'이었다. 의미단락 2에서 인실이가 친부모와의 이별하는 사건을 겪고 13년 동안 밥값 하는 양딸살이를 하면서 지낸 장소는 친부모가 사는 '달궁'의 백리 근방이었다는 사실에서 비극성은 더 고조된다.

의미단락 3에서 1963년 황영감과 인실의 만남 이후 이야기 시간의 공간적 배경은 인실의 삶의 이동 공간과 일치한다. 인실이 스무 살 때 양부모의 집을 나온 첫날, 남원역에서 두 사람은 만난다. 이후 남원 경찰서에서 다시 해후하게 되고, 전주를 거쳐 서울에서 공장살이, 술집살이를 하는 장소에서 두 사람의 만남은 지속된다. 이후 형태와의 결혼식에서 부모 역할을 하는 등 황영감과의 만남을 지속하는 시간은 14년에 달한다. 인실과 황영감과의 이별은 인실이 스스로 '만남'과 '떠남'을 선택하면서 한정적인 관계를 유지하는 바와 달리 '죽음'으로 인한 '운명적인 이별'이다. 황영감은 인실과 다르지 않은 이데올로기 폭력의 피해자이다. 도덕적 성격의 소유자로서 사회에 '부적응자'로 일생을 '떠돌이'로 살아가다가 생을 마감한 인물이다.

의미단락 4의 이야기 시간은 1963년 어느 달의 일주일이며, 공간적 배경은 인실의 고향 '달궁'이다. 인실은 양부모의 집을 나와서 어렵지 않게 잃어버린 부모와 형제를 찾지만, 그곳은 그에게 이미 낯선 공간이다. 양부모 집에서도 어설픈 자식으로 부유(浮游)했던 인실은 '고향 집'에서도 안주하지 못하는데, 그것은 어린이를 잃고 어른이 된 "십삼 년"의 공백을 채울 수가 없기 때문이다. "십삼 년 만에 찾아가면서 고향에 욕심을 부리지 않기란 어려웠"(달1 : 119)지만, 인실은 그것을 채우는 일보다는 떠나는 것을 선택한다. 인실은 친부모를 만나면, "다시는 부모와 떨어지지 않을 작정"(달1 : 79)이었다. 그러나 황영감의 말대로 "십삼 년이나 떨어져 있었기 때문에"(달1 : 79) 친부모를 만난 지 일주일 후 '달궁'을 나오게 된다. 이는 전쟁고아가 겪는 고통의 증표이다.

의미단락 5의 이야기 시간은 1963년부터 1965년에 이르는 2년이며, 공간적 배경은 전주의 대학 근처 셋방이다. 인실은 '양부모'를 빠져 나오기 위해서 "친부모의 집을 찾으려"(달1 : 70) 했었던 것처럼 친부모의

"집을 나와서 달리 갈 데가 없어"(달1 : 70) 병덕을 따라 부부의 인연을 맺게 된다. 병덕이 부모의 돈을 훔쳐와 사글세방을 얻어 살림을 차리고, 인실은 "미용사"가 되어 남편을 뒷바라지를 할 "원대한 계획"(달1 : 93)을 세워 미용학원을 다니지만, 남편의 반대로 그만두게 된다. 이와 같이 양부모, 친부모를 떠나 달리 갈 데가 없어서 선택한 병덕과의 결혼생활을 하는 사글세방은 '희망'을 잘라내야 하는 공간이라는 의미를 지니고 있다. 날이 갈수록 늘어가는 병덕의 '이유 없는 트집'은 마침내 "광란"(달1 : 105)으로 이어지게 되는데, 병덕이 "부모와의 인연도 끊을 수 없고, 나(인실)와의 인연도 끊을 수 없다"(달1 : 106)는 생각 속에서 겪는 고통이다. 결국 시부모는 인실을 "도둑"으로 고소하여 병덕과 격리시키려는 음모를 꾸미지만, 뜻을 이루지 못하자 종국에는 인실을 정신병자로 몰아 기도원에 유폐시킨다.

의미단락 6의 이야기 시간은 1966년의 6개월이며, 공간적 배경은 전북 진안부근 실로암 기도원이다. 인실은 기도원에서 "족쇄를 차고 기도원에 갇혀"(달1 : 62) 생활한다. 그러나 "나는 그때만큼 편하게 지낸 적이 없었다. 시키는 사람이 없었기 때문에 내 맘대로 하는 것 같은 기분이었다"(달1 : 117)고 고백한다. 이는 친부모의 집을 떠나 양부모와 함께 살았던 13년, 병덕과 함께 살았던 2년이 "족쇄를 차고 기도원에 갇혀" 지내는 것보다 고통스러웠던 삶이었다는 말에 다름 아니다. 이를 통해서 양부모의 집에서 어른들의 눈치를 보며, 어린아이를 잃고 어른으로서 살았던 고통을 어렵지 않게 유추할 수 있다. 그러나 이사장이 미국에서 돌아와 기도원 주변에 "새 철사 가시들"(달1 : 126)을 설치하자, "발에 채우는 쇠붙이"(달1 : 126)와 같은 억압을 느껴, '악인'으로 비춰지는 이사장을 피해서 주천산장으로 달아난다. 그러나 "뱀탕"을 먹으러 온 이사장과 해후하게 된다. 인실의 삶은 인실이 스스로 이사장을 "악당"이라고 지칭하면서도 그를 따라 '길'을 떠남으로써 끝없이 이어지는 고난의 길을 애써 찾아나서는 형상을 취한다. 이처럼 인실이 부조리한 현실을 피해서 달아난 곳은 미래지향적인 의미로 존재하는 것이 아니라 언제나 또 다른 '부조리한 공간'일 뿐이다.

의미단락 7과 8은 공간적 배경이 전주이며, 단락 7의 이야기 시간은 1966년부터 1969년에 이르는 3년이다. 단락 8은 1969년부터 1970년에 이르는 1년이다. '악'을 피해서 떠나고, '부조리'한 상황을 피해서 떠나기를 반복하는 인실은 김철복의 집에서 3년간 가정교사로 일했지만, 무보수로 노동력만 착취당하는 시련을 겪는다. 종국에는 김철복이 첩살이를 수락하면 밀린 월급을 주겠다고 유혹해옴에 따라 "추잡스러운 사람"(달1 : 213)을 피해서 월급을 포기하고 김철복의 집을 나와 윤창수를 선택한다.

그러나 인실이가 윤창수를 선택한 것은 "김가 집을 빠져나오는 방법"이었고, "애초에 그가 좋아서 그에게 왔던 것"(달2 : 14)은 아니지만, 고우내와 헌뫼의 새엄마 노릇에 만족하게 된다. 한편, 출분한 윤창수의 아내가 인실이와의 동거를 문제 삼아 '위자료 청구'를 해오자, "개, 돼지가 아닌 다음에야, 이리 붙고 저리 붙는 개판에 얽혀 들었으니 참담한 생각을 면할 수가 없어"(달2 : 15) 인실은 윤창수의 집을 나온다.

이처럼 의미단락 1에서 의미단락 8에 이르는 텍스트에서 인실은 '만남'과 '떠남'을 거듭하면서 새로운 현실에 접어들기를 반복한다. 그런데 그 떠남의 이유를 보면, 의미단락 6의 세겹 속삽화 6-3)-(5)-④에서 주천산장을 떠나 이사장을 따라 나서는 것을 제외하고는 부조리한 현실과 '악당'을 피해서 떠난다는 것이다.

> 나는 평생 도망만 다니다가 볼장 다 볼팔자인 모양이었다. (…) 다음 에는 어디로부터 달아나게 될까? 지금 내가 도망쳐 들어가는 곳으로부 터 달아나게 될 것이다. 나는 항상 탈출하기 위해서 사람들 속으로 끼 어들었다. 나의 탈출이 성공하기 위해서는, 일단 빠져나오는 데에 성공 했으면, 다음 집단 속으로 끼어들지 말았어야 했다. 그러나 사람들 사 이에 끼이지 않고는 살 수 없었다. 나의 탈출은 항상 실패하게 되어 있 었다. 그것이 성공할 수 있는 길이 하나 있었다. 그것은 되풀이였다. 되 풀이해서 탈출을 하다 보면, 언젠가는 성공할 때가 있을 것이었다. 언 젠가는 더 이상 탈출을 할 필요가 없는 날이 올 것이다. (달1 : 63)

위의 예문은 속삽화 6-1)에서 기도원 생활을 하면서 일련의 사건을 겪고, 현재에 이르기까지 반복되어온 만남과 탈출에 대한 내적 심리를 드러내고 있는 내용의 일부이다. 자신이 탈출에 성공하기 위해서는 "다음 집단 속으로 끼어들지 말았어야"했지만, 사람들 사이에 끼이지 않고는 살 수 없기 때문에 늘 사람들 사이로 끼어들었다고 고백한다. 인실은 "언젠가는 더 이상 탈출을 할 필요가 없는 날"(달1 : 63)을 꿈꾸 면서 '만남'과 '떠남'을 계속했다. 그러나 그녀가 선택한 집단과 공간은 어디를 가든 언제나 타락하고 부조리한 현실이 계속될 뿐이다. 이것이 인실의 탈출이 실패할 수밖에 없는 이유였고, 불행이 연속된 이유였다.

의미단락 1에서 8에 이르는 동안 인실이 삶을 펼쳐낸 장소는 고향 '달궁', 남원읍의 양부모 집, 그리고 진안군내 실로암 기도원, 전주 시내 담뱃가게 사글세방, 전주 시내 김철복의 집과 윤창수의 집 등이다. 육이오 전쟁이라는 폭력적인 상황에서 시작된 인실의 불행한 삶은 양 부모와 삼촌, 임병덕, 기도원 이사장, 윤창수를 만나는 과정 속에서 더 구체적이고 다양한 형태로 반복될 뿐이다. 친부모와 양부모 집에서 생 활한 20년을 제외하면 7년을 고향 주변에서 생활한 것인데, 가장 편안 한 공간이 "족쇄를 차고 기도원에 갇혀"(달1 : 62) 생활하는 기도원으로 제시되고 있다는 것은 고향에서의 인실의 고달픈 삶을 상징한다고 볼 수 있다.

의미단락 8까지의 공간적 배경을 이데올로기의 폭력에 대한 회피로 서의 공간적 배경으로 보는 이유는 1948년부터 1970년에 이르는 이야 기 시간의 공간적 배경을 '달궁'과 '달궁' 부근에 한정함에 따라 이데 올로기 폭력으로 '미아'가 되어 겪는 시련의 연장선상에서 이해할 수 있기 때문이다. 이는 구체적으로 '달궁→양부모의 집→다시 찾은 친부 모의 집→황영감과의 만남→양부모 아들과의 동거→양부모와 병덕에 의해 기도원에 유폐→기도원 이사장 집에서의 가정교사→이사장의 아 내에게 사기당한 윤창수의 집에서 동거'로 정리된다. 즉 인실이 전북 남원군 덕동리 '달궁' 마을에서 이데올로기의 폭력아래 내던져진 존재 로서 겪는 '만남과 떠남'의 반복은 폭력을 피하는 '떠남'에서 출발한 것이며, 이는 부조리한 현실을 거부하는 의미로서의 공간적 배경으로 이어진 것이다.

인실이 서울 등 객지에서 부조리한 삶을 겪는 시간적 배경은 1971년 부터 1985년 봄, 인실이가 죽음을 맞기까지이다. 대략 15년 정도에 이 르는 기간에 인실이가 이동한 공간은 의미단락 9에서 13에 이르기까지는 안양을 비롯한 서울일대이며, 1977년까지 약 8년간의 삶이다. 그리고 의미단락 14에서 마산 결핵병원에서 1년간 요양했으며, 의미단락 15에서는 충청남도 홍성에서 1년, 의미단락 16에서는 안면도에서 5년을 삶의 공간적 배경으로 갖는다.

인실이가 1971년 서울살이를 시작하면서부터 1985년까지의 삶의 족적을 따라가 보면 생활공간이 다양할 뿐만 아니라, 지역적인 움직임이 크다. 그런데 결과적으로 보면, 고향을 떠나 새로운 세상을 향해서 나아갔지만, 떠돌이로서의 삶이 끊임없이 반복되는 것이었으며, 갖가지 부조리함이 곳곳에서 인실의 삶 속에 끼어들어 새로운 불행으로 추동하기를 거듭한다. 이는 고향이나 타향이나 우리 사회의 구조적 모순으로 인해서 겪는 민중들의 아픔은 계속될 수밖에 없다는 비극적 암시이다.

의미단락 9는 1971년 약 3개월을 이야기 시간으로 하고 있다. 공간적 배경은 서울 문례동에 있는 피혁공장이다. 전주에서 서울로 생활터전을 이동한 인실은 황영감의 손녀 은숙의 도움으로 공장에 취직을 하고 기숙사 생활을 한다. 타고난 성실과 봉사정신을 발휘해서 공장에서나 기숙사에서 돋보이는 인실의 행동이 동료들에게는 '아첨'으로 비춰지는가 하면, 회사는 인실이 여종업원들이 기금을 모아서 상조회를 만드는 일 조차 단체행동으로 몰아가는 '살벌한' 분위기이다. 인실이가 취직한 피혁공장은 산업화와 자본주의 사회가 진행되는 최일선에서 하나같이 자기의 이해관계에 따라 현상을 바라보는 현실을 예리하게 보여주는 공간이다. 즉 자신에게 이익이 되면 취하고, 손해가 되면 어김없이 돌아서는 개인주의적이고 이기적인 태도는 노동자와 회사 측 중간에 위치한 신애를 통해서도 잘 보여준다. 뿐만 아니라 시골에서 돈을 벌기 위해서 올라온 순박한 여성들이 성적으로 유린당하는 비극적인 공간으로 피혁공장은 기능하고 있다.

> 어디냐, 은숙이 다녔던 내과가? 나를 차에 태우고 영님이가 나를 돌아보았다. 내과가 아니여, 이번에는. (…) 그럼 어디여? 외과냐? 뭐? 산부인과? (…) 어떻게 된 거야? (…) 나는 은숙이 보고 그 방에서 그날 밤을 같이 자자고 했어. (…) 산부인과에 다녀왔다. 짐작했어. 영님이가 무어라고 하던? 외과에 갔다왔다고 했어. (…) 언니가 처음은 아니야. 뭣이? 나는 산부인과의 유리문을 열면서 영님이가 구시렁거렸던 말이 떠올랐다. 인실이도 당했구나. (달2 : 76-78)

위의 예문은 속삽화 9-2)에 해당하는 일부 내용이다. 인실이가 하상무로부터 성폭행을 당하게 되는데, 이 사건으로 인실은 윤창수의 아이를 유산한다. 그런데 이와 같은 하상무의 폭력적인 행동은 인실에게 국한된 것이 아니며, 그가 여종업원들에게 저지르는 성폭행이 습관적이라는 데 문제가 있다. 피해자들은 산부인과를 드나들며 고통을 당하지만, 가해자인 하상무는 자신이 성적으로 유린한 은숙이를 인숙(2-61), 영숙이거나 은순이(달2 : 62)나 연숙이(달2 : 71) 등으로 혼돈스럽게 부르고, 은숙이 할아버지 역시 인숙이 아버지(달2 : 61)로 부르는 것을 볼 때, 종업원들과 맺는 성적 관계는 욕망의 해소 이외에는 어떤 의미도 갖고 있지 않다.

인실이가 겪은 공장생활의 고통은 하상무의 성폭행과 유산을 겪는 사건에서 끝나지 않는다. '여종업원 상조회'를 만드는 일을 저지하기 위해서 하상무가 폭력배를 동원하여 인실을 폭행한 사건이 일어난 것이다. 그런데 경찰은 폭력배를 두둔하며, 인실의 퇴사를 종용하는 아이러니한 상황이 재현된다. 인실은 부조리한 폭력이 난무한 산업화 사회의 근간을 이루는 공장에서 노동자들이 법의 보호를 받는 것이 아니라 도리어 가해자들이 법의 보호를 받는 사회 구조적 모순을 겪고, '싸구려 술집'을 운영하는 윤점례를 찾아간다.

의미단락 10의 이야기 시간은 1971년 약 5개월이며, 공간적 배경은 서울 아현동 시장 후미진 뒷골목에 위치한 '싸구려 선술집'이다. 그 곳은 개인주의와 이기주의가 팽만한 피혁공장과는 대조적으로 힘없는 서민들이 하루의 피로를 풀어내는 쉼터 역할을 한다. 윤점례에게 인실의 미모를 이용해서 '돈'을 벌고자 하는 '사악함'이 없지 않지만, 윤점례 역시 그 술집에 드나드는 손님들의 건강함을 따라 생기 있게 움직이는 공간이다. 인실은 이곳에서 자신의 본 얼굴을 보여주며 마음을 열게 된다. 무질서하고 비위생적인 공간이며, 사회에서 소외된 인물들이 등장하는 '선술집'에서, 인실은 타락한 사회 구성원들이 보는 "창녀"의 웃음이자 "진실한 웃음"을 발현하게 된다. 인실은 이곳 "니나노 술집"은 인실이 형태를 만나 정식으로 결혼식을 올리고 행복한 공간으로 이동한 것으로 알 수 있다시피 전체 텍스트에서 만남과 이별이 이루어지는 공간 중 유일하게 긍정적인 공간으로 나아가도록 매개하는 역할을 한다.

의미단락 11의 이야기 시간은 1972년부터 1975년에 해당하는 약 4년이며, 공간적 배경은 서울 아현동 형태의 목공소 안집이다. 인실은 다섯 남자와 동거를 했지만, 유일하게 형태와 결혼식을 올리고 결혼생활을 시작한다. 그리고 사랑받는 며느리이자 아내로서 두 남매 '지웅'

이와 '지선'이의 어머니 역할에 만족하는 생활을 한다. 따라서 형태의 목공소 안집은 인실이가 여자로서 유일하게 행복했던 공간으로서 그 의미를 담고 있다. 그러나 시아버지가 죽자, 남편이 간첩 혐의를 받고, 감옥살이를 하는 동안 남편 친구 우종규가 인실의 정조를 유린하는 사건으로 이어져 결국 인실이 행복은 깨지고 만다. 형태의 집은 인실의 전체 삶을 통해서 볼 때, 가장 완벽한 행복을 누린 공간으로 기능함과 동시에 가장 큰 불행을 잉태한 공간이라는 양면성을 지니고 있다.

> 그는 나를 해치울 생각이 별로 없었다. 그는 우가 때문에 나를 잡아
> 죽이지 않을 명분을 얻었다. 나는 우가 덕을 볼 생각이 없었는디. 우가
> 라니, 덕 보는 것으로 말하자면, 형태 덕도 볼 생각이 없었다. 나는 그
> 를 떠나기로 마음먹었다. 자식 새끼들? 언제나 불쌍한 새끼들이 문제로
> 구나. 새끼들 때문이 아니라 부모들 때문에 새끼들이 문제로구나. 애비
> 없이 애비를 잡아간 사람들 주선으로 고아원에 간 것보다야 나을테지.
> (달2 : 268)

위의 예문은 11-5)-(8)의 '우종규의 성폭행' 사건을 겪은 후, 11-6) 의 속삽화에서 인실이 집을 나오게 되는 내적 심리를 드러내고 있는 내용의 일부이다. 형태는 "잊어버려라"(달1 : 266)라고 말하지만, 인실은 도덕적 '양심' 때문에 형태의 얼굴을 보고 살아갈 수가 없다. 결국 인실은 집을 나오게 되는데, 이후 형태는 "독일거점간첩단으로 암약을 했다"(달3 : 137)는 죄목으로 수배자가 되는가 하면, 지웅이와 지선은 고모집을 거쳐 고아원에서 지내다가 "미국에 입양 되었다."(달3 : 138) 이와 같이 인실이가 가장 행복했던 공간은 일련의 부조리를 겪으면서 해

체되기에 이른 것이다. 인실이가 가장 행복한 공간에서 극도의 좌절과 불행을 겪는 사건을 구조화함으로써 인실이가 처한 현실의 비극성은 극대화된다.

의미단락 12의 시간적 배경은 1975년에서 1976년 즈음으로 이야기 시간은 약 1년에 이르며, 공간적 배경은 경기도 안양시 안양동에 있는 술집 '유순'이다. 도덕적 양심 때문에 집을 나온 인실이 문화부 김국장과 동업으로 술집을 운영하게 되는 사건이 중심을 이룬다. 술집 '유순'은 인실이가 윤점례의 '니나노 술집'에서 보여준 차별 없는 웃음으로 손님을 대하는 건강한 삶의 공간적 배경으로 기능한다. 그러나 권리금이 오르자 간계를 동원하여 동업관계를 파기하는 일을 서슴지 않는 김국장에게는 물적 가치인 '돈'으로 표상되는 공간일 뿐이다. 결국 인실은 "악당"을 피해서 가게를 그만두게 된다.

인실이가 선택하는 직업은 소외된 인물들이 어쩔 수 없이 선택하는 직업이라는 공통성을 지니는데, 술집을 그만두고 가정집 식모살이로 나서게 되는 이야기가 의미단락 13의 서두에 해당한다. 의미단락 13의 시간적 배경은 1976년부터 1977년에 이르는 약 1년을 이야기 시간으로 하며, 공간적 배경은 서울 명륜동과 동선동, 서울 시내에 있는 병원 등이다. 술집 '유순'을 그만두고 동선동 부잣집으로 파출부를 나간다. 집주인 부부는 남편과 아내이면서도 남보다 못한 관계를 맺고 있다. 산부인과 원장인 아내는 병원사무장과 불륜관계를 맺고 있으며, 그 현장을 남편에게 들키기까지 한다. 아내는 이를 무마하고, 자신의 불륜관계를 지속하기 위해서 식모로 온 인실과 남편의 첩살림을 부추기는 인물이다. 자신이 저지른 부도덕을 남편의 부도덕으로 갚도록 유도한 것인

데, 인실은 타락한 인간들 속에 끼어들어 명륜동에 첩살림을 차리게 된
다. 명륜동에서의 첩살림과 이사장의 안집인 동선동에서의 식모살이는
가진 자들의 간계에 휘말려서 무조건적인 희생을 강요당한 사건이다.
김춘보가 세상을 뜨자 인실은 유서경의 병원에서 '청소부'로 일하던 중
폐병 진단을 받게 된다. 이는 인실이 서울에 올라와서 다양한 직업과
다양한 사람들을 만나서 혹사당한 결과의 상징이다. 인실이 서울에 올
라와서 7년 동안 겪은 삶의 여정은 폐결핵 진단을 계기로 결핵치료를
하기 위해 서울을 떠남으로써 일단락된다.

　의미단락 14는 1977년에서 1978년에 이르는 일 년을 이야기 시간으
로 하고 있으며, 공간적 배경은 경남 마산 가포에 위치한 결핵 병원이
다. 인실과 윤재가 겪는 폐결핵은 「토요일과 금요일 사이」(1979)의 등장
인물 민구가 서울살이의 어려움을 폐결핵에 연결하여 의미를 부여하고
있는 연장선상에 있다.

　　있는 놈들은 시골서 서울살이 흉내를 내고 없는 놈들은 서울 올라와
　서 머슴아들은 잘 되면 부잣집으로 장가 들고 못 되면 오다가다 만난
　창부와 붙어살고, 가시내들은 식모살이, 공장살이, 술집살이에 어린 피
　를 뱉으며 허위적거리다가 종내에는 서울 바닥에서 허리뼈가 부러진
　촌놈한테 시집을 가는구나. 시골구석에 그대로 묻혔더라면, 서울 거리
　에다가 오장 육부를 뽑아 주지나 않았을 것을.[109]

　위의 예문은 「토요일과 금요일 사이」에서 등장인물인 민구가 폐결핵

---

109) 서정인, 「토요일과 금요일 사이」(『한국문학』, 1979 발표), 『토요일과 금요일 사이』,
　　문학과지성사, 1980, 278쪽.

진단을 받고 토로하는 내적 독백이다. 시골에서 올라와 갖은 고생을 하다가 종내에는 생명을 위협하는 질병에 걸리게 민구의 현실은 『달궁』의 윤재나 인실이와 다르지 않다. 이에 따라 볼 때, 서울은 '근대 산업화 사회'를 상징하는 공간으로 그려낸 것이며, 경남 마산 가포에 있는 '결핵병원'은 도시와 격리된 '치유의 공간'으로 설정한 것으로 볼 수 있다.[110] 전체 3권으로 구성된 연작소설 『달궁』은 여기서 이야기의 끝맺음을 하고 있다.

의미단락 15의 이야기 시간은 1978년부터 1979년에 이르는 1년이며, 공간적 배경은 충청남도 홍성에 있는 '조양식당'이다. 조양식당에서의 생활은 의미단락 16에서 등장하는 백열의 편지를 통해서 유추되는 이야기이며, 텍스트에서 구체적인 언급은 없다. 윤재의 누나가 운영하는 조양식당은 인실이가 폐병을 치유한 직후 식모살이를 하는 장소와 사회로 복귀하는 과정 속에 놓인 '길'로써 역할 한다. 인실이 폐결핵을 치유하고 찾은 직업이 식모살이에서 시작된다는 것은 끝없이 반복되는 고난을 상징한다.

의미단락 16은 1980년부터 1985년에 이르는 5년이 이야기 시간이다. 공간적 배경은 충청남도에 위치한 안면도이다. 이곳은 1970년 타향살이를 시작한 이후 가장 오래 머문 공간이면서 남편의 폭력에 시달리며, 인간적으로 학대받은 고통이 극에 달한 공간이기도 하다. 백열과 함께 운영하는 횟집은 손님을 대하는 인실이의 밝은 웃음마저도 백열로부터 "눈웃음 치고 사는 년"(달1 : 16)으로 비난받는 공간이다. 인실은

---

110) 김미자, 「트라우마 극복으로서의 소설쓰기 – 서정인 소설의 죽음 의식을 중심으로」, 『한국문학이론과 비평』 제49집, 2010.12, 177쪽 참조.

결국 백열의 "근거없는 행패"(달1 : 53)에 시달리다가 이를 피해서 집을 나와 '길'에서 죽음을 맞는다. 인실은 일생을 '정직'과 '성실'을 벗어나지 않는다. 그럼에도 불구하고 그에게 닥친 현실은 언제나 불행의 연속이다. 인실이가 고향에서 부모와의 이별을 겪고, 어느 곳에서도 정착할 수 없었던 것은 '부조리'와 '악'이 주변에 있었기 때문이었다. 결국 인실은 모든 '악'과 '부조리'를 피해서 '떠남'을 거듭할 수밖에 없는 삶을 살다가 안개 자욱한 새벽길을 술에 취한 채 비틀거리며 죽음을 맞는다.

의미단락 17에서 이야기 시간은 1980년 봄날 며칠이며, 공간적 배경은 충남 안면도 일대의 '길'과 '횟집' '여관' 등이다. 여행을 하는 장검사는 인실과 전날 밤 '횟집'에서 '횟집 주인'과 '손님'으로 만났으며, 이어 이른 새벽 '길'에서 두 번째의 만남으로 이어진다. 그리고 인실이가 교통사고를 당해서 죽음을 맞은 이후 후일담으로 '일기'를 전해 받는 이야기가 중심을 이루고 있다. 인실의 마지막 모습은 술에 취한 채 비틀거리는 이미지로 그려진다. 이러한 인실의 형상은 혼란한 세상을 온몸으로 살아낸 상(狀)이 집약되어 있다. 그녀는 안면도를 떠나고 싶지만, 더 이상 탈출을 추동할 원동력을 잃어버린 채 새벽길을 비틀거리며 걷다가 '길 위에 떠도는 자'로서 죽음을 맞는다. 인실의 삶은 '정착'과는 거리가 멀다. '정착'은 '떠남'을 위한 '정착'이고 '만남'은 '이별'을 예정한 '만남'이다. 인실은 42세로 죽음을 맞기까지 친부모와의 7년, 양부모와의 13년을 제외하고는 짧게는 일주일에서 길게는 5년 정도가 한 곳에 정착하는 기간이다. 인실은 평생을 '떠돌이'로 살다가 '앞이 잘 보이지 않는 새벽 길거리'에서 "그 무렵 여길 지나갔던 차들 전부"(달1 : 22)에 치어 죽음을 맞는다. 인실을 죽음으로 몰고 간 '차'는 인실을 불행으로 추동한 '모두'를 상징한다. 인실이가 '길' 위에 '떠도는 자'로서의 삶을 살았다는 것은 '욕심 없는 삶'을 상징하는 동시에 그녀가 '정착'을 시도한 모든 곳에 '악당'과 '부조리'가 자리하고 있었다는 것을 의미한다.

이와 같이 인실은 고향에서 온갖 부조리함을 겪고, 그것을 피해 잘 살고 싶은 희망으로 고향을 떠나 서울로 삶의 공간을 이동한다. 그러나 타향에서 소외된 직업을 전전하면서 겪는 세상살이 역시 그녀가 혼자서 겪기에는 벅찬 고통스러운 삶의 연속이었다. 고향에서의 삶이 전쟁으로 인한 부모와의 이산으로 겪는 고통이 중심이었다면, 타향에서의 삶은 근대 자본주의 사회에서 겪는 물신화된 현실에서 배태된 부조리함이 중심을 이루고 있다.

2) 서사 공간의 계기적 확장

서사 구조를 통해서 확인되는 바와 같이 『달궁』은 액자소설이지만 일반적인 액자유형과는 차이를 갖고 있다. 그것은 중심서사와 삽화가 끊임없이 상호간섭하면서 이야기를 추동한다는 것과 삽화가 중층결정으로 구조화되었다는 점이다. 텍스트는 다양한 삽화를 중층결정 구조로 수용한 의미단락일 경우, 그 시공간의 이동과 확장이 한정된 서사시간을 초월하여 담론 시간이 횡적으로 무한히 확장된다. 전체 텍스트에서 의미단락 13은 『달궁』의 특징인 삽화의 중층결정 구조적 특징을 전반적으로 보여주는 의미단락이다.

인실이가 술집 '유순'을 그만두고 김춘보의 집에 식모살이를 나간 것이 계기가 되어 김춘보의 첩살이를 하게 된 일 년 동안의 이야기가 의미단락 13의 중심이다. 그런데 이야기 시간에 비하여 매우 다양한 삽화가 구조된 만큼, 담론 시간이 무한히 확장되었으며, 시공간 역시 거대한 형태로 확장되는 특징을 보여준다. 의미단락이 거느리고 있는 삽화 구성을 살펴보면, '15→21→4→2'의 구조화 방식으로 뻗어나가는 형상이다. 즉 15편의 속삽화는 많은 단시적 사건과 21편에 달하는 두 겹 속삽화를 거느리고 그 삽화는 다시 단시적 사건과 세겹 속삽화, 네 겹 속삽화를 하부에 거느리는 형상이다.

다양한 속삽화를 살펴보면 다음과 같은 특징이 있다. ①중심서사의 주인공인 인실과 밀접한 관계를 맺고 있는 삽화가 중심축을 이룬다. ②의미단락은 여러 개의 삽화와 단시적인 사건을 거느리고 있지만, 중심서사의 주인공 인실이 연계된 사건은 언급 정도의 단시적 사건에 한정되었고, 그 이야기가 맺음이 없이 꼬리에 꼬리를 무는 방식으로 확장된 경우가 있다. ③중심서사와 무관하게 독립적으로 삽입된 경우가 있으며, 그 이야기가 다양하다. 이와 같은 특징은 다양한 삽화를 통해서 우리들의 다양한 삶을 드러내려는 서사 구조 전략인 것인데, 최소한의 유기적인 장치를 숨겨가며 의도적으로 무질서한 구성을 취하고 있는 것이다. 이에 따라 의미단락 13은 삽화구조가 횡적으로 확장된 정도가 크기 때문에 삽화의 공간적 배경 역시 이동과 확장을 거듭하는 형국이다.

13-1)은 동선동에 있는 김춘보의 집에 파출부 일을 하게 되면서 김춘보의 가정을 들여다보게 된 경위를 밝히는 이야기를 중심으로 하고 있으며, 이야기의 공간적 배경은 김춘보의 집안에 한정하고 있다. 이야

기 현재 시간은 1977년이다.

장삼이와 영심이가 인실의 집에 이사를 오게 된 사실인 13-2)-(5)의 단시적 사건을 매개로 하여, 두겹 속삽화인 13-2)-(9)에서 첩살이를 거부하고 식모살이를 그만 둔 인실을 첩살이로 매개하는 사건이다. 담론 공간은 '김춘보의 동선동 집→인실의 집→산부인과 병원' 등으로 한정되어 있다. 그리고 13-2)가 거느리고 있는 5편의 두겹 속삽화와 단시적 사건을 장삼이와 영팔이의 과거 시간으로 확장하면서, 공간은 장삼이와 영팔이의 '군 근무지', 장삼이와 영팔이의 '고향집', '산부인과' '경찰서 형사계 취조실' 등으로 확장해 간다. 3-2) 속삽화의 이야기 시간은 장삼이와 영심이가 겪은 약 6개월을 이야기 시간으로 하고 있지만, 과거로 시공간을 이동·확장한다. 3-3)은 김춘보의 우리말 의식을 통해서 작가 의식을 전달하기 위해 삽입된 삽화로서 3)-(2)에서 보는 바와 같이 이야기 공간을 치과로 이동하여 서사를 전개한다.

13-4)는 김춘보의 과거담을 통해서 김춘보의 대학시절로 담론 시간을 확장하는가 하면, 두겹 속삽화 4)-(5)와 같이 유서경의 집안 내력을 속삽화로 삽입함으로써 육이오 전쟁이 일어났던 1950년 무렵 '달궁'으로 서사 공간을 확장하고 있다. 이어서 3-5), 3-6), 3-7), 3-9), 3-11)은 단시적인 사건을 거느린 삽화로써 서사의 공간적 배경은 김춘보의 집을 벗어나지 않는다. 3-8) 속삽화는 '지웅과 지선의 행방'을 찾는 이야기를 중심으로 하고 있는 만큼 김춘보의 집을 벗어나서 '아현동 형태의 집터→성북 고아원→길'로 이동한다. 그리고 13-10)의 서사 공간은 '경찰서'와 '유치장'까지 이동한다. 13-12)는 3편의 두겹 속삽화를 거느리고 있는데, 서사 공간은 큰 딸이 있는 미국으로 확장되어 있다.

13-13) 속삽화는 모두 9편의 두겹 속삽화를 거느리고 있다. 중심서사의 주인공 인실과 관계된 두겹 속삽화는 13-13)-(2)이며, 이야기 공간은 김춘보의 집에서 김춘보를 간병하는 이야기이다. 이외의 다양한 삽화는 우리들이 처한 다채로운 삶을 드러내기 위해서 다양한 삽화를 병렬적으로 구조화한 것으로서 중심서사에서 확장된 이야기를 다양하게 나열하고 있다. 13-13)-(1)은 김춘보가 입원한 병실의 동료 환자 이야기이다. 김춘보의 가족이 인실에게 김춘보를 맡기고 병문안조차 오지 않는 것에 비하면, 가난한 농부 출신인 연천 영감은 가족과 친지들이 끊임없이 드나든다. 이것은 재력과 학식을 겸비한 김춘보의 삶과 연천영감의 삶을 대조적으로 드러낸 경우인데, 행복은 '돈'의 많고 적음과 관계없음을 드러내려는 의도이다. 13-13)-(3)과 (5)는 큰딸과 아들 이야기이며, 담론 공간이 미국과 한국을 오고간다. 13-13)-(4)의 담론 공간은 목포와 서울이다. 그리고 13-13)-(6)은 담론 공간이 '목포에서 동떨어진 섬'과 서울을 반복적으로 이동하면서 확장해 간다.

이처럼 13-13)은 다양한 삽화로 구성되어 있지만, 간병인 겸 첩살이를 하고 있는 인실이 김춘보의 병문안을 온 친지들이 그들의 이야기를 풀어내는 것을 옮겨 놓았기 때문에, 이야기의 공간적 배경은 확장적이다.

13-14)는 두 편의 두겹 속삽화로 구성되었으며, 두겹 속삽화 13-14)-(2)가 3편의 세겹 속삽화를 거느리고, 다시 네겹 속삽화 '13-14)-(2)-⑤-ㄹ'을 거느리는 구조화 방식이다. 중심서사의 주인공인 인실과 무관하게 김형사의 과거로 시간을 소급하여 확장하고, 이야기 공간을 김형사의 '어머니가 재혼해서 살고 있는 집'으로 확장한다. 속삽화

13-14)는 많은 겹삽화를 거느리고 있지만, 김형사의 누나 이야기를 제외하고는 삽화가 중심서사와 일정한 관계를 맺고 유기적으로 구조화되었다. 담론 시간은 형사의 과거를 제외하고는 이야기 현재에 해당하며, 서사 공간은 병원, 경찰서, 김형사의 집 등이다.

삽화를 중층적으로 구조화한 의미단락을 통해서 시공간이 이동·확장되는 것을 살펴본 결과 다음과 같은 특징이 정리된다. 첫째, 담론 공간이 무한하게 확장되는 것은 속삽화로 초점을 이동하고, 독립적인 삽화가 중심서사와 무관하게 구조화됨으로써 구현된다. 둘째, 다양한 삽화 구성은 우리 사회의 구조적 모순을 드러내기 위해서 각 의미단락의 주제의식에 맞게 독립적으로 구조화되었다. 그리고 전체 텍스트에서 볼 때, 그 독립된 삽화를 중심서사와 유기적으로 관계 속에서 구조화하는 방식은 단시적인 사건으로 중심서사에 개입하거나 속삽화가 거느리는 단시적 사건과 하부삽화가 점묘적으로 구조화되었다. 셋째, 담론 시간이 지속되고, 삽화를 거느리는 단계가 멀다고 해서 중심서사와의 거리 역시 멀어지는 것이 아니라는 점이다. 즉 하부에 거느리고 있는 삽화와 단시적인 사건이 많더라도 서사 공간이 확장되지 않고, 긴밀하게 집약시킨 경우를 13-14) 속삽화가 거느리고 있는 삽화 구성을 통해서 살펴볼 수 있다.

살펴본 바와 같이 『달궁』의 공간적 배경은 '폭력에 대한 회피로서의 배경'이면서 '스토리 확장으로서의 배경'이라는 이중성을 갖고 있다. 이것은 주인공을 새로운 공간으로 추동함으로써 그 공간에서 직·간접으로 경험한 바를 우리들에게 숨김없이 펼쳐보이는 방식이다. 그리고 부조리한 상황이 도래하면, 다시 떠날 곳을 모색하기를 거듭한다. 주인공이 이러한 과정을 반복함으로써 자연스럽게 이야기가 중심서사에서 횡적으로 확장되고 있기 때문에, 공간적 배경이 다면적으로 활용된 경우라고 할 것이다.

제3장

『달궁』의 서술과 대화

1. 서술상황의 복수화

서술자는 '줄거리'를 '서술'로 바꾸는 자라고 할 수 있다. 이는 서술자가 중개자로서 매우 중요한 역할을 하는 것은 물론이고 복잡한 '서술행위'를 하여, 그 결과 소설의 서술은 매우 다양하고 복합적인 모습과 성격을 지니게 된다.[111] 언어 서사물의 서술자에 관한 논의 가운데 가장 체계적이고 포괄적인 것은 즈네뜨의 이론이다. 그에 의하면, 서술자의 위치는 우선 '스토리 안에 있는 인물이 이야기 하는가', '스토리 바깥의 서술자가 이야기 하는가' 라는 두 가지 서술 입장으로 나뉜다. 그리고 전자를 동종이야기(homodiegetique), 후자는 이종이야기(heterodiegetique)라고 부른다.[112] '동종이야기'와 '이종이야기'라는 용어를 좀 더 보편적인 서술자의 명칭으로 바꾸면, '스토리 내적 서술자'와 '스토리 외적 서술자'[113]가 된다. 미케 발은 서술자 항목은 초점화의 개념과 밀접한

---

111) 최시한, 앞의 책, 36-39쪽 참조.
112) 제라르 즈네뜨, 앞의 책, 235쪽 참조.

관련을 맺고 있으며, "서술은 항상 초점화를 내포하고 있다."[114]고 언급하면서, 서술자 문제를 초점화와 연결하여 논의하면서도 초점자와 서술자를 층위를 달리해서 분석한다. 그는 '보는 것'이 '서술하기'의 대상을 구성한다는 전제하에, 초점화나 서술자 이론이 "텍스트의 복잡한 의미와 기능을 살피는 목적을 위해서만 의미가 있을 뿐"[115]이며, 이를 위해서는 누가 보는가(인물)의 차원과 누가 말하는가(서술자)의 차원을 계층화하여 살펴보는 것이 중요하다고 본 것이다. 미케 발의 이론은 '서술상황'을 도식화하여 살펴볼 수 있기 때문에 텍스트의 서술자를 분석하는 데 있어서 유용하다고 보고 이를 참조하였다. 『달궁』의 서술자 양상과 초점자의 다층적인 특징은 '서술상황'에서 이해할 때 그 해명이 가능해진다. 『달궁』의 서술상황을 표로 그려내면 다음과 같다.

---

113) 발은 텍스트에서 서술자가 인물로서 자신을 명시적으로 언급하지 않을 때 이를 외적 서술자 (external narrator; EN)라 하고, '나'가 인물과 동일하다면, 인물에 갇힌 서술자(character-bound narrator; CN)라고 부른다. 그리고 초점자와 서술자는 대상에 대해서 보고 말하는 범위를 'p : 지각적인 대상', 'np : 비지각적인 대상'으로 구분하고 있다. (미케 발, 앞의 책, 220쪽 참조) 즈네뜨와 발은 '이종서술자=스토리 외적 서술자', '동종 서술자=인물에 갇힌 서술자(character-bound narrator; CN'로서 그 의미하는 바가 크게 다르지 않다. 본고에서는 '외적 서술자', '내적 서술자'로 용어를 통일하기로 한다.

114) 미케 발, 앞의 책, 217쪽.

115) 미케 발, 앞의 책, 218쪽.

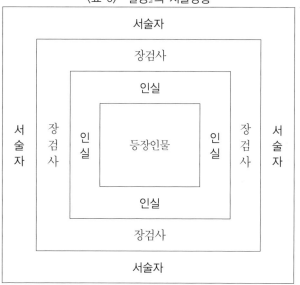

〈표 6〉『달궁』의 서술상황

위의 표는 <표 1>『달궁』의 서사 구조를 토대로 초점화의 계층 구조와 서술자를 서술상황116)으로 그려낸 것이다. 인실의 일기를 장검사가 재현했다는 것은 인실이의 일기에 기록된 다양한 인생들을 인실의 시각으로 초점화 하고 있다는 사실을 의미한다. 그리고 인실의 시각으로 본 다양한 삶과 생각을 장검사의 시각으로 다시 본 것이며, 이를 서

---

116) 여기서 '서술상황'이라고 제시하는 경우는 슈탄젤이 서술상황을 구성하는 요소를 양식·인칭 및 시점으로 보고, 서술자의 양태를 일인칭 서술상황·작가적 서술상황·인물적 서술상황으로 구분하면서 사용하는 포괄적인 개념과는 차이가 있다. (F. K. 슈탄젤, 김정신 역, 『소설의 이론』, 탑출판사, 1990, 80-124쪽 참조) 본고에서 언급하는 '서술상황'은 이야기가 '담론되는 상황'에 한정하여 사용하고자 한다. 즉 서술자와 초점자의 양태가 드러나는 이야기 상황을 지칭하는 것이다. 『달궁』은 초점자와 서술자 역할이 분명하지만, 서로를 간섭하는 성향도 매우 강하다. 그러므로 서술자와 초점화를 이해하기 위해서는 서술자의 위치뿐만 아니라, 이야기 '상황'이 중요하기 때문에 이에 한정하여 사용한 것이다.

술자가 서술했기 때문에 위의 표와 같이 초점자가 계층적으로 분석된다. 『달궁』의 초점화 양상과 서술자 양상을 살펴본 결과, 초점자가 다양하게 분포되었고, 서술자 역시 다양한 양상으로 분석된다. 이론적으로 서술자 존재는 하나지만, 다양하게 분석되는 서술자 문제는 결국, 위의 표에서와 같이 초점자가 계층적으로 분포되어 서술상황에 따라 서술자가 가변적인 양상을 보여주기 때문이다. 본 절이 '서술상황'으로 '서술자'를 분석하려는 만큼, 서술자 문제와 분리할 수 없는 초점화와 함께 살펴보고자 한다.

1) 초점화의 역동적 배치

'초점화'는 '스토리' 층위에서 인식 주체에 따라 이야기가 어떻게 재배치되는가를 살필 수 있는 문제이다. 미케 발은 서사론의 층위를 "텍스트에 대한 기술의 결과는 궁극적인 해석을 위한 기초"[117])가 되어야 한다는 사실을 강조한다. 초점화를 텍스트 해석의 중요한 서사 기술로 내세우고 있는 미케 발은 즈네뜨와 달리[118]) ①해석적 초점화, ②삽입

---

117) 미케 발, 앞의 책, 25쪽. 그는 이야기의 재료를 '파블라', '파블라'를 재구성함으로써 재현된 이야기를 '스토리', '스토리'의 구체적인 표현 형식을 '텍스트'로 구분하여 단계적으로 밝히는 계층화를 주장한 것인데 이는 이야기의 내용을 이해하는 데는 유용한 지적이다. 본고에서는 내용의 형식에 해당하는 '스토리'와 표현의 형식에 해당하는 '텍스트'로 구분하고, 스토리에서는 '초점화'를 '텍스트'에서는 서술자를 다루고 있는 발이 재구성한 층위 구분을 참조하였다.

118) 서술과 초점화를 구분한 즈네뜨는 '초점화'의 유형을 ①'내적 초점화', ②'외적 초점화' ③'제로 초점화' 또는 '비(非)초점화',로 구분한다. 내적 초점화는 서술자가 그의 생각이나 인식을 객관적으로 분석할 수 없으며, '서술자=등장인물'의 경우이다. 외적 초점화는 서술자가 인물의 심리에 침투하지 못한 채 자신의 지각만을 이용해 관찰하는 '서술자<등장인물'의 경우이다. '비초점 서술' 혹은 '제로 초점화(zero focalization)'는 전지적 서술자 시점에 해당하는 것으로, 서술자가 작중 상황을

된 초점화로 구분하고 있다. 해석적 초점화는 초점자가 관찰보다 해석에 치중하는 경우이며,[119] 삽입된 초점화는 중심서사에 끼어든 삽화의 초점화로 볼 수 있다.[120] 그리고 초점화 주체를 인물에 묶인 초점자(character-bound focalizer;CF), 파블라 외부의 익명의 초점자(external focalizor; EF)로 구분한다. 나아가 지각적인 대상(p)만을 보는 경우와 비지각적인 대상(np)까지 보는 초점자로 세분한다.[121] 초점화에 대하여 발이 내린 결론은 ①다양한 초점화 단계가 구별될 수 있다는 것이다. 그리고 ② 초점화 단계와 관련이 있는 경우를 보면, '일인칭 서사'와 '삼인칭 서사'가 근본적인 차이점을 보이지 않는다는 것이다. 즉, EF가 초점화를 CF에 '양보'하는 것처럼 보일 때, 정말로 일어난 것은 CF의 시각이 모든 것을 둘러싼 EF의 시각 안에서 주어진 것으로 보기 때문이다.[122] 발은 텍스트에서 "성분은 EF에 의해서든, CF에 의해서든 초점화"[123]되기 때문에, 즈네뜨가 제시한 '비초점 서술' 혹은 '제로 초점화'는 있을 수 없다는 사실을 논증함으로써 초점화 이론을 재정립하였다. 즈네뜨의 초점화 이론을 세분하고 이를 도식화한 발의 이론은 초점자와 초점 대상을 분석하는 데 유용하다. 이를 준거로 하여 『달궁』의 초점화 전략을 살펴보고자 한다.

자신의 지각으로 바라보되 인물의 심리까지 자유롭게 침투하는 '서술자>등장인물'의 경우이다. (제라르 즈네뜨, 앞의 책, 174-182쪽 참조)
119) 미케 발, 앞의 책, 197-198쪽 참조.
120) 미케 발, 앞의 책, 203쪽 참조.
발이 삽입된 초점화를 초점자가 또 하나의 초점 주체와 대상에 관심을 갖는 것으로 한정한 것은 '과거담' 등이 삽화로 끼어들고, 그 삽화에 등장하는 초점자와 초점대상 등을 의미한다고 볼 수 있다.
121) 미케 발, 앞의 책, 189-191쪽, 199쪽 참조.
122) 미케 발, 앞의 책, 202-203쪽 참조.
123) 미케 발, 앞의 책, 192쪽.

중심서사인 인실의 삶과 인실이가 보는 대상을 초점화하고 있는 경우를 통해서, 인실의 일기를 서술자가 개입하지 않고 텍스트에 재현한 경우와 인실을 바라보는 초점자를 통해서 초점화한 경우를 살펴볼 수 있다.

① 그는 거지가 아니었다. 왜 나는 그를 거지라고 생각했을까? 왜 그가 거지로 보였을까? 그의 옷은 누덕누덕 기운 남루한 누더기는 아니었지만, 흙이 묻고, 때가 끼고, 땀에 절어서, 급행열차 타고 서울 가는 사람들의 나들이옷들과는 좋은 대조가 되었었다. (…) 그는 그와 다른 사람들 사이에 있었기 때문에 거지로 보였었다. 이제 그와 엇비슷한 사람들이 그의 옆으로 모여들자 그는 이미 거지가 아니었다. (달1 : 71-72쪽)

② 색씨 허는 짓이 솔찬히 서툴더라. 마음을 놓을 수가 없더라. 미리 재어 보고 허는 짓도 빗나갈라면 상구 빗나가는디, 앞뒤 개리지 않고 불각철로 뛰어드는 공사가 온전한 공사 되겠어? (…) 오밤중에 고향을 찾았다는 거여 금방 나온 집에는 왜 안 들어가, 꼭두새벽부터 면사무소를 뒤지겠다는 거여 여인숙에는 왜 들어가, 꽃 겉은 새악시가? (달1 : 76)

③ 인실이는 바보였다. 미친 것이 아니라 바보였다. 바보가 병이 아니라면, 그녀는 그냥 바보가 넋나간 바보였다. 그녀는 정신나간 여자였다. (…) 한참 뜸을 들이는 것이 바보스러웠고, 바보 같은 입에서 똑똑한 말이 나오는 것이 오히려 병신스러웠다. (…) 내가 소두방 뚜껑 같은 무지막지한 손바닥으로 귀싸대기를 훔치면 인실이는 순전히 힘에 밀려 한편으로 픽 쓰러졌다. 인실이는 힘이 없었다. 제 몸 하나 가누지 못하는 허까비였다. (…) 사람이 힘을 못쓰면 독이라도 뿜어야지, 이건 원, 둘 다 없었다. (달1 : 52-53)

위의 예문은 모두 사건을 바라보는 인물의 심리가 드러나 있고 인물의 시각에 따라 사건을 바라보기 때문에 내적 초점화에 해당하며, 각각 '인실' '황영감' '백열'을 초점자로 내세운 '고정 초점화'이다. 발은 이 와 같은 초점자 계층을 위에서 언급한 원리에 따라 세분한다. ①은 단 락 3의 속삽화 3-1)에서 인실을 초점자로 내세워 황영감을 지각하고 있는 서술이다. 황영감이 '거지'에서 '거지가 아니었다'로 판단이 바뀐 것은 '황영감'으로부터 비롯된 것이 아니라 '황영감'을 둘러싼 주변의 영향이다. 미케 발의 이론으로 도식화하면 초점자는 인실이며 비지각 적 대상인 심리까지 묘사하고 있으므로 'CF(인실)-np'이다. 그리고 초점 자의 설명에 치우쳐 있기 때문에 '해석적 초점화'에 해당한다. 이와 같 이 현상은 보는 이의 각도에 따라 달리 해석되기 때문에 부분으로 전 체를 보는 오류를 인실의 시각으로 보여줌과 동시에 인실을 통해서 잘 못된 선입견을 반성한다.

예문 ②는 단락 3-3)-(2)의 두겹 속삽화 '포주로부터 구출' 내용의 일부인데, 인실이 양부모의 집을 나와서 남원역에 머물다가 여인숙 으로 들어가는 일련의 행동을 황영감을 초점자로 내세워서 초점화한 서술이다. 미케 발의 이론으로 도식화하면, 'CF(황영감)-np'이며, 황영감 이 인실의 어리석은 행동에 대해서 해석하는 면이 부각되어 있다. 인실 이가 어수룩한 행동으로 여인숙 포주에게 걸려들어 곤혹을 치룬 사건 을 초점화한 서술의 일부인 것인데, 자본주의 사회에서 인간의 '성'을 '물적 가치'로 보는 여인숙 주인의 행동을 조망함으로써 타락한 사회 현실을 드러내고 있다.

예문 ③는 단락 16에서 16-1) 속삽화에 해당하며, 백열이 장검사에 게 보내온 편지의 일부 내용이다. 백열은 인실이 살아온 불행한 삶의 혼적들을 어느 정도 알고 있으며, 이것을 독자에게 편지를 통해서 알리고 있다. 미케 발의 이론으로 도식화하면, 'CF(백열)-np'이며, 인실에 대한 일방적인 설명이므로 '해석적 초점화'이다. 인실에게 이유 없는 폭력을 일삼아온 백열이 믿을 수 없는 화자인 만큼 독자는 백열의 언술을 그대로 받아들이는 것이 아니라 재해석함으로써 인실이 처한 현실을 이해하게 된다.

이처럼 삽화에 따라 다양한 초점자를 내세운 것은 그들이 세상을 바라보는 눈과 의식을 통해서 '지금 여기' 우리들이 처한 현실을 각색하지 않고 보여주려는 데 있다. 미케 발은 그 초점자들이 인물을 바라보고 있는가, 생각과 가치관 등 비지각적인 대상까지 초점화하고 있는가의 문제가 해석에서 중요하다고 보았다. 즈네트가 내적 초점화로 명명한 것을 미케 발이 해석적 초점화·설명적 초점화로 세분하고, 그것을 지각·비지각으로 세분한 것은 초점화가 텍스트의 해석에 그만큼 중요한 역할을 하고 있기 때문이다.

『달궁』은 열일곱 개의 단락이 다양한 속삽화를 거느리고 있다. 그 속삽화 각각은 나름대로 독립성을 확보하고 있는데, 이를 통해서 보여주려는 주제의식을 분명히 한다고 볼 수 있다. 이에 따라 그 각각의 속삽화에 대한 의미부여는 역동적인 초점화 전략을 통해서 구체적으로 실현된다.

① 「(A)해방이 되고 얼마 안 있다가, 난리가 났다. 느그 이모가 다섯 살 때였다. 군인들끼리 쌈이 붙었다. 한 패가 와서 밥을 해 내라고 하면, 딴 패가 와서 왜 밥을 해줬냐고 종종목을 댔다. (⋯) 이놈의 난리가

오래가더라. 한 해 두 해도 아니고, 삼년째에는 삼팔선이 터져서 난리가 더 커진 모양이더라. (…) (B)그때야 어린 속에 그런 걸 알았겠냐만, 지금 생각하니 그렇더라는 말이다. (A)가난인지 원한인지 못 먹고 못사는 독이 뼉따구 마디마디에 파고들었지만, 그렇다고 그래서 고향꼴짝을 떠났기야 했겠냐. 집을 비우고 소개를 하라더라. 느그 외조부가 싫다고 했더니, 집에 불을 지르더라. (…) 느그 외가로 증조부는 집안에서 집하고 함께 불에 타서 죽었다. (…) 우리는 피난을 했다. 그 피난이 난리더라. 난리통에 길거리에서 느그 이모를 잃어버렸다.」 (달1 : 40-41)

위의 예문은 단락 1에서 속삽화 1-1)여순사건과 1-2)육이오 전쟁을 초점화한 내용의 일부이다. 어린 시절에 불행한 가족사를 경험한 바 있는 '성숙한 언니'가 '경험 속의 어린 언니'를 초점자로 내세워 놓고, '성숙한 언니'가 발화한다. 화자는 고정되어 있지만, '(A)-과거→(B)-현재→(A)-과거'의 방식으로 과거담을 들려줌으로써 독자들을 이야기 장면에 끌어들이고 있다. 이는 불행한 가족의 역사를 초점화하여 독립적인 삽화로 구조화한 경우이다. 위의 예문을 도식화하면, '[CF1(어린 언니)-p]-[CF2(어른 언니)-np]-[CF3(어린 언니)-p]'이다. 여기서 화자는 어른이 된 인실의 언니이다. 그리고 과거 인실의 '어린 언니'에게 초점화를 양보한다. CF1(어린 언니)와 CF2(어린 언니)는 '인실이의 일대기'라는 중심 서사와의 관계에서 본다면, 초점자가 삽화에서 독립적으로 부각한 경우이므로 삽입된 초점화에 해당한다. 이처럼 어린 언니가 전쟁을 겪으면서 몸소 체험하고 관찰한 바를 '어린 언니'의 시각으로 보고, 어린 시절 전쟁을 경험한 '어른 언니'의 시각으로 해석하면서 전쟁의 참상을 증언한다.

미케 발은 이와 같이 '어린 언니'와 '어른 언니'를 통해 파불라가 일관되게 한 명의 'CF'로 제시되는 스토리는 독자에게 신뢰와 설득력을 주는 데 유리하다고 말한다.[124] 'CF1'는 지각 대상(p)만을 보고 있지만, 같은 대상을 어른 언니인 CF2의 시각으로 비지각적인 대상(np)까지 보는 초점자로 이동하면서 지각을 하기 때문에 내포 작가의 주제의식 전달에 유리하다는 것이다. 직접 경험한 것을 보여주고, 어른인 언니가 이에 대해 해석을 가하는 방식으로 전쟁을 경험한 인물의 생각을 전달하고 있다.

이와 달리 하나의 사건을 두고, 다양한 인물을 초점자로 하여 각기 다른 관점을 서술하고 있는 경우를 살펴볼 수 있다.

① 그는 방을 나갔다. 그가 다시 왔을 때 나는 자고 있었다. 그의 무게에 깔려서 나는 잠을 깼다. 그는 바위덩이처럼 내 몸을 눌렀다. 따귀를 올려부쳤지만 소용이 없었다. (…) 나는 마음이 가라앉았다. 하상무의 모습에 안심이 되기까지 했다. (달2 : 78)

② 길은 두 가지가 있다. 하마를 잡아라. 돈이 된다. 그 돈을 가지고 구멍가게를 내든지 소원인 미장원을 차리든지 해라. (…) 멧돼지 같은 악당을 잡기도 힘들겠지만 천하에 망종을 놔두고 네가 죽기도 쉽지 않을 것이다. 이왕 어렵다면 네가 사는 쪽을 택해야 하지 않겠느냐? 정당하게 원수 갚는 일이지만 남을 때려잡기가 내키지 않으면, 거기서 생기는 이익을 나에게 인계해라. (…) 의분과 위자료, 이 둘이 걸렸다. (…)

---

124) 미케 발은 한 명의 'CF'를 '어린 CF' '어른 CF'로 내세워 사건을 초점화하는 것은 장점과 달리 사건을 주관적인 시각에서 보게 됨으로써 "제한"을 가질 위험이 있다고 말한다. (미케 발, 앞의 책, 199쪽 참조)

하가 뒷조사를 제일 잘할 사람으로 하여금 조사를 하게 하라. (…) 필요하다면 내가 그 사람 사는 데를 알려 주겠다. (달2 : 79-80)

③ 나는 네가 아무 일도 없었던 것처럼 계속 근무해 주었으면 좋겠다. 사실, 무슨 일이 있었던 것도 아니지 않느냐? 내 말에 오해 없기 바란다. 너의 입장에서는 어떨지 모르겠다마는 나에게는 그런 일들이 비일비재다. (…) 나는 네가 하는 대로 하겠다. 돌로 치면 돌로 치고… 더 칠 것이 없다고? 그야 두고 봐야지 언제는 칠 것이 있어서 쳤냐? (달 2 : 82-83)

④ 그는 짐승으로 만족이야. (…) 사장 너무 믿지 마. 앞은 양복을 단정하게 차려 입고 뒤는 옷이 찢어지고 떨어져서 속옷이 온통 드러난 희극 배우가 있었지? 그것이 사장의 모습이야 (…) 더러 사장의 가까운 모습을 나한테 보여주려고 찾아오는 사람들이 왜 없겠어. 그런 사람들한테 나는 그들이 너무도 잘 알고 있는 사장의 먼 모습을 보여줄 수밖에 없지 않어? (달2 : 85-86)

위의 예문은 단락 9의 속삽화 9-2)에서 인실이가 하상무에게 성폭행을 당한 사건을 두고, 다양한 인물들을 초점자로 내세워, 하나의 사건을 각각의 입장에서 바라보게 한 것이다. 이를 도식화하면, ①은 [CF(인실)-np], ②는 [CF(신애)-np] ③은 [CF(하상무)-np], ④는 [CF(하상무 아내)-np]이다. 동일한 사건을 두고, 다양한 인물 초점자를 이동하면서 관점을 달리하고 있는 것이다. ①은 하상무가 저지른 성폭행의 피해자이면서도 "하상무의 모습에 안심이 되기까지 했다."는 인실의 말(생각)을 통해서 보면, 이미 하상무의 '악당' 같은 부조리한 면모를 예상했고, 이를 확인하는 '통과의례' 정도로 받아들이고 있다는 의미로 해석할 수 있다. ②는 신애가 인실에게 '성폭행 사건'을 그냥 덮어 두지 말고, 위자료라도 받아내라고 추동하는 내용이다. 본문에서는 3쪽에 걸쳐 신애의 일방적인 말로 언술되어 있다. 이후 인실은 신애의 충고를 받아들여 하상무와 하상무 아내를 찾아간다. ③은 인실이가 하상무를 찾아가자, 자기에게 있어서 '성폭행'은 "비일비재한" 일이며, 이를 더 이상 문제 삼지 않기를 바란다는 입장을 밝히고 있다. ④에서 하상무의 부인은 남편이 저지르는 일련의 성폭행을 "짐승으로 만족"하는 사건일 뿐이라고 본다. 인실에게 위로금을 챙겨주는 하상무 부인은 남편에게 당하는 공장 여직원들에게 연민을 갖고 있다.

하나의 사건을 두고 초점자를 달리하여 각기 다른 입장에서 의미를 형성하는 다중 초점화 전략은 여러 인물들을 초점화 주체로 내세워 이동하면서 각기 다른 관점을 드러낸다. 이는 서로 다른 관점의 인물들이 동일한 사건을 어떻게 다르게 바라보는지를 보여줌으로써, 어느 한쪽의 입장으로 치우침이 없이 공정하고 객관적으로 '사실'을 증언하고자 하는 내포 작가의 의도이다. 다중 초점화 전략은 우리가 살아가는 세계에는 다양한 입장과 시각이 존재한다는 사실을 통해서 하나의 현상에는 하나의 이유와 하나의 결과가 있는 것이 아니라 복합적으로 얽힌 원인이 있다는 다면적 세계인식을 중층결정 구조로 서사화한 것이다.

(A) 마침내 그 머나먼 집을 찾았을 때, 탕자는 집을 찾기까지의 고통이 아무것도 아니었다는 것을 깨달았다. 집이 불타버렸거나, 동네가 쑥밭이 된 것은 아니었다. (…) 그는 가족들을 똑바로 쳐다볼 면목이 없었다. (…) 동네 사람들의 차디찬 눈초리들을 견딜 수 없었다. (…) 그런

눈총 안 받고 살 수 있는 땅은 대한민국 안에는 없었다. (…) 천구백사
십팔년에 삼일천하라는 것이 있었다. 그때, 나이 마흔 살로 중학교에서
역사를 가르치고 있던 그는 유토피아 만세를 불렀다. 유토피아란 원래
아무데에도 있지 않는 곳이라는 뜻이었다. 아무데에도 있지 않은 곳을
삼일천하와 관련지은 것이 유죄였다. (…) 앞으로 얼마나 더 세월이 지
나가야 떠나 살이 떠돌이살이가 끝이 날지 아직도 그는 알 수 없었다.
(B)ⓐ색시는 훗날을 기약하고 선생과 헤어졌다. 헤어지면서 그녀는 그
가 스승일 뿐만 아니라 선배일지도 모른다고 생각했다. (…) ⓑ그녀는
그녀의 선생이 일러준대로 (…) 가장 멀고 가장 험악하고 가장 외진 면
사무소를 맨 먼저 찾아갔다. (…) 집에 간 날이 바로 아버지의 생신날이
었다.(…) 그녀는 일주일 후, 고향을 다시 떠났다. 이번에는 그녀 자신
의 분명한 뜻으로. (달1 : 85-86, 밑줄 인용자)

위의 예문은 <탕자>라는 소제목 아래 한 문단으로 구성된 내용이
다. (A)는 단락 3에서 황영감의 과거담의 일부에 해당하며, 이를 도식
화하면, [CF(황영감)-np]이다. (B)는 단락 4의 일부 내용에 해당하며,
[CF(인실)-np]로 도식화된다.『달궁』전체 텍스트에서 '황영감'과 '인실'
은 동전의 양면과 같은 존재이다. 여순사건으로 '사상범' 전과를 갖게
된 황영감이 평생을 길에서 길로 '떠도는 자'로 살아온 바와 다르지 않
게 인실은 육이오 전쟁으로 미아가 되어 '만남'과 '떠남'을 거듭하면서,
정착된 삶을 살지 못한다. 황영감은 인실에게 있어서 '길 안내자'와 같
은 삶을 살아간다. 인실이가 고향을 찾는 일에 앞서서 황영감의 과거와
'떠돌이'로서의 현재의 삶을 초점화한 것은 "그녀가 그를 되풀이하고
있는 것"(달1 : 86)같다는 말로 단정하며, 두 사람의 관계를 복선으로 제
시하려는 의도이다. 인실이가 '고향과 부모'를 찾는 일에 앞서 '황영감'

의 과거와 '고향 찾음과 고향 떠남'의 과정을 초점자를 달리하여 서술함으로써 초점자 각각의 '고향 찾기와 고향 떠나기' 문제를 관점을 달리하여 서술한 것이다.

결국, 인실의 '고향 찾음과 고향 떠남'은 황영감과 다르지 않은데, 황영감이 연좌제로 가족들에게 피해를 주지 않기 위해서 평생을 '떠돌이'로 살아온 바와 다르지 않게 인실 역시 미아가 되어 어린 시절을 부모 곁에서 보내지 못한 '공백'을 채울 수 없다는 사실에 절망하고 다시 고향을 찾지 않기 때문이다.

이와 같이 다중 초점화 전략은 하나의 사건을 두고 관점을 달리하여 각자의 입장을 살핌으로써 일면으로 전체를 보는 오류를 경계한다. 다중적인 초점화 전략을 살펴보는 데 있어서 미케 발이 초점화 단계를 계층적으로 분석하는 방법은 적절하게 활용될 수 있다. 발이 지적한 바와 같이 '누구의 입장에서 보느냐'에 따라 해석이 달라지는 만큼,[125] 초점화 전략은 작품을 해석하는 문제에서 중요한 역할을 한다.

『달궁』은 <표 1>에서 살펴본 바와 같이 많은 삽화가 중심서사와 함께 중층결정으로 구조화 되었다. 이는 다양한 사건과 인물을 초점화 하고, 초점자로 내세우는 방식에서 구체적으로 확인된다. 텍스트에서 등장하는 인물은 '주제 구현'을 구체적으로 실현하고, 서사를 입체적으로 구성하는 중요한 요소이다. 텍스트의 인물 유형을 살펴보는 문제는 우

---

125) 미케 발, 앞의 책, 204쪽 참조. 미케 발이 "누가 누군가를 관찰하도록 누구에게 시켰는가."(미케 발, 앞의 책, 203쪽)를 단계적으로 살펴보는 문제를 예를 들어가며 초점화가 독자의 이데올로기에 강력한 영향을 미친다고 주장한 것은 '누구의 시각으로 보는가' 그리고 그것을 '누가 서술하는가'라는 문제는 텍스트의 해석과 중요한 영향관계에 있다는 것을 지적하고 있는 것이다.

리들이 살고 있는 '지금 여기'의 현실을 '누구의 시각을 통해서 보여주려는 것인가'를 탐색하는 과정 속에 있다. 미케 발이 초점자와 서술자를 계층적으로 살펴볼 것을 요구하면서도 서술자와 초점화는 분리해서 설명할 수 없다고 말한 바와 같이 초점자는 서술자를 통해서, 서술자는 초점화를 통해서 보다 구체적으로 드러난다.

2) 가변적 서술자

'일기는 일상의 기록'이라는 점에서 보면, 인실이가 남긴 일기는 회고록에 가깝다. 텍스트에서 인실의 일기는 스무 살부터 내용이 시작되지만, 백열이 "망인은 생전에 내가 나타나면 뭘 쓰다가 얼른 덮어 버리는 일이 흔히 있었"(달1 : 49)다는 목격담에도 불구하고, 백열과의 삶은 한 줄도 기록되어 있지 않았으며, 『달궁 셋』은 이야기가 백열을 만나기 6년 전에서 멈추고 텍스트가 종결된다. 이를 통해서 양부모의 집을 나온 스무 살 이후 어느 시기에 회고록을 쓰기 시작했다는 사실을 유추해 볼 수 있다. '회고록·자서전·일기'는 미묘한 차이가 있을 뿐 삶을 고백하는 글이라는 공통점을 갖고 있다. 『달궁』은 인실의 일기가 질료인만큼 일기체 소설[126]로서의 면모도 갖추고 있다. 그러나 텍스트에서 서술자의 위치가 고정되어 있지 않다는 점이 『달궁』의 특징이다.

---

126) 일기체 소설은 1인칭 소설의 한 유형이다. 서간이나 일기는 대개 제삼자를 인식하지 않는 형태인 만큼 사생활의 비밀을 지니고 있는 일기를 통해서 다른 사람의 그러한 생활 내막을 안다는 것은 흥미로운 일이다. 공개화를 꾀하는 일기체 소설은 독자에게는 흥미로운 형태임에는 틀림이 없는 것이다. (이재선, 『한국단편소설연구』, 일조각, 1979, 82쪽 참조) 『달궁』은 일기체 소설이지만, 액자소설 형태로 구조화된 그 구성방식이 특이하고 다양한 형식적 실험을 구현하여 일반적인 일기체 소설의 면모에서는 상당히 벗어나 있다.

일기라는 점을 분명히 하는 경우는 내적 서술자 '나'로 등장한다.

① 나는 일곱 살 때 부모와 헤어졌다. 처음에는, 부모가 나를 버린거라고 생각했다. (…) (A) 근래에 와서는, 내가 도망친 거라고 생각했다. 부모가 나를 버리거나 내가 길을 잃은 것이 아니고, 내가 집을 탈출했다고 생각했다. (…) (B) 나는 그들을 내 편으로 삼기 위해서 어른 보다 더 실겁게 일을 했다. 나는 그들을 적으로 삼을 여유가 없었다. 내가 손발을 쉬지 않고 놀리는 한, 그들의 거대한 몸뚱아리들이 나를 향하여 독을 내뿜지 않는다는 것을 나는 알았다. (달1 : 57-59, 밑줄 인용자)
② 나의 양부모는 선량한 사람들이었다. 그들은 선량하지 않을 것을 별로 가지고 있지 않았다. (…) 마치 불량이 좋을 수 있다면, 어떻게 해서 불량하느냐 때문에 좋은 것이 아니라, 불량하기 때문에 좋은 것처럼. 선량한 것이 선량하기 때문에 나쁘다는 말은 이상하게 들릴지 모른다. 나도 그런 생각을 못했다. 나의 양부모가 선량한 것은 나에게 좋은 것이라고만 알고 있었다. 만일 내가 그들이 선량한 것을 나쁘다고 생각했다면, 그것은 배은망덕처럼 느껴졌을 것이다. (달1 : 60-61)
③ 나는 기도원을 탈출했다. 나는 평생 도망만 다니다가 볼장 다 볼 팔자인 모양이었다. (A) 어려서 언니의 손목을 놓고 부모로부터 달아났고, 커서 남편을 따라 양부모로부터 달아났고, 이제 남편을 버리고 기도원으로부터 달아났다. 다음에는 어디로부터 달아나게 될까? 지금 내가 도망쳐 들어가는 곳으로부터 달아나게 될 것이다. (…) 나의 탈출은 항상 실패하게 되어 있었다. 그것이 성공할 수 있는 길이 하나 있었다. 그것은 되풀이였다. (...) (B) 나의 첫 탈출은 아마도 가난과 무관심으로부터의 도피였다. 두번째 것은 남편과의 출분이었다.

(달1 : 62-63, 밑줄 인용자)
④ 어느 날 나는 고향을 찾기로 마음을 먹었다. 내가 열일곱 살 되던

해였고, 부모와 헤어진 지 십 년이 되었을 때였다. 그전에 왜 그런 생각을 안 했는지 알 수가 없다. 부모가 보고 싶었지만, 그들을 찾을 생각은 미처 못 했었다. 스무 살이 되었을 때, 부모를 찾아 집을 떠났다. 그들을 찾기로 마음먹은 지 삼 년만이었다. (…) 생각을 하는 데 십 년이 걸렸으니, 실천을 하는 데 삼 년이 걸린 것은 이상한 일이 아니었다. 삼 년 전, 나는 다니던 학교를 그만두고 집에 틀어 박혀 있었다. (달1 : 69)

①~④는 일인칭 '자기 고백체'의 서술이다. 이 경우 서술자는 스토리 안에 위치해 있으므로 일인칭 제한적 전지 서술자의 면모를 지니고 있다. ①, ②는 의미단락 2에서 '양부모와의 만남과 이별'의 서두에 해당하는 내용이다. 이야기 현재 시간은 인실이가 양부모의 집을 나와서 과거를 '회상'으로 '소급 제시'하는가 하면, 현재의 위치에서 미래를 '예견'하기도 한다. 인실이가 서술자이며, 인실이가 보는 세계를 초점화하고 있다. 예문 ③은 인실이가 의미단락 6을 종결하는 지점에서 자신의 삶을 '회상'하여 지금까지의 삶을 '요약'한다. ④는 단락 3에서 단락 4로 넘어가는 과도기에 해당하며, 역시 이야기 현재 시간에서 과거를 '회상'하는 언술이다.

위의 예문은 고백체 서술이기 때문에 인실의 성격을 가장 분명하게 보여주는 예문이기도 하다. 즉, ①의 (A)와 (B), ②의 (A)와 (B)는 이야기 현재 시간이 1966년 스물세 살 즈음에 인실이 자신의 삶을 돌아보고, '만남과 이별'을 반복하면서 살아온 자신의 삶을 평가한 것이다. 육이오 전쟁으로 미아가 되어 양부모 집에서 식모 같은 양딸로 성장하게 된 것까지도 내가 스스로 "부모로부터 달아났고", "가난과 무관심으로

부터의 도피였다."고 언술함으로써 전쟁 중에 무방비 상태로 당한 억울한 심정을 역설적인 표현을 통해서 드러낸다. 다양한 초점자가 계층화되어 있다는 것은 텍스트 공간에 그만큼 다양한 목소리가 혼재한다는 말에 다름 아니다. 그리고 서술자의 목소리가 가변적인 것은 텍스트가 전반적으로 '인물 서술상황'으로 구조되었기 때문이다.

(A) ⓐ외할머니는 저자바닥 길가에 주저앉아서 푸성귀나 콩나물 같은 것을 받아다 팔기도 하고, 나물을 데쳐서 내다 팔기도 했다. (B) ⓐ엄마는 식당 같은데서 그릇도 씻어 주고, 물도 길어 주고, 무 배추도 다듬어 주고 식은 밥 덩어리를 얻어 왔다. 별나게도 추웠던 그 날, ⓐ엄마가 일을 하다가 점심때가 겨워서 ⓐ이모를 챙겼을 때, 이모는 식당 한 구석 세워놓은 자리에 서 있지 않았다. 아마 손님들이 드나드는 틈에 꼬막같은 두 발로 짜박짜박 걸어서 나간 모양이었다. 근처를 찾아봤지만 없었다. 겁이 난 ⓑ언니는 점심 먹는 것도 잊고 눈물이야 콧물이야 훌쩍거리면서 온 시가지를 싸댔다. 해가 서산으로 뉘엿거리자, ⓒ딸은 어머니한테로 갔다. ⓓ동생을 잃은 슬픔보다 꾸중을 들을 두려움에 퍼렇게 부르튼 손등으로 눈물콧물 훔치는 것이 어린 속에도 너무 비정스러워서지금까지 가슴에 맺혀 잊혀지지 않고 있는데, 그때 (C) ⓐ외할머니가 한 말은 너무 뜻밖이었다. 놔 둬라. 어디 가면 더 고생헐라드냐. 그 날 ⓐ외할머니에게는 그럴 만한 이유가 있었다. ⓐ큰외삼촌이 의용군으로 끌려간 것이 지난 가을인데, 바로그날, ⓐ외할아버지가 또 군인으로 잡혀 갔다. 그때 ⓐ외할아버지의 나이는 마흔이 넘었고, ⓐ큰외삼촌은 이십 전이었다. 난리가 나면 나라에서 아무나 나꿔채 가는 모양이었다. ⓐ외할아버지는 겨울을 나고 상거지가 되어 돌아왔지만, ⓐ외삼촌은 영영 소식이 없었다. 소식이 없기로는 ⓐ이모도 마찬가지였다. (달1 : 45-46, 밑줄 인용자)

위의 예문은 태숙의 어머니이자, 인실의 언니가 여순사건과 육이오 전쟁으로 고통 받은 가족사를 들려주고, 이를 태숙이 서술한 내용의 일부이다. 그런데, 이를 자세히 보면, 서술자의 입장이 수시로 바뀌면서 서술되고 있다. (A)는 '인실 어머니'를 초점화하고, (B)는 '어린 언니'에서 '어른 언니'로 초점화 대상을 이동한다. (C)는 '인실의 어머니'를 초점화(CF-np)하고 있다. 외부 서술자(EN)가 인물 초점자(CF)를 달리하여 각기 다른 관점을 통해서 전쟁의 비극성을 극대화한 것이다.

이것을 발이 제시한 초점화와 서술자 공식으로 도식화하면, '[CF1(어린 언니)-np]-[CF2(어른 언니)-np]-[CF3(태숙)-np]-[CF4(장검사)-p]-EN1-p'와 같다. 동일한 사건을 초점자를 달리하여 초점화 주체로 내세운 것은 각각의 관점으로 사건의 비극성을 보여줄 수 있기 때문이다. 어린 경험자를 1차 초점자로 내세워 전쟁의 비극성을 드러내고, 이것을 성숙한 2차 초점자로 이동하여 어른 경험자의 관점으로 해석한다. 그리고 1차 초점자인 '어린 언니'의 관점을 통해서 '막내딸'을 잃어버린 어머니를 초점화함으로써 비극적 아이러니를 극대화한다.

이와 같은 서술상황을 두고 슈탄젤은 "인물적 서술상황"[127]이라고 말한다. 이것은 서술자의 해석이 아니라 등장인물들의 관점으로 대상을 보고, 그 등장인물의 관점으로 다른 인물을 보게 함으로써 서술자가 서술하지 않지만, 독자에게는 전달이 직접적인 것처럼 보여지는 것을

---

127) 인물적 서술상황(figural narrative situation)은 반성자(인물)의 우세, 내부 시점, 삼인칭 지칭(반성자-인물)에 의해 구별된다. 반성자는 서술자와 구분하기 위해서 사용한 것이다. 반성자는 소설 속에서 생각하고, 느끼고, 지각하는 인물인데, 서술자처럼 독자에게 말하지 않는다. 독자는 이 반성자의 눈을 통해 다른 인물들을 보게 된다. 두드러진 특징은 중개성(간접성) 위에 직접성이라는 환상이 포개진다는 점이다. (F. K. 슈탄젤, 앞의 책, 82-99쪽 참조)

특징으로 한다. 『달궁』은 표면적으로는 '인실의 일대기'를 다루고 있다. 그러나 열일곱 개의 의미단락이 횡적으로 확장되면서 다양한 삽화를 거느리고 각각의 삽화를 중심으로 담론화 하는 경우가 허다하다. 전체 텍스트의 서술자 역할은 매우 한정적인데, 그것은 텍스트 전체가 '인물적 서술상황'으로 구조화되었기 때문이다. 전체 텍스트에서 지배적으로 분석되는 '인물적 서술상황'은 다양한 삶을 통해서 우리들의 현재적 삶을 반성하려는 내포 작가의 의도에 따라 선택한 것으로 볼 수 있다.

위의 예문에서 초점자를 달리하여 서술하고 있는 화자는 표면적으로는 태숙이다. 그런데 위의 예문에서 ⓐ~ⓓ로 구분한 바와 같이 각기 입장을 달리하면서 서술한다. 이는 호칭을 통해서 구분된다. 즉, ⓐ는 태숙의 입장에서, ⓑ는 인실의 입장에서, ⓒ는 인실의 어머니 입장에서, ⓓ는 인실 언니의 입장에서 서술한다. 위의 예문에 한정하여 보면, ⓑ ⓒ ⓓ의 입장은 각 1회에 그치지만, ⓐ의 입장은 12회로 그 차이가 분명하다. 이를 통해서 살펴본 결과, 태숙이 최종 초점자이며, 서술자는 태숙의 초점을 따라 태숙의 지각(p)에 한정하여 서술한 것이다. 이는 사건과 가장 거리가 먼 인물을 등장시켜 주관성을 최대한 배재함으로써 비극성의 정도에 대한 객관성을 확보하는 데 그 목적이 있다. 나아가 ⓑ ⓒ ⓓ와 같이 초점자를 달리하여 서술한 것은 서술자의 이데올로기가 개입되는 것을 경계하는 내포 작가의 의도가 반영된 결과이다.

초점자를 달리하고 있지만, 각기 다른 인물 초점자는 모두 사건을 경험한 '어른 언니'의 관점 아래 있기 때문에 대부분은 '어른 언니'의 관점을 대변해주고 있다. 위의 예문의 초점화는 모두 '해석'에 치중하고 있다. 보여주기보다는 '해석'에 치중한 것은 사건을 경험한 주체와 달리, 당시 상황을 경험하지 않은 태숙이 공감할 수 있는 정도를 최대화하기 위한 내포 작가의 배려이다.

전체 텍스트는 인실이가 분명한 1차 서술자이지만, 이를 장검사가 초점화하여 텍스트로 재현하면서 서술자의 모습은 다양한 양태를 갖추게 된 것이다. 서술자가 서술 대상을 객관화하는 경우는 경험자아인 '나 자신'을 객관화하여 서술하는 경우가 있다. 이는 대상과의 거리를 확보함으로써 대상을 객관화하고, 이를 다면적으로 관조하는 효과를 거둔다.

집에는 누가 있냐? ⓐ중학교 다니는 봉숙이하고 나뿐이요. 집으로 가자. (…) 봉숙이는 어디 갔냐? 현관문을 열고 안으로 들어선 나이 든 남자가 거실을 둘러보며 말했다. 피아노 치러 갔는 개비요. ⓑ뒤따라 들어온 여자가 한쪽 구석에 있는 하얀 네모난 피아노를 바라보고 말했다. 남자들은 깨끗한 응접 안락의자 위에 차례로 주저앉았다. ⓒ주인도 아니고 주인 아닌 것도 아닌 여자는 맞은편 의자 뒤에 의자 등을 지고 서 있었다. (달1 : 146, 밑줄 인용자)

위의 예문은 의미단락 7에서 7-5)의 속삽화에서 사촌형님과 조카가 김철복의 집을 방문함에 따라 인실과 나누는 대화의 일부이다. ⓐ는 인실이의 말이고 ⓑ와 ⓒ는 인실이를 초점화하여 스토리 밖에 있는 서술자가 서술하는 표지로서 기능한다. 예문은 인실의 일기를 토대로 서술했다는 사실을 분명히 하는 의미단락인데도 불구하고, 인실을 서술자와 분리시켜, 등장인물로 객관화함으로써 서술자와 등장인물이 거리를 두고 있다. 이는 서술자가 작중상황을 서술함에 있어서 서술자의 주관적인 개입을 차단하고, 객관성을 유지할 수 있는 방법의 하나이다.[128] 이를 도식화하면, '[CF1(인실)-p]-[CN1(인실)-p]-[CF2(장검사)-p]-EN2-p' 와 같다. 초점자와 서술자가 계층화되었지만, 최종 서술자는 초점자와 1차 서술자가 지각(p)한 정도에 한정하여 서술하는 '거리'를 일관되게 유지한다.

서술자는 스토리 외부에 위치해 있으며, 전지적 능력을 갖고 있지 않다. 1차 서술자는 초점자인 인실이다. 인실이의 시각을 통해서 김철복의 사촌형님과 조카의 언술 및 행동을 초점화한 것이다. 인실에게 비쳐진 두 사람의 무례한 행동을 인실이가 일기에 기록한 것이며, 이를 장검사가 초점자로서 들여다보고 서술자를 내세워 서술한다. 장검사는 인실과 동일시를 겪는 상황이므로 초점자 표지가 없으며, 서술자는 인실이가 지각한 것에 한정하여 서술하고 있다.

전체 서사는 인실의 일기를 토대로 하여 장검사의 손을 거쳐서, 텍스트에서 구체적인 형상을 갖추게 되었다는 점을 상기한다면, 다채로운 서술상황은 작가의 창작의식을 살펴볼 수 있는 중요한 단서이다. 중심서사와 동떨어진 삽화의 경우 '과거담'과 마찬가지로 대부분 요약적 서술이다.

　　내 친구 중에 머리가 비상하게 좋아서 몇 만 년 전을 공부하는 고고
　　학을 전공하는 사람이 있다. (…) 어느 일요일 아침나절에 그의 관사로

---

128) 등장인물이 일기 서술자 인실이라는 점을 분명히 하고 있는 위의 예문의 경우는 발의 외적 서술자 'EN' 개념이 설득력이 있다. 즉, 경험인물이 서술자이자, 등장인물이기 때문이다. 그러나 미케 발의 이론은 사건의 경험자가 서술자일 가능성이 없는 외적 서술자, 즉 전지적 서술자를 설명하는 데는 한계가 있다.

국민학교에 다니는 그의 딸의 담임선생이 찾아왔다. (…) 딸의 담임선 생은 박물관 구경을 사양하면서도 가지 않고 머뭇거렸다. 이러지도 저 러지도 못하고 똥 마려운 강아지처럼 학예관이 쩔쩔매고 있을 때, 딸의 담임선생이 오신 것을 뒤늦게 안 학예관의 부인이 힐레벌떡 달려와서 그의 손에 흰 봉투를 쥐어 드렸다. 그때사 딸의 담임선생은 고맙다고 말하고 유유히 사라졌다. (A)학예관은 신기했다. 그는 수금 나온 것도 모르고 신석기 구석기 타령을 늘어놓으려 했던 그의 어리석음이 창피 하고 딸의 담임선생의 참람함이 괘씸하기 전에, 호리반푼의 저어도 없 이 척척 아귀가 맞아떨어지는 것에 탄복했다. (B)나는 이 이야기를 듣 고 깊이 뉘우친 바가 있었다. (달1 : 208-209, 밑줄 인용자)

위의 예문은 의미단락 8의 두겹 속삽화 8-1)-(3)에 해당하는 내용의 일부이다. 서술자와 초점자를 도식화하면 '[CF1(친구)-p]-[CF2(윤창수)- np]-[CF3(인실)-p]-[CN1(인실)-p]-[CF4(장검사)-p]-EN2-p'와 같다. 윤 창수의 친구가 겪은 경험으로 1차 초점자는 '친구'이며, 이를 듣고 분 개하고 느낀 바 있어서 인실에게 이야기를 들려주는 윤창수는 2차 초 점자로 비지각적인 심리까지 드러낸다. 이를 인실이 듣고 자신의 입장 에서 일기에 기록했기 때문에 인실은 3차 초점자이면서 1차 서술자이 다. 그리고 장검사가 인실의 일기를 보고 작품 외부에 있는 서술자를 내세워 서술했으므로 장검사는 4차 초점자이다. '서술상황'에 따라 초 점자를 다양하게 계층적으로 구조화함으로써 사건을 통해서 작가가 구 현할 수 있는 주제 의식은 그 편차가 크게 조정될 수 있기 때문에 이 와 같이 초점자를 통해서 이야기의 범위와 수준을 조절하고 있다.

일반적으로 서술자는 말하는 주체로서 작가와 독자, 인물을 매개하고 있지만, 『달궁』에서 확인되는 무매개적 서술자는 인물의 말이나 편지 등을 그대로 '복사'해서 옮겨놓고 있다는 점이 새롭다. 이 같은 서술자는 서술자의 이데올로기를 개입시키지 않고, 등장인물들의 말이나 사건 그 자체를 전면에 부각시킴으로써 독자들의 능동적인 해석적 참여를 유도하는 효과를 기대할 수 있다.

형님, 오래간만이요. 그동안 별고 없으셨지요? (⋯) 달도 없는 밤, 새벽 별빛 아래 서낭당 당산나무 고개를 넘어서 고향을 등진 것도 삼십년도 더 되는 모양이요. (⋯) 아버지야 내가 고향에 있을 적에 돌아가셨지만 큰집에서 종살이하던 어머니는 내가 열다섯 나이로 집을 뛰쳐나온 다음에 돌아가셨오. 아버지가 선산 놔 두고 남의 밭머리에 묻혔으니, 어머니가 거적때기에 덮여서 지게에 실려 나갔어도 이상할 것이 없오. (⋯) 나는 없었으니 몰랐고, 동생은 어린 기집아라 울기에 바빠서 정신이 없었오. 그 기집아도 타고 난 복이 그뿐이었던지, 동네 머슴놈한테 시집가서 첫애기 낳다가 스무 살 꽃 같은 나이에 세상을 떴오. (달1 : 148-149)

전체 텍스트에서 지배적인 서술자는 작품 외부에 있는 제한적 서술자이다. 그런데 등장인물의 '과거담'을 서술하는 경우에는 사건과 상황을 그대로 지면에 옮겨놓는 역할에만 충실한 무매개적 서술자가 등장한다. 다시 말하자면 외적 서술자로서 '서술상황'에 참여하지 않으면서, 텍스트에 인물의 과거담이나 편지를 옮겨 놓는 역할을 하고 있는 경우이다. 위의 예문은 김철복이 초점자이며, 그의 과거를 초점화하고 있다. 서술자와 초점자를 도식화하면, '[CF1(김철복)−np]−[CF2(인실)−p]−[CN1

(인실)-p]-[CF3(장검사)-p]-EN2-p'이다. 이것은 인실의 일대기와 직접 관련이 없는 인물의 과거담이다. 등장인물의 목소리로 서술하고 있으며, 서술자가 개입한 흔적은 찾아 볼 수 없다. 초점자가 경험한 과거를 초점화하고 있으며, 인물의 과거담을 인실이 듣고 기록한 것을 장검사가 본 것이다.

예문에서는 초점자가 세 번의 굴절을 거치지만, 두 초점자는 1차 초점자의 시각에 별다른 각색을 가하지 않는다. 그리고 최종 서술자는 장검사의 관점으로 인물의 경험을 서술하고 있는 것인데, 장검사 역시 인실의 초점에 기대어 인실이 지각(p)한 것을 벗어나지 않는다. 서술자는 장검사가 지각한 것만을 서술했기 때문에 서술자의 이데올로기는 일체 개입되지 않았다. 이와 같이 사건을 텍스트에 서술자의 흔적이 없이 옮기는 경우는 무매개적 서술자로 볼 수 있다.

이처럼 서술자는 사건을 보여주고 이를 해석하는 과정에 독자의 자율적인 참여를 유도하는 방식을 고수한다. 다음은 제한적이면서 무매개적인 서술자가 편지에 담긴 사연을 그대로 텍스트에 옮긴 경우이다.

망인이 생전에 쓴 것들은(망인은 생전에 내가 나타나면 뭘 쓰다가 얼른 덮어 버리는 일이 흔히 있었습니다), (…) 그것들은 장형이 저에게 친절과 도움을 베풀어 주고, 장형 문자로, 만일 그 친절과 도움이 조금이라도 고맙다면, 그 대가로 장형이 저에게 요구한 것의 전부였습니다. 장형은 귀중한 돈과 시간과 정력을 들여서 아무짝에도 쓸모없는 쓰레기를 샀습니다. (…) 저는 이 기록들을 장형에게 보여 줘도 괜찮은가를 알아보기 위해서 이 누런 쓰레기더미를 뒤적뒤적 읽어볼 생각은 추호도 없습니다. (…) 그때, 장형이 적어 준 장형의 주소에 생각이 미쳤습

니다. 아마 마음속 깊은 곳에는 그 물건을 장형에게 보내고 싶은 생각
이 있었던 모양입니다. (달1 : 51)

위의 예문은 의미단락 16에서 백열이 장검사에게 인실의 일기와 함
께 보내 온 편지 내용의 일부이다. 1차 서술자는 백열이며, 인실에 대
해서 말하고 있는 백열의 편지를 초점화하고 있다. 위의 예문을 도식화
하면, '[CF1(백열)-np]-[CN1(백열)-np]-[CF2(장검사)-p]-EN2-p'이다. 예
문은 백열의 편지라는 점에서 1차 서술자이며, 1차 초점자는 백열이다.
이를 장검사에게 보냈고, 장검사가 이를 수신자 입장에서 읽으면서 사
고하므로 2차 초점자이다. 그리고 2차 서술자는 텍스트에 편지를 옮겨
놓는 역할을 한다. 이와 같이 무매개적 서술자가 서술한 경우는 인물의
어조·어투 등까지도 그대로 재현한다.

예문에서 살펴본 바와 같이 무매개적 서술자는 삽화를 텍스트에 매
개하는 역할에 충실한 존재이다. 다양한 인물들의 경험과 언어 및 가치
관에 대해서 간섭함이 없이 그대로 재현하고 있기 때문에 삽화의 주인
공들의 심리가 그대로 노출되는 경우가 많다. 이에 따라 독자는 삽화에
등장하는 인물과의 거리를 가깝게 느낀다. 『달궁』은 중심서사와의 관
계가 먼 네겹 속삽화가 구조되는 등 중심서사와의 거리를 자유분방하
게 설정해간다. 무매개적 서술자가 다양한 인물들이 경험한 다양한 이
야기를 서술한 경우는 중심서사와 맺고 있는 거리와 상관없이 삽화와
독자의 거리를 좁혀준다는 장점이 있다.

3) 다중 서술상황

『달궁』은 인실의 일기라고 밝히고 있지만,[129] 텍스트에서 분석되는 서술자는 인실이로 한정되어 있지 않다. 서술자의 위치를 통해서 1차 서술자인 인실과 등장인물, 2차 서술자인 장검사가 얽혀있고, 그들은 서로가 서로를 반영함으로써 의미의 복잡성을 유도하는 양상이다. 이것은 '서술상황'을 통해서 '사실'의 중요성을 부각하고 있는 경우이며, '다중적 서술상황'으로 이해할 수 있다.

> 기도원을 탈출해서 기도원 이사장하고 같이 버스를 타고 가다니, 조금 이상허요. (…) ⓐ<u>나는 산골을 내려가는 것이 잘못이 아닌가 하는 생각이 문득 들었다.</u> (A)그(나)는 하나도 안 이상하다. ⓑ<u>이사장은 완행 버스의 좌석이 불결하고 불편한 모양이었다.</u> 언니네 산장에서 나를 처음 보았을 때 누군지 알아보았읍디요? (B)내(네)가 (C)그(나)를 알아보는 것까지 알아보겠더라. 그런디 왜 가만 놔 두었오? (…) (D)내(네) 몸값을 알아보게 했다. 몸 값이요? 얼마나 나갑디요? 한 푼도 안 나가더라. 그 사람이 (E)내(네) 남편이냐? 누구 말이요? (F)내(네) 남편 말이다. ⓒ<u>나는 잠자코 있었다.</u> (달1 : 138, 밑줄과 ( ) 속의 대명사는 인용자)

위의 예문은 단락 6에서 단락 7로 이동하는 연장선에 해당하는 내용의 일부이다. 서술자의 말 ⓐ ⓑ ⓒ와 인실이가 실로암 기도원 이사장을 따라 버스를 타고 가면서 나누는 대화이다. 서술자는 스토리 내에 위치하지만, ⓑ에서 보는 바와 같이 등장인물로서 서술자 자신의 심리 묘사에 한정하고 있다.

---

129) 서정인, 「작가 후기」, 『달궁 둘』, 민음사, 1988, 273쪽 참조.

전통 소설 문법에서 보면 위의 인칭 표현은 '비문법'적인 것으로 독자에게 혼란을 주기에 충분하다. (A)에서 (F)에 이르는 인칭은 일기 서술자인 인실의 입장에서 표현한 것으로 (A)·(C)는 이사장, (B)·(D)·(E)·(F)는 인실을 지시하는 대명사이다. 이와 같이 1차 서술자인 인실을 중심으로 인칭을 해체했다는 것은 내포 작가가 표면적으로는 일인칭 제한적 서술자를 내세우고 있지만, 사실은 삼인칭 제한적 서술자를 통해서 1차 서술자를 '인칭 해체'라는 형식 실험으로 밝히고 있을 뿐, 작품 밖의 제한적 서술자가 서술하고 있는 상황이다. 이를 서술자와 초점자를 도식화하면 '[CF1(인실)-np]-[CN1(인실)-np]-[CF2(장검사)-p]-EN2-p'이다.

초점자가 계층화되어 있고, 1·2차 서술자가 분석되는 서술상황은 앞서 살펴본 다른 예문과 다르지 않지만, 인칭을 1차 서술자 중심으로 해체한 것은 2차 초점자와 2차 서술자의 목소리가 섞여 다중적 서술상황을 보여주고 있다는 점에서 차이가 있다. 즉, 최종 서술자가 2차 초점자인 장검사의 초점과 1차 서술자인 인실의 시각을 '인칭'으로 표지하여 서술상황에 반영하고 있는 것이다.

남편은 내가 다시는 안 오는 줄 알았다. 그가 훌쩍거렸다. 그는 내가 아조 가 버린 줄 알았다. 사실 나는 아조 가 버릴라고 했다. 왜 (A)내가 아조 가 버리지 않았냐? 가 버릴 데가 없었다. (…) 일주일 동안이나 (A)내가 어디서 뭘 했냐? 어디 있었냐? 길거리에서 거지영감도 만나고 고향에 가서 부모형제도 만났다. (A)부모형제라니, 내게 부모형제도 있었냐? ⓐ내게 ⓑ그 말고 형제가 있었고, ⓐ'내게 ⓑ그의 부모 말고 부모가 따로 있었단 말이냐? 나는 부모도 형제도 없는 줄 알았냐? (C)그는

내가 부모도 형제도 없는 줄 알았다. (달1 : 87, 밑줄 인용자)

위의 예문은 따옴표로 구분하지 않았지만, 병덕과 인실의 대화이다. 여기서 사용된 대명사는 모두가 인실을 중심으로 사용되었다. 즉 인실이 입장에서 병덕은 "그"로 자신은 "나" 혹은 "내"로 지칭하는 것이다. 이를 도식화하면 '[CF1(인실)-np]-[CN1(인실)-p]-[CF2(장검사)-p]-EN2-p'이다. 인실과 병덕의 대화상황을 초점화하고 있으며, 1차 초점자이자 1차 서술자는 인실이다. 그런데 이를 도식화한 것을 살펴보면, 2차 초점자인 장검사가 인실의 일기를 보고 이것을 토대로 2차 서술자가 서술한다. 그런데 2차 서술자인 장검사의 실체가 확인되지 않는다. 이는 2차 초점자인 장검사는 인실의 초점과 동일시를 겪고 있다. 2차 서술자는 장검사의 관점을 벗어나지 않음으로써 결국은 인실이의 관점으로 서술하고 있다. 인칭을 통해서 서로를 간섭하는 서술상황에서 분명한 것은 다양한 초점자와 서술자가 계층화되었지만, 최종 텍스트는 인실의 관점으로 서술한다는 점이다.

(A)어디 가나 그 미신이 판을 치고 있다면, 고향 집구석에 처백혀 있는 것이 나으련만, 어디 가면 행여 덜 할까, 안 덜하면 꼭 같을 바에야 훨훨 바람이나 쏘일까, 이왕 집에 돈벌어 들어오지 못할 바에야, 손바닥만한 척박한 땅뙈기 그늘진 돌논밭 농사에 이미 딸린 손들만으로도 너무 많아 ⓐ그가 도울 것이 없을 바에야, 양식 축내는 큰 입 하나 줄일 요량이었던가, 그는 돌아온 지 석 달이 채 못돼서 집을 다시 나갔다. 식구들은 그에게 잘 생각했다고 노자를 보태 주었다. (B)ⓑ색시는 두 눈을 껌벅거렸다. 그녀는 스승의 이야기를 잘 알아들을 수 없었다. 알

아들은 부분도 못 알아들은 부분 때문에 앞뒤가 맞지 않았다. 무슨 죄를 지었길래 칠 년씩이나 떠나 살았고, 그 죄가 얼마나 큰 죄였길래 하늘 아래 머리 둘 데가 없었단 말인가? (C)천구백사십팔년에 삼일천하라는 것이 있었다. 그때 나이 마흔 살로 중학교에서 역사를 가르치고 있던 그는 유토피아 만세를 불렀다. (달1 : 86, 밑줄 인용자)

위의 예문은 인실이 고향을 찾는 문제를 두고 고민하는 상황에서 황영감이 자신의 과거를 털어놓는 내용의 일부이다. 초점자가 '(A)→(B)→(C)'로 이동하면서 황영감이 칠 년 감옥살이 후 '고향을 찾은 이야기→황영감의 말을 듣고 있는 인실의 심정→황영감이 감옥살이를 하게된 이유' 등을 초점화한 경우이다. 여순사건 당시 반란군의 입장에서 만세를 부른 사건으로 평생을 떠돌이로 살아가는 황영감은 삶을 달관의 자세로 살아간다. 칠 년을 감옥살이 하느라 고향을 떠나 살았던 황영감이 "고향집을 찾는데 반 년이 걸렸지만"(달1 : 84) 십 삼년만에 고향을 찾은 인실은 친부모와 고향을 "찾기로 마음먹은 지 삼 년만이었다."(달1 : 69) 그리고 황영감은 3개월을 고향에 머물다가 다시 떠나나오지만, 인실은 고향을 찾은 지 일주일만에 다시 떠나 나온다. 이와 같이 황영감과 인실의 삶은 대응을 이루면서 진행되고 있다.

위의 예문을 도식화하면 '[CF1(황영감)-np]-[CF2(인실)-p]-[CN1(인실)-p]-[CF3(장검사)-p]-EN2-p'이다. 1차 초점자이자 1차 서술자인 인실의 일기를 장검사가 보고, 2차 서술자가 장검사가 지각한 것을 서술하고 있는 경우이다. 그런데 여기서 인칭 사용이 부자연스럽다. ⓐ의 '그' ⓑ의 '색시'는 인실이가 1차 서술에서 사용한 인칭을 그대로 2차 서술자가 사용한 것이라고 볼 수는 없다. 그렇다면, 2차 서술자인 'EN'이

호칭한 것으로 보아야 하는데, 이 또한 문법상 어색하다. 밑줄친 (B)는 색시의 언술인데, 자신의 생각은 그대로 드러나지만, 상대인 '그'의 마음을 들여다보지 못한다. ⓑ의 '색시'는 '나'로 바꿔 써도 무방한 경우이다. 그런데도 불구하고 '색시'와 같은 단어로 3인칭으로 제시한 것은 서술상황과 일정한 거리를 유지하고 이야기를 객관적으로 드러내려는 의도이다.

어떤 현상을 두고, 초점자가 사고하는 내용을 그대로 드러냄으로써 작가가 개입하지 않고도 내포 작가의 의식을 자유롭게 펼쳐낼 수 있다는 것이 초점화 전략이다. 『달궁』은 살펴본 바와 같이 몇 단계에 걸쳐서 굴절된 초점자의 관점으로 서술자가 서술한다는 특징이 분석된다. 그러나 어떤 경우에도 최종 서술자는 초점자들이 지각한 대상(p)에 한정하여 서술하고 있다. 예외인 것은 인칭을 통해서 서술상황에 개입하고 있다는 것인데, 이 또한 1차 서술자의 존재를 표지하는 역할일 뿐, 서술자의 이데올로기를 두드러지게 개입시키려는 의도로 보기는 어렵다.

『달궁』 텍스트 전체를 보면, 서술상황은 이론적으로 양분되어 있다. 즉, 의미단락 1과 15・16・17은 바깥 이야기에 해당하는 등장인물에 의해서 밝혀진 내용으로 여기서 서술자는 외적 서술자이며, 제한적 시점이다. 그런데 의미단락 2에서 14까지는 인실의 일기를 토대로 장검사가 허구적으로 재현한 것으로서 서술상황이 매우 다양하고 복합적이다. 『달궁』의 서술상황을 개략적으로 살펴보면 다음과 같다.

(1)인실이 일기를 재현했다는 원칙에 충실한 경우는 ① 인실이 등장인물 '나'이자, 서술자인 경우, ②인실이 이야기 밖에 있으며 '나'로 등

장하지 않는 경우가 있다. 이는 미케 발의 이론으로 도식화하면, 전자는 '[CN(np)–CF(인실)–p] 혹은 np'로, 후자는 '[EN(np)–CF(인실)–p] 혹은 np'로 도식화할 수 있다. 이때, 서술자는 주인공 인실을 초점자로 삼아 인실의 눈으로 본 것 중심으로 서술한다. 이른바 '인물적 서술상황'이다.

(2)인실의 일기를 허구화한 표지를 인칭 해체로 드러낸 경우는 장검사를 초점화한 서술상황인 것으로 인실의 일기를 토대로 서술했다는 표지는 장검사가 인실의 의식을 독자로서 보고 있는 것이다. 즉 장검사는 인실과 의식의 '동일시'를 초점화를 통해서 드러낸 경우이다. 이를 미케 발의 이론으로 도식화하면, 한 문단에 초점자가 '[CN1(인실)–np]–[CN2(장검사)–p]'와 같이 이중적으로 존재 한다. 이와 같이 초점자가 중첩되어 있는 경우는 2차 외부 서술자(EN)가 2차 초점자[CN2(장검사)–p]의 의식에 틈입하여 내포 작가의 의식을 반영하고 있는 것으로 보인다. 다시 말하자면, 2차 서술자(EN)가 2차 초점자인 장검사가 독자로서 인실과 동일시를 겪으면서, 이것이 1차 서술자[CN1(인실)–p)]가 보고 들은 이야기라는 것을 밝히고자하는 의식까지 '인칭'으로 간섭하고 있는 '서술상황'이다.130)

(3) 중심서사를 중심축으로 진행되는 텍스트의 서사 시간을 멈추고 삽화를 구성한 경우는 인물의 과거담을 그대로 지면에 옮겨놓는 무(無)매개적이면서 제한적인 서술자'가 분석된다. 이를 도식화하면, '[CF1(과거 경험

---

130) "기본적인 서술상황에서 발화는 인칭적 언어 상황이 있는 서사단계에서 가능하다. 화자가 명시적이건 암시적이건 간에 자신을 독자에게 전달할 때, 그리고 2단계에서는 행위자가 다른 행위자에게 말을 할 때 인칭적 언어 상황이 생겨난다. 여기서 텍스트의 간섭이라고 부르는 서사단계의 '혼합'을 볼 수 있다. (제라르 즈네뜨, 앞의 책, 248-249쪽 참조) 즈네뜨가 지적한 '인칭' 문제를 자연스럽게 사용한 것이 아니라 이와 같이 의도적으로 사용한 것은 내포 작가의 텍스트 간섭으로 볼 수 있다.

담 발화자)-np]-[CF2(인실)-p]-[CN1(인실)-p]-[CF3(장검사)-p]-EN2-p'이다.

이 경우 'CN1(인실)'이 1차 서술자로서 일기에 등장인물(CF1)의 말을 그대로 옮기는 역할을 한 바와 같이 2차 서술자인 'EN2(텍스트의 서술자)'는 3차 초점자인 장검사(CF3)의 시각으로 보고, 인실의 일기(CN1)에 해당하는 내용을 그대로 복사해서 지면에 옮겨놓는 역할을 한다. 도식화한 기호를 통해서 알 수 있는 바와 같이 인물의 과거담은 '등장인물→인실→장검사'와 같이 세 번의 굴절을 거친 것이며, '인실(CN1)'이 1차 기록한 일기를 '외부 서술자'인 'EN2'가 서술하고 있지만 지각 정도는 모두 'p'로 1, 2, 3차 초점자나 1차 서술자가 지각한 정도에 한정하고 있다. 이는 어떤 현상을 두고, 그 사건과 무관한 인물이나, 서술자의 개입을 차단하려는 전략으로 볼 수 있다.

2. 서술 형식의 대화성

1) 서술의 평면적 배치

『달궁』은 사건을 중심으로 이야기가 추동되는 전통 소설과는 달리 사건의 도식화된 완결성을 거부하고 열린 결말 구조 형태를 취하고 있다. 이는 서정인이 "단편소설이 요구하는 미학적 황금률을 두루 충족시켜 주고"[131] 있다는 평가를 받은 단편작가로서, 연작소설로 장르 전환을 한 이후 보여주는 일반적인 특징 중 하나이다. 텍스트는 이야기가 진행되는 과정에서 인물들이 겪는 사건들은 전반적으로 완결된 해결을

---

131) 남진우, 앞의 글, 앞의 책, 386쪽.

보여주지 않는다. 따라서 텍스트를 모두 읽고 나서도 이야기 자체를 재구성하는 과정에서 사건의 유기성을 확보하기 어렵다. 이것은 텍스트를 통해서, 미필적인 우리들의 삶의 양태를 '열린 결말' 구조를 통해서 드러내고 있기 때문이다. 텍스트는 여기에서 나아가 전통소설 문법을 해체함으로써 서술 형식을 평면화하고 있다. 서술 형식의 평면화를 추동하는 요인으로는 우연성에 기대고 있는 삽화 구성과, 문단의 해체, 서술과 대화의 미분화 등을 들 수 있다.

『달궁』의 주인공 인실은 마흔한 살에 교통사고로 생을 마감하기까지 한 사람의 일생으로는 불가능할 만큼 매우 다양한 삶을 경험한다. 더군다나 인실의 파란만장한 삶을 중심축으로 다양한 삽화가 끼어들면서 각기 다른 자장(磁場)을 이루고 있다. 전체 텍스트는 '서사 구조'를 통해서 살펴본 바와 같이 17개의 의미단락이 인실이의 삶을 중심축으로 하여 구조화되었으며, 각각의 의미단락은 다양한 삽화를 거느리고 있다. 그런데 삽화 구조 방식은 중심서사와의 관계에서 보면, 불필요한 확장을 거듭하는 형상이다. 삽화의 구성이 종적인 줄기를 따라 일관성 있게 추동해 나가는 것이 아니라, 인실이가 만나게 되는 삶의 부조리한 상황이 의미단락을 형성하고 거기에서 횡적으로 무질서하게 확장되는 경우가 허다하기 때문이다. 이러한 특징은 특히 의미단락 7·8·13에서 두드러진다.

의미단락 7은 인실이가 김철복의 입주 가정교사 겸 식모로 삼 년 동안 일을 했지만, 월급을 받지 못하고 그 집을 나오는 사건으로 중심서사와의 관계를 맺고 있다. 단락 7은 총 일곱 편의 속삽화를 거느리고 있다. 그리고 속삽화 7-5)는 두 개의 두겹 속삽화를 7-6)은 하나의 속삽화를 횡적으로 확장하면서 거느리고 있다. 그런데 다양한 속삽화 중 인실이 중심인물로서 개입된 것은 7-7) 속삽화가 유일하고, 나머지는 7-1)-(10), 7-2)-(4), 7-5)-(4)-⑤, 7-6)-(1)의 단시적 사건에서 중심서사의 주인공과 미약한 관계를 맺을 뿐이다. 그리고 이밖에 다양한 속삽화와 단시적 사건과는 직·간접적인 관련이 없다.

의미단락 8은 일 년 동안 윤창수와의 동거생활을 하면서 겪게 되는 다양한 사건을 병치적으로 나열하고 있다. 총 7편의 속삽화를 거느리고 있으며, 많은 단시적 사건과 속삽화 중에서 인실이 중심인물로 개입된 경우는 8-5)가 유일하고 단시적 사건 중에서는 8-6)-(3), 8-7)-(2)와 관계를 맺을 뿐이다. 즉 다양한 삽화를 거느리면서도 중심서사와의 관계를 맺는 정도는 매우 한정적이다.

의미단락 13은 인실이가 김춘보의 집으로 식모살이를 나간 사건이 계기가 되어 첩살이로 이어진 사건이 중심을 이루고 있다. 이야기 시간은 일 년에 해당한다. 그런데 단락 13이 거느리고 있는 사건은 '속삽화→두겹 속삽화→세겹 속삽화→네겹 속삽화' 등으로 확장하는 정도가 크기 때문에 전체 텍스트를 보더라도 문제적이다. 구체적으로 의미단락 13 아래 단시적 사건과 함께 구조된 삽화의 편수를 보면 '15→21→3→2'의 형태로 뻗어나간다. 많은 삽화 중에서 중심서사인 인실의 삶과 밀접한 관계 속에서 구조화된 경우는 13-1), 13-7), 13-8), 13-9), 13-11), 13-14) 등 5개의 의미단락과 13-2)-(9), 13-12)-(3), 13-13)-(2) 등 세 편의 두겹 속삽화가 전부이다. 나머지는 중심서사와 무관한 삽화가 구조화된 것으로써 의미단락 13은 그야말로 많은 인물이 등장하고 다양한 시·공간으로 확장되기를 거듭하는 문제적인 의미단락이다.

의미구조가 하나의 의미단락을 이루고, 많은 삽화가 그 의미단락을 형성하는 데는 유기성을 생명줄처럼 늘여가는 삽화도 있지만, 중심서사는 물론이고 방계 삽화와의 관련성이 유기적이지 못한 경우가 허다하다. 다양한 삽화가 교직적으로 구조되어, 필연성 보다는 우연성에 기대고 있는 것은 서술 형식의 평면화하는 양상으로 이해할 수 있다.

예를 들어 의미단락 10에서 인실이가 계숙이를 비롯한 유순의 가족과의 만남으로 추동하는 일련의 사건은 개연성이 떨어지는 것을 살펴보기에 적절하다. 이는 양공주의 삶을 통해서 우리 사회의 소외된 인물들의 아픔을 드러내는 방식이며, 우연을 가장한 이야기의 확장으로 볼 수 있다.

(A) 저, 집이 아니고요, 봉숙이, 옛날에 봉숙이 집에 있던, 봉숙이 언니요. 인실이요. 예? 여기, 광화문인디요, 바로 청사 옆에 와 있어요. 내 자다방이요? 근디요, 부탁이 있어요. 외국에 나가는디 신원보증 좀 서 달라고요. 내가 아니고요, 내 친군디요, (…) (B) 유순이가 죽었대. 누가 죽어요? (…) 방으로 들어가자 계숙이가 넋을 놓고 침상 끝에 걸터앉아 있다가 벌떡 일어섰다. (…) 나는 옥돌 마상을 찬찬히 들여다보았다. 계숙이가 차부에까지 따라 나와서 나에게 준 두 가지 물건들 중 하나였다. (…) (C)나는 문득 그것을 유순이의 부모에게 돌려줘야 한다는 생각이 들었다. 이억기 그애의 부자 아버지는 옛날의 유명한 정치가였다고 했지만 나한테는 그 이름이 무슨 운동선수 같은 기분을 주었다. (…) 전화 번호부에는 이억기가 다섯이 나와 있었다. (…) 왜 유순이의 집을 찾아 갔을까? (달2 : 115-138)

위의 예문은 의미단락 10의 속삽화 10-1)과 2)에 해당하는 내용의 일부이다. 인실은 김감사관을 만나 취직 부탁을 하기 위해서 중앙청을 방문했지만, 주민등록증을 가져오지 않아 난감한 상황에서 계숙이의 도움을 받게 된다. 그리고 인실이 (A)와 같이 3년 전에 만난 바 있는 김 감사관에게 계숙이의 여권 발급 신청서에 신원보증을 주선해준 것이 인연이 되어 동두천 계숙이의 집을 방문하게 된 다. 동두천에서는 (B)와 같이 계숙이로부터 얼굴도 본적 없는 양공주 유순이의 유품 '트로이의 목마'를 선물받게 된다. 그리고 인실이가 그 유품을 가족에게 전해주기 위해 주소를 수소문해서 그의 집에 가게 되는 이야기가 본문에서는 13쪽에 이른다.

인실이가 '트로이의 목마'를 들고 유순의 집을 어렵게 찾아내서 방문한 사건은 설득력을 잃고 있는 대표적인 경우에 해당한다. 인실이 스스로도 "왜 유순이의 집을 찾아 갔을까?"라고 질문하고 있는 그의 행동은 개연성이 약하다. 유순이와 인실은 만난 적이 없는데도 불구하고, 계숙이가 유순이의 유품인 '트로이의 목마'를 인실에게 건네고, 인실은 이를 그의 가족에게 전해주기 위해서 번거로움을 마다하지 않는다. 이는 개인의 가족사를 통해서 우리 사회의 부조리한 면모를 드러내기 위한 장치로 볼 수 있다. 전직 국회의원을 아버지로 둔 부잣집 딸 유순이가 왜 일류여대를 중퇴하고 양공주가 되었는가에 대한 설명은 막내아들이 늘어놓는 가족담을 통해서 암시될 뿐이다. 형제들은 사회적으로 모두 출세한 위치에 있다. 그러나 텍스트는 구체적인 설명을 생략함으로써 삽화가 종결되었음에도 불구하고 '왜 유순이는 양공주가 되었을까?'라는 의문은 좀처럼 풀리지 않는다. 이와 같이 미종결 방식으로 사건을 구조화하는 것 역시 서술의 평면화이다.

이와 같이 우리가 처한 '지금 여기'의 현실이 무질서하고 혼란하기 때문에 현실과 비슷한 형식을 통해서 내용과 주제를 담아내고 있는 것이다. 서술 형식의 평면화는 '혼란'한 현실을 있는 그대로 드러낸다는 작가의 '리얼리즘'적 글쓰기 태도로 볼 수 있다. 다시 말하자면 많은 사회적 현상들이 하나로 집약할 수 없기 때문에 부조리한 현상들이 예측할 수 없는 장소에서 목격되는 바를 "리좀"132)적으로 산만하게 구조화한 것이다. 그리고 '문제'와 '이유'를 독자 스스로 찾아내도록 유도함으로써 텍스트 읽기에 능동적으로 참여하기를 유도하는 입체적인 서사 전략으로 볼 수 있다.

서술 형식의 평면화는 '문단의 해체'라는 글쓰기의 '혁명적인 사건'에서도 찾아 진다. 전체 텍스트 중 '인실의 일기'를 질료로 형상화한 안 이야기는 처음부터 끝까지 문단을 나누지 않았다. 전체 텍스트는

---

132) 질 들뢰즈/펠릭스 가타리, 김재인 역, 『천개의 고원』, 새물결, 2001, 11-55쪽 참조. 리좀(rhizome)은 들뢰즈와 가타리가 사용한 용어이다. 리좀이란 대나무, 고구마 등의 구근이나 덩이 식물이 옆으로 증식하는 형태에서 비롯된 개념이다. 리좀은 신체에 잠재되어 있는 생성하는 욕망인 변용능력 즉, 공통관념을 형성할 수 있는 능력을 가두는 통일성과 유일함, 논리를 뺀 나머지의 결연이다. 들뢰즈와 가타리는 "우리에게 익숙한 차원들의 층위에서, 언제나 하나가 다양한 일부가 되려면 '유일 (l'unique)을 빼고서 'n-1'로 써라. 그런 체계를 리좀이라고 부를 수 있을 것이다."라고 주장한다(18쪽). "리좀은 시작하지도 끝나지도 않는다. 리좀은 언제나 중간에 있으며 사물들 사이에 있고, 사이 존재이고 간주곡이다. 나무는 혈통관계이지만 리좀은 결연관계이며 오직 결연관계일 뿐이다. 나무는 '-이다.'라는 동사를 부과하지만 리좀은 '그리고~그리고~그리고~'라는 접속사를 조직으로 갖는다. 이 접속사 안에는 '이다'라는 동사를 뒤흔들고 뿌리 뽑기에 충분한 힘이 있다"(질 들뢰즈/펠릭스 가타리, 위의 책, 54-55쪽) 우리는 사회구성체 안에 있다. 사회 구성원들이 소통은 '유일하고 절대적인 것'을 중심으로 가능한 것이 아니라 '다양한 존재'들의 통합으로 '강화'된다는 의미로 적용할 수 있다. 서정인 소설 『달궁』은 우리가 처한 삶의 다양성을 인정하고, 다양한 삶의 양태의 혼란함을 중층결정 서사구조로 보여주고 있다. 이를 들뢰즈와 가타리가 주장하는 '리좀'적인 인식과 다르지 않다고 본 것이다.

<표 1>을 기준으로 보면, 인실의 일기를 토대로 서술되는 의미단락 2에서 14에 이르는 내용은 문단이 나뉘어져 있지 않다. 그리고 인실이 기억하지 못하는 인실의 과거담에 해당하는 단락 1과 이야기 현재에 해당하는 15 · 16 · 17 단락 역시 문단을 나누지 않고 서사를 펼쳐놓은 형태이다.

문단을 해체한 이유에 대해서 작가는 스스로 '세상사는 이야기에 시작도 끝도 없기 때문이며, 세상 살아가는 데에 중요하지 않은 것이 없기 때문'이라고 밝히고 있다.[133] 이는 우리들의 삶이 미필적인 것의 연속이며, 그것이 우리들의 삶의 진실인 것이고, 이를 글쓰기를 통해서 표현하려고 시도한 것이다. 그리고 문단을 해체한 것은 우리들의 미필적인 삶의 연속성을 표현하고자 한 것이다. 모든 작가가 공통적으로 추구하는 것이 리얼리즘이라고 할 때, 서정인의 경우는 그것을 내용과 함께 형식을 통해서 구현하고자 하였다는 점에 그 차이가 있다.

이 책에는 비록 대화라 하더라도 따옴표가 없다. 따옴표란 말한 그대로 따왔다는 표시다. 이 책에 그런 말은 없다. 전부 그 여자를 통해서 전해졌다. 그 여자에게는 남의 말을 말한 대로 따올 재간이 없다. 그 여자는 그 여자가 남이 말했으리라고 생각한 것을 적었을 뿐이다. 이것은 그 여자 자신의 말일 경우에도 마찬가지다. 따라서 그 여자의 말은 그 여자의 생각인지 말인지 분명치 않을 때가 더러 있다. 반대로 그 여자의 생각처럼 보이는 것이 그 여자의 말일 때도 있을 것이다. 이것을 불평할 수는 없다. 원래 말은 소리 내어 하는 생각이고 생각은 속으로 하는 혼잣말이다. 전하는 사람의 생각인지 말하는 사람의 말인지

---

133) 서정인, 「작가 후기」, 『달궁 둘』, 민음사, 1988, 273쪽.

곰곰이 따져보면서 읽는 것도 괜찮을 것이다. 남의 말 따옴표 속에 아무리 사소하더라도 자기표현을 멋대로 집어넣는 것이 횡행하는 요즘에는 더욱 그럴 것이다.[134]

『달궁』은 따옴표로 대화와 지문을 나누지 않았기 때문에 문맥을 따라가면서 꼼꼼하게 읽지 않으면, 누구의 말인지 종잡을 수 없다. 위의 글은 『달궁』에서 따옴표를 해체한 이유를 '작가후기'를 통해서 밝힌 내용의 일부이다. 등장인물이나 서술자는 생각하는 능력을 지닌 존재이기 때문에 '말'을 전달하고 매개하면서 각자의 생각이 개입될 수밖에 없다. 어차피 서술자나 초점자의 생각이 개입되어 있다면, 그것은 온전한 '대화'일 수 없다고 보는 작가 문학의식의 표현이다. 『달궁』은 인실의 일기를 초점화하여 서술하고 있기 때문에 인실의 생각과 느낌, 의견이 어딘가에 개입될 수밖에 없다. 이를 따옴표 해체 형식을 통해서 형상화한 것은 서정인 자신이 지향하는 문학의식을 실천하고 있는 증거이다.

> (A)나는 그와 결혼할 생각이 전혀 없었다. 그가 처음 그 생각을 끄집어냈을 때, 나는 소스라치게 놀랬다. (B)그렇지만 내가 그의 친 동기간은 아니잖어. (A)그는 화가 나는 모양이었다. (B)남 힘들여 허는 말에 호들갑스럽게 놀랠건 없지않어. (A)조금 전 떠듬거릴 때와는 달리, 그의 입에서 말이 술술 흘러나왔다. 그는 원래 말더듬이가 아니었다. (C)오빠 미쳤어? 양부모는 부모 아니여? (A)내가 말했다. (달1 : 63, 밑줄 인용자)

---

134) 서정인, 「작가 후기」, 위의 책, 273쪽.

위의 예문은 의미단락 2의 속삽화 '청혼'에 해당하는 일부 내용이다. 예문은 인실이와 병덕이가 나누는 대화를 스토리 내적 서술자인 인실이가 서술한 것이다. 그런데 여기서 살펴볼 문제는 서술자의 언어와 인물의 언어 사이에 경계가 없다는 점이다. (A)는 서술자의 서술이며, (B)는 병덕의 말, (C)는 인실의 말이 한 문장 안에 아무런 경계도 없이 해체되어 서술된 것인데, 전통소설 문법으로 본다면, 따옴표로 묶어주어야 할 인물의 '말'과 서술자의 '서술'이 경계를 허물고 지면에 펼쳐져 있는 것이다. 이와 같이 '대화'와 '서술'의 경계가 없는 특징은 의미단락 2-14에 이르기까지 텍스트 전체를 지배하고 있는 특징이다.

서술을 평면적으로 배치함에 따라 제기되는 가장 큰 문제는 '해석의 지연'인데, 이는 '소제목'을 통해서 어느 정도 극복하고 있다. 전체 텍스트에서 소제목은 『달궁』 94개, 『달궁 둘』 86개, 『달궁 셋』 93개로 구조 되었는데, 소제목은 사건, 문단, 화자, 초점자, 초점화 대상, 등장인물, 따옴표 역할 등을 맡고 있다.

살펴본 바와 같이 서술 형식의 평면화는 무엇보다 사건과 사건을 유기적으로 연결하고 재구성하는 것을 방해하는 요인으로 기능하고 있는 것으로 보이지만, 사실은 텍스트의 입체적인 완결성을 평면적 배치를 통해서 구현하려는 형식 실험이다. 『달궁』이 서술의 평면적 배치로 사건과 사건의 긴밀성을 와해시키고, 독자의 이해를 지연시키는 것은 모든 서사물을 자유롭게 늘어놓음으로써 비논리적이고, 미필적인 우리의 삶을 입체적으로 구현해 내려는 실험 의식의 적극적인 실천으로 보아야 한다.

2) 서술의 대화성

『달궁』의 특별한 형식을 이루는 두드러진 요소는 다성성을 형성하는 대화체 문장에 있다. 수많은 인물들이 모두 자기의 언어로 말을 하고 소통하는 『달궁』의 본문은 그들의 다성적 발화가 상호 응답적으로 얽혀 만들어낸 "의사소통 회로의 실험장"[135]이라고 해도 과언이 아니다. 이 작품에서 대화체 서술은 사건의 일부에 대해서, 혹은 어떤 장면에 한해서만 쓰인 것이 아니라 이야기 전체적으로 거의 모든 상황에 걸쳐 나타난다. 서사의 내용을 이룬 대부분의 정보와 상황 설명은 두 사람 사이의 대화를 통해 진술되거나 독자에게 직접 말을 건네는 어투, 누군가에게 혹은 자기 자신에게 고백하는 형식으로 전달된다. 인물과 인물이 주고받는 말이 한편의 삽화로 마무리되거나, 소제목 전체 내용을 형성하기도 한다.

『달궁』은 인물의 혼잣말이면서, 독백 형식을 취하는 경우에도 그 내부에서는 대화적 관계를 품고 있는 경우를 찾아 볼 수 있다. 독백을 구사하는 인물이 상념에 빠져 구사하는 언술은, 그것을 들어줄 상대를 가정하고 나왔다는 느낌을 준다. 다시 말하자면 화제로 삼고 있는 대상에 대해서 타인의 생각이나 발언을 염두에 두고, 그것에 대한 일정한 반응까지 언술 속에서 드러낸다. 작중 인물 사이에 오고가는 대화만이 아니라 작중인물 개인의 심리를 독백적 언어[136]로 표현하고 있다는 것은 주목을 요하는 문제이다. 그것은 서정인이 실험하고 있는 소설 형식에

---

135) 이득재, 앞의 글, 앞의 책, 324쪽.
136) 여기서 '독백적 언어'로 한정한 경우는 분명히 '혼잣말'인데도, 이야기 상대를 가정해놓고, 대화를 '주고받는' 방식으로 서술한 것까지 포함한다.

서 구어적 화법이 중요하게 차용되고 있음을 말해준다.

    (A) 철복이가 변했구나, 옛날하고 달라졌다. 묵자 것이 없을 때도 왕래 길을 텄었는디, 늙고 병든 외삼촌이 찾아가면 질겁이라, (…) 돌아가서 말 전해라, 내 걱정은 헐 것 없다. 내가 멀리 떠나거나 그 집 앞을 안 거거나, 양단간에 할 터이니 죽었다고 치부해라. (B) 외삼촌 말 당치 않다. 내 말 좀 들어봐라. 죽었다고 치부하면, 산 사람이 죽는다냐. (…) 못된 주사 있다 한들 늙은 말년 힘쓰겄냐. (C)그렇다면 무슨 일로 억하 심정 피붙이를 문전박대 모자라서 먼 곳으로 내쫓느냐. (D)사람들은 속 모르고 속절없이 소곤댄다. (달1 : 199)

  위의 삽화는 단락 7에 해당하는 내용인데, 외삼촌이 김철복에 대한 섭섭함을 판소리 사설체로 드러내면, 김철복이 창자로 등장하여 이에 대한 자신의 입장을 밝히는 방식이다. 위의 예문에서 (A)는 황노인의 말 (B)와 (D)는 김철복, (C)는 제 삼자의 말이다. 인실이는 김철복의 심부름으로 만복교 밑에서 황노인을 만나게 되고, 황노인이 김철복을 향해서 섭섭한 마음을 인실에게 드러내고 있다. 인실은 김철복에게 황영감의 말을 전하는 매개자의 신분이지만, 예문에서 보는 바와 같이 인실의 말은 빠져 있다. 황영감의 말에 이어서 아무런 장치도 없이 만복교에서 김철복의 집으로 이동하여 김철복을 창자로 연결하고 있으며, (B)와 같이 김철복이 속내를 드러낸다. 여기서 주의를 끄는 것은 장소와 이야기의 상대가 바뀌었는데도 아무런 장치나 설명도 없이 김철복이 있는 공간으로 이동하는 등 속도감 있게 서사 전개를 하는 특징이다.

벌어야 갚지요. 지금은 못 갚아요. 있어야 갚지요. 배를 가르겠어요?
아나, 배 갈라라. 아나 내 배 갈라라. 물론 그 여자는 벌어서 갚겠다고
한 마디 하고는 고개를 떨어뜨렸지. (…) 날 잡아 잡서? 그래, 너를 잡
아먹겠다. 내 배를 갈라라? 그래, 너 배를 가르겠다. 사실 따지고 보면,
벌어 갚건 못 벌어 갚건 그건 너가 알아서 할 일이지 내가 걱정헐 일
이 아니다. 내가 할 일은, 벌어 갚건 안 벌어 갚건 갚는 것하고 못 벌어
못 갚건 벌어도 안 갚건 안 갚는 것하고 차이가 나게 하는 일이다. (달
1 : 178)

위의 예문은 의미단락 7에서 속삽화로 구조된 '강은숙의 보증 사기
담'의 일부이다. 강은숙은 윤창수의 학교로 찾아와서 선친의 친구 딸임
을 내세우고 보증사기를 친 인물로 남편 김철복 못지않게 간악한 태도
를 지니고 있다. 윤창수가 천신만고 끝에 강은숙이 숨어 있는 셋방을
찾아내어 들이닥치자, 강은숙의 내놓는 대책은 "벌어서 갚겠어요"가
전부이다. 강은숙의 뻔뻔한 태도를 보면서 윤창수가 자신의 감정을 내
적 언술로 표현한 위의 예문은 대화가 아니면서도 은숙이와 마치 대화를
나누듯이 구사한다. 윤창수는 강은숙의 뻔뻔한 태도와 대화를 나누고 있
는 것인데, 이와 같은 내적언술 역시 독백적 대화 양상의 일면이다.

죽어가는 아버지는 불쌍하다. 인사불성 지난날이 가물가물 사람 몰
라본다마는, 영악하신 울 오마니 딸을 보는 얼굴빛이 예와 어이 다르신
고. 흰눈보기 웬말이냐. 한국땅이 미국땅과 다를 줄로 알았구나. 그 기
대가 불찰이냐 잘못이면 취소하마, 사람 마음 모질더라. 마음 한번 독
뿜으면 한 땅에서 살았는데 딴 땅에서 못살겠냐. 돈이 많고 돈이 좋고
돈이 사람값을 치는 미국에서 보고 듣고 배운 대로 사는 대로 팔도강

산 내 맘 대로 마음놓고 살아 볼까 방방곡곡 간 데마다. 미제물이 들었
더라. (달3 : 188)

위의 예문은 의미 단락 13-13)의 속삽화 내용의 일부이다. 김춘보의
큰딸은 미국에서 심리학을 공부하는 유학생이다. 아버지의 병환이 깊
어지자, 한국을 방문해서 느끼는 것은 미국 못지않게 개인주의가 팽배
해 있고, 자본화된 사회로 변모하고 있는 고국의 모습이다. 미국 땅에
기대를 품고 유학을 떠났지만, 그것이 쉽지 않았음을 "그 기대가 불찰
이냐 잘못이면 취소하마"라며 스스로에게 '사과'까지 하는 여유를 보
인다. 4음보로 리듬을 타고 있는 대화적 독백체 서술은 전체 텍스트에
서 지배적으로 분석되는 특징이다.

(A)옹고집에 욕심 많고 혼자 잘났으니, 공부탐도 욕심이라, 딴 건 못
해도 공부 하나는 잘해서, 없는 돈에 넘 못 다니는 대학까지 다녔구나.
논밭 팔아 넘 못허는 공부를 했으면, 논밭은 장만 못해도 지 앞은 닦아
야 헐 것 아니냐. (…) (B)십 년 실직에 취직 안 헌 때가 없었다. (…)
(A)왜 털고 나왔냐. (B)상호신용 수금사원은 지 재주에도 취미에도 사
정에도 안 맞는단다. (A)그러면 무엇이 맞으꺼냐. 무엇을 헐래? (A)시를
쓴단다. (B)시가 뭐이다냐. (A)지 생각을 글로 쓴 것이단다. (A)그것 참
좋다. 누가 못 쓰게 허드냐? 많이 써라. 바쁘면 짧게 써라. (B)압축을 해
야 허는디 힘들고 시간이 걸린단다. (A)압축인지 뒷축인지 그만두고 튀
밥 튀기대끼 펑펑 튀겨라. 위장병으로 병원깨나 댕기더니, 다행히 새로
생긴 중학교에 취직이 되얏구나. (…) 어디가면 별난 세상 있을깨미, 학
교를 옮기는 모양이더라. 절믄 학곤지 늘근 학곤지, 더 높은 학교라더
라만, 높고 낮고간에 오래 있어야 높은 학교지, 배겨내지 못하고 끼대

나와도 높은 학교냐? (…) (B)걱정을 하도 오래허다 보니, 걱정거리가
안 없어져도 걱정이 없어진다. (A)느그나 많이 해라. (달1 : 231-232)

위의 예문은 '윤창수의 과거'에 해당하는 일부 내용이다. 어머니 신
씨가 인실에게 들려준 윤창수의 과거담이다. 인실을 대화 상황에 참여
시키지 않은 신씨의 일방적인 말이다. 며느리 앞에서 아들의 진득하지
못한 성격을 탓하는 어머니 신씨의 일방적인 언술은 재담적 성향이 두
드러진다. 신씨의 말은 언어유희를 통해서 읽는 이의 미적 체험을 유도
하기 때문이다. 아들에게 과거에 자신이 질문했던 것을 그대로 되살리
면서, 윤창수의 다양한 직장살이를 지켜본 어머니의 심정을 드러내고
있다. 자신의 말은 (A)와 같이 일관성 있게 '대화체'로 언술하고 있지
만, 아들의 말은 (B)로 '요약'으로 언술하는 등, 독백을 하면서도 문답
법으로 언술함으로써 실감과 생동감을 얻고 있다. 이는 이야기가 현재
진행되는 것이 아니라 과거담인데도 불구하고 사건 경험자가 마치 연
극 마당에서 '방백'과 같이 '문답법'의 변조를 통해서 언술한 경우이다.

사표를 내던져 버리지 않은 것은 직장에 대한 그의 혐오감 때문이었
다. 애착? 무슨 소리! 물론, 어렵게 얻은 일자리를 버리는 데 대한 조심
성도 있었고 새로운 일에 대한 불안감도 있었지만, 눈꼽만큼이라도 애
착이 있었으면 진즉 사직원을 썼다.(6행) (A)애착이 없는디 어찌 미련이
있을꼬? 누가 미련이 있다고 했냐? 또, 애착이 있어야만 미련이 있다
냐? ⓐ그가 그의 직장에 들어갈 때 고생했던 만큼 그의 직장도 그의 사
표를 받아내는 데에 애를 먹어 쌌다.(5행) (B)그의 새로운 일이 그렇게
도 좋으냐? 좋다는 것이 무엇이냐. (7행) (C)도둑놈을 옆구리에 찌고 살

았는갑다. 평생 공갈만 당하게. ⓑ나라고 공갈을 안 당했을까만, 나는 당한 줄도 모르고 살았다. 공갈을 당하고도 당한 줄 모르면, 안당헌거나 같은 것 아니냐. ⓒ내 말이 장히 옳았다.(16행) (…) 잘 묵고 잘 살아도 공갈을 못 치면 싸구려냐? 공갈을 못치는디 어떻게 잘 묵고 잘 살며, 잘 묵고 잘사는디 어떻게 공갈을 못 치냐? (D)전문학교 선생님들도 공갈을 치고 받냐, 저자바닥 인생들처럼? 저자바닥 인생들은 공갈을 치지 않았다. (…) 별 끕끕정을 다 당하면서도 그들은 땅바닥에 주저앉아 살아갔다. (E)누가 끕끕정을 주요? 없는 살림에 세상사는 것이 끕끕정이었다. (…) 그도 잘 살고 싶으면 공갈을 쳤다. (F)선생이 어떻게 공갈을 친다요? 누가 선생이 공갈을 친다고 했냐? 잘 묵고 잘 살고 싶으면 친다고 했다. 저자거리 땅바닥 위에 질펀하게 퍼질러앉아 있는 사람들은 공갈칠 생각을 하지 않았다. 공갈 당하고 있다는 것을 모르기 때문이었다. 선생들은 공갈을 쳤다. 알기 때문이었다. (달1 : 203-205, 밑줄과 ( )는 인용자)

위의 예문은 인실이와 윤선생이 나눈 대화를 인실이가 요약한 언술이면서도 인물의 언술을 그대로 삽입함으로써 독자들은 '과거 상황'을 '현재'로 착각할 수 있다. 인실이가 요약한 언술을 토대로 2차 서술자가 서술했다는 표지를 ⓐ~ⓒ와 같이 인칭으로 표현하고 있는 것은, 2차 서술자가 서술상황에 개입한 결과이다. 그리고 밑줄 친 (A)~(F)는 인실이의 언술로 짧은 언술인 반면, 나머지는 윤창수의 언술로 본문에서는 긴 문장으로 서술한다. 윤창수가 처한 부조리한 현실을 드러내기 위해서 인실은 판소리에서 추임새를 넣듯이 윤창수의 말에 끼어들어 서사를 추동해 갈 뿐이다.

일방적인 독백이나 요약적 언술이면서도 묻고 답하는 방식으로 대화적 관계를 상정하고, 서사를 진행하는 서술의 대화성은 나의 독선을 경계하고, 상대의 입장까지 아울러 세상을 보려는 태도이다.

3) 화법의 혼성성

전체 텍스트는 다양한 인물이 겪은 삶과 그 이야기를 그들의 언어로 그려내기 위해서 '자유 간접 화법'을 주요 화법 전략으로 사용하고 있는데, 인물의 화법과 생각을 통합하는 기법으로 자유 간접 문체를 빈번히 사용하는 것은 '인물적 서술상황'으로의 경향을 강화시켜주는 효과가 있다.[137] 서술자와 인물의 경계를 허물고 작중 인물의 말과 서술자의 말이 화행상에 혼재되어 나타나거나, 인식 주체와 표현 주체가 서로 엇갈려 있다.

> ①노인은 헤어지면서 고향에 가는 것은 고향을 떠나기 위해서라고 말했다. ②색시는 아직 고향을 찾기도 전이었으므로, 고향을 또 떠나고 말고는 생각도 못하고 있었다. ③아마 색시 나이면 고향에서 살다가도 부모 밑을 떠날 때가 되었다는 뜻인 것 같았다. ④색시가 지금 고향에 가는 것은, 고향을 찾을 수 있다고 생각했기 때문이기도 하지만, 달리 찾아갈 데가 없기 때문이기도 했다. 어제 나온 집은, 단지 몰래 빠져나와서 하룻밤이 지났다는 이유만으로도 다시는 돌아갈 수 없었다. (…) 차라리 모른 사람 집에 들어가는 것이 더 나았다. ⑤남편에게는 가고 싶은 생각이 없었다. (…) 색시는 선생님이 말장난을 좋아한다고 생각했다. ⑥그렇다. 세상이 말장난이었다. 그렇다면 색시도 말장난을 한번 했으면 좋겠다. ⑦색시는 같이 살았는데도 떠나 살았으니, 이제 떠나

---

137) F. K. 슈탄젤, 앞의 책, 273쪽 참조.

살았는데도 같이 살아야겠다. ⑧선생은 그 말을 옳다고 생각했다. (달 1:78-80, 밑줄 인용자)

위의 예문 ①은 '~라고 말했다'를 보면, 간접 인용화법이다. 서술자를 찾기 위한 작업으로 나머지를 살펴보자. ②의 언술을 하는 서술자는 인물의 속마음까지 서술하고 있다. ③은 '아마', '뜻인 것 같았다'라는 표현을 볼 때, 서술자는 전능하지 못하며, 인물을 관찰하는 수준에 머물러 있다. ④⑤⑥은 인물의 속마음까지 알고 있는 전지적 서술자의 언술이다. ⑥과 ⑧은 서술자와 무관하지 않은 색시와의 관계가 '의지적' 언술을 통해서 드러난다. ③과 ②④⑤를 통해서 살펴보면 서술자는 전능하기도 하고 그렇지 못하기도 하다. ⑥⑦을 보면 서술자와 색시는 매우 친밀한 관계에 있다. 이러한 서술자 특징을 종합해보면, ③의 서술자는 텍스트 밖에 있는 제한적 서술자이다. 이야기를 지배하는 서술자는 제한적 서술자이면서도 ④~⑦에서 보는 바와 같이 전지적 서술자이다.

전지전능한 서술자는 '내'가 '내' 이야기를 하는 경우이거나, '신적인 존재'라고 볼 때, ②③④⑤⑥⑦은 등장인물인 인실의 언어이다. 그런데 이는 서술자의 언어일 수도 있고, 인물의 언어일 수도 있는 모호성을 지닌 '자유 간접 화법'으로 표현된 문장으로 볼 수 있다. 이것은 밑줄 친, 색시→일인칭 나(내)로 교체해도 무방하다는 것을 통해서도 분명해진다. 그런데 ③을 서술자의 언어로 본다면 ⑥⑦에서 서술자와 친밀한 관계인 것은 설명할 방법이 없다. ②④⑤의 전지적 서술자가 인실이라는 문제, 또 ③의 제한적 서술자는 어떤 이유로 1회에 한정하여 분석되는 것인가를 해결해야한다. 이 문제는 서술자의 의식 속에 인실의 언어와 의식이 자연스럽게 스며든 결과라고 볼 때 자연스럽게 의문이 풀린다. 이와 같은 화법은 사건이 중요한 것이 아니라 인물의 반응이 주 서술대상이 되기 때문에 인물의 입장에서 서술하는 전략을 쓴다. 시점의 이중성을 통하여 하나의 일관된 시각이 아닌 여러 각도에서 보여지는 인물의 모습을 독자에게 보여주고 좀 더 객관적으로 대상을 파악하기 위한 화법으로 역할하고 있다.

『달궁』은 서술자와 등장인물의 경계가 없고, 특별한 매개가 없이 자연스럽게 서술자가 등장인물의 언어와 의식을 받아들여 서술하는 '자유 간접 화법'이 지배적이다. 인물의 목소리와 의식에 잠입하여 서술하는 '자유간접화법'은 표면적으로 서술자를 매개하지 않기 때문에 독자는 인물과의 거리감을 갖지 않게 되고, 자연스럽게 서술상황에 몰입하는 효과를 기대할 수 있다. 서정인은 '자유 간접 화법'을 등단작 「후송」에서부터 적극적으로 사용해왔으며, 이러한 화법은 『달궁』에 이르면, 4음보 사설체를 통해서 서술자와 등장인물의 '의식의 경계'를 없애고 있다.

취직 걱정 말라는 말 그 중 듣기 좋더라만, 한달 봉급 이만 원에 밤낮으로 부려먹고, 놀면 뭣 해 돈만 들지 걱정까지 해준단다. (A)있는 놈들 흉내다가 가랑이가 찢어질라. 먹고 놀기 돈이 들지 일하는데 돈이 드냐, 주색잡기 비용나지 하루 세끼 돈 안 든다. 차 한 잔에 보리 서 말 술 한 병에 쌀이 한 섬, 기집 끼고 희희낙락 몇 만 원이 푼돈이고, 잔디밭에 공 굴리기 회원 종이 쪽지 한 장 수백만 원 왔다갔다 흔적없이 사라진다. 십만 원에 전세 얻고 몇 백만 원 큰돈이면 평생 고달프고, 삼순구식 입에 풀칠 그 신세가 처량쿠나. (B)기다리다 저녁 굶은 어린 새댁 거동 보소. 차려 놓은 찬밥덩이 윗목에다 밀어 놓고 한 숟가락 뜨자 하니 밥이 목에 넘어가며, 큰대자로 누운 남자 눕자마자 코를 고니, 깨운다고 일어나고 욕한다고 꿈쩍하랴. 때가 너무 오래 되어 배고픈 것 잊었느냐, 취중 신세 한탄 소리 없는 밥맛 달아났냐. 어린 새댁 똑똑하다 데운 국물 찬밥 한 술, 자는 사람 버려두고 혼자 얼른 먹는구나. 고픈 배가 어디 가고 성한 입이 탈 났을까. 신세타령 팔자타령 얼마든지 기다려라. (C)ⓐ부모 떠나 나온 것이 끝인 줄로 알았더니, ⓑ만경창파 일엽편주 이제부터 시작이라. (달3 : 71, 밑줄 인용자)

위의 예문은 의미단락 13의 두겹 속삽화 '장삼이의 사랑'을 소제목으로 한 일부 내용이다. 열 아홉 살 영심이가 집을 나와 장삼이와 살림을 차리는데, 살기가 고단한 장삼이는 친구와 술자리를 하고 돌아와서 (A)와 같이 가진 자들의 삶과 자신들의 고달픈 삶을 비교하면서 신세타령을 한다. 밑줄 친 (B)는 이를 지켜보는 서술자의 언술이다. 그런데 서술자의 언어가 등장인물인 장삼이의 언어를 닮아있다. 아무런 장치나 설명 없이 인물의 말인 (A)와 서술자의 말인 (B)가 교체되는 것은 자유 간접 화법의 특징이다. (C)-ⓐ는 영심의 의식을 초점화한 서술자의 말이며, (C)-ⓑ는 서술자 인실의 말이다. 여기서 서술자는 남편을 기다리다가 늦은 저녁을 먹는 영심이를 지켜보는 초점자의 의식을 서술하고 있다. 영심이의 언어인 ⓐ는 산전수전을 다 겪은 서술자 인실의 언어 ⓑ를 닮아 있다. 이처럼 자유간접화법은 인물의 언어에 서술자의 사고를 틈입시켜 내포 작가의 의식을 형상화하는 전략으로 적극 활용하고 있다.

②(A)오는 손님 하나겉이 막일꾼에 뜨내기들, 구린 냄새 사람냄새 한덩어리 되얐구나. 무식허고 미련해서 눈치없이 떠드는디, 듣는 사람이 있어야 시끄러운 줄을 알지. (…) 집문 앞이 난전이요 양 옆으로 높은 건물, 줄을 지어 솟았는디 납짝 엎딘 한옥 한 채, 사방으로 늘어내서 큰방 골방 술청 주방, 개미굴을 뚫었구나 도깨비굴 외얐구나. 주인 여자 거동보소. 저 여편네 거동 보아. (B)윤점례가 주인인디 주인 거동 수상쩍다. (C)인실이는 처음이니 객방 출입 허지 마라. 유두분면 말도 말고 옷치장도 허지마라. 곰보 밑에 주방에서 음식이나 거들어라. 옴서 감서 술청에다 반쪽 얼굴 내밀어라. 감질나야 사내들은 여자값을 더 쳐준다. (D)여자값이 더 나가면 뉘 집 술이 팔리겠냐? (E)친정 올케 대접이요 구면 친구 동정이요? 고마우신 말씀이나 그렇게는 못허겠오. 내 몸뚱이 편허자고 넘 고생을 시키기며, 내 싫으면 그만이지 넘 못헐 일 왜 시키요? 이왕 여기 있을라면 넘 허는 일 다 헐라요. (달2 : 110-111)

위의 예문은 의미단락 10의 서두에 해당하는 내용의 일부이다. 전체가 서술자와 인물의 언어가 경계가 없을 뿐만 아니라, 서술자와 인물은 전라도 사투리를 공통적으로 구사하고 있다. 서술자 언어는 (A)(B)(C)이며, (D)와 (E)는 윤점례와 인실의 대화이다. 윤점례와 인실의 전라도 사투리가 서술자의 언어 속에 자연스럽게 녹아들어 있다. 위의 예문에서 서술자로 분명한 것은 (B)이며, 이는 서술자가 인실이의 의식을 빌어서 언술한 것이다. (A)의 경우는 서술자가 의도적으로 판소리 사설체를 통해서 장면을 극대화한다. (C)는 윤점례의 말을 요약한 서술이지만 윤점례의 어투를 닮아 있다.

'자유 간접 화법'은 서술자의 중개 없이 인물의 정서와 사고를 그대로 전달함으로써 사고와 의식이 독자에게 직접적으로 전달되는 장점이 있다. 인실과 윤점례, 서술자의 언어가 아무런 경계 없이 펼쳐있는 것은 자유 간접 화법을 보여주는 경우이다. 이러한 특징은 바흐친이 "하나 이상의 다양한 의식이나 목소리들이 완전한 독립된 실체로 존재"[138]하는 것을 '다성성'으로 설명하는 바와 일맥상통한다. 즉 인물과 인물의 언어가 공존함으로써 공명을 이루고 이것이 새로운 의미를 형성한다고 보는 것이다. '자유 간접 화법' 자체가 '다성성'과 밀접한 만큼 서정인이 『달궁』에서 구현한 '자유 간접 화법'은 '지금 여기'의 사회구조적 모순을 독자와 함께 극복할 대안을 모색하려는 화법전략으로 역할하고 있다.

『달궁』은 앞서 살펴본 바와 같이 주제의식을 작가의 목소리로 강조하는 것이 아니라, 다양한 인물의 언어를 통해서 자연스럽게 드러내는 '인물 서술상황'을 중심으로 텍스트가 형성된다. '자유간접화법'은 서술자의 언어 속에는 다양한 등장인물의 언어가 스며있고, 등장인물의 언어 속에는 서술자의 언어가 스며드는 등 그 경계가 뚜렷하지 않다. 서술자가 뒤로 물러서고 인물의 언술이 앞으로 부각되는 양태인 것이다. 이에 따라 서술자의 말인 지문과 인물의 말인 대사가 서로 섞이면서 인물의 말이 지문에서 나오기도 하고, 대화의 부호가 없이 바로 대화가 연결되기도 한다. 그 결과 '자유간접화법'은 서술자와 인물의 경계를 약화시킨다. 다시 말하자면 서술자의 매개를 생략하거나 최소화함으로써 서사의 객관성을 확보하고, 서술된 담론을 통해서 독자는 등장인물의 언어를 거부감 없이 받아들이게 되는 것이다.

---

138) 김욱동, 『바흐친과 대화주의』, 나남, 1995, 356쪽.

3. 소설 언어의 잡종화

1) 4음보 판소리 사설체와 시·청각의 공명

『달궁』이 4음보 사설체를 통해서 독자와의 소통을 추구하는 정신은 순수성과 대중성의 경계를 넘나드는 것의 가능성을 보여준다. 앞서 살펴본 바와 같이 다양한 소설 문법적 특징이 있지만, 4음보 사설체는 『달궁』을 일반적인 소설과 구분 짓는데 있어서 한 몫을 한다. 이는 4.4조 운문의 리듬감을 살려서 소설 언어를 구사하려는 작가 의식의 구체적인 실천이다.

『달궁』은 해학과 기지가 넘치는 사투리와 비속어를 소설 언어로 적극 수용하고 있다. 이는 기층민들의 건강한 생명력을 표출하고, 현실에 대한 비판과 폭로의 기능을 담당한다. 일찍이 「토요일과 금요일 사이」(1979)에서 4음보 사설체를 실험한 바 있으며, 『달궁』에 이르면 판소리 사설체는 물론이고, 민요·시조 등 다양한 장르를 수용한다. 특히 인물의 과거담을 드러내는 경우 판소리 사설체를 통해서 장면을 극대화함으로써 여러 인물들이 말하려고 하는 주제를 경제적으로 알리는 한편, 구어체가 갖고 있는 사실성과 현장감을 확보하는 등 새로운 화법을 시도하고 있다. 서정인은 국어 문법적 지식이 매우 뛰어난 작가이지만,139) 『달궁』의 경우, 운문적 서술에서는 띄어쓰기를 하는데 있어서도

---

139) 서정인은 우리말을 제대로 써야한다는 자의식이 매우 강한 작가이다. 이에 대한 여러 편의 수필은 국어문법을 소홀히 하고, 외래어를 남용하는 현실을 개탄하고, 우리말과 글의 '소중함'을 일깨우고 있다. (서정인, 「남의 나라말 함부로 쓰기」, 『한국인』, 사회발전연구소, 1992.5 ; 「한국말은 한국인의 운명」, 『문화예술』, 2003.10, 37-41쪽; 「나랏말씀 바로 쓰기」, 『에세이』, 월간에세이, 2006.12 ; 「무본(務本)과 (靜觀)」, 『문학의 문학』 15권, 2011.봄)

음보를 염두에 두고 의도적인 띄어쓰기를 하고 있다. 이를 통해서 볼 때, 운율을 텍스트에서 활용하려는 노력이 매우 구체적이고 치밀하다. 판소리는 이야기 속의 여러 상황이 지닌 의미나 정서를 강화, 확장하여 부분이나 상황의 독자적인 미(美)와 쾌감을 추구하는 것을 지향한다.140) 『달궁』에 반영되어 있는 판소리적 요소 중 가장 큰 특징은 바로 '부분의 강조'라 할 수 있다.

① (A)그것이 무엇이냐? 쇠가죽, 암소가죽, 송아지가죽, 염소가죽, 돼지가죽, 토끼가죽, 사슴가죽, 양가죽, 악어가죽, 코브라가죽, 도마뱀가죽, 상어가죽, 허, 이거 그가 오늘 명절 대목장에 어물전이 아니라 푸줏간에 도물주 되얐고나. 오늘 따라 이상타. 가죽이 피혁이 아니라 피부로다. 깝데기를 벗겼겄다. 어차피 죽은 짐승이 피부냐? 피부는 산 짐승의 가죽이고 피혁은 죽은 짐승의 가죽이렷다. 가죽은 피혁도 되고 피부도 되는구나. (B)가만 있자, 그가 지금 무슨 이야기를 하고 있나? 쇠주를 두 병을 깠으니. 도료는 또 품절이냐? 품절이냐, 품귀냐, 매석이냐? 더러운 놈들. 값 올린 지가 언젠데 또. (달1 : 36, 밑줄 인용자)
② 만경창파에 놀란 사공 배를 팔아 말을 사니, 구절양장 고갯길은 바다도곤 어려웨라, 두어라 이후로는 까죽염색이나 하리라, 고 읊조렸다. 그는 완도사람이었다. 그는 장가를 가서 만일 아들을 낳으면 까죽, 딸을 낳으면 염색이라고 이름을 지어 줄 작정이었다. (달2 : 55, 밑줄 인용자)

위의 예문 ①과 ②는 의미단락 9의 속삽화 내용의 일부이다. 예문 ①은 밑줄 친 대명사가 1차 서술자인 인실의 입장에서 의도적으로 표

---

140) 조동일 · 김흥규 편, 『판소리의 이해』, 창작과 비평사, 1978, 116쪽 참조.

현하고 있지만, 다른 언술은 서술자의 언어를 그대로 옮겨놓는 무매개적 서술자 태도를 보여준다. 하상무가 가죽 값 대금 결재서류를 들여다보며 (A)"그것이 무엇이냐?"의 현실적 언어에서 아무렇지도 않게 운율감 있는 언어로 넘어가더니 (B) "가만 있자, 그가 지금 무슨 이야기를 하고 있나? (…)"라며 현실 언어로 돌아온다. '뚜렷한 이야기가 없이 수다스러운 말'을 요설로 본다면, 위의 예문은 '요설'이다. 요설적 사설은 판소리 문체로써 서술자와 인물의 언어를 잘 융합하기도 하고 부정적인 인물을 풍자하는 언어로써 기능한다. 예문 ②의 밑줄 친 부분은 자연스럽게 평시조 1수를 삽입한 언술이다. 전통적으로 판소리 사설은 시조·현학적인 한문구·민요·비속어 등 당대 사회 구성원들의 언어가 전반적으로 어우러진 특징을 안고 있다. 서정인 소설언어는 4음보 판소리 사설체를 텍스트 전반에서 적극 언술함으로써 부조리한 대상을 알레고리화하거나 풍자한다.

① (A)국어 선생 사투리에, 자칭 거사 성경 읽고, 일 고수에 이 명창이 유행가가 웬말이냐. (B)교외지도 나온 양반 대폿집에 진을 치고, 출장 중에 면회 사절 섰다판이 벌어졌다. 시험 감독 들어와서 꾸벅구벅 채머리짓 직원회의 길어지면 서랍 열고 술병 찾기. 숙직실서 바둑 두다 종소리를 못 들었냐, 헐레벌떡 뛰어가니 시간표가 바뀌었구나. (…) (A')돈 생길 일 이면하고 돈들 일은 앞장서니, 남정네는 장할시고 의협 남아 행세지만, 여편네는 집안에서 앙앙불락 앙탈이다, (C)졸부 심사 따로 없고 백 년 원수 따로 없다. 귀밑머리 풀었다고 조강치처 다 될소냐, 여필종부 고생살이 종신지계 아니로다. (…) 고추 당초 시집살이 석 삼 년을 참고 사니, 술 주정에 주먹질에 멍 안든 날 없었구나, 당할 때는

몰랐지만 돌아보니 맹랑허다, (…) (A)좋은 일을 본받아도 다 못 받고 가는 인생, 어느 겨를 틈이 나서 못된 짓을 본받을꼬. 헛 산 인생 허무해서 남은 인생 버렸느냐, 흥청망청 계 바람이 춤 바람을 불렀구나. 하늬바람 마파람에 한 곬으로 몰아치니, 미친 바람 회오리를 누가 있어 잡을소냐. 다 타고난 때 탓이니 달아난 년 원망마라, 십년 정분 간 데 없고 빚과 냉기뿐이로다. (D)집 나간 지 석 달만에 소재파악됐다마는, 잡자마자 간통죄로 집어넣고 보는 것을, 사내놈은 알건달로 염치 체통 담 쌓았고, 지집년은 우니라고 제정신이 아니구나. (…) 나간 년은 나가라고 내보내면 끝나리라. 지가 나를 버렸으니 나도 저를 버려야지. (달 1 : 214-216, 밑줄 인용자)

② (A)이왕 돈으로 줄랴거든 인심쓰고 생색내고 받는 사람 부담가게 촌지봉투 쓰지 마라, 상여금에 특근수당 출장비에 생계보조 명목 없어 돈 못주랴. 상여금도 좋다마는 매달 주는 월급에다 소문없이 얹어 주면 주는 사람 간편허고 받는 사람 떳떳하다. 피차간에 좋은 일을 누가 말려 안 하는고. (…) 돈 많은 것이 뭣이 좋고 돈 없는 것 왜 서럽냐? 뼈빠지니 섧다 허고 돈을 버니 좋다한다. (B)한쪽에서 바숴져야 딴 쪽에서 일어선다. 넘 죽는 꼴 보는 것을 좋아할 리 있으랴만 나 죽는 꼴 보기보다 나쁠 것이 없었더라. 이쪽저쪽 갈라지고 따는 쪽에 서 있으니 이 얼마나 다행이냐 자자손손 즐기리라. (달2 : 72)

③-(A)간첩 사건 연루자는 남녀 노소 빈부간에 하늘 아래 머리 둘 데 조선 땅에 찾들 마라. 반공으로 세운 나라 우익 진영 첨병이요, 전쟁으로 지킨 강토 자본주의 보루로다. (B)첨병 보루 다좋소만 원죄 쓰고 갇힌 사람, 어디 가서 신원하고 누구한테 호소할꼬? (달2 : 252)

위의 예문 ①은 의미단락 8에 해당하는 속삽화 내용의 일부이다. 윤창수가 자신의 아내가 바람이 나서 나가게 된 경위와 그동안 학교에서 선생노릇하며 방탕하게 보낸 세월을 인실에게 판소리 사설체로 고백하는 장면이다. 그런데 윤창수가 과거를 고백한 내용이지만, 이를 꼼꼼히 보면, 화자의 목소리가 다르다. 즉 (A)와 (A')는 두 사람을 지켜보는 서술자의 목소리이며 특히 (A)의 경우는 판소리 마당의 출연자를 소개하는 언술로 '윤창수'와 그의 '아내'를 명창으로 내세워 각기 자신의 입장을 판소리로 풀어내고 있다. (B)는 윤창수의 입장에서 학교생활과 가정생활을 관찰하는 제한적 전지 서술자의 언술이다. (C)는 마치 고전시가의 '시집살이 민요'를 듣는 듯한데, 이는 윤창수의 아내를 서술자이자 초점자로 내세운 언술이다. 이어서 윤창수의 말 (D)가 자연스럽게 등장함으로써 대화적 관계가 형성된다.

4음보 사설체 언술은 인물의 입장을 초점화하여 과거를 요약하는 장면에서 수시로 등장한다. 이는 실제 대화를 통해서 두 사람의 과거를 보여주는 것보다 서술 시간이 짧으면서도 전달효과를 기대할 수 있는 장점이 있다. 삽화에 삽입되는 속삽화 역시 이러한 서술방식을 적극적으로 사용함으로써 서사 공간을 확장하고 있다.

예문 ②는 의미단락 9에서 황영감과 하상무의 대화인데, (A)는 '노동자에 대한 처우 개선'을 요구하는 황영감의 말이며 (B)는 이를 '거부'하는 하상무의 말이다. 예문 ③은 황영감이 야바위꾼으로 몰려서 파출소에 잡혀 있다는 소식을 듣고, 파출소에 달려가니 파출소 직원이 황영감의 전과를 이유삼아 (A)와 같이 언술하자, 인실이가 4음보 사설체로 (B)와 같이 내적 독백을 한다.

위의 예문에서 ①과 ②는 각자의 입장에서 자신의 속내를 시치미를 떼고 드러내는가 하면, ③의 (B)는 인물의 속마음을 고백한다. 위의 예문을 살펴보더라도 텍스트에서 4음보 사설체 언술은 등장인물들이 각자가 처한 입장과 생각을 흥분하지 않은 어조로 드러내는 역할을 적절히 수행하고 있다는 점이 분명하다. 판소리 사설은 긴 이야기를 짧게 요약하는가 하면, 생동감과 사실감을 높여주는 효과를 준다.

① (A)나를 묘헌 말로 꼬셨겄다. 가만히 앞뒤를 맞춰 보니, 갈데없이 새악시라. (…) 돈 안 들인 공사가 수월키를 바랬을까마는, 주머니 사정이 사정이라 맨입으로 한본 때와 보는디, 사실은 내가 집 나간 여식을 찾아왔오. 이 집으로 얼마 전에 들어가는 것을 내 눈으로 보고 왔으니, 주인장이 썩 부모 상봉 시켜주먼, 주인장 말씀 점잖고 신수훤헌 소치로 여기려니와, 만일 없다고 잡아떼거나 모른다고 시치미를 떼는 날이면, 남의 영업집 손님든 방들을 내가 하나하나 열어 본다고 우길 수도 없고, 요 앞 요 역전 파출소에 당직 하나 앉아서 자울자울 졸고 있읍넨다, 순사는 두었다가 어디다 쓸 것이요? (B)저 주인 여편네 거동 보소. 남의 소맷자락이라도 잡을 듯이 무릎걸음질로 다가와서 무릎들을 마주대고, 행여 누가 들을쎄라 주위 사방을 살피는 척, 소곤소곤 귀엣말로 돈 벌었다 싶었는지 남의 말을 듣도 않고 신이나서 떠들더니, 객이 허는 첫마디에 눈웃음이 사라지고, 이야기가 길어짐서 얼굴빛이 달라지고, 좌불안석 두 무릎을 뒤로 빼고 물러앉아, 객의 행색 남루헌 거 우아래로 뜯어 봄서, 눈치 못 챈 제 미련에 화가 나서 씨근씨근, (C)<u>이야기가 끝이나자 틀린 데가 없는 말에,</u> (D)트집조차 못 잡겄다 분헌 마음 탱천하야, 활짝 폈던 치맛자락 한손으로 거머주니, 얼굴허며 찬바람이 이는구나, 분풀이를 어따 허랴 말 배웠다 어따 쓰랴, (F)썩을 놈의 영감택이 어느 골서 빌어묵다, 늙은 것이 죽도 않고 여그까지 굴러 왔나, 저쪽 구석 팔호실의 방문짝을 열고 보면, 놓친 갈보 약 처먹고 큰 대짜로 자빠졌지. (달1 : 76-77)

② 네 죄를 네가 알렸다! 허, 그 말 장히 귀에 익다. 조선왕조 사헌부냐 친국 추국 의금부냐. 포도청이 살아났냐 동헌 앞에 다시 왔냐. 어설프게 옛날 소설 책권이나 읽었기로 역사적인 가위눌림 깨고 나니 찬 땀이라. 관장 앞에 포학 떤 년 주리 틀고 매우 처라. 모질더라 모질더라 이 골 사또 모질더라 불쌍터라 불쌍터라 춘향이가 불쌍터라. 집장 사령 잘 봐 두소, 동구 밖에 나오거든 덕설몰이 몰매쳐서 백성 힘을 보여줍세. 비몽사몽 혼절하여 식은 땀에 놀라 깨니, 열녀 춘향 간 곳 없고 낯선 남자 얼굴 옆에 신애 얼굴 끼었구나. (달2 : 94)

위의 예문 ①은 의미단락 3에서 황영감이 조력자 역할을 하는 내용의 일부이다. 인실이가 포주에게 걸려들어 창녀로 전락하는 위기에서 황영감이 구하는 장면이다. (A)는 서술자이자 등장인물인 황영감의 행동을 묘사한 것이며, (B)·(D)·(F)는 마치 심청가의 뺑덕어멈과 유사한 여인숙 주인 여자의 행동과 언어를 판소리 사설체로 묘사한다. (C)에서와 같이 서술자는 '고수'로서 대상을 묘사하는 중간에 관찰자 입장으로 끼어들기도 하고, 인물의 언어를 구사하기도 한다.

예문 ②는 의미단락 9의 속삽화의 일부 내용이다. 인실은 하상무가 내놓은 합의금으로 상조회를 조직하기로 한다. 이에 종업원의 단결이 두려운 회사측은 깡패를 동원해서 인실을 폭행하게 되는데, 그들이 인실에게 한 행동을 춘향가의 형장 장면에 빗댐으로써 장면을 희화화하는 등 골계미가 두드러지는 장면이다. 이것은 판소리의 특징 중 하나인 풍자성을 적극 활용하고 있는 일면으로써 서정인이 판소리 사설체를 소설 언어로 수용하는 현란함을 엿볼 수 있는 예문이다.

이밖에도 유순의 '올케'가 대학의 시간 강사로서 겪는 비애를 담고 있는 의미단락 10의 두겹 속삽화 2)-(4)에서 대학 풍속을 들려주는 언술이 판소리체로 구사된 경우를 들 수 있다. 유순이 '올케'는 판소리적 언술로 우리 대학 사회 현실을 풍자하는 비판의식을 강하게 담아내는가 하면, 긴 과거담을 판소리 사설체로 풀어낸다. 이는 의미단락 7에서 7-4)에 해당하는 김철복의 과거담을 통해서도 살펴볼 수 있다.

살펴본 바와 같이 『달궁』의 텍스트 전반에서 판소리 사설은 과거담을 담아내는 지배적인 화법으로 분석된다. 또한 시조, 민요 등을 적극적으로 수용하고, 전라도 사투리와 비속어를 인물의 살아있는 언어로 창조함으로써 판소리 사설체를 자유자재로 구사하고 있다. 텍스트에서 판소리 사설은 풍자를 통한 비판적 기능, 자신의 한스러움을 토로하는 기능, 과거담 등을 요약하는 기능으로서 역할하고 있다. 다양한 면모를 담고 있는 판소리 사설을 읽는 맛이 곧 『달궁』을 읽는 맛이라고 해도 무방할 정도이다. 전통적인 운문 장르를 창조적으로 수용함으로써[141] 독자를 소리 내어 읽는 즐거움으로 유도[142]하는 등 '지루하지 않게 독자를 이야기 상황에 끌어들이는 화법의 미학성'은 '독자와의 소통'을 지향하는 서정인의 언술 전략과 무관하지 않을 것이다. 나아가 심각한

---

141) 『달궁』 텍스트에서 적극적으로 수용하고 있는 운문체는 고전소설에 삽입된 '시'에서 그 차용의 흔적을 엿볼 수 있다. '소리내어 읽기'를 유도하는 것은 '극대화된 장면'에서 이다. 판소리 사설체로 서술된 장면은 직업적인 이야기꾼 '강창사'와 '강담사'가 맛깔나게 읽었을 때만이 작가의 기대에 부응할 것이다. 『달궁』에서 자유자재로 삽입된 4음보 사설체 등 고전을 창조적으로 수용하고 있는 변모는 상호텍스트성을 고 엿볼 수 있는 면모이기도 하다.

142) "내 글은 소리내어 읽으면 더 재미있어요. 소설이지만 청각예술이기도 해요, 리듬이 중요하니까(…) 한 번 읽어 모르면 두 번 읽어야지요."(「사진작가 강운구와 나눈 인터뷰」(1989), 김경수, 「『달궁』의 언어에 이르는 길」, 『작가세계』, 1994.여름, 19쪽에서 재인용)

이야기를 풍자하고 희화화함으로써 '웃음으로 눈물 닦기'와 같은 전통적인 미의식을 구현한다.

2) 의식의 미분화

『달궁』은 많은 삽화가 독립성을 갖고 구조화되었지만, 삽화들이 규격화된 형태를 거부하고 '열린 결말 구조'를 취함으로써 독자들을 의식의 미분화 상태로 유도하고 있다. 문체와 언어의 다양한 활용은, 소설이란 우리의 삶을 담고 있는 서사 양식으로 존재할 뿐, 형식의 정형성, 언어의 보편성이라는 것이 있을 수 없다는 것을 분명히 한다. 소설이란 장르는 우리의 삶을 이야기로 담아내는 틀로써 존재하는 것이므로 그 틀 안에 우리들의 삶을 보여주고, 드러낼 수 있는 것이라면 어떤 것도 삶을 보여주기 위한 전략으로 쓸 수 있다는 것이다.

서정인은 소설이란 장르에서 내용과 형식을 창조하는 것은 작가의 자유로운 몫인데도 불구하고, 정형화된 규칙으로 전통소설 문법을 상정하고 이에 따르는 것은 문법적 권력 장악의 폐해로 보고 이를 거부한다. 그는 『달궁』을 통해서 자신이 갖고 있는 문학의식을 자유롭게 펼친 것인데, 그가 자신의 소설 문법 세계를 열기 위해서 전통 소설 문법을 부분적으로 거부하고, 새로운 실험을 시도한 것은 이러한 측면에서 이해할 수 있다. 의식의 미분화 현상을 유도하는 대표적인 예는 대화의 모호성, 서사정보 전달의 미흡을 들 수 있다. 독자가 겪을 의식의 미분화 현상을 통해서 작가는 무엇을 추구하는 것인지를 살펴보고자 한다.

(1)군대 미련한 것은 알아줘야 해. (2)누가 들을라. (3)미련해도 좋으니 힘 좀 있어 봤으면 좋겠다. (4)오일육 때는 기똥차더라 젖 떨어진 깡패들을 덕수궁에 모아 놓고 총부리를 겨누고 하사관들을 시켜서 태권으로 때려 눕히는 것은 볼 만하더라. (5)만화도 그런 만화가 없었지. 만화라도 시원터라. (6)원래 만화가 시원하지. (7)깡패가 따로 없어. 법 없이 사람 치면 깡패지. (8)공룡이 왜 망했지? (9)너무 커서 망했대두. (10)커서 망했나? 큰 줄 몰라서 망했지. (11)크면 큰 줄을 모르지. (12)일해. 그만들 떠들고. (13)벌써 회의 끝날 시간이 되었나? (14)지났어. (15)길어지는군. (16)잔소리도 길겠는데. (17)군인들 덕을 안 봤다고는 할 수 없지. (18)한 깡패 대신에 딴 깡패를 모시냐? 처음부터 국민을 주인으로 섬겼더라면 이런 수모가 없지. (19)낭패로군. (20)조용히 해 온다. (21)저 친구는 십리 밖에서도 소리가 날거야. (22)저 여자는 내 보내. 누구야? (23)미친 여자야? (24)면회를 하겠대. (25)아줌마, 나가. 누가 이 여자를 들여보냈어? (26)무슨 여자? 제발로 걸어 들어왔겠지. 아, 계장님. 회의 끝났어요? 빨리 끝났네요? (27)입으로 일하냐? 손으로 해라. 고개를 숙이고 타자기를 때리는 시늉이라도 해라. 타자 다 했으면 발로 뛰어. 그 여자 이리 보내. (28)아주머니, 어디서 왔어? 병원? 어디 병원?

(달3 : 214-215, ( )는 인용자)

위의 예문은 의미단락 13에서 세겹 속삽화 '김형사' 이야기의 일부 내용이다. 인실이 강태철을 면회하기 위해서 경찰서 사무실을 들어서자, 사무실에서 오고가는 대화를 아무런 경계 장치도 없이 펼쳐놓은 것이다. 여기저기서 불쑥불쑥 튀어나오는 소리는 들어오는 사람, 나오는 사람, 마주치는 사람들이 떠들다가 낯선 사람(인실이)이 들어선 것을 보고 한마디씩 한다. 자기들끼리 지껄이지만, 군중들의 대화를 화자를 구분하지 않고, 다양한 목소리들의 움직임으로 제시하고 있다. 인실은 '말'의 주인을 알 수 없는 '대화'를 들을 뿐이다. 위에서 (1)~(28)로 표기한 것은 그것이 각기 다른 사람들의 언어라는 점을 구분한 것이다. 대화를 주고받는데, 거리의 장애를 받지 않을 정도의 공간에서 주고받는 대화이다. 공통의 주제에 대해 대등한 인간관계 속에서 자신들의 생각과 가치관을 드러낸다. 상사인 계장이 직원들과 약간 떨어진 공간에서 (12)와 같이 한마디 하고 지나가거나, 사무실 공간에 합류해서 (27)과 같이 말하고는 자신의 집무실로 들어간다. 질서 없이 오고가는 대화 장면은 당시 사회를 비판하는 민중의 목소리를 담고 있다는 점에서 바흐친이 말하는 '카니발적 요소'를 지니고 있다.

지나친 정보절제는 문단과 따옴표 해체 못지않게 소설을 읽어나가는 시간을 지연시키는 등, 서사 추동력에 있어서 어려움을 주고 있다는 문제가 주목된다. 때로는 100여 쪽에 이르기까지 텍스트를 끈기 있게 읽거나, 단행본 한 권을 다 읽고 나서야 비로소 어렴풋이 드러나는 정보는 그야말로 수수께끼 놀이와 같다. 다양한 삽화가 미로처럼 뻗어나간 텍스트는 정보절제를 미덕으로 삼고 있는 듯 구조되어 있다. 그러나 그 정보가 없어서 읽는 데 큰 문제가 있는 것은 아니기 때문에 궁금증은 자연스럽게 관심을 읽어가면서 결국 독자는 궁금증을 제쳐두고 읽게 된다. 그러다가 텍스트는 어느 순간 희미하게 정보를 노출해놓고는 시치미를 떼고 지나가 버리는 방식이다.

① 〈아우님〉
형님, 오래간만이요. 그동안 별고 없으셨지요? 이게 도대체 얼마만이

요? 형님 뵌 지는 십 년만이요만, 달도 없는 밤, 새벽 별빛 아래 서낭당 당산나무 고개를 넘어서 고향을 등진 것도 삼십 년도 더 되는 모양이요. (…) 그때 내가 왜 큰 아버지의 외양간에서 황소 한 마리를 끌고 나오지 않았는지 지금도 알 수가 없오. 아마 어렸기 때문에 그랬을 텐데, 바로 어렸기 때문에 한 마리가 아니라 설사 열 마리를 끌고 나왔더라도, 빚을 진 것은 내가 아니라 큰 아버지였을 것이요. 소가 열 마리까지 있지도 않았지만. (달1 : 148)

② 〈형님〉

아우님은 큰집 형이 조카하고 같이 십 년만에 찾아왔는대, 알면서도 이틀씩이나 집을 비우고 밖에서 사업만 하고 돌아다니시긴가? 나는 문전박댄 줄 알고 되돌아나갈라고 했는디, 저 색시 박선생이 붙잡아서 못 이기는 척 주저앉은 것이 주인 없는 집에 객이 사흘을 유한 꼴이 되어버렸네. (…) 그런디, 제수씨는 어디를 갔다냐? (달1 : 151-152)

③ 〈제수〉

그 여자 이야기는 좀 기요. 누구 <u>아야기</u>는 안 길꼬마는 그 여자는 나하고 가장 가까운 사인디, 정작 나는 아니란 말이요. 내 이야기만큼이나 <u>아야기</u>가 많은디, 내 이야기만큼 잘 알 수가 없으니, 길어질 수밖에 더 있겠오? (달1 : 155, 밑줄 인용자)

위의 예문은 '①→②→③'의 순서로 펼쳐지는 이야기이다. 오랜만에 만난 동생이 형님에게 하는 말이 '아우님'이라는 제목 아래 서술되고, '형님'이라는 제목으로는 사촌 동생에게 하는 형님의 말이다. 그리고 다음 소제목으로 넘어가서 이야기를 펼치기 위해서 '제수씨'를 환기시킨 뒤, 자연스럽게 '제수씨' 이야기로 넘어간다. 그런데 소제목 아래 서술된 이야기는 완결성이 없는 상태에서 다음 소제목으로 넘어가는 형국이 거듭된다.

⑤의 밑줄 친 단어는 '이야기→아야기'로 변형한 것이다. '나의 이야기'라는 뜻을 담아내기 위해서 '아(我)'를 의미하는 것일 텐데, 한자 삽입도 없이 마치 실수로 '오(誤)자'를 쓴 듯이 시치미를 떼고 있다. 이것은 시인들이 특혜로 갖고 있는 '시적허용'과 같은 개념으로 단어를 창조하고 있는 면모이다. 이와 같이 일반적이지 않은 새로운 단어를 소설 언어로 창조하여 사용하는 태도 역시 의식의 미분화로 나아가는 발판 역할을 한다.

소설 『달궁』에서 '대화의 모호성'과 '서사정보의 절제'는 독자를 '의식의 미분화' 상태로 유도하고 있다. 이는 우리가 살아가는 삶이 불안전한 형태로 끝없이 확장된 것임을 드러내기 위한 서술 장치이다. 정보 절제의 궁극적인 목적은 읽기를 지연시키고, 의미를 독자 스스로 재구성해나갈 수 있도록 '쉽게 읽히는 텍스트'를 거부한 데에 있다. 이를 통해서 작가는 역설적이게도 독자와의 소통을 지향한 것이다. 이를 볼 때 의식의 미분화는 앞서 살펴본 구어체 언어의 다양성, 자유 간접 화법 등과 함께 '혼돈으로 점철된 다양한 삶'을 형상화하려는 문학의식의 적극적인 실천으로 볼 수 있다.

제4장

『달궁』의 상호텍스트성과 중층결정

1. 『달궁』의 상호텍스트성

『달궁』은 이전에 발표한 작품들을 재구성하여 새로운 주제의식을 펼쳐내는가 하면, 『달궁』에서 등장한 단시적 사건이나 삽화가 『달궁』 이후 작품들에서 한편의 작품으로 완성되기도 한다. 예를 들어 『달궁』에서 양공주 유순의 유품으로 언급한 바 있는 '트로이의 목마'가 이후 단편 「목마」(2008)로 발표된다. 「개나리 울타리」(2011)는 작가가 일련의 산문에서 밝힌 경험을 별다른 변형 없이 재현하고 있다. 다시 말하자면 여러 텍스트에서 인물들이 겪은 사건을 「개나리 울타리」의 등장인물이 고스란히 경험한다.

『달궁』은 1960~70년대 발표된 작품과 『달궁』 이후에 발표되는 작품들이 직·간접적인 영향관계에 놓여 있다. 서정인 소설의 상호텍스트성을 살핀다는 것은 서정인이 텍스트의 내용과 주제를 생성하는 전략 측면을 구명하는 일이다. 작품들과의 상호관계는 중심 제재와 사건, 인물, 세계관을 중심으로 살펴볼 수 있다.143)

『달궁』의 중심 사건은 여순사건과 육이오 전쟁, 여성으로서 겪는 수난, 질병, 작가의 세계관 등을 전체 소설과의 관계 속에서 살펴볼 수 있다. 여순사건과 육이오 전쟁은 『달궁』에서 주인공 인실과 황영감의 일생을 결정하는 중요한 사건이다. 인실의 큰오빠는 여순사건 이후 산으로 숨어든 반란군에 의해서 끌려가 다시 돌아오지 못한다. 인실의 가족사에서 여순사건은 아들을 잃어버린 사건인 것이다. 이와 달리 『달궁』 이후 발표한 「무자년 가을 사흘」(1994)에서는 여순사건을 경험한 육학년 어린이를 초점화하여, 전쟁의 최대 피해자를 "어린이"로 형상화한다.

> 어린이들이 없고 어른들이 없었다. 어린이들은 어른 행세를 해서 어린이를 없앴고, 어른들은 어린이 짓을 해서 어른을 없앴다. (…) 어른과 어린이로 된 세상에서 어른과 어린이가 없으면 무엇이 남는가? 짐승. 살아남기 위해서 사는 짐승이 있었다. (…) 어린 것은 장애가 아니라 장점이었다. 싸움의 쓰라림으로 말하자면, 어린이보다 그것을 더 절실히 겪을 사람이 없었다, 흉년에 새끼 터져 죽고, 에미 보타 죽는다고 하지만.144)

위의 예문은 「무자년 가을 사흘」에서 여순사건을 겪은 바 있는 '어른 경험자'가 '어린 경험자'를 초점자로 내세워서 여순사건을 초점화하고 있는 내용의 일부이다. 초등학교 육학년 초점자는 진압군들이 운동

---

143) 『달궁』 전후에 발표한 텍스트들과 『달궁』의 상호관계는 발표 시기를 초월하여 제재와 주제 등 내용의 영향관계를 중심으로 살펴볼 것이다.
144) 서정인, 「무자년 가을 사흘」(『소설과 사상』, 1994.가을 발표), 『베네치아에서 만난 사람』, 작가정신, 1999, 29-49쪽.

장에 사람들을 모아 놓고, '처형'하는 장면과 거리에 쌓여 있는 '시체더미'를 목격한다. 이후 '어린 경험자'는 전란을 일으킨 '어른'을 더 이상 존경할 수 없고, '어린 자신'은 '조숙한 어른'이 되고 말았다는 것을 '냉소적인 어조'로 언술한다. 「무자년 가을 사흘」은 여순사건의 비극성을 어린이의 시선을 초점화한 바와 달리, 『달궁』에서는 여순사건의 직접적인 피해자 '황영감'의 불행한 일생을 통해서 형상화하고 있다. 황영감의 일생과 더불어 '반란군'에게 끌려간 인실이 '큰오빠의 실종사건'은 사건과 거리를 두고 요약적 언술을 하고 있지만 '큰오빠 실종사건'은 일가족이 겪은 불행한 사건의 핵으로 역할 한다.

① 천구백사십팔년에 삼일천하라는 것이 있었다. 그때, 나이 마흔 살로 중학교에서 역사를 가르치고 있던 그는 유토피아 만세를 불렀다. 유토피아란 원래 아무데에도 있지 않은 곳이라는 뜻이었다. 아무데에도 있지 않은 곳을 삼일천하와 관련지은 것이 유죄였다. 그로부터 칠 년이 지났다. 그리고 그 칠 년이 지난 때로부터 또 팔 년이 지났다. 앞으로 얼마나 더 세월이 지나가야 떠나살이 떠돌이살이가 끝이 날지 아직도 그는 알 수 없었다. (달1 : 86)

② 소수 양반들이 잘 먹고 잘 살았던 왕조 때도 나라를 짊어진 것은 많은 상놈들이었지만, 나라가 망한 다음에도 명줄을 이은 것은 역시 그들이었다. 그들이 망한 나라를 버티는 것은 나라를 말아먹은 놈들이 나라가 망한 다음에도 잘 먹고 잘 사는 것처럼 당연했다. 종들인 그들이 주인이었다. 풀린 사람들을 해방한다는 놈도 미친 놈이고, 갇힌 사람들을 해방됐다고 하는 놈도 제정신이 아니었다.[145]

---

145) 서정인, 「무자년 가을 사흘」, 위의 책, 32-33쪽.

황영감은 1909년생으로 여순사건 당시 중학교 역사 선생이었다. 반란군의 편에 서서 '만세'를 부른 죄로 칠년 감옥살이를 했고, 이후 '길'로 떠도는 인물이다. 즉 여순사건은 황영감을 역사 선생에서 '거지 영감'으로 추락시킨 사건이다. 예문 ①은 『달궁』의 여순사건 경험자인 황영감이 자신이 반란군의 편에서 '만세를 부른 사건'을 두고 무모했다는 '반성적 언술'이다. 예문 ②는 어린이로서 여순사건을 경험한 '어른 경험자가' 여순사건의 무모함에 대해서 토로하는 내용이다. 텍스트를 달리하면서 '여순사건'을 경험한 인물을 재구성하고 있지만, '전란의 무모함'을 폭로하는 세계인식은 다르지 않다.

육이오 전쟁 역시 인실과 그의 가족이 지리산 자락에서 겪는 비극적인 사건으로 형상화한다. 소개명령을 거부한 할아버지가 집과 함께 불타 죽었으며, 아버지는 군인으로 끌려가 백치가 되어 돌아온다. 피난살이 중에는 막내딸 인실을 잃어버렸다. 인실의 불행한 삶의 최초 원인으로 작용하는 육이오 전쟁서사를 「화포대포」(1994)・「팔공산」(1994)에서는 전쟁 중에 피란을 다니는 '중학생'을 초점화하여 전개하고 있다.

> 그들은 얼마 안 되는 나이 차이로, 전쟁을 통해 상당히 다른 길들을 걸었다. 하급생은 중삼을 거쳐 고등학생이 되었고, 상급생은 한국군 장교가 되어 전방에 있었다. 또 하나, 위보다는 두 살 어리고 아래보다는 두 살 많아서 그들 사이에 끼인 동기는 퇴각하는 인민군에게 징용되어 조선의 의용군이 되었다. 그날 일요일에 시작되어 한 달쯤 뒤에 그들의 고장을 덮친 삼 년 전쟁이 소강 교착상태에 빠졌을 때, 뿔뿔이 흩어졌던 학생들은 헤어진 지 두어 달 만에 다시 모였다. 그들 중에는 더러 손에 총을 가진 사람들도 있었다.[146]

위의 예문은 중학교 2학년 학생 신분으로 육이오 전쟁을 겪은 '어른 경험자'의 회상이다. 초점자를 어린 학생을 내세워서 당시 상황을 '요약'한 설명이다. 그런데 경험자의 언술로 보이는 서술이지만, '비판 의식'을 개입시키지 않은 서술이다. 이것은 경험자가 사건과 '거리'를 확보하고 당시 상황을 전달함으로써 '비극성'을 높이는 효과를 얻고 있다. 『달궁』에서 육이오 전쟁은 한 가족이 겪는 구체적인 사건으로 그려내고 있다. 삶의 근거지를 빼앗기고, 할아버지가 불타 죽었으며, 아버지는 백치가 되고, 인실은 미아가 되는 사건으로 겪은 것이다. 인실에게 전쟁 미아가 된 사건은 평생을 정착하지 못하고 '부유하는 삶'을 살게 되는 원인으로 역할을 한다. 이것은 인실의 삶을 불행한 삶으로 결정지은 최초의 사건이다.

살펴본 바와 같이 여순사건과 육이오 전쟁은 『달궁』에 이어 「무자년 가을 사흘」・「팔공산」・「화포 대포」에서 전쟁을 바라보는 작가 의식을 '어린이'와 '청소년' 그리고 산골 '청년'과 '지식인'이 겪는 비극으로 초점화를 달리하면서 형상화한다. 두 사건은 작가의 경험 서사인데도, 『달궁』 이전에 발표한 작품에서는 여순사건과 육이오 전쟁에 대한 언급을 어떤 작품에서도 찾아볼 수 없다. 이는 작가로서 사건을 겪고 그것을 서사화하기까지 결코 쉽지 않았다는 신중함을 대변하는 사실이기도 하다.

서정인의 단편소설에서 여성의 수난을 중심사건으로 추동하고 있는 작품은 「남문통」(1976)과 「물치」(1978)가 대표적이다. 텍스트에서 중심사

---

146) 서정인, 「팔공산」(『한국문학』, 1994.겨울 발표), 『베네치아에서 만난 사람』, 작가정신, 1999, 65쪽.

건은 아니지만 수난을 겪는 여성들이 등장하는 작품은 「여인숙」(1976)・
「토요일과 금요일 사이」(1979)・「산」(1971)・「행려」(1976)・「사곡」(1977) 등
으로 다양하다. 언급한 소설에서 등장하는 여성들은 하나 같이 술집작
부, 창녀, 성폭행을 당한 여성으로서 우울한 형상을 지니고 있다. 그런
데 우리가 일반적으로 생각하는 부정적인 면모로 형상화한 것이 아니라
그들을 통해서 '비(非)창녀'다운 면모를 초점화한 경우가 대부분이다.

　　① 그들은 서로 눈짓을 주고받더니 양쪽에서 하나씩 나의 팔을 붙잡
고 나를 방안으로 끌고 들어갔다. 하나가 나를 밀어서 방바닥에 넘어뜨
렸다. 여덟 개의 팔과 다리들이 문어발들처럼 너울거리며 나를 죄어왔
다. 나는 악을 썼다. 문어발 하나가 나의 입을 틀어막았다.147)
　　② 어느 날 밤, 아마도 시내 전 초등학교 종합 경기대회의 예행 연습
때문에 그녀는 밥을 먹고 나자 녹아떨어졌다. 자다가 숨이 답답해서 눈
을 떠보니 문선생이 배위에 올라 타 있었다. 그녀는 소리를 지를 수 없
었다. 문선생은 보통 남이 아니었다. 그녀의 초등학교적 은사였다.148)

　예문 ①은 「물치」에서 윤애가 성폭행을 당하는 장면을 묘사한 내용
의 일부이다. 시골 출신인 윤애는 김박사의 첩살이를 하는 은분 언니
집에서 식모살이를 한다. 김박사의 농간으로 운전수에게 겁탈을 당한
은분 언니가 죽자, 이 사실을 경찰에 알리겠다고 말하는 윤애의 입을 막
기 위해서 집단으로 성폭행을 하는 파렴치함으로 그려낸 장면이다. 『달
궁』에서는 인실을 비롯해서 은숙이, 진순이가 하상무에게 당하는 성폭

---

147) 서정인, 「물치」(『문학과지성』, 1978.가을 발표), 『물치』, 솔, 1996, 261쪽.
148) 서정인, 「산」(『창작과비평』, 1971. 10 발표), 『강』, 문학과지성사, 1996 재판, 235쪽.

행 사건으로 재구성하고 있다. 예문 ②는 「산」에서 초등학교 여교사가 성폭행을 당한 사건을 건우에게 털어 놓는 내용의 일부이다. 교감에게 성폭행을 당한 여교사가 학교를 그만두고 방황하는 인물로 형상화한 것을 『달궁』에서는 김형사의 누이가 의부인 교감에게 성폭행을 당해서 정신질환을 앓다가 교통사고로 죽음을 맞는 사건으로 그리고 있다.

일련의 여성 수난사는 『달궁』에서 인실이가 살아온 삶과 동류를 형성하고 있다. 텍스트에서 인실이가 거듭되는 성폭행 사건으로 겪는 고통은 서정인 소설 전반에서 드러나는 여성의 수난사를 전반적으로 보여주고 있기 때문이다. 여성으로서 거듭되는 고초를 당한 인실은 서정인 소설의 단편에 등장하는 창부, 창녀의 '비(非)창녀' 다운 이미지 모두에 해당한다. 이를 구체적으로 살펴보면, 인실은 「남문통」(1975)의 경자가 갖고 있는 건강하고 긍정적인 삶의 자세를 갖고 있다. 그리고 인실의 내면은 「나주댁」(1968)의 '나주댁', 「강」(1969)의 '술집작부', 「여인숙」(1976)의 창녀 '유미와 옥이'가 갖고 있는 백치 같은 순수이며, 「토요일과 금요일 사이」(1979)에서 술집여자 '윤애와 미애', 「물치」(1978)의 '은분과 윤애'가 겪는 희생과 사랑 등을 종합해서 보여주는 형상이다. 서정인의 전체 텍스트에 등장하는 여성의 수난사는 '자본'과 '힘'으로 인간의 순수함을 유린하고 성을 농락하는 파렴치한 면모를 들춰내는 역할을 한다.

소외된 인물의 이야기는 「밤 이야기」(1974)와 「밤과 낮」(1975)을 통해서 '도둑'에 대한 동정과 연민으로 이어진다. 이 사회에서 '도둑질'은 도덕적으로 지탄의 대상이다. 그러나 서정인의 작품 「밤 이야기」와 「밤과 낮」은 이 사회를 어둡게 만들어가는 '진짜 도둑'을 고발하기 위한

대조 장치로 도둑이야기를 형상화함으로써 일반적인 사회 통념에 대해
서 아이러니한 메시지를 준다.

> "먹물을 손바닥에 발라 가지고 하얀 종이 위에 봉인을 해라."
> "그렇지만 조장님, 돈의 액수가 틀린데요." (⋯)
> 조장은 엉덩이를 의자에서 조금 들어올리고, 앞에 서 있는 사람의
> 허리띠를 움켜잡아 한쪽으로 나꿔챘다.
> "다음. 너도 액수가 다르냐? 틀리다고 하지 말고 다르다고 해라."
> "네, 조금 다른데요, 조장님. 그렇지만 제 처가 넣어준 것이기 때문
> 에 저는 확실치가 않습니다. 아마 여기 쓰여 있는 금액이 맞을 겁니다."
> "그러냐? 너는 정직하구나. (⋯) 어서 봉인을 해라. (⋯)"
> "저도 처가 돈을 넣어 줬지만, 조금도 다르지 않은데요. 딱 맞아요."
> (⋯)
> "저도 그냥 봉인을 하겠어요." (⋯)
> "그냥 하겠다니, 무슨 소리냐?"
> "제 기억이 틀렸던 것 같아요. 여기 쓰인 숫자를 곰곰이 들여다보고
> 있자니, 그런 생각이 드는데요."
> 그들은 모두 그들이 소지품 봉투에다 손바닥 도장을 찍었다. 그리고
> 조금 이상하게 생각했다. 그들이 스스로의 의사에 따라서 도장을 찍은
> 것은 사실이었다. 그러나 아무도 그것이 그들의 의사였다고 믿는 사람
> 은 없었다. 그리고 거기에 적혀 있는 액수와 물품 목록이 맞다고 믿는
> 사람도 없었다. 돈은 적은 액수인 경우는 별 차이가 없었지만, 많은 돈
> 은 대개 절반쯤 줄어져 있었다.[149]

위의 예문은 『가위』(1976)에서 사회의 축소판으로 '군대'에서 트리쾅

---

149) 서정인, 「가위」(『한국문학』, 1976.11 발표), 『가위』, 책세상, 2007, 257-259쪽.

과 후엔디라는 두 인물이 겪는 사건을 중심축으로 한다. 등장인물 이름을 통해서 유추되는 베트남을 공간적 배경으로 설정한 것은 당시 우리나라의 사회적 현실로부터 영향을 받고 있다는 사실을 알 수 있다. 동원령을 받은 3~40대 장년들의 소지품을 갈취하는 장면은 인간을 길들여가는 '폭력'을 보여주기 위해서이다. 부조리한 사회에서 힘없는 자는 살아남기 위해서 길들여질 수밖에 없다는 것을 묘사하고 있다. 이와 같이 「가위」는 폭압을 휘두르는 군 지휘부의 부도덕한 행위를 도둑의 심보로 그려내는가 하면, 우리들이 몸담고 있는 사회의 부조리함을 공직자의 태도에서 찾고 있다. 「어느 날」(1974)에서 이춘호는 "난 도둑질을 도둑질이라고 생각하고 하지만, 그놈들은 도둑질을 도둑질 아니라고 생각하고"[150] 한다고 냉소적인 어조로 비판하면서 이것을 관공서 직원들이 조금 전까지도 불가하다는 서류가 그의 손을 거쳐서 해동의 손에 쥐어지는 것을 통해서 증명해 보인다. "먹기 전의 도둑질은 생존권이다"[151]라고 보는 작가의 세계 인식은 「밤 이야기」, 「밤과 낮」에 등장하는 도둑이 왜 그렇게 당당하고 도둑의 아내가 뻔뻔한지를 설명하는 문장이기도 하다.

김철복의 조카 김국장 역시 논의 노예라는 점에서는 김철복에 뒤지지 않는 인물이다. 그는 일류대를 졸업한 '고급 공무원'이지만, 돈을 좇아 인실과 동업으로 술집을 한다. 그리고 일 년만에 권리금이 두 배로 오르자, 빌미를 만들어 인실과의 동업을 일방적으로 파기하고, 인실을 내좇는다. 이와 같은 삽화를 통해서 '가진 자'들이 '못가진 자'들을 이

---

150) 서정인, 「어느 날」(『문학사상』, 1974.1 발표), 『벌판』, 나남, 1984, 140-141쪽.
151) 서정인, 「왜 써?」, 이종민 엮음, 『달궁 가는 길』, 서해문집, 2003, 361쪽.

용해서 자신들의 욕망을 채우는 것을 비판하고, 이들을 "진정한 도둑"으로 드러내고 있다. 이처럼 '정직'을 표상으로 삼는 국가 고위직 공무원을 통해서는 찾아볼 수 없는 도덕성은 사회적으로 소외된 인물인 '깡패'를 통해서 그려내고 있다.

> 말이 났으니 말인데, 사례를 반드시 돈으로만 환산할 건 없지요. 우리가 나서면 선생한테 도움이 되는 일이 없지는 않을 겁니다. 혹, 누구하고 원수진 일이 있거나, 소송관계에 있거나, 억울한 일 당한 적은 없으세요? 세상을 살아가자면, 그런 일 한 둘은 있기 마련이지요. (…) 깡패두목은 내가 약속을 지킨 것을 그렇게 고마와했오. 내가 하루 늦게 나타났고, 딴 데서 물건을 내주지 않았고, 그 물건이 값나간다는 것을 알고 있었기 때문에 특히 그랬오. (달1 : 191-192)

위의 예문은 우연히 깡패의 가방을 맡게 된 윤창수가 우여곡절 끝에 주인에게 물건을 돌려주자, 이에 대한 고마움을 그들이 가진 능력으로 갚고자 하는 내용의 일부이다. 비록 사회적으로 건강하지 못한 직업을 가진 인물이지만, 남의 돈을 주지 않는 김철복에게서 돈을 받아낼 수 있도록 도움을 준다. '악당'을 이기는 방법은 그 '악당' 못지않은 '악당'이 되는 방법밖에 없다는 사실을 '비극적 아이러니'로 형상화한다. 깡패들이 가진 폭력을 이용해서 은혜를 갚았다는 점에서 한계를 안고 있지만, 깡패의 '비깡패'다운 면모를 공직자들과 대조적으로 형상화한다.

『달궁』은 이와 같은 맥락에서 '생계형 도둑'을 그린 것이 아니라 '사장'과 '고급 공무원' 등 가진 자들의 부도덕함을 통해서 '진짜 도둑'을 그려낸다. 기도원을 운영하면서 황장로라는 가면을 쓰고, 환자들을 현혹하는 김철복은 오로지 돈을 벌기 위해서 종교와 가족까지 이용하기를 주저하지 않는 인물이다.

1960~70년대 국가는 근대화·산업화를 표방하면서 '새마을 운동' '잘살기 운동'을 펼쳐나감에 따라 낙후된 환경을 개선하면서 건설경기를 타고 약삭빠른 졸부들이 생산된다. 서정인은 『달궁』에 앞서 「천호동」(1976)과 「집짓기」(1979) 두 작품을 통해서 급조된 부자가 돈의 위력을 발휘하면서 도덕성이 어떻게 타락되고 변질되는지를 드러낸 바 있다.

　① "옛다, 넣어 둬라."
　사장이 미리 준비해 놓은 듯한 하얀 봉투를 그에게 내밀었다. (…) 사장은 돈을 헤프게 뿌리는 사람이 아니다. (…) 사자에게서 돈이 나왔다면 반드시 그럴 만한 일이 있었다. (…) 낮에 다방에서 나올 때 사장의 눈꼬리가 길게 찢어지던거하며 지금 봉투의 부피가 아무래도 조금 도톰하다 싶은거하며 모두 다 척척 맞아 떨어지는 것 같았다.152)
　② "너, 우리가 아까 저녁 먹은 향미집에 가서 손님 한 분 모시고 와. 내가 보내서 왔다고 하면 알 거다."
　"이리로 올까요?"
　"도성여관으로와." (…)
　박사장은 (…) 도성여관으로 갔다. (…) 그가 들어가자 종업원이 대뜸 알아보고 삼층 가장 깊은 곳에 있는 널찍한 특실로 그를 안내했다.153)

---

152) 서정인, 「천호동」(『월간중앙』, 1976.7 발표), 『해바라기』, 청아출판사, 1992, 134-135쪽.
153) 서정인, 「집짓기」(『문예중앙』, 1983.봄 발표), 『해바라기』, 청아출판사, 1992, 202쪽.

③ 그는 내가 원하는 것이면 무엇이든지 해줄 판이었다. 내가 고향의 봄이며 이강산 낙화유수를 치는 것으로 보아 음악에 소질이 있는 것 같으니, 그 방면을 공부해도 좋고, 나이가 들어서 공부가 싫으면 어따가 아담헌 가게나 하나 꾸며서 돈을 벌어도 좋았다. 살림방 딸린 미장원 같은 것이 김사장 눈에는 좋게 보였다. (…) 이것도 저것도 다 싫으면, 아예 서울로 가서 내놓고 살림을 차릴 수도 있었다. (…) 물론 생활비는 그가 댄다. (…) 월급? 물론 주겠다. 서울만 가 준다면, 월급이 문제냐? (달1 : 202)

　예문 ①은 「천호동」에서 사장인 매형과 운전수인 처남이 '돈'을 매개로 하여 매형의 불륜에 동참하는 내용의 일부이다. 처남인 '나'는 졸부인 사장에게 시집간 '누이'와 '자신'이 행복하지 못한 현실을 우울하게 생각한다. 그러나 '돈'이 주는 편리와 안락함에 길들여진 그는 '매형의 타락'을 막지 못하고, 매형의 '불륜'을 도와주는 역할에 충실하고 있다. ②는 「집짓기」에서 졸부 박 사장이 처남을 시켜서 '여자를 여관으로 데리고 오라'고 명령하는 장면이다. 이에 순순히 따르는 경우는 월급을 받는 직원으로서 충실할 뿐, 처남으로서 분개하지 않는다. 이와 같이 자본화된 사회에서 우리 사회 구성원들의 '도덕성'이 타락해가는 현실을 형상화한다. 두 작품에서 집중적으로 묘사된 사장이란 인물의 엽색행각은 우리 시대를 지배하고 있는 '돈'과 '성'의 도착된 결합을 여실히 증명하고 있다. 『달궁』의 김철복은 '청부업자'인 「천호동」의 사장과 「집짓기」의 박사장이 갖고 있는 타락성을 그대로 닮아있다. ③은 김철복이 인실에게 자신의 '첩살이'를 요구하는 장면이다. 김철복은 인실을 3년 동안 식모 겸 가정교사로 부리고 월급을 주지 않고 버티는 것은 물론이고, 아내가 사기죄로 유치장에 갇혀 있는데도 돈이 아까워서 합의를 보지 않는다. 이런 상황에서 인실에게 자신의 첩이 되어준다면, 아낌없는 경제적 지원을 해주겠다고 유혹한다. 이와 같이 이전 소설에서 보여준 졸부의 타락성은 『달궁』의 김철복을 통해서도 구체적으로 재현되고 있다.

서정인의 폐결핵 질병서사는 전체 텍스트에서 가장 두드러진 질병이다. 폐결핵은 전체 텍스트에서 살펴보면, '자본화된 사회 현실에 적응하기 위해서 몸부림치다 걸린 병'이라는 상징성을 갖고 있다. 『달궁』에서는 '폐결핵' 질병을 인실과 윤재, 김춘보가 겪는다. 인실은 '공장살이' '술집살이' '식모살이' 등, 온갖 고생을 다한 끝에 폐결핵 진단을 받지만, 질병을 겪는 또 다른 인물 윤재는 서울에서 일류대를 졸업하고, 어렵게 자리를 잡은 상태에서 폐결핵 진단을 받는다. 전체 소설에서 윤재와 같이 폐결핵을 경험하는 인물은 「토요일과 금요일 사이」(1979)에서 '민구', 「사곡」(1977)에서는 '김번기', 『모구실』(2000~2002)에서는 '천수건', 「쇠귀고개」(2006)에서는 '그', 「개나리 울타리」(2011)에서 '나'이다. 여기서 확인할 수 있는 것은 서정인의 전체 소설에서 인물들이 치명적인 질병을 겪는 경우는 '폐결핵'을 중심으로 반복된다는 사실이다. 등장인물은 다르지만, 그들이 겪는 폐결핵은 진단·치료·요양 과정이 크게 차이가 없다.

『달궁』에서 김춘보의 경우, 그가 자신이 겪은 폐결핵을 언급하는 데서 그치지만, 인실과 윤재는 서정인이 입원 치료를 받은 '마산 국립 결핵 병원'에서 치료를 받는 '환우'로서 관계를 맺고 일정한 서사를 추동해 나간다.

그로부터 삼 년 뒤, 나는 을지로 육가에 있는 학교 보건소 오 의사로부터 폐결핵 중등증 판정을 받았다. 담배를 피워도 괜찮았냐? 나는 그때 골초였다. (…) 나는 피우던 아리랑과 파고다를 쓰레기통에 버렸다. 아마 결핵균은 삼년 보다 더 긴 세월 동안 나의 폐를 갉아먹었다. (…) 나는 나도 모르는 결핵환자였다. 키 백팔십에 몸무게는 아마 육십 안팎이었다.154)

위의 예문은 최근에 발표한 수필 「개나리 울타리」의 일부 내용이다. 등장인물 '나'가 겪는 폐결핵은 앞서 발표한 다양한 작품들에서 폐결핵을 겪는 인물들이 경험한 '진단과 치료'의 과정에 얽힌 이야기를 각색하지 않고 그대로 반복하는 서사의 재구성 방식을 보여주고 있다. 서정인이 제재로 삼아 작품으로 발표한 작품들은 끊임없이 작가의 경험과 텍스트를 재구성하여 반복한다. 서정인의 소설세계 전체에서 인물이 경험하는 질병은 폐결핵이 대부분이라는 점에서 볼 때, 작가의 질병 체험이 텍스트의 제재로서 중요한 입지를 차지하고 있음을 알 수 있다.

서정인의 『달궁』에 등장하는 인물과 직업의 특징을 전체 작품과의 상호텍스트성을 통해서 살펴봄으로써 인물 유형 창조 전략을 살펴볼 수 있다. 서정인 소설 전반에는 시골 출신의 수재가 자주 등장한다. 일찍이 발표한 「강」(1969)의 늙은 대학생, 「토요일과 금요일 사이」(1979)의 민구가 그들이다. 서울에서 일류대를 다니는 인물이지만, 학교를 다니면서 경제적인 어려움을 겪는다. 그에게 경제적인 어려움은 "천재가 열등생으로 변모해가는 과정"155)으로 인식하는 고통이다. 『달궁』에서

---

154) 서정인, 「개나리 울타리」, 『현상과 문화』, 2011.봄, 41-42쪽.
155) 서정인, 「강」(1967), 『강』, 문학과 지성사, 1996 재판, 138쪽.

는 학원 이사장 김춘보가 「강」의 늙은 대학생의 삶과 「토요일과 금요일 사이」(1979)의 등장인물 '민구'와 다르지 않은 경제적 어려움 속에서 대학을 마친다.

① 썩은 새국이 새는 찌그러진 오두막집에서 개똥밭 매는 어머니와 같이 살자고 했으면 서울 벌판에까지 기어올라와서 가슴에 구멍이 뚫리도록 바득바득 악을 쓰며 바둥댈 것이 없지 않았느냐. 그 서울이 보통 서울이냐. 몸에 지닌 돈 한푼 없고, 해는 서산에 지고, 찾아갈 사람 하나 없어 정릉 뒷산 숲속에서 낙엽을 깔고 나뭇잎으로 이슬을 가리며 별빛 아래 밤을 지새워야 했던 그 서울 벌판이 아니냐.[156]

② 해는 서산에 뉘엇뉘엇 지는데 이 밤을 어디서 쉬어갈꼬. 하늘을 나는 새들도 깃들 둥지가 있고 들판을 달리는 짐승들도 찾아들 굴이 있는데 만호장안에 이 한 몸 뉘일 데가 없단 말인가. (…) 그는 하루를 한 끼로 떼우는 것이 예사였고 그 한 끼도 더러 고구마 한 개나 풀떡 몇 개로 배를 채웠다. 도서관에서 책을 읽다가 허기지면 수돗물로 배를 채우고 붕어떡이나 국화빵 살 돈은 저녁을 위해서 아꼈다. 배가 고프면 잠을 이룰 수가 없었다. (달3 : 114-118)

예문 ①은 「토요일과 금요일 사이」에서 폐결핵 진단을 받고 자신의 삶을 돌아보는 내용의 일부이다. 시골 출신 수재인 민구는 서울에 올라와서 일류대학을 다니며 취직을 하기까지 경제적인 어려움으로 잠자리를 얻지 못하는 등 갖은 고생을 다 했다는 내용이다. 이처럼 시골 출신이 서울에 올라와서 일류대를 다니며 겪는 경제적 어려움은 서정인의

---

156) 서정인, 「토요일과 금요일 사이」(『한국문학』, 1979 발표), 『토요일과 금요일 사이』, 문학과지성사, 1980, 277-278쪽.

작품 여러 곳에서 확인되는 내용이다. 예문 ②에서 보는 바와 같이 김춘보는 대학을 다니며 많은 어려움을 겪었다. 이것은 「강」에서 "이모집이나 고모 집이 아니면 삼촌이나 사촌네 집을 전전하면서 고픈 배를 졸라매고 다가오는 학기의 등록금을 골똘히 생각하며 밤늦게 도서관으로부터 돌아오는 핏기 없는 대학생"157)이 경험한 가난과 다르지 않다. 김춘보는 폐결핵을 앓는 경험까지 「토요일과 금요일 사이」 민구와 닮아있으며, "시골 출신이 잘되어 부잣집으로 장가든"158) 입지전적인 인물이다. 그러나 실제 김춘보는 불행으로 점철된 가정생활을 했으며, 가진 자의 비애를 겪는 인물이다. 김춘보의 불행한 삶을 통해서 '행복'은 '돈'과 절대적인 관계를 맺고 있지 않다는 사실을 말해준다.

『달궁』의 등장인물 중에서 지식인으로 등장하는 인물은 대개가 학교 교사이거나 대학 교수이다. 지식인으로 등장하는 인물은 모두가 시골 출신이며 서울에서 일류대를 경제적인 어려움을 겪으면서 다닌 바 있다. 이것은 작가의 경험과 무관하지 않은데, 단편으로 발표한 「나주댁」(1968), 「망상」(1993)에서 등장하는 김 교사이거나, 『모구실』(2000~2004)에서 등장하는 동양학 교수 천수건과 서양학 교수 서존만 등과 다르지 않은 인물들이 『달궁』에 등장한다. 특히, 「나주댁」과 「망상」을 통해서 보여주는 교사들의 타락한 도덕성이 『달궁』에서는 교직사회의 부정적인 모습을 대상과의 거리를 유지하면서 형상화하였다. 일련의 부조리한 현실을 『달궁』에서는 전문학교 교수 윤창수가 고스란히 겪는다.

---

157) 서정인, 「강」, 앞의 책, 139쪽.
158) 서정인, 「토요일과 금요일 사이」, 앞의 책, 278쪽.

① 어느 날 학생과 직원이 공문서를 내 앞에 펼쳐놓고 도장을 찍으라고 했다. 딴 사람들은 제목만 건성으로 훑어보고 두말없이 도장들을 찍었다. 출장비 얼마에 지도비 얼마를 받았다는 서류였다. 나는 돈을 탄 것이 얼른 생각나지 않아서 언제 주었느냐고 물었다. 직원이 다 알면서 뭘 그러느냐고 대답했다. (⋯) 나는 서류를 네 손가락들 손톱 끝으로 밀쳐내고 고개를 내 저었다. 직원이 어안이 벙벙해서 나를 위아래로 훑어보았다. 이런 뚱멍청이 같으니, 그런 표정이었다. 그런 일이 되풀이되었다. (⋯) 운 좋게 공짜로 들어 왔으면 한쪽 구석에 없는 듯이 자빠져서 근신을 해야지, 혼자 잘났다고 껍적껍적 남 안허는 짓을 해? (달1 : 207)

② 그는 이듬해 학년 초 인사이동을 앞두고 연말께 담당 장학사로부터 한번 만나자는 전갈을 받았다. 그 학교에는 장학사급 고참 교사들이 많았다. 설마 그에게 저녁을 사고 싶어서 그러는 것은 아닐 테고 뻔뻔스럽기 짝이 없다 싶었지만, 두 번째 연락을 받고 그는 음식점으로 나갔다. (⋯) 저녁을 먹고 나서 장학사가 더 이상 할말이 없느냐고 그를 족쳤고, 그는 나오라고 해서 나온 사람이 무슨 헐말이 있겠느냐고 잘라 말했다. 장학사는 밥을 산 그에게 고맙다는 말 한마디 없이 분연히 자리를 떴다.[159)]

예문 ①은 윤창수의 고지식한 성격을 보여주는 예문의 일부이다. 윤창수는 전문학교 교수 "자리 하나가 삼십만 원 내지 오십 만원 짜리" (달1 : 207)지만 청탁이 쏟아지자 그 우열을 가리지 못한 학교장이 특채를 공채로 바꾸는 바람에 어부지리로 교수가 되었다. 그러나 고지식한 윤창수는 부조리한 현실을 그대로 받아들일 수가 없다. 윤창수는 위의

---

159) 서정인, 「망상」(『문예중앙』, 1993.여름 발표), 『봉어』, 세계사, 1994, 125-126쪽.

예문에서와 같이 부조리함에 '항거'를 해보지만, 그럴수록 스스로 소외되어 갈 뿐이다. 부조리한 사태는 교장과 그를 묵인하는 교사, 행정직원들이 모두 결탁되어 쉽게 무너질 수 없기 때문이다. 예문 ②는 윤창수와 다르지 않은 고지식한 김교사의 경험담이다. 서울에서 일류대를 나온 김선생은 교사 채용시험에서 수석으로 합격을 하고도, 시골 벽지로 발령을 받게 된다. 장학사가 교사 발령을 앞두고 노골적으로 '돈 봉투'를 요구하자 김교사는 응하지 않는다. 그 댓가로 김교사는 광주시내에서 시골 벽지로 발령을 받게 된 것이다. 「망상」에서 김교사가 겪고 있는 교직사회의 부조리는 작가의 경험서사로서 『달궁』에 이어 발표된 작품이다. 윤창수가 겪은 교직사회의 부조리를 「망상」의 김 교사가 겪는 사건으로 재구성한 것이다. 「의상을 입어라」(1963)에서 현우의 친구 '찬'이 "출장비는 편집장이 앉아서 타먹고 취재는 내가 가야하는"160) 불합리한 상황을 겪는 바와 같이 『달궁』에서는 교육의 온전한 주체가 아니라 부조리를 실천하는데 앞장서는 교장과 행정직원을 통해서 보여준다. 「나주댁」의 박 선생이 겉으로는 권위에 기대지만, 속으로는 상대를 무시하고 살아가는 사회생활의 이중적인 처세술을 윤 선생이 알아듣지 못하듯이, 『달궁』의 윤창수는 그의 타협할 줄 모르는 성미, 굽힐 줄 모르는 강직함으로 교장과 마찰을 갖게 되고, 갈등 사태에 이른 것이다. 개인은 그 거대한 조직의 맞물린 부조리 속에서 살아남기 위해서는 "그들의 세상을 살 수밖에"(달1 : 210) 없다는 것을 깨달아 갈 뿐이다.

전체 작품의 근간이 되는 서정인의 세계 인식은 전체 텍스트와의 상관관계 속에서 살펴보면 일관성을 지니고 있다. 서정인은 다양한 시선

---

160) 서정인, 「의상을 입어라」, 『세대』, 1963, 308쪽.

의 가치를 인정함으로써 진실을 찾아가는 과정을 중요시하는데, 이것은 그가 등단작인 「후송」(1962)에서부터 견지해온 태도이다. 다면적인 세계를 통찰하기 위한 서정인의 작가 의식은 그를 필연적으로 상대주의적 세계관, 순환론적 시간관, 반성자적 태도로 이끈다. 『달궁』에 앞서 발표한 단편에서 작가 의식이 구체적으로 형상화한다.

① 거울을 통해서 거꾸로 볼 때처럼 같은 세계가 또 하나의 다른 세계로 나타났다. 그의 수정체는 채색되어 있었다. 그것은 편리한 채색이었다. 각도를 달리해서 볼 때완 다른 무엇이 있었다. 보이는 대로 보는 대신에 보고 싶은 대로 볼 수 있었다. 보았던 것을 안 볼 수도 있었고, 안 보았던 것을 볼 수도 있었다. 그러나 어느 풍경화가 더 진실에 가까웠는지 말하기 어려웠다.[161]

② 「돈 삼 만원 내놓으라고 육순 어머니한테 몽둥이 찜질을 한 삼십 대가 있었어요. 빚 얼마에 실직한 가장이 어린 자녀들을 불태워 죽였어요. 입원비 얼마에 실직한 가장이 어린 자녀들을 불태워 죽였어요. 입원비에 대한 보장이 없으면 병원이 죽어 가는 환자를 문 앞에서 따돌리는 것은 흔히 있는 일이에요.」 / 「철순이는 왜 그런 무지막지한 사람들 얘기만 하지? 세상이 그런 사람들만 사는 건 아니지 않아?」 / 「그 무지막지한 사람들을 비난하고 싶으시겠지만, 나는 그런 생각이 추호도 없어요. 나는 다만 모든 것이 상대적이라는 것을 얘기하고 싶었을 뿐이에요.」[162]

③ 세상은 혼자 사는 것이 아니었다. 더구나 나하고 같은 생각을 가진 사람들만 사는 데는 아니었다. 오히려 그 반대였다. (…) 다른 것과 틀린 것을 구별하지 못하는 것이 병이었다. 병도 큰 병이었다. 부모가

---

161) 서정인, 「후송」(『사상계』, 1962.12 발표), 『강』, 1996 재판, 44-45쪽.
162) 서정인, 「철쭉제」(1983.가을 발표), 『철쭉제』, 민음사, 1986, 136-137쪽.

죽으면 그 시체를 부활할 때를 기다려 땅에 묻는 사람들은 왕생극락을 바라며 불에 태우는 사람들을 틀렸다고 하고, 아까운 부모 시신을 땅에 묻어 썩히거나 끔찍하게 불에 태울 수가 없어서 상하기 전에 먹어치우는 사람들은 매장과 화장 둘 다를 틀렸다고 할 것이다. 그들은 틀린 것이 아니라 서로 다를 뿐이었다. (달3 : 147-148)

예문 ①은 「후송」의 성중위의 내적 고백이다. 성중위가 이명증으로 고통을 호소하지만, 꾀병으로 치부하는 현실에서 치료를 위한 '후송'은 지연될 수밖에 없다. 인간의 '말'보다는 '문서의 기록'이 신뢰를 받는 현실에서 절망하지만, 결국 이것이 자신이 처한 현실이라는 것을 인정할 수밖에 없다. 성중위는 '진실'이 군대라는 조직의 '원칙' 앞에서는 아무것도 아니라는 새로운 질서의식을 깨닫게 된 것이다. 그것은 성중위에게 '혼란'으로 다가왔지만, 세계를 다면적으로 바라볼 수밖에 없는 새로운 인식이며, 상대주의적 사고를 인정해야하는 깨달음이다. 예문 ②는 「철쭉제」에서 철순이가 '상대주의'의 필요성을 우리 사회에서 일어나는 부조리한 '사건'을 통해서 드러내고 있다. '어머니를 몽둥이 찜질한 아들'을 '비난'하기보다는 그의 '입장'을 헤아려봐야 한다는 요구이다. 실직한 가장이 돈이 없어서 입원을 거절당하자, '병든 아이를 불태워 죽인' 사건을 두고, 아이의 아버지를 비난하기 보다는 아버지의 '절망'과 '분노'를 이해해야 한다는 말이다. 이와 같은 상대주의적 사고는 다면적 세계관을 형성하는 중요한 요소이다. 예문 ③은 『달궁』에서 김춘보가 세계를 다면적으로 통찰하는 의식의 일부 내용인데, 나와 다른 남을 인정해야 한다는 상대주의적 사고를 근간에 두고 있다. 내가 처한 환경과 습속은 다른 나라의 환경과 습속과는 당연히 다를 수밖에 없다. 서정인은 이러한 사실을 강조함으로써 대상을 다면적으로 바라보는 것이 순리라는 것을 말하고 있다.

작가의 대리 자아라고 볼 수 있는 김춘보를 통해서 드러내는 다면적 세계 인식은 「후송」에서부터 돋보이기 시작한 '상대주의', 「철쭉제」(1983~1985)의 '순환론적 세계관', 「의상을 입어라」(1963)의 '현우'와 「토요일과 금요일 사이」(1979)의 '민구'의 '반성자적인 태도' 등을 토대로 한다. 다면적 세계관을 형성하는 작가 의식은 『달궁』 이후, 『봄꽃 가을 열매』, 『모구실』에서 끊임없이 새로운 이야기를 추동하는 세계관으로 기능하고 있다.

이와 같이 『달궁』은 1960~70년대 발표된 작품과 『달궁』 이후에 발표되는 작품들이 직·간접적인 영향관계에 놓여 있다. 따라서 『달궁』을 주제와 내용을 이해하는 문제는 전체 소설과의 관계 속에서 근본적인 해결이 가능하다. 『달궁』의 중심 사건인 전쟁, 여성으로서 겪는 수난, 질병 등은 작가의 세계관을 토대로 살펴볼 때 텍스트 이전과 이후의 작품이 '변형'과 '차이'를 통한 반복적 재현이라는 특성을 보여주고 있다. 그러나 분명한 것은 내용의 재구성을 통해서 이전 텍스트와 작가의 경험을 재현하더라도 작가가 지향하는 다면적 세계관을 드러내는 상대주의적 태도, 반성자적 태도 등은 그의 소설세계에서 변함없는 일관성을 갖고 있다는 사실이다.

2. 중층결정의 서술 미학적 의의

1) 중층결정의 질서화

『달궁』을 통해서 살펴본 서정인의 서사전략적 특성은 중층결정 구조에서 비롯된다. 이와 같이 보는 이유는 작가가 우리들의 다양한 '지금 여기'의 삶을 드러내기 위해서 모색한 서술 방식이 최종적으로 중층결정 구조로 수렴되기 때문이다. 텍스트의 구조 방식은 액자소설 형태이다. 바깥 이야기는 여행 중인 장검사와 인실의 교통사고라는 두 개의 사건이 중심축을 이루고 있다. 안 이야기는 인실의 삶과 일정한 관계를 맺으면서, 이야기를 펼쳐가는 방식으로, 17개의 의미단락으로 구성되어 있다. 그리고 그 각각의 의미단락은 다시 단시적 사건과 크고 작은 삽화를 거느리고 있다.

그런데 그 삽화의 구조방식을 보면 마치 뿌리 식물이 뻗어나가듯이 불규칙하게 횡적으로 무한히 확장해가고 있는 형상이다. 삽화를 확장적으로 구조화한 것은 인실을 둘러싸고 있는 부조리한 상황을 보여주기 위해서 뿐만이 아니라 우리 모두가 처한 현실을 숨김없이 보여주려는 작가의 의도이다. 이에 따라 중심서사에서 한없이 뻗어나간 자리에 몇 겹의 속삽화를 구조화하기까지 한 것이다.

사건 구조는 하나로 집약되기보다는 '리좀' 형태로 확장되어 있다. 이는 우리들의 미필적인 다양한 삶을 보여주려는 작가의 의도적인 서사전략이 다양한 주제를 함의하게 한 것이며, 우리들의 삶을 사실 그대로 재현하려는 리얼리즘 정신에 입각해서 구조화한 서사전략으로서 역할 한다.

우리의 삶이 무계획적이고, 우연의 연속이라는 사실을 '만남과 이별' 구도로 수렴하여 의미단락을 형성해 가는가 하면, 그 의미단락이 거느리는 삽화를 계기적이지 않은 형상으로 펼쳐놓았다. 이는 결국 인실의 불행한 삶을 중층결정 구조를 통해서 설명하려는 바와 다르지 않다. 중층결정 서사 구조는 우리에게 펼쳐진 세계를 다양한 각도에서 '있는 그대로' 각색하지 않고 보려는 작가의 다면적 세계 인식과도 밀접한 것인데, 서정인은 이를 액자소설 구조 방식의 새로움으로 구체화한 것이다.

내가 집을 약속대로 토요일 밤에 나온 것은 그도 알고 있었다. (B)그는 그 밤을 새우고, 날이 밝자 첫차로 집에 달려갔다. (B)그는 선뜻 집 안으로 들어설 수가 없었다. 그는 죄인이었다. (B)그는 사방을 두리번거리며 부엌으로 갔다. (…) 그의 모친이 그림자처럼 부엌 문간에 서있었다. (A)그(네)가 여그 웬일이냐? (B)그는 피식 웃었다. (…) (B)그의 모친도 목이 말랐다. (B)그들은 방으로 들어갔다. (…) ⓐ인실이가 간밤에 집을 나갔다. 집을 나가요? (A)그(너) 모르는 일이냐? ⓐ인실이가 집에 있는지 없는지 알아볼라고 왔소. 어찌 인실이가 있는지 없는지 알아볼 생각이 들었다냐? 무슨 수상헌 낌새라도 있었냐? 아니요. 아는 대로 이실 직고해라. (A)그(너)의 아부지가 시방 (A)그(너)헌테 쫓아갈라고 허고 있다. 인자 가실 필요가 없겄오. (A)그(너)허고 무슨 약조가 있었냐? (C)그(내)가 ⓑ가를 어따가 감춰놓고 왔단 말이요? (…) ⓒ그년은 열 세 해 동안이나 친 자식겉이 멕여주고 입혀주고 키워준 (D')그들(우리)을 버렸다. (A)그들(우리)만 버린 것이 아니라, 그(너)도 버렸다. (A)그(너)는 ⓑ가가 그들은 속여도 그는 안 속일 줄 알았지야! ⓓ부모 기이는 년이 지 아비는 못 따돌릴라드냐? (…) (A)그(너)는 어찌 그리 까깝허냐? 누가 가깝헌지 모르겄오. (…) (A)그(네)가 돈을 가져갔냐? (A)그(너)헌테 돈이 있다고, (A)그(네)가 그 돈을 가져갔다고 믿어라 그 말이냐? (A)그(네)가 그 묵고 살라고 그 돈 가져갔냐? 그 돈 없으면 그(네)가 못 묵고 사냐? ⓐ인실이 때문에 가져간 돈은 ⓐ인실이가 가져간 돈이다. (…) 왜, (D)그의(내) 말이 틀렸냐? (D)그의(내) 말에 어디 잘못된 디라도 있냐? (A)그(녀)도 그렇게 생각허고 있는 것이 안 좋겄냐? 어무니 말에 틀린 디가 있겄오, 언제라고? 근디, (C)그의(내) 말도 틀린 말이 아니요. 틀린 디가 없는 말 한 마디만 더할까요? (C)그(나)는 학교 때려치우고, 군대에나 갈라요. (달1 : 91-92, ( )와 밑줄 인용자)

위의 예문은 인칭 해체, 따옴표 해체, 대화 중심 서술, 다중 서술자, 다중 초점화 등 형식 실험 의식을 구체화하는 『달궁』의 서술 전략적 특징을 대표하는 문단의 하나이다. 예문은 의미단락 2에서 병덕이가 인실에게 청혼을 하고 두 사람이 출분하는 과정에서 병덕이 부모의 '돈'을 훔친 사건을 두고 어머니와 나누는 대화의 일부이다. (A)는 어머니가 병덕이를, (B)는 대화 상황에 없는 서술자 인실이가 병덕이를, (C)는 병덕이가 자기 자신을, (D)와 (D')는 병덕이 어머니가 자신과 그들 가족을 지칭하는 인칭 대명사를 해체하여 인실이의 입장에서 재구성하여 지칭하고 있다. 그리고 ⓐ~ⓓ는 등장인물의 언어를 그대로 서술한 것이다. ⓐ~ⓓ에서 보여주는 호칭은 서술자인 인실이가 스토리 안에 존재하지 않는다는 것을 분명히 한다.

먼저 인칭 문제를 살펴보면, 인실을 중심으로 표현하고 있거나, 이러한 표현이 독자에게 혼란을 줄 가능성이 있는 경우에는 의도적으로 변화를 줌으로써 맥락의 정보를 제공한다. 이는 인실의 일기를 토대로 하여 스토리 밖에 있는 서술자가 인칭을 재구성하여 담론화 하고 있다는 구체적인 근거이다. 다시 말하자면, 밑줄 친 "내가 집을 약속대로 토요일 밤에 나온 것은 그도 알고 있었다."라는 문장은 인실이 서술자임을 알려주는 정보로 기능하고 있지만, 역설적이게도 '인칭'을 인실이 입장에서 표현하고, 병덕 어머니가 인실을 호칭한 그대로 '인실', '가', '그년', '부모 기이는 년'으로 표현한다. 2차 서술자가 이와 같이 인칭을 구분해서 사용한 것은 인실이의 일기를 텍스트에 옮기는 과정에서 1차 서술자인 인실의 위치와 초점자를 밝혀주려는 의도이다.

병덕이가 어머니와 있었던 '대화 상황'을 인실에게 전달하고, 이 사실을 인실이 기록한 일기를 장검사가 본 것이며, 이것을 서술자가 언술한 것이므로 미케 발이 언급한 바에 따라 도식화하면, '[CF1(병덕)-p]-[CF2(인실)-p]-[CN1(인실)-np]-[CF3(장검사)-p]-EN2-p'이다. 서술상황에는 서술자가 서술하기까지 세 인물의 초점자가 개입하고 있으며, 최종적인 서술자는 2차 초점자가 1차 서술한 것을 3차 초점자인 장검사의 관점에 기대어 서술하고 있다. 이와 같이 복잡한 서술상황에서 서술자는 자신의 목소리를 숨기고, 인물들의 언어와 초점자들의 목소리로 서술한다. 특히 인칭으로 1차 서술자의 초점에 기대어 3차 초점자가 초점화한 것을 다시 작품 외부에 있는 최종 서술자가 서술하면서 이것을 인칭으로 반영하고 있다는 것은 최종 서술자는 사건을 옮겨놓는 역할만 할 뿐이고, 사건을 경험하고 서술한 존재는 따로 있다는 표지를 한 것이다. 이와 같은 다중적 서술상황이 『달궁』에서 계층적인 초점자 형상으로 구체화되고, 서술자의 목소리가 다양하게 분석되는 이유이다.

하나의 사건을 두고 인물 초점자가 몇 번에 걸쳐 교체되면서 서술상황을 복합적으로 형성한 궁극적인 목적은 한 사람의 시각으로 사실을 사실대로 보기 어려움을 보여주는 것이며, 다양한 인물의 시각을 통해서 진실에 보다 가깝게 서술하고자 하는 내포 작가의 이데올로기가 강하게 부합된 결과이다. 서술상황을 통해서 확인할 수 있는 서술자와 초점자의 다중성은 『달궁』의 중층결정 서사 구조와 밀접하다고 볼 수 있다.

서정인은 『달궁』을 통해서 시각과 청각이 공명을 이루는 미학적 효과를 기대하고 있는데, 이 또한 중층결정 구조의 연장선상에 있다.

> 그가 가장 잘하는 것은 물론 설교와 기도였다. <u>오라!</u>   형제들이여!
> <u>__실로암 기도원으로!</u> 난치병, 불치병, 말기병으로 신음 중인 형제들은
> 여기 와서 단식과 기도로 성령의 힘을 빌어 건강을 구하라! 그러면 건
> 강의 반드시 그대의 것! 의사들도 열었다가 그냥 닫은 말기암을 생수
> 와 믿음으로 성령의 불길을 내려 스스로 퇴치하신 황장로님의 증거하
> 심. 황장로님 직접지도. 황장로 약력. 만주국 봉천에서 출생. 귀국. 소
> 학교 졸업. 한학 수학. 고등공민학교 졸업. 풍한실업 창업. 국제통상 대
> 표. 지역사회 개발위원. 청소년 선도위원. 풍성 교회 장로 착좌. 미국
> 유니온 콤뮤니티 코리지에서 법학박사 취득. 국민사상 선양대회 전국
> 협의회 의장. 중략. 말기간암 육 개월 시한부 인생으로 입산수도. 기도
> 원 창설. 도미 삼개월간 미국사회 시찰. 그의 이력서에 거짓말은 없다.
> 그의 인생에 거짓이란 없다. 그는 거짓을 미워하고 참을 좋아한다. 참
> 된 것을 찾아서 평생을 살아왔다. <u>자, 기도하자</u>. (달1 : 133, 밑줄 인
> 용자)

황장로의 '설교문'과 4음보 사설체는 서정인 소설의 서술 미학적 특징으로 볼 수 있다. 위의 예문은 황장로의 '설교문'인데, 자신의 이력을 허위로 밝히면서, 사람들을 현혹하는 장면이다. 구어체를 완벽하게 구

사하고 있는 서정인의 면모를 보여준다. 특히, ①의 밑줄 친 부분은 본문에서 세 글자 정도의 공백을 두고 있는데, 소리를 내서 읽다보면, 실제 교회에서 목사의 설교를 듣는 착각을 일으키게 한다. 이는 실제 기도를 하는 어조와 호흡을 시각화함으로써 사실감과 현장감을 부여하고, 인물을 '살아있는 언어'를 통해서 그려내려는 형식 실험의 구체적인 실천이다. 김철복은 전주 시내에서 '주택 청부업'을 하는 김사장으로 불리지만, 실로암 기도원에서는 '황장로'이며, '황 이사장'이다. "그의 인생에 거짓이란 없다."라고 밝히고 있지만, 실제 그의 삶은 '위선'으로 가득 차 있다. 김철복의 카멜레온과 같은 양면성은 의미단락 6·7을 통해서 구조화 하였다. 이는 17개의 의미구조를 형성하고 있는 각각의 의미단락과 삽화가 느슨한 것 같지만, 실제로는 주제를 구현하기 위해서 치밀하고 철저한 서사전략으로 이야기를 추동하고 있으며 구체적인 형상을 갖추고 있다.

중층결정 서사 구조를 통해서 주제를 구현하는 작가 의식은 시각과 청각의 이와 같은 어우러짐을 통해서 그 구조적 미학의 극대화를 꾀하고 있다. 『달궁』은 액자소설로서 이야기가 꼬리에 꼬리를 무는 연쇄법으로 구조화되었다. 예를 들면, <아우님>을 소제목으로 하여, 김철복이 자신의 과거담 등을 일방적으로 언술하고 나면, <형님>을 소제목으로 하여 김철복의 사촌형님이 일방적인 언술을 한다. 사촌형님의 말이 이어지고 그 결미에서 "그런디, 제수씨는 어디를 갔다냐?"(달1 : 155)을 매개로 하여, <제수>라는 소제목이 등장하고, 김철복의 아내 이야기로 이어간다. 그리고 이어서 <조카>라는 소제목으로 김철복의 사촌형님이 자신의 아들을 "다래골에 인물 하나 났네."(달1 : 158)와 같은 언술 방식으로 소개하면서 이야기를 펼쳐나간다. 다음 예문은 <형님>이라는 소제목으로 김철복의 사촌형님의 일방적인 언술인데, 『달궁』의 서사전략의 특징을 보여주는 면모가 다채롭다.

　(A) 아우님은 큰집 형이 조카하고 같이 십 년만에 찾아왔는디, 알면서도 이틀씩이나 집을 비우고 밖에서 사업만 하고 돌아다니시긴가? (…) (B) 내가 못사는 것은 너 때문이고, 너가 잘사는 것은 나 때문이다. ⓐ나는 너가 잘살기 때문에 못살고, 너는 내가 못살기 때문에 잘산다. (…) 세상이 변해서 잘살고 못사는 것이 바꼈는지 분명치가 않다. 아무래도 세상이 변해서 잘살고 못사는 것이 바뀐 것 같다. 일본놈들이 물러가자 친일파들이 망했고 이승만이 물러가자 친일파들이 망했고 자유당이 망했다. 우리집은 친일파였다. (…) 그들이 망한 것은 세상이 변해서이기도 하지만, 잘살고 못사는 힘들이 부딪친 결과이기도 했다. ⓑ나는, 일제가 미영귀축에게 무릎을 꿇었을 때, 향리에서 농사를 짓고 있었다. 처음부터 농사를 지었겠냐? (…) ⓒ나는 관리로라도 입신양명을 해 볼까 하고 면사무소에 들어가서 서기노릇을 했었다. (…) 어느 날 나는 군청에서 나온 나 또래의 어린 일본놈 주사한테 서툰 조선박치기 솜씨를 가르쳐 주고 미련없이 괘관했다. 그리고 나서 내가 무엇을 허겄냐? 내가 일본 육사를 가겠냐? 대학생도 아닌디 학도병을 가겠냐, 그렇다고 남양으로 징용을 가겠냐? (C)고향집에 돌아와서 농사를 한번 지어보는디, 뼈에 붙는 농사일이 서툰 사람 먼저 알고 사흘거리 잔상처요 닷새마다 몸살이라. (…) 힘들기는 곱절이요, 일하기는 반절이다. (…) 짐승같이 일을 하고 짐승같이 살아가도, 한 해 한 해 살림살이 퍼질 날이 없는 판에, 부모 초상 소상 대상 삼년거상 하고 나면, 없는 빚은 생겨나고 있는 빚은 늘어난다. (…) (D)그래도 농사만큼 정직한 것이 없다. 나는 해방 전부터 세 세상들을 거치면서 삼십 년 동안 땅을 파묵고

살아 왔다. 왜정 때는 소작이 있었고, 자유당 때는 보리고개와 우골탑이 있었고, 지금은 부재지주와 이농과 밭떼기가 있다. 농사라고 다 좋은 건 아니다. 나는 그 악들을 다 겪고 견뎌냈다. 내가 살아 있는 것이 그 증거고, 자식 대학 졸업시킨 것이 그 증거다. 그리고 부조로부터 물려받은 문전옥답이 다 없어져 버린 것이 그 증거다. (…) 그런디 제수씨는 어디를 갔다냐? (달1 : 151-155, 밑줄 인용자)

위의 예문은 김철복의 '사촌형님 과거'에 해당하는 일부 내용이다. 김철복의 사촌형님의 일방적인 말이 4쪽에 걸쳐서 언술된 경우인데, 화법을 보면 다양한 면모를 보여주고 있다. 먼저 상대 높임법이 변화를 보여주고 있다. 즉, (1)은 '하게체'로 언술된데 비해, (2)에 이르면, 서술형 어미 '-이다'와 직접발화 '-냐'가 공존함으로써 '해체'로 변화한다. 그리고 (3)에 이르면, 4음보 사설체 판소리 사설체로 서술한다. 그리고 (4)에 이르면 서술형 종결어미 '-이다'와 직접발화 '-냐?'가 공존한다. 서두에서 '하게체'로 발화한 것은 오랜만에 만나서 격식을 차리는 상황에서 발화한 것이고, 이후 자연스럽게 비격식체 '해체'로 언술한 것을 반영하고 있다. 그리고 여기서 보여주는 서술형 종결어미 '-이다'가 두드러지게 문장 종결어미로 사용한 것은 직접 발화가 아니라 서술자의 언어이다. 이와 같이 서술자의 목소리가 다중성을 띠는 것은 다양한 초점자가 계층적으로 분포되어 있기 때문이다.

이를 도식화하면 '[CF1(형님)-np-[CF2(인실)-p]-[CN1(인실)-p]-[CF3(장검사)-p]-EN-p'이다. 위의 예문은 사촌 형님의 과거담으로 사촌형님이 경험자로서 1차 초점자이다. '서술상황'은 세 번의 굴절을 거치지만, 1차 초점자의 목소리로 최종 서술자가 서술하는 것을 보더라도 굴절의 흔적은 전혀 없다. 이것은 2차, 3차 초점자의 의식과 1차 서술자의 의식을 배제하고, 경험담의 초점자인 인물의 관점과 그의 목소리로 서술하고 있기 때문이다.

김철복의 사촌형님은 일제 강점기부터 평생을 농부로 살아온 인물이다. (C)는 일제강점기에 면서기를 하는 어려움을, (D)는 농부로 살아 온 어려움을 토로한 것이다. 중심서사의 이야기 시간을 멈추고, 주변인물의 과거담이 중심으로 부각되어 이야기를 추동하는 경우는 주로 서정인이 자신의 작가 의식을 펼쳐내기 위해서 이야기를 의도적으로 확장하는 경우이다.

(C) 판소리 사설체는 인물의 일방적인 발화에서 오는 단조로움을 극복하고, '흥미'를 유발하는 기능을 한다. 전체 텍스트는 특히 지루한 과거담, 혹은 비극적인 장면 묘사를 하면서 이와 같은 판소리 사설체를 비롯해서, 민요·시조 등의 형식을 적극적으로 수용하고 있다. 텍스트에 다양한 장르와 문체를 주요 적절하게 삽입하고 수용함으로써 한국 문학다운 독창적인 소설 문법을 개척했다는 점에서 문학사적 의의가 크다. 서정인은 특히 '소리'에 민감하고, '청각적인 울림'을 중요시한 작가로서 운문 장르를 수용하는 의미단락을 보면, 음보에 따라 띄어쓰기를 의도적으로 하는 등 창조적인 실험정신의 실천적인 면모가 두드러진다. 특히, '문답법'으로 서사를 추동해 나가는 태도는 『달궁』의 대화 중심 소설로서의 면모이다.

　(A)벽에 긴급 도피구라 쓴 합성수지 조각이 붙어 있었다. (B)비상구, 비상구, 도처에 멀쩡한 출입구를 비상구라고 하더니, 정작 비상구라고

해야 할 데는 긴급 도피구라고 하는구나. (A)그 옆에는 숫자와 영어문자로 화살표들과 함께 일에프 이에프리 쓴 표지들이 붙어 있었다. (B)자, 이게 또 무슨 소린가. 신식 고층 건물들이 오에프가 어떻고 심이에프가 어떻고 하니 낡고 낮은 건물들도 하나같이 에프 타령들이다. (A)아마 이런 말은 미국 사람들도 무슨 말인지 못 알아볼 것이다. (…) 십구 씨는 무슨 말인가. 십구 세기 하면 어디가 어긋나나. 이것도 미국사람들이 못 알아들을 영어다. (B)그걸 왜 우리들이 알아들어야 하나. 국사학자라고 하는 사람이 서기전을 기원전이라고 하니, 무심해서냐 무식해서냐. (…) 시각적 효과? 지면 절약? 국민학교 학생이 몇 살? 하면 십 살, 해도 시각적 효과냐? 청각적 효과는 생각 안 하냐? (…) (A)일이 묘하게 되느라고 이층 복도를 사이에 두고 북향으로 보존과가 있고 맞은 편 남향으로 학장진료실이 있었다. 학장 진료실이라. 학장이 진료하는 방이렷다. 그는 그 방의 문을 두드렸다. (달3 : 88-89)

위의 예문은 김춘보의 언어의식을 내적 독백으로 드러낸 예문이다. 그런데 (A)와 (B)구분한 바를 보면, (A)는 서술자의 말, (B)는 인물의 말이다. 독백인데도 불구하고 이와 같이 대화체로 언술한 것은 '현상'을 두고, 나와 다른 사고를 하는 인물과 대화를 통해서 합일점을 찾아가고자 하는 내포 작가의 강한 욕망이 반영되어 있기 때문이다. 텍스트 전반에 걸쳐서 이와 같이 대화를 지향하는 특징은 소단원과 소단원이 대화의 주체로 구분되어 언술하는 경우에서도 드러난다.

서정인은 이와 같이 우리들의 다양한 삶을 가공하거나, 포장하지 않고 있는 그대로 보여주려는 서사전략으로써 중층결정 구조를 통해서 우리들의 현재적 삶을 전반적으로 드러내고자 하였다. 서정인은 『달궁』을 통해서 우리들이 처한 혼돈된 현실을 그대로 드러내기 위해서 가장 적절할 서사 구조 형태를 중층결정 서사 구조로 선택한 것이며, 이에 따라 사건 구조와 초점화, 서술자 전략, 인물과 시공간적 배경을 창조하고, 언어와 화법을 구상한 것이다.

2) 서술 미학적 의의

서정인의 서술 미학적 의의는 현실을 반영하는 '살아있는 언어구현' 에서 비롯된다. 구어체가 중심이 되고, 각 집단의 특징으로 구사되는 사투리를 치밀하게 재현함으로써 현장감을 살려주며, 4음보 사설체를 통해서 이목(耳目)이 공명(共鳴)을 이루는 것은, 서정인의 창조적인 문학 의식의 적극적인 실천이다. 이는 현실을 형식적인 표현을 통해서 '사실 그대로' 재현하려는 작가 의식의 구체적인 실천이다.

『달궁』에서 보여준 서술의 대화성, 자유 간접 화법, 판소리 사설체 등이 서정인 소설의 독특한 문법으로 구축된 것은 '사실을 사실대로' 보여주려는 작가의 실험 정신 및 장인 정신과 밀접하다. 서정인 소설의 서술 미학적 의의는 전통 소설 문법을 거부한 이유에서 그 단초를 찾아 볼 수 있다. 텍스트의 등장인물 김춘보의 언어의식을 구체적으로 드러낸 것은 형식을 통해서 진실에 좀 더 가까이 다가가겠다는 신념을 독자에게 전달하려는 의도이다. 이는 『달궁』에서 소설 언어로 모색한 '화법'의 근간을 확인할 수 있는 특징이다.

김춘보가 지적하는 문제의 핵심은 진실을 왜곡하는 어법에 두고 있다. 텍스트에서 일련의 문체적 실험으로 전통소설 문법을 해체하고, 문법의 규칙을 거부한 것은 일반화된 규칙 속에 '진실'되지 않은 것들을 가두고 있다는 것을 비판하는 목소리이다. 『달궁』에서 대화와 지문을 구분한다는 일의 어려움을 "따옴표 해체"로 표현하고, 문단을 해체한 실험적인 소설 문법은 이를 근간으로 한 것이다. 구어체의 전면화, 따옴표와 문단의 전면적 해체를 보여주는 『달궁』의 소설 문법은 「토요일과 금요일 사이」를 비롯해서 「철쭉제」를 창작하는 과정에서 창조 정신을 바탕으로 끊임없이 자신의 소설 문법을 연구한 결과 이룬 업적이다. 이를 통해서 서정인의 문체는 고독한 장인정신을 바탕으로 완성해 간다.

『달궁』에서 전면화된 구어체에 대한 언어의식을 통해서 '살아있는 언어를 구현' 하려는 서정인의 의지를 구체적으로 확인할 수 있다. 일반적으로 지식인은 표준말을 구사하고 대중들은 사투리를 사용하는 것으로 등장인물들의 언어가 이원화된 경향이 있지만, 『달궁』은 지식의 정도와 상관없이 사투리를 전면적으로 사용한다. 비지식인인 인실이나 윤점례, 여인숙의 포주는 물론이고, 대학교수인 윤창수, 전직 역사 교사인 황영감, 학원 이사장 김춘보 등의 언술을 보면 사투리로 일관된 언술을 하고 있다. 등장인물들이 대개가 시골 출신으로 구성되었다는 점도 있지만, '생동감'과 '현장감'을 살려주는 '구어체'는 '사투리'를 통해서 사실감을 얻고 있다.

'남의 말을 그대로 옮기는 어려움'을 서정인은 『달궁』에서 따옴표를 해체함으로써 해결하였는데, 이러한 작가 의식은 상대의 말을 옮기는 사람은 어떤 방식으로든 자신의 의견을 개입시킬 수밖에 없다고 본 것이다. 『달궁』에 다양하게 구조화된 속삽화는 1차 서술자이자 초점자인 인실의 생각이 어떤 방식으로든 투영될 수밖에 없다는 것을 전제로 한다. 이러한 특징은 남의 말을 완벽하게 옮길 수 없다는 것을 인실의 조카가 어머니로부터 들은 이야기를 요약한 서술에서 구체적으로 보여주고 있다.

① ①이모는 처녀가 되어서 어느 날 표연히 산내 산골짜기에 나타났다. 우연히도 그것은 외할아버지의 쉰다섯 번째 생일 일주일 전이었다. 외할아버지는 그때까지 살아 있었다. ②목덜미의 심줄이 밭아서 고개를 숙이지 못했던 그는, 어깨부터 굽히는 것이 번거로와서 머리를 뒤로 발딱 젖친 채, 사람이 지나면 입을 벌리고 껵껵 소리를 내며 웃었다. (…) 엄마는 ③이모가 임신 중임을 알아챘다. 이모는 아무 설명도 변명도 하지 않았다. 이모는 외할아버지 집에서는 아무도 다녀본 적이 없는 중학교를 졸업했고, 고등학교까지 다니다가 중퇴를 했다. 엄마는 가슴이 철렁 내려앉았다. 얼굴이 반반하고 눈에 총기가 있는데다가, 공부까지 해 놨으니, 미상불 일은 심상치 않게 되었다. 이모는 꼭 일주일을 머물다가, 올 때처럼 훌쩍 흔적도 없이 떠나갔다. 머무는 동안에도 병적일 만큼 말수가 적었다. 그 뒤로 이모는 발길을 끊었다. (달1 : 46-47)
② 나의 배가 차츰 불러왔다. (…) 다니던 학교를 그만두었다. (…) 배는 계속 불러왔다. 어머니는 할수없이 아버지와 상의하여 아버지에게 한약을 지어오게 했다. ⓐ나는 어머니가 손수 약탕관에다 다려서 짜준 검고 쓴 한 사발의 약을 코를 싸매고 벌컥벌컥 들이켰다. 뱃속의 생명을 죽이자니 내 자신이 성할 리 없었다. 나는 보름동안 앓았다. (…) 시간이 흘러가자 상처도 아물었다. 그런데 느닷없이 오빠가 구혼을 해왔다, 갑자기 말까지 더듬으면서. 그는 고등학교를 졸업하고 대학생이 되어 있었다. 나는 그에게 오빠라는 것을 내세울 수밖에 없었다. ⓑ그는 나의 사건을 모르고 있었다. (…) 내가 스스로 삼 년 전의 상처를 해처 보일 수는 없었다. (달1 : 68, 밑줄 인용자)
③ 어느 날 나는 고향을 찾기로 마음을 먹었다. 내가 열일곱 살 되던

해였고, 부모와 헤어진 지 십 년이 되었을 때였다. (…) ⓒ스무 살이 되었을 때 부모를 찾아 집을 떠났다. 그들을 찾기로 마음먹은 지 삼 년만이었다. (…) ⓓ나는 생부의 쉰 세 번째 생일 전날 밤을 역전의 한 여인숙에서 보냈다. (…) 집에 간 날이 바로 아버지의 생신날이었다. 처음부터 그랬는지 몰라도, ⓔ그녀의 아버지는 입을 떡떡 벌리고 코끝을 내려다보면서 껄껄 웃는 백치가 되어 있었다. 그녀는 일주일 후, 고향을 다시 떠났다. 이번에는 그녀 자신의 분명한 뜻으로. (달1 : 69-87, 밑줄인용자)

예문 ①은 인실이의 언니 딸인 태숙이가 어머니로부터 들은 이모에 관한 말을 서술한 것이고, ②는 임신과 유산이라는 아픔을 겪은 지 3년 후에 병덕이가 청혼을 했으며, ③은 집을 나오기 위해서 병덕을 따라 나섰다는 심경과 고향을 찾은 시기 및 아버지의 상태를 인실이가 서술한 예문이다. 다시 말하자면, ①에서 서술자는 '태숙'인데 태숙은 남의 말을 옮기는 역할에 한정되었으며, ②③은 인실이가 자기의 경험을 서술했다는 점에서 '사실 언어'이다.

태숙의 서술은 인실이의 경험과 내용의 차이가 분명하다. 인실이가 친부모의 집을 찾은 것은 ⓓ와 같이 생부의 쉰 세 번째 생일날인데 [1]과 같이 쉰다섯 번째 생일 일주일 전이라고 태숙이는 서술한다. [2]는 어머니로부터 들은 할아버지의 상태 묘사인데, 태숙이는 할아버지가 고개를 숙일 수 없어서 항상 고개를 빨딱 젖히고 웃었다고 서술하지만, 인실이가 본 아버지는 ⓔ와 같이 코끝을 내려다보고 웃었다고 묘사하고 있다. [3]은 어머니가 이모에 대해서 가졌던 가상의 걱정을 마치 사실처럼 태숙이가 서술하고 있는데, 인실이 임신을 한 것은 열일곱 살인

고1 때의 사건이었고, ⓐⓑⓒ를 통해서 유산하게 된 일, 삼 년 후 오빠가 청혼했으며, 스무 살 때 부모를 찾기 위해 길을 나섰다는 사실을 토대로 보면, 태숙은 비지각적인 의견까지 서술한 것으로서 사실과는 거리가 있다.

서정인은 남의 말을 옮기는 어려움을, 인실이가 겪은 일을 태숙이 어머니로부터 전해 듣고 서술하는 한계를 통해서 밝히고 있다. 이는 사실을 그대로 재현하는 일이 불가함을 작품을 통해서 보여준 경우이다. 살펴본 바와 같이 서정인 소설의 형식적인 특징을 총망라하고 있다고 보이는 『달궁』의 서술 미학적 의의는 구어체를 전면화하고, 따옴표와 문단을 해체하는 등 소설문법 창조에 있다. 이것은 사실을 사실대로 드러내려는 작가 의식을 기반으로 한 것이며, 소통을 지향하는 언어의식으로 볼 수 있다.

　서정인의 연작소설 『달궁』은 한국 현대소설의 새로운 형식을 창조했
다는 점에서 주목을 받아왔다. 특히 서정인 소설의 형식 미학적 특성과
실험 정신이 강하게 드러나는 작품이라는 점에서 그가 성취한 소설 미
학적 특성을 잘 보여주고 있는 작품이라고 할 수 있다.

　본 연구에서는 『달궁』의 서사전략을 이야기 차원과 담론 차원으로
구분하여 살펴보았다. 그 결과, 『달궁』의 서사전략적 특징은 중층결정
서사 구조에서 비롯된다는 사실을 알 수 있었다. 서정인의 우리들의 다
채로운 현재적 삶을 드러내기 위해서 모색한 다양한 서술 방식이 최종
적으로 중층결정 구조로 수렴되기 때문이다.

　2장에서는 이야기 차원의 서사전략을 사건·인물·공간(장소)의 측면
에서 살펴본 결과, 『달궁』은 인실의 불행한 삶과 인실을 둘러싸고 있
는 혼란한 삶의 양태를 드러내기 위해서 사건·인물·공간(장소)을 중
층결정 서사화 방식에 따라 형상화한 특징을 보여준다.

　중층결정 사건 구조를 통해서 『달궁』이 드러내고자 한 것은 우리들

의 '리좀화'된 현재적 삶이다. 하나의 현상 속에는 단일한 인과관계만으로는 포착할 수 없는 다양한 원인들이 내재해 있다. 그리고 그것은 언제나 '혼돈'으로 존재한다. 이러한 의미에서 '만남과 이별' 구도로 수렴하여 열일곱 개의 의미단락을 형성하고 있는 『달궁』의 안 이야기는 우리의 삶이 무계획적이고, 우연의 연속이라는 사실을 드러내기 위한 서사전략이다. 열일곱 개의 의미단락 각각이 거느리는 삽화를 계기적이지 않은 형상으로 구조화한 것은 우리들의 파편적인 삶을 드러내기 위한 서사전략 중의 하나이다. 의미단락이 거느리는 삽화는 '속삽화→두겹 속삽화→세겹 속삽화→네겹 속삽화'로 확장되어가는 형국이다. 이에 따라 이야기의 주제 역시 다양하게 변주된다.

다양한 삽화를 통해서 서사가 전개되는 만큼 초점자 역시 역동적으로 교체되면서 대상과 인물을 초점화한다. '주동인물'인 인실을 중심으로 서사가 전개되다가, 인실의 삶을 억압하는 '반동인물'들이 서사의 중심으로 나서기도 한다. 『달궁』을 일관된 줄거리로 요약할 수 없는 텍스트라는 평가는 인물의 측면에서 보더라도 타당하다. '도덕적 인물'이든 '기회주의적 인물'이든, 혹은 '긍정적 인물'이든 '부정적 인물'이든 골고루 초점화함으로써 다양한 인물의 삶을 만화경식으로 펼쳐 보인다. 이는 다양한 인간 군상의 삶을 제시함으로써 단순하게 도식화된 인간관계로는 이해할 수 없는 현실 사회의 복잡다단한 삶의 일면을 드러내고자 하는 서사전략의 하나라 할 수 있다.

『달궁』에서 주인공 인실이 살아가는 삶의 공간은 '정착'이 아니라 '이동'의 연속이다. 인실의 일생은 '만남'과 '떠남'의 구도를 근간으로 한다. 이는 인물과의 관계이기도 하며, 공간에서 공간으로의 이동을 의

미하기도 한다. '달궁'은 육이오 전쟁으로 치열한 공방이 있었던 지리산 자락에 위치한다. 『달궁』은 '달궁'을 인실의 고향으로 설정함으로써 개인의 삶을 역사·사회와 관련지어 핍진하게 그려내고 있다. 인실에게 있어서 고향, 즉 '달궁'은 전쟁으로 인한 삶의 불모성이나 가족의 해체로 인한 삶의 피폐함을 드러내는 공간이었다면, 서울을 비롯한 타향은 현대 자본주의 사회의 물신화로 인한 삶의 부조리를 드러내는 공간으로서의 성격을 지닌다.

또한 『달궁』은 서사 공간의 계기적 확장을 특징으로 한다. 의미단락 13과 같이 많은 삽화가 끼어듦으로써 이야기 시간에 비하여 담론 시간이 횡적으로 무한히 확장되는 경우를 예로 들 수 있다. 이것은 작가의 다양한 세계관을 펼쳐내기 위해서 의도적으로 이야기의 시공간을 확장한 경우이다. 이와 같이 『달궁』의 공간적 특성은 '만남과 떠남'을 통해서 새로운 공간으로 '이동'해가고 서사공간을 계기적으로 '확장'해 나간다는 점이다. 다시 말하면, 주인공이 새로운 '만남'과 '떠남'을 반복하면서 '새로운 인물'의 이야기가 삽입되고, 다시 이야기가 횡적으로 확장되기를 거듭하는 형국이다. 이와 같은 공간적 특성은 중층결정 서사 구조에서 공간적 배경이 다면적으로 활용된 경우라고 할 것이다.

3장에서는 담론 차원의 서사 전략을 '서술상황'·'서술형식'·'소설언어의 성격'의 세 가지로 나누어 살펴보았다. 이를 요약하면 다음과 같다.

『달궁』은 다양한 삽화가 중층구조를 형성함에 따라 초점자가 다양하고, 이들이 다양한 대상과 인물을 초점화 한다. 『달궁』의 서술자 역시 초점자 못지않게 복잡하다. 텍스트는 인실이가 기록한 일기를 토대로 하고 있으므로 인실이가 1차 서술자이다. 그리고 인실의 일기를 이야기로 재현하는 2차 서술자가 계층적으로 존재한다. 그런데 서술자는 철저하게 '인물적 상황 중심'으로 서술한다. 따라서 서술자의 주관성은 철저하게 배제되어 있다. 그리고 인실이의 관점과 동일시를 겪고 있는 장검사를 초점자로 내세워 스토리 밖에 있는 제한적 외부 서술자가 인실의 관점으로 서술한다. 이와 같이『달궁』은 초점자와 서술자가 계층적으로 구조된 서술상황을 이해할 때 이야기와 주제를 제대로 파악할 수 있다.

『달궁』의 서술방식의 특징은 '소통과 대화'를 지향한다는 점이다. 이는 '서술의 평면적 배치', '서술의 대화성', '화법의 혼성성'으로 구체화된다.『달궁』은 '문단'과 '따옴표'를 무시함으로써 '대화'와 '지문'의 구분을 없애는 등 비문법적인 표현을 통해서 서술을 평면화 한다. 서술의 평면화를 통해서 읽기를 지연시키고, 텍스트 이해 과정에 독자의 참여를 적극적으로 유도한 것은 주제구현을 입체적으로 완결해나가는 과정으로 볼 수 있다.『달궁』은 일방적인 '독백'이나 '요약적 언술'이면서도 묻고 답하는 방식으로 대상을 상정하고 서사를 진행한다. 이와 같은 '서술의 대화성'은 한 인물의 일방적인 '독선'을 경계하고, 상대의 입장을 인정하는 '소통으로서의 대화'를 지향하는 태도이다.

또한『달궁』은 '인물적 서술상황'을 중시하면서 '자유 간접 화법'이 주로 사용되고 있다. '자유 간접 화법'은 서술자와 인물의 경계를 약화시켜 서술자의 매개를 생략하거나 최소화함으로써 객관성을 확보하는 기능을 할 뿐만 아니라, 독자로 하여금 등장인물의 언어를 거부감 없이 받아들이게 하는 역할을 한다.

『달궁』 텍스트 안에는 다양한 문학 장르가 등장할 뿐만 아니라, 이를 통해 독특한 문체의 실험이 이루어진다. 황장로의 설교문이 4.4조 운율을 지닌 운문으로 언술되기도 한다. 이러한 서술방식은 '운율의 효과'만을 기대한 데 그친 것이 아니다. 4음보 판소리 사설체를 통해서 개인의 과거사를 담아내고, 시조나 민요를 패러디함으로서 개인의 정서를 드러내는 데 효과적으로 기능한다. 또한 이를 통해서 대상을 풍자하고, 희화화함으로써 작품의 주제의식 뿐 아니라 소설미학을 효과적으로 구현하고 있다.

이와 같이 텍스트는 전통적인 운문 장르를 창조적으로 수용함으로써 소리 내어 읽는 즐거움으로 독자를 유도한다. 특히, 운문 장르를 통해서 심각한 이야기를 풍자하고 희화화함으로써 '웃음으로 눈물 닦기'라는 전통적인 미의식을 구현하고 있다. 한편, 이와 같은 특징은 텍스트의 '열린 결말 구조' '지나치게 절제된 서사 정보'와 함께 독자들의 읽기와 이해를 '지연'시키는 '의식의 미분화(未分化)' 상태로 유도하고 있다. 이것은 '형식의 정형성' '언어의 보편성'을 거부하는 작가 의식이다. 또한 우리사회의 '혼돈으로 점철된 다양한 삶'을 '의식의 미분화'를 유도하는 형식을 통해서 보여주고 있는 것이다. 한편 '의식의 미분화'는 서술의 평면화와 마찬가지로 독자의 적극적인 읽기를 요구하는 서술 방식으로 볼 수 있다.

『달궁』은 작품 간의 상호텍스트성이 강하다. 이전에 발표된 작품과 『달궁』 이후에 발표된 작품들이 직·간접적으로 영향관계에 놓여있다. 『달궁』의 중심사건으로 볼 수 있는 전쟁, 여성으로서 겪는 수난, 질병 등은 전체 소설과의 관계망으로 보면, '변형'과 '차이'를 통한 반복이다. 1960부터 1970년대에 발표한 소설에서 보여준 다양한 주제를 중층 결정 구조로 수렴하여 '우연한' 삶의 다양성을 드러낸 것이다. 여기에 전통 운문 장르를 적극적으로 수용하고, 구어체의 전면화, 따옴표와 문단 해체 등을 통해서 복잡하고 혼돈으로 점철된 우리의 현재적 삶을 표현한다. '형식이 단순히 내용을 실어 나르는 도구'가 아니라 '형식은 내용의 또 다른 표현'이라는 점을 다시 한 번 확인시켜 준다. 『달궁』은 새로운 형식을 통해 삶의 상투적 인식에서 벗어나게 해준다는 점에서, 서정인만의 개성적 소설 문법을 보여주고 있는 작품이라 할 수 있다.

본고는 『달궁』을 제대로 이해하기 위해서는 무엇보다 '서사 전략'의 이해가 선행되어야 한다는 판단이 전제되어 있다. 연구 결과, 이야기 차원의 서사전략과 담론차원의 서사전략이 중층결정 서사 구조 방식과 밀접하다는 사실을 알 수 있었다. 그리고 『달궁』의 서사전략이 주제를 표현하는 데 있어서 어떤 역할을 하고 있는지를 조망할 수 있었다.

이 글에서는 『달궁』의 '서사전략' 분석을 통해 서정인의 소설미학을 종합적으로 살펴보았다. 그러나 다른 작품들과 연계하여 이를 구명하지는 못했다. 따라서 서사전략의 연구가 『달궁』을 이해하는 토대로서 역할은 할 수 있겠지만, 서정인 소설 전반을 이해하는 데까지 나아가지는 못했다고 판단한다. 서정인이 새로운 내용을 새로운 형식을 통해서 형상화하고자 한 작가인 만큼, 서정인 소설 전반에서 보여주는 서사전략을 구명할 때, 그의 형식 실험과 소설 문법을 제대로 밝힐 수 있을 것이다. 서정인 소설의 형식 실험과 소설 문법의 일반성과 특수성을 전반적으로 연구하는 문제는 차후 과제이다.

참고문헌

1. 기본자료

단행본 외

서정인, 「의상을 입어라」, 『세대』, 1963.

_____, 『강』, 문학과지성사, 1976.

_____, 『토요일과 금요일 사이』, 문학과지성사, 1980.

_____, 『철쭉제』, 민음사, 1986.

_____, 『뒷개』, 청림출판, 1988.

_____, 『벌판』, 나남, 1989.

_____, 『달궁』, 민음사, 1987.

_____, 『달궁 둘』, 민음사, 1988.

_____, 『달궁 셋』, 민음사, 1990.

_____, 『봄꽃 가을열매』, 현대소설사, 1991.

_____, 『붕어』, 세계사, 1994.

_____, 『물치』, 솔, 1996.

_____, 『해바라기』, 청아출판사, 1992.

_____, 『베네치아에서 만난 사람』, 작가정신, 1999.

_____, 『용병대장』, 문학과지성사, 2000.

_____,『말뚝』, 작가정신, 2000.

_____『모구실』, 현대문학, 2004.

_____,『가위』, 책세상, 2007.

_____,「개나리 울타리」,『본질과 현상』, 본질과현상사, 2011.봄.

산문 및 평론

서정인,「나랏말씀 바로 쓰기」,『에세이』, 월간에세이, 2006.12.

_____,「남의 나라말 함부로 쓰기」,『한국인』, 사회발전연구소, 1992.5.

_____,「리얼리즘考」,『벌판』, 나남, 1984.

_____,「무본(務本)과 정관(靜觀)」,『문학의 문학』, 동화출판사, 2011.봄.

_____,「순천자 흥(興),『흥미 Jine』, 홍국금융가족, 2009.12.

_____,「암울한 시대의 시작 <후송>,『대산문화』, 대산문화재단, 2001.

_____,「어제 일처럼 눈에 선한 '피내도랑'」,『한국인』, 사회발전연구소, 1997.8.

_____,「여유」,『보건세계』, 대한결핵협회, 1991.9.

_____,「왜 써?」, 이종민 엮음,『달궁 가는 길』, 서해문집, 2003.

_____,「작가의 말」,『붕어』, 세계사, 1994.

_____,「작가 후기」,『강』, 문학과지성사, 1976.

_____,「작가 후기」,『가위』, 홍성사, 2007.

_____,「작가의 말」,『철쭉제』, 민음사, 1986.

_____,「작가 후기」,『달궁』둘, 민음사, 1988.

_____,「한국말은 한국인의 운명」,『문화예술』, 2003.10.

2. 국내 논문 및 평론

강상희,「말과 삶의 현상학」,『한국 소설문학 대계』46, 동아출판사, 1995.

강헌국,『한국 근대소설의 서사유형 연구』, 고려대 박사학위논문, 1995.

곽경헌,「서정인 소설 연구」, 한림대 박사학위논문, 2005.

권택영,「'포스트-고전서사학'의 전망과 현재」,『한국문학이론과 비평』제40집, 국
　　　문학이론과비평학회, 2008.9.

김경수, 「언어의 이데올로기와 소설의 연행」, 『현대소설의 유형』, 솔, 1997.

_____, 「<달궁>의 언어에 이르는 길」, 『작가세계』, 세계사, 1994.여름.

_____, 「문학적 관습에 대한 새로운 도전」, 『문학정신』, 열음사, 1991.12.

김만수, 「근대소설의 관습들에 대한 부정과 반성」, 서정인, 『물치』, 솔, 1996.

_____, 「<붕어>를 천천히 읽기」, 『동서문학』, 동서문화사, 1995.겨울.

김미자, 「이효석 소설의 시간구조 연구」, 순천대 교육학석사학위논문, 2005.

_____, 「서정인의 원체험과 문학적 표현 양상」 제44호, 한국현대소설학회, 2010.8.

_____, 「트라우마 극복으로서의 소설쓰기─서정인의 죽음의식을 중심으로」 제49
집, 『한국문학이론과 비평』 제48집, 2010.12.

김미현, 「<벽소령> 해설」, 『현장비평가가 뽑은 올해의 좋은 소설』, 현대문학, 2003.

_____, 「말과 삶의 이중적 글쓰기」, 『구조와 분석 Ⅱ』, 문예출판사, 1993.

김미희, 「서정인 소설의 연대별 특성 연구」, 계명대 교육학석사학위논문, 2006.

김명렬, 「소설의 미학」, 『문학과 지성』, 문학과지성사, 1978.여름.

김병익, 「비극과 연민」, 『문학사상』, 문학사상사, 1973.3.

_____, 「동화와 동의」, 『문학과 지성』, 일조각, 1976.여름.

_____, 「모국어 세대와 모국어 문화」, 『숨은 진실과 문학』, 문학과지성사, 1994.

김수남, 「서정인 소설의 담론 연구」, 『한국문예비평연구』, 한국현대문학비평학회,
2004.

김신중, 「서사텍스트의 심미적 체험의 구조와 유형에 관한 연구」, 서울대 석사학위
논문, 1994.

김수미, 「서정인 소설의 담론 연구」, 경성대 교육학석사학위논문, 1999.

김영란, 「서정인의 『달궁』에 나타난 다성성 연구」, 한국교원대 교육학석사학위논문,
2003.

김용재, 「한국 근대 단편소설의 기술형식 연구」, 전북대 박사학위논문, 1991.

김윤식, 「자기증식형 연작소설의 휘황함」, 서정인, 『모구실』, 현대문학, 2004.

김윤식, 「<달궁>에서 <봄꽃 가을열매까지>」, 『한국 현대소설과의 대화』, 현대소
설사, 1992.

김유하, 「소설의 서술 유형 연구」, 부산대 박사학위논문, 1989.

김원희, 「다성적 경향과 서정성의 조율」, 김유정 소설문체의 역동성」, 『현대소설연
구』 제34호, 한국현대소설학회, 2007.

김인환, 『기억의 계단』, 민음사, 2001.

김종구, 「서정인 소설연구」, 『서강어문』, 서강어문학회, 1982.

김종욱, 「이야기의 에피소드화, 에피소드의 소설화」, 문예중앙』, 1992.봄.

김종철, 「순진성으로서의 인간」, 『문학과 지성』, 1976.겨울.

김주언, 「한국비극소설 연구」, 단국대 박사학위논문, 2001.

김주연, 「보편성의 위기와 소설」, 『별판』, 나남, 1984.

김지미, 「1970년대 연작소설의 구조 연구」, 서울대 석사학위논문, 2001.

김철, 「형식탐구의 몫」, 『창작과 비평』, 창작과비평사, 1991.가을.

김치수, 「현실의 모순에 대한 자신의 의식화」, 이청준 외, 『한국문학전집』 28, 삼성
　　　출판사, 1985.

김태환, 「부서진 액자」, 서정인, 『용병대장』, 문학과지성사, 2000.

김현, 「세계 인식의 변모와 의미」, 서정인, 『강』, 문학과지성사, 1996 재판.

김현규, 「판소리의 다성성, 그 문체적 성격과 예술·사회사적 배경」, 『판소리연구』
　　　제13집, 판소리학회, 2002.

김혜영, 「장르 변환의 관점에서 본 소설의 문체」, 『현대문학이론연구』, 현대문학이
　　　론학회, 2007.

김홍규, 「서정인 창작집 <강> 서평」, 『한국문학』, 한국문학사, 1976.8.

남진우, 「삶의 무거움과 아이러니 정신」, 서정인, 『해바라기』, 청아출판사, 1992.

민수미, 「서정인 소설 연구」, 성균관대 석사학위논문, 2004.

박지연, 「서정인 초기 단편 소설 연구」, 서강대 석사학위논문, 2003.

박진, 「소설과 영화의 서술자와 초점화 문제」, 『우리어문연구』 제34집, 우리어문학
　　　회, 2009.5.

박찬두, 『김동리 소설의 시간의식 연구』, 동국대 박사학위논문, 1994.

백지은, 「서정인 소설의 다성성 연구」, 고려대 석사학위논문, 2000.

＿＿＿, 「한국 현대소설의 문체 연구」, 고려대 박사학위논문, 2006.

서정기, 「리얼리스트의 변신」, 『작가세계』, 세계사, 1994.여름.

설혜경, 「서정인 소설의 시공간 구조 연구」, 한양대 석사학위논문, 2000.

손정수, 「체험, 미적 환영에서 새로운 역사성으로, 『미와 이데올로기』, 문학동네,
　　　2002.

손정수, 「분열 속의 현실, 어둠 속의 욕망」, 『미와 이데올로기』, 문학동네, 2002.

송기숙, 「견고한 의식과 뜨거운 애정」, 『창작과 비평』, 창작과비평사, 1978.여름.

신재기, 「글쓰기의 자의식과 실험성」, 『세계의 문학』, 민음사, 1991.가을.

신정현, 「서정인의 『달궁』 삼중주」, 『달궁 가는 길』, 서해문집, 2003.

안신, 「서정인 소설 연구」, 성신여대 석사학위논문, 1998.

오경복, 「박태원 소설의 기법 연구」, 이화여대 박사학위논문, 1992.

오생근, 「타락한 세계에서의 진실」, 『문학과 지성』, 일조각, 1975.여름.

오양진, 「순수한 시선의 의미―서정인 초기소설의 비인간화 징후에 대하여」, 『어문
　　논집』, 민족어문학회, 2004.

오윤호, 「실패한 혁명에 대한 역사적 상상력」, 『문학평론』, 삼신문화사, 2001.5.

우한용, 「채만식 소설의 담론 특성 연구」, 서울대 박사학위논문, 1992.

우찬제, 「대화적 상상력과 광기의 풍속화」, 『세계의 문학』, 민음사, 1998.겨울.

　　　, 「르네상스의 진실 혹은 진실의 르네상스―해설」, 『말뚝』, 작가정신, 2000.

　　　, 「소설성의 탐색, 탐색의 소설성―서정인의 「원무」와 「남문통」 다시 읽기」,
　　『문학과 사회』, 문학과지성사, 2000.봄.

　　　, 「서정인」, 근대문학100년연구총서편찬위원회, 『약전으로 읽는 문학사2』,
　　소명출판, 2008.

유종호, 「삭막한 삶과 압축의 미학」, 서정인, 『철쭉제』, 민음사, 1987.

윤혜경, 「서정인 소설 연구」, 연세대 석사학위논문, 1998.

이경수, 「고독한 에고이스트가 도달한 초로의 경지」, 『작가세계』, 세계사, 1994.여름.

이경혜, 「서정인 소설의 현실 인식 연구」, 고려대 석사학위논문, 2005.

이광호, 『미적 근대성과 한국문학사』, 민음사, 2001.

이남호, 「6, 70년대 張三李四들의 삶」, 『작가세계』, 세계사, 1994.여름.

　　　, 「1980년대 현실과 리얼리즘」, 서정인, 『달궁』, 민음사, 1987.

이득재, 「삶의 구조, 말의 논리」, 『문학과 사회』, 문학과지성사, 1990.봄.

이태동, 「무의식 속의 의미―서정인론」, 『현대문학』, 현대문학사, 1980.1.

임영천, 『한국현대소설의 다성성과 기독교정신연구』, 서울시립대 박사학위논문,
　　1998.

임환모, 『태백산맥』의 텍스트성/『태백산맥』의 서사전략, 『현대문학이론연구』, 제
　　16집, 현대문학이론학회, 2001.

　　　, 「1980년대 한국소설의 민중적 상상력-조정래의 『태백산맥』을 중심으로」

제73집, 한국언어문학회, 2010.6.

원자경, 「현대 소설의 대화 양상 연구」, 서강대 석사학위논문, 2001.

유인순, 「소설의 시간과 공간」, 한국 현대 소설연구회, 『현대소설론』, 평민사, 1994.

윤효진, 「서정인 소설의 서술자 양상 연구」, 중앙대 석사학위논문, 2002.

장경렬, 「소설상의 실험과 실험적 소설의 가능성-서정인의 『달궁』론」, 『문학과 사
　　　회』, 문학과지성사, 1989.여름.

_____, 「삶의 흔적과 흔적으로서의 삶에 대한 기록」, 『미로에서 길 찾기』, 문학과
　　　지성사, 1997.

장석주, 「서정인의 <토요일과 금요일 사이> 서평」, 『한국문학』 89, 한국문학사,
　　　1981.3.

장수익, 「1920년대 초기 소설의 시점 연구」, 서울대 박사학위논문, 1998.

장일구, 「서사적 공간성과 시점론」, 현대소설학회 편, 『현대소설의 시점의 시학』,
　　　새문사, 1996.

_____, 「서사 시점의 역학과 공간 형식」, 『한국문학이론과 비평』 37집, 한국문학이
　　　론과비평학회, 2007.12.

정혜경, 「1960년대 소설의 서술구조 연구」, 고려대 박사학위논문, 2001.

_____, 「서정인 초기 소설의 서술자와 시간연구」, 『어문논집』 제43집, 민족어문학
　　　회, 2004.

_____, 「초점화의 변이 양상 연구」, 『현대문학이론연구』, 현대문학이론학회, 2004.

_____, 「이제하 소설의 서술방식 연구」, 『현대소설연구』, 한국현대소설학회, 2007.

정호웅, 「타락한 세계의 비평적 진단」, 『작가세계』, 세계사, 1994.여름.

정덕준, 「소설에 있어서의 시간에 관한 연구」, 『어문연구』 제19권, 한국어문연구교
　　　육학회, 1991.

정재곤, 「정신분석으로 읽기-서정인의 <붕어>를 예로 하여」, 『문학과 사회』, 문
　　　학과지성사, 1996.봄.

조은하, 「서정인 소설 연구」, 고려대 석사학위논문, 1996.

차성연, 「서정인 소설 연구」, 경희대 석사학위논문, 1996.

천이두, 「피해자의 미학과 이방인의 미학-<닳아지는 살들>과 <후송>을 중심으로」,
　　　『전북대논문집』 제5집, 1968.

_____, 「양과 질의 문제-서정인과 방영웅」, 『월간문학』, 한국문인협회, 1969.8.

채진홍, 「묘사와 민족정서의 관계-서정인의 <강>과 제임스 조이스의 <죽은 사람>의 비교를 중심으로」, 『한국어문학』 제13집, 한남대국어국문학회, 1987.

최경환, 「완판 84장본 <열여춘향슈절가>의 다성성 연구」, 서강대 석사학위논문, 1992.

최경환, 「서정인의 『달궁』 연구」, 경희대 석사학위논문, 2002.

최인자, 「<달궁>에 나타난 서사담론 생산방법으로서의 '대화화'」, 『국어교육』, 한국국어교육연구회, 1998.

최병우, 「한국 근대 일인칭 소설 연구」, 서울대 박사학위논문, 1992.

최성실, 「수수께끼 풀기와 그 욕망의 중층구조」, 『서강어문』, 서강어문학회, 1994.

최현무, 「소설의 구조 분석」, 『한국문학과 기호학』, 탑출판사, 1988.

최혜실, 「서정인론-일상의 반복과 원점 회귀의 형식을 중심으로」, 『비평문학』 제9호, 한국비평문학회, 1995.

하응백, 「느림과 지연의 소설-서정인의 <베네치아에서 만난 사람>」, 『문학과 사회』, 문학과지성사, 1999.가을.

하정일, 「주체성의 복원과 성찰의 서사」, 민족문화연구소 현대문학분과, 『1960년대 문학연구』, 깊은샘, 1998.

한순미, 「지명과 문학적 상상력-순천지역의 지명을 중심으로 본 서정인의 소설세계」, 『현대문학이론연구』 제33집, 현대문학이론학회, 2008.4.

한혜경, 「채만식 소설의 언술구조 연구」, 이화여대 박사학위논문, 1993.

황도경, 「서술의 공백과 열려진 독서체험」, 『문학사상』, 문학사상사, 1991.

황종연, 「말의 연기와 리얼리즘」, 서정인, 『붕어』, 세계사, 1994.

황하진, 「<언술행위의 유형>의 관점에서 본 자유 간접 화법」, 서울대 석사학위논문, 1989.

3. 국내 단행본

강용운, 『이상 소설의 서사와 의미생성의 논리』, 태학사, 2006.

강준만, 『한국현대사산책』 1980년대편 1권, 인물과사상사, 2003.

_____, 『한국현대사산책』 1990년대편 3권, 인물과사상사, 2006.

구수경, 『한국소설과 시점』, 아세아문화사, 1996.

권영민,『한국 현대소설의 이해』, 태학사, 2006.

권택영,『욕망이론』, 문예출판사, 1994.

_____,『소설을 어떻게 볼 것인가』, 문예출판사, 2004.

김경수,『현대소설의 유형』, 솔, 1997.

김규영,『시간론』, 서강대학교출판부, 1987.

김병익,『숨은 진실과 문학』, 문학과지성사, 1993.

김상욱,『현대소설의 수사학적 담론 분석』, 푸른사상, 2005.

김성곤 편저,『21세기 문예이론』, 문학사상, 2005.

김우창 외,『경계를 넘어 글쓰기』, 민음사, 2001.

김욱동,『대화적 상상력』, 문학과지성사, 1988.

_____,「비흐친과 대화주의』, 나남, 1990.

김윤식,『현대소설과의 대화』, 현대소설사, 1992.

김종구,「시점 이론의 새지평」, 한국소설학회 편,『현대소설 시점의 시학』, 새문사, 1996.

김화영 편역,『현대소설론』, 문학사상사, 1986.

김현,『한국 문학의 위상/문학사회학』, 문학과지성사, 1991.

김형효,『구조주의 사유체계와 사상』, 인간사랑, 2008 증보판.

조동일·김흥규,『판소리의 이해』, 창작과비평사, 1979.

김천혜,『소설 구조의 이론』, 문학과지성사, 1990.

김상태,『문체의 이론과 해석』, 집문당, 1982.

김우창 외,『경계를 넘어 글쓰기』, 민음사, 2001.

김욱동 저,『대화적 상상력』, 문학과지성사, 1988.

김욱동 편,『바흐친과 대화주의』, 나남, 1995.

김인환,『언어학과 문학』, 고려대학교출판부 , 1999.

나병철,『소설의 이해』, 문예출판사, 1998.

나병철,『모더니즘과 포스트모더니즘을 넘어서』, 소명출판, 1999.

나병철,『소설과 서사문화』, 소명출판, 2006.

민족문화사연구소 엮음,『새민족문학사 강좌』1·2, 창비, 2009.

민족문학사연구소 현대문학분과,『1960년대 문학연구』, 깊은샘, 1998.

조정래·나병철,『소설이란 무엇인가』, 평민사, 2010.

박찬부, 『기호, 주체, 욕망』, 창비, 2007.

석경징, 『서술이론과 문학비평』, 서울대학교출판부, 1999.

손정수, 『미와 이데올로기』, 문학동네, 2002.

송하춘, 『발견으로서의 소설기법』, 현대문학사, 1993.

여홍상 엮음, 『바흐친과 문학 이론』, 문학과지성사, 1997.

오탁번 · 이남호, 『서사문학의 이해』, 고려대학교출판부, 1999.

우찬제, 『고독한 공생』, 문학과지성사, 2003.

우한용, 『한국 현대소설구조 연구』, 삼지원, 1990.

이어령 회갑기념 논문집 간행위원회 편, 『구조와 분석 Ⅱ』, 창, 1993.

이상섭, 『문학비평 용어사전』, 민음사, 1976.

이상신, 「소설의 문체와 기호론」, 느티나무, 1990.

이성백 외, 『포스트구조주의의 헤겔비판과 반비판』, 이학사, 2006.

이승훈, 『문학과 시간』, 삼우출판사, 1983.

이재선, 『한국단편소설연구』, 일조각, 1979 중판.

_____, 『한국문학 주제론』, 서강대학교출판부, 1989.

_____, 『현대소설의 서사시학』, 학연사, 2002.

이종민 엮음, 『달궁 가는 길』, 서해문집, 2003.

이종오, 『문체론』, 살림, 2006.

이진경, 『근대적 시 · 공간의 탄생』, 그린비, 2010.

이호, 『현대심리소설과 서술전략과 이데올로기』, 이회, 2001.

임명진 외, 『판소리의 공연예술적 특성』, 민속원, 2003.

임규찬, 『작품과 시간』, 소명출판, 2001.

임환모, 『한국현대소설의 서사성과 근대성』, 태학사, 2008.

장석주, 『들뢰즈, 카프카, 김훈』, 작가정신, 2006.

전성기, 『메타언어, 언어학, 메타언어학』, 고려대학교 출판부, 1996.

정명환 외, 『20세기 이데올로기와 문학사상』, 서울대학교출판부, 1997 증보판.

정한숙, 『소설기술론』, 고려대학교출판부, 1973.

조미숙, 『현대소설의 인물묘사 방법론』, 한국학술정보(주), 2007.

진선주, 『제임스 조이스의 『율리시즈』의 서술전략』, 동인, 2006.

조동일 · 김흥규 편, 『판소리의 이해』, 창작과비평사, 1979.

박진, 『서사학과 텍스트 이론』, 랜덤하우스중앙, 2005.

박찬부, 『기호, 주체, 욕망』, 창비, 2007.

배긍찬 외, 『1970년대 전반기의 정치 사회변동』, 백산서당, 1999.

임명진·김익두·최동현·정원지·김연호, 『판소리의 공연예술적 특성』, 민속원, 2004.

최미진, 『1960년대 대중소설의 서사전략 연구』, 푸른사상, 2006.

하응백, 『낮은 목소리의 비평』, 문학과지성사, 1999.

한국문학평론가협회 편, 『문학비평용어사전』, 국학자료원, 2006.

한국소설학회 편, 『현대소설 시점의 시학』, 새문사, 1996.

한국현대소설연구회, 『현대소설론』, 평민사, 1994.

한용환, 『소설의 이론』, 문학아카데미, 1990.

_____, 『소설학 사전』, 문예출판사, 1999.

황국명, 『한국현대소설과 서사전략』, 세종출판사, 2004.

황도경, 『문체로 읽는 소설』, 소명출판, 2002.

황석자, 『현대문체론의 이론과 실제』, 한신문화사, 1992.

4. 외서 및 번역서

가라타니(K. Karatani), 박유하 역, 『일본근대문학의 기원』, 도서출판b, 2010 개정판.

들뢰즈(G. Deleuze), 이정우 역, 『의미의 논리』, 한길사, 1999.

들뢰즈(G. Deleuze)·가타리(F. Guattari), 김재인 역, 『천개의 고원』, 새물결, 2001.

디플(E. Dipple), 문우상 역, 『플롯』, 서울대학교출판부, 1978.

라캉(J. Lacan), 민승기·이미선·권택영 역, 『욕망이론』, 문예출판사, 1994.

라플랑슈(J. Laplanche)·퐁탈리스(J. B. Pontalis), 임진수 역, 『정신분석사전』, 열린책들, 2005.

랜서(S. S. Lanser), 김형민 역, 『시점의 시학』, 좋은날, 1998.

로브그리예(A. Robbe-Grillet), 김치수 역, 『누보 로망을 위하여』, 문학과지성사, 1981.

루스벤(K. K. Ruthven), 윤교찬 역, 『문학비평의 전제』, 현대미학사, 1998.

루카치(G. Lukacs) 외, 최상규 역, 김병욱 편, 『현대 소설의 이론』, 예림기획, 2007.

리몬-케넌(S. Rimmon-Kenan), 최상규 역, 『소설의 현대 시학』, 예림기획, 1999.

리쾨르(P. Ricoeur), 김한식·이경래 역, 『시간과 이야기』 1·2, 문학과지성사, 2000.

마이어호프(H. Meyerhoff), 김준오 역, 『문학과 시간현상학』, 삼영사, 1987.

마틴(W. Martin), 김문현 역, 『소설이론의 역사』, 현대소설, 1991.

매클린(M. Maclean), 임병권 역, 『텍스트의 역학』, 한나래, 1997.

메이(C. E. May), 최상규 역, 『단편소설의 이론』, 정음사, 1983.

멘딜로우(A. Mendilow), 최상규 역, 『시간과 소설』, 예림기획, 1998.

바르트(R. Barthes), 김화영 역, 『텍스트의 즐거움』, 동문선, 1997.

바슐라르(G. Bachelard), 곽광수 역, 『공간의 시학』, 동문선, 2003.

바흐찐(M. Bahktin)·볼로쉬노프(V. N. Voloshinov), 송기한 역, 『마르크스주의와 언어철학』, 한겨레, 1988.

바흐찐(M. Bakhtin), 전승희 외, 『장편소설과 민중언어』, 창작과비평사, 1988.

발(M. Bal), 한용환·강덕화 역, 『서사학이란 무엇인가』, 예림기획, 1999.

발레트(B. Valette), 조성애 역, 『소설분석』, 동문선, 2004.

벤야민(W. Benjamin), 반성완 역, 『발터 벤야민의 문예이론』, 민음사, 1983.

부우드(W. Booth), 최상규, 『소설의 수사학』, 새문사, 1885.

블랑쇼(M. Blanchot), 박혜영 역, 『문학의 공간』, 책세상, 1990.

숄즈(R. Scholes)·켈로그 (R. Kellogg)·펠란(J. Phelan), 임병권 역, 『서사문학의 본질』, 예림기획, 2007.

슈람케(J. Schramke), 원당희·박병화 역, 『현대소설의 이론』, 문예출판사, 1995.

슈탄젤(F. K. Stanzel), 안삼환 역, 『소설 형식의 기본 유형』, 탐구당, 1996.

_____, 김정신 역, 『소설의 이론』, 탑출판사, 1990.

스토리(J. Story), 박모, 『문화연구와 문화이론』, 현실문화연구, 1994.

아도르노(T. W. Adorno), 홍승용 역, 『미학이론』, 문학과지성사, 1997 재판.

아리스토텔레스(Aristoteles), 천병희 역, 『시학』, 문예출판사, 2002.

아스무트(B. Asmuth), 송전 역, 『드라마 분석론』, 한남대학교출판부, 1995.

에코(U. Eco), 김성도 역, 『기호학과 언어철학』, 열린책들, 2009.

_____, 김운찬 역, 『낯설게 하기의 즐거움』, 열린책들, 2003.

_____, 손유택 역, 『작가와 텍스트 사이』, 열린책들, 2009.

옐름슬레우(L. Hjelmslev), 김용숙·김혜련 역, 『랑가쥬 이론 서설』, 동문선, 2000.

오닐(P. O'Neill), 이호 역, 『담화의 허구』, 예림기획, 2004.

옹(W. J. Ong), 이기우 · 임명진 역, 『구술문화와 문자문화』, 문예출판사, 1995.

와트(P. J. Zwart), 권의무 역, 『시간론』, 계명대학교 출판부, 1983.

우스펜스키(B. Uspensky), 김경수 역, 『소설 구성의 시학』, 현대소설사, 1992.

워(P. Waugh), 『메타픽션』, 열음사, 1989.

웰렉(R. Wellek) · 웨렌(A. Warren), 이경수 역, 『문학의 이론』, 문예출판사, 2004.

유스케(M. Yusuke) 최정옥 · 이혜원 · 박동범 역, 『시간의 비교사회학』, 소명출판, 1981.

즈네뜨(G. Genette), 권택영 역, 『서사담론』, 교보문고, 1992.

지마(P. V. Zima), 허창운 역, 『문예미학』, 을유출판사, 1993.

채트먼(S. Chatman), 김경수 역, 『영화와 소설의 서사 구조』, 민음사, 1990.

칠더즈(J. Childers) · 헨치(G. Hentzi) 엮음, 황종연 역, 『현대문학 문화비평 용어사전』, 문학동네, 1999.

칸크리니(N. G. Canclini), 김용규 역, 「잡종문화들」, 『오늘의 문예비평』 42호, 2001.9.

_____, 김용규 역, 「유토피아에서 시장으로」, 『오늘의 문예비평』, 2001.12.

컬러(J. Culler), 이은경 · 임옥희 역, 『문학이론』, 동문선, 1999.

컴멜(F. Kummel), 권의무 역, 『시간의 개념과 구조』, 계명대학교출판부, 1986.

케넌(S. R. Kenan), 최상규 역, 『현대소설의 시학』, 문학과지성사, 1985.

코핸(S. Cohan) · 샤이어스(L. M. Shires), 임병권 · 이호 역, 『이야기하기의 이론』, 한나래, 1996.

콘라드(J. Conrad) · 바흐친(M. Bakhtin), 권덕하 역, 『소설의 대화이론』, 소명출판, 2002.

타일러(T. J. Taylor), 양희철 · 조성래 공역, 『구조 문체론』, 보고사, 1996.

탬블링(J. Tambling), 이호 역, 『서사학과 이데올로기』, 예림기획, 2000.

토도로프(T. Todorov), 곽광수 역, 『구조시학』, 문학과지성사, 1987.

_____, 최현무 역, 『바흐찐 : 문학사회학과 대화이론』, 도서출판 까치, 1987.

_____, 신동욱 역, 『산문의 시학』, 문예출판사, 1992.

투안(Y. F. Tuan), 구동회·심승희, 『공간과 장소』, 대윤, 2007 개정.

툴란(M. J. Toolan), 김병욱·오현희 역, 『서사론』, 형설출판사, 1993.

포스터(E. M. Forster), 이성호 역, 『소설의 이해』, 문예출판사, 1975.

퐁타니유(J. Fontanille), 김치수·장인봉 역, 『기호학과 문학』, 이화여자대학교출판
    부, 2003.

프랭스(G. Prince), 최상규 역, 『서사학이란 무엇인가』, 예림기획, 1999.

프르더닉(M. Fludernik), *The Fictions of Languages of Fiction*, Routledge, 1993.

피카드(M. Picard), 조중권 역, 『문학 속의 시간』, 부산대학교출판부, 1998.

호이(D. C. Hoy), 이경순 역, 『해석학과 문학비평』, 문학과지성사, 1988.

휘트로(G. J. Whitrow) 이종인 역, 『시간의 문화사』, 영림카디널, 1998.

찾 / 아 / 보 / 기

▌ 김미자(金美子)

1964년 전북 부안에서 태어났다. 한국방송통신대학교에서 국어국문학을 전공했고, 순천대학교 국어교육학과에서 교육학석사 과정을 졸업했다. 전남대학교 국어국문학과에서 박사과정을 졸업하고, 서정인 소설 연구로 문학박사 학위를 받았다. 현재 전남대학교와 조선대학교에서 문학과 의사소통기술에 관련된 교양과목을 가르치고 있다. 강헌구 교수와 함께하는 한국비전교육원에서 비전·진로 교육자로도 활동 중이다. 논문으로는 「서정인 소설의 상호텍스트적 엮어 읽기와 의미망」, 「서정인 소설의 다중 초점화 서술전략」, 「서정인 소설의 지형도」, 「트라우마 극복으로서의 소설쓰기-서정인 소설의 죽음의식을 중심으로」, 「서정인의 원체험과 문학적 표현 양상」, 「김동인 소설에 나타난 근대적 성격」, 「이효석 소설의 시간구조 연구」 등이 있다.

『달궁』으로 읽는 서정인의 소설세계

초판 1쇄 인쇄 2014년 11월 20일
초판 1쇄 발행 2014년 11월 28일

지은이 김미자
펴낸이 이대현
편 집 박선주
디자인 이홍주

펴낸곳 도서출판 역락
등 록 1999년 4월 19일 제303-2002-000014호

주   소 서울시 서초구 동광로 46길 6-6(문창빌딩 2F)
전   화 02-3409-2058(영업부), 2060(편집부)
팩시밀리 02-3409-2059
e-mail youkrack@hanmail.net
역락블로그 http://blog.naver.com/youkrack3888

정가 20,000원
ISBN 979-11-5686-099-0 93810

*파본은 구입처에서 바꿔 드립니다.

이 도서의 국립중앙도서관 출판예정도서목록(CIP)은 서지정보유통지원시스템 홈페이지(http://seoji.nl.go.kr)와 국가자료공동목록시스템(http://www.nl.go.kr/kolisnet)에서 이용하실 수 있습니다.(CIP제어번호 : CIP2014032003)